Jill Brady

Der verflixte Morgen danach

✽

Hände weg, sonst sag ich ja

✽

Von meinem Mann reden wir später

www.karl-mueller-verlag.de

Umschlagfoto: gettyimages
Satz: ICS Internationale Communikations-Service GmbH, Bergisch Gladbach
Druck und Bindung: GGP Media, Pößneck
Printed in Germany

ISBN 3-8336-0168-X

Jill Brady

Der verflixte Morgen danach

Marjorie hatte Chicago satt bis obenhin. Missmutig sah sie durch die geöffnete Ladentür des renommierten Musikhauses »Bronson & Doubleday« in die flirrende Sommerhitze der City hinaus. Die Stadt dampfte. Langsam wälzte sich ein Strom von Passanten vorbei. Marjorie sah einen Hund. Ein Kind schrie. Nein, sie mochte Chicago im Sommer ganz und gar nicht.

Zum Glück war in der Schallplattenabteilung heute Mittag nicht viel los. Es war Lunchtime, und wer nicht gerade dringende Einkäufe erledigen musste, hockte irgendwo in einem Schnellimbiss oder einem Drugstore. Marjorie zog ihren linken weißen Pumps aus und rieb sich den Fuß am rechten Bein. Scheußlich, diese engen Schuhe! Alles war ihr zuwider an diesem heißen Tag. Ihre Kollegin Charlotte Conway segelte zur Tür herein.

»Ich habe dir ein Hühnchen-Sandwich mitgebracht mit viel Salat und Majonäse. Irgendwas musst du heute essen, Marjorie.« Sie trug die Papiertüte mit den Einkäufen nach hinten ins Büro. Aus der oberen Etage polterten ein paar junge Leute die Treppe herunter. Sie hatten sich Musikinstrumente angesehen, verschwanden jetzt lärmend im Dunst der City. Charlotte erschien wieder im Verkaufsraum.

»Sind die beiden noch immer in der Kabine?«

Marjorie zuckte mit den Schultern.

»Sie hören sich alle Platten von Stevie Wonder an. Dann brauchen sie sie nicht zu kaufen.«

»Wer weiß, was die da machen!«

»Quatsch«, sagte Marjorie und schleuderte die Flut der roten Haare zurück. »Es sind doch noch Kinder.«

»Mit vierzehn wissen die heute schon sehr genau, wo's langgeht. Aber was soll's, es ist nicht mein Bier.« Charlotte, eine schlanke schwarzhaarige Südstaatenschönheit, die es vor ein paar Jahren nach Chicago verschlagen hatte, blieb neben Marjorie stehen. »Wie fühlst du dich heute an deinem letzten Tag?«

Marjorie lächelte.

»Du tust gerade, als würde ich morgen hingerichtet.«

»Mein Gott, du weißt, wie ich es meine. Morgen bist du auf großer Fahrt ins absolute Glück.« Ein bisschen spöttisch klang das. »So ist es doch geplant, oder?«

Marjorie reckte sich und angelte mit dem Fuß nach ihrem Schuh, schlüpfte hinein.

»Ich bin froh, wenn diese heiße und widerliche Stadt erst hinter mir liegt. Ich kann es kaum erwarten, in New Mexico zu sein.«

»Du wolltest mir ein Bild von ihm zeigen.«

»Warte einen Moment!« Marjorie holte ihre Handtasche aus dem Büro, kramte darin herum und zog schließlich ein Foto hervor, das in einem Seitenfach gesteckt hatte. Sie reichte es Charlotte.

»Das ist der Mann, der mir so gut gefällt«, meinte sie.

»Wow!« sagte Charlotte, nachdem sie einen Blick auf das Bild geworfen hatte. »Der sieht ja aus wie Rock Hudson. Und so ein Mann gibt eine Kontaktanzeige auf? Unfassbar.«

»Gar nicht unfassbar«, antwortete Marjorie. »Er ist schließlich Rancher und lebt in wilder Einsamkeit. Wie soll er da eine Frau finden? In einer Bar will er keine aufgabeln, und gesellschaftlich ist da unten in New Mexico nicht viel los.«

»Ein wirklich sympathischer Typ.« Charlotte gab das Bild zurück. »Aber wenn ich mir vorstelle, dass ich in so einem gottverlassenem Nest in New Mexico leben sollte, kriegte ich Platzangst.«

»Es kommt darauf an, mit wem du dort lebst.« Marjorie lächelte wieder und schob das Bild in die Handtasche zurück. »Jason Parks ist genauso, wie ich mir einen

Mann wünsche. Er ist intelligent und sensitiv, obwohl er Rancher ist.«

Charlotte blieb skeptisch.

»Du musst es ja wissen. Schließlich hast du ja genug Briefe mit ihm gewechselt und stundenlang mit ihm telefoniert. Der Typ würde mir schon gefallen, wenn er hier in Chicago lebte oder vielleicht in New York City. Aber in Roswell, New Mexico . . .?«

»Ich kann es kaum erwarten. Morgen in aller Herrgottsfrühe fahre ich los.«

»Mit deinem Lieferwagen, dem Range Rover? Na, viel Vergnügen!« Charlotte lachte spöttisch.

Marjorie tat empört. »Lieferwagen? Du spinnst wohl! Beleidige meinen Range nicht. Du hast ihn dir ja noch nie richtig angesehen. Das ist kein gewöhnlicher Geländewagen. Es ist etwas ganz Besonderes.«

»Okay, okay, beruhige dich. Mag ja sein, dass du ein fantastisches Auto hast. Aber ich verstehe nicht, warum du nicht fliegst. Ist doch viel einfacher, sich in eine Maschine zu setzen und in ein paar Stunden am Ziel zu sein.«

»Du weißt, dass ich vor dem Fliegen Angst habe. Seit ich damals als Kind mit meinen Eltern bei einer Notlandung dabei war, kriegt mich keiner in eine Maschine. Außerdem habe ich Zeit. Mein Rover ist okay. Der bringt mich sicher dahin, wohin ich will.«

Charlotte zuckte mit den Schultern. »Mut hast du. Und dass du nicht vergisst, mir zu schreiben. Das ist ja eine richtig romantische Geschichte, auf die du dich da einlässt.«

»Ich bin nun mal ein romantisches Mädchen.« Marjorie schnippte sich einen Fusel von der weißen Bluse, die sie zu ihrem engen roten Rock trug. »Außerdem hält mich nichts in Chicago. Natürlich sind meine Eltern nicht gerade erbaut davon, dass ich zu Jason fahre. Aber schließlich bin ich vierundzwanzig. Ich muss mein eigenes Leben leben.«

»Genau«, meinte Charlotte.

Die Kabinentür öffnete sich, und die beiden jungen Leute kamen heraus, Sie legten eine LP auf den Verkaufstisch. »Die nehmen wir.«

Charlotte nahm das Geld entgegen, schob die Langspielplatte in eine Plastiktüte und überreichte sie den jungen Leuten. Inzwischen musste Marjorie eine ältere Dame bedienen, die eben hereingekommen war. Sie suchte eine uralte Aufnahme von Frank Sinatra, und Marjorie machte sie auf die Sonderangebote im Ständer aufmerksam.

Plötzlich war der Laden voll. Marjorie und Charlotte hatten keine Zeit mehr, gemütlich miteinander zu plaudern. Sie kamen auch nicht dazu, ihr Lunchpaket in Angriff zu nehmen. Das fand erst gut eine Stunde später statt.

Charlotte hatte die Kaffeemaschine in Gang gesetzt, aber Marjorie zog eine Coke bei der Hitze vor.

»Du tust mir richtig Leid, Charlotte, dass du bei dieser Hitze hier in der Bude stehen musst. Das ist wirklich kein Vergnügen.«

Charlotte warf einen Blick in den Verkaufsraum, biss in das Sandwich und meinte schließlich:

»Das ganze Leben ist kein Vergnügen. Aber mir macht die Arbeit hier nicht viel aus. Ich find's ganz okay. Im Übrigen kann es mir gar nicht warm genug sein. Ich liebe den Sommer, auch in Chicago. Auf einer Ranch würde ich glatt verrückt werden. Nichts als Rinder und Weiden ...«

»Eben«, sagte Marjorie vergnügt. »Und ein fantastischer Mann, der mir gefällt. Damit ist mein Leben komplett.«

»Du bist eine unverbesserliche Optimistin. Hoffentlich geht alles glatt! Noch habt ihr euch nicht persönlich kennen gelernt. Vielleicht hat er Mundgeruch oder so was. Jedenfalls findest du bestimmt hier wieder einen Job, wenn du nach zwei Monaten reumütig zurückkommst.«

Marjorie lachte. »Darauf kannst du lange warten. Ich weiß ganz genau, was ich will, und Jason gefällt mir. O Lord, bin ich froh, Chicago hinter mir zu lassen. Ich habe das Gefühl, als würde ich das finden, was ich immer gesucht habe . . . die absolute Freiheit.«

»Nur Geld macht frei«, meinte Charlotte. »Wenn du eine Menge harte Dollars hast, hast du alles, was du brauchst.«

»Von diesen Dingen bin ich nicht abhängig.« Marjorie verzog den hübschen Mund. »Ich will mehr vom Leben, etwas anderes.«

»Sonnenuntergänge in New Mexico«, spottete Charlotte. »Hoffentlich ist die Enttäuschung nicht vorprogrammiert!«

Marjorie lächelte nur. Es hatte keinen Sinn, mit Charlotte darüber zu sprechen. Sie würde sie doch nicht verstehen. Marjorie war verliebt in Jason Parks, obwohl sie ihn noch nicht persönlich kannte. Aber sie wusste, dass etwas Wundervolles und Neues sie erwartete. Sie war entschlossen, Jason zum Mann ihren Lebens zu machen.

»Morgen wasche ich die Gardinen und mache gründlich im Gästezimmer sauber. Deine Marjorie soll sich doch wohl fühlen, wenn sie kommt.« Deborah Parks stellte eine Kanne mit Kaffee auf den groben Eichenholztisch, der in der Essecke der Küche stand. Jason Parks saß mit aufgekrempelten Hemdsärmeln am Tisch und ließ sich die Maispfannkuchen mit Ahornsirup schmecken, die seine Mutter gebacken hatte.

»Majorie kommt doch erst in einer Woche, Mutter.« Er lachte.

»Alles muss in Ordnung sein, wenn sie hier aufkreuzt. Glaubst du, dass es ihr bei uns gefällt?«

»Sie würde sonst nicht kommen, Mom. Sie weiß, was sie erwartet. Sie wird unsere Ranch mögen«, erklärte er.

Deborah, eine stattliche Frau von fünfundfünfzig, seufzte leicht.

»Die Hauptsache ist, dass du ihr gefällst. Alles andere findet sich.« Mit einem gewissen Stolz sah sie ihren Sohn an. Er war über einsneunzig groß und wirkte wie ein Baum, ein ausgesprochen männlicher Typ, den nichts so schnell umwerfen konnte. Ein Mann, der festhielt, was er hatte, und an dessen breite Brust man sich flüchten konnte, wenn das Leben mal hart zuschlug.

»Sie sieht fantastisch aus, und sie ist sehr, sehr nett. Warum sollten wir nicht miteinander auskommen? Ich bin schon ganz wild darauf, Marjorie endlich kennen zu lernen.«

Offensichtlich missfiel ihr die Entscheidung ihres Sohnes. »Ich habe deinen Vater auf einer Thanksgiving-Party kennen gelernt. So war das in Ordnung. Wir waren beide aus New Mexico, und wir kannten uns hier aus. Aber diese Frau kommt aus Chicago, das ist etwas anderes. Es könnte sein, dass sie sich hier zu Tode langweilt.«

»Mom, was machst du dir für Gedanken?« Er schüttelte den Kopf. »Mit Marjorie ist alles besprochen. Sie will das Leben so, wie es hier ist. Sie hat sich in Chicago nie wohl gefühlt, sagt sie.«

Sie blieb hartnäckig. »Trotzdem, sie hat vierundzwanzig Jahre dort gelebt, und jetzt soll es ihr hier in Roswell gefallen?«

»Zerbrich dir nicht den Kopf, Mutter! Lass alles auf dich zukommen. Ich habe Marjorie gegenüber nichts beschönigt. Sie weiß, dass sie hier kein tolles gesellschaftliches Leben erwartet. Sie wird mit dem zufrieden sein, was sie vorfindet, wenn sie mit mir zufrieden ist.« Jason grinste.

»Ich möchte die Frau sehen, die dich nicht mag«, brummte Deborah Parks. »Diese Marjorie kann Gott auf Knien danken, dass sie dich bekommt.«

»Ich bin ein ganz normaler Mann, der ein ganz normales Leben führen will. Auch das weiß sie. Ich bin nicht der Typ, der Komplimente macht und dumme Sprüche klopft. Ich sag' es, wie es ist. Ich glaube, das gefällt Marjorie.«

»Ein Mädchen aus Chicago.« Die Mutter blieb skeptisch. »Hoffentlich sitzt sie nicht den ganzen Tag herum, lackiert sich die Fingernägel und trinkt Highballs. So eine können wir hier nicht gebrauchen.«

Allmählich wurde er ärgerlich. »So eine ist Marjorie auch nicht. Also lass es gut sein, Mom! Warten wir ab, wie sich alles entwickelt. Lange dauert es ja nicht mehr, bis sie hier aufkreuzt.«

Die Mutter ging zum Herd und begann die Pfanne zu spülen. Jason goss sich noch einmal Kaffee ein.

»Und dass du es nicht vergisst, Jason, am Mittwoch ist die Brinks-Hochzeit. Wir werden erwartet. Du kannst dich nicht drücken.«

Jason knurrte etwas Unverständliches.

»Es sind unsere Nachbarn. Wir können sie nicht vor den Kopf stoßen. Wenigstens abends zur Party müssen wir uns sehen lassen.«

Ungeduldig wischte er sich eine dunkle Haarsträhne aus der Stirn.

»Nachbarn!« sagte er nur. »Die Farm liegt acht Meilen von hier entfernt.«

Ein missbilligender Blick traf ihn. »Trotzdem sind es unsere Nachbarn, und wir werden zu dieser Party gehen.«

»Wenn es dann absolut sein muss, Mom.« Jason erhob sich zu voller Größe, trank den Rest des Kaffees und verließ die Küche. Er musste heute Nachmittag noch auf die Weiden, wo zwei Zäune reparaturbedürftig waren.

In den nächsten Tagen würden hier die jungen Rinder aufgetrieben, um das Brandzeichen zu bekommen. Es war die viele Arbeit, die ihn in Roswell zurückgehalten hatte. Normalerweise wäre er nach Chicago geflogen, um Marjorie kennen zu lernen. Sie war es gewesen, die ihm den Vorschlag gemacht hatte, herzukommen. Sie hatte ihm von ihren Angstzuständen erzählt, die sie nur bei dem Gedanken ans Fliegen bekam, und er fand es ganz in Ordnung, dass sie sich mit ihrem Range Rover auf den Weg machte. Dass sie keinen Caddy oder einen Mercedes fuhr, imponierte ihm. Marjorie schien ein Mädchen nach alter amerikanischer Siedlerart zu sein. Sie hatte noch etwas Ursprüngliches und war sehr natürlich.

Das war es, was ihm an ihr so gefiel. Er konnte sie sich gut in Jeans und T-Shirt vorstellen. Dass sie eine bemerkenswerte Figur hatte, hatte er auf den Fotos gesehen, die Marjorie ihm geschickt hatte. Sie war überhaupt eine bemerkenswerte Person und verteufelt hübsch mit diesen unwahrscheinlich blauen Augen und dem brandroten Haar. Jason war auf gewisse Gedanken gekommen, als er Marjories Bilder betrachtet hatte.

Eigentlich schwärmte er für schwarzhaarige Mädchen. Aber er fand, dass es auf die Haarfarbe wirklich nicht ankam. Man heiratete ohnehin nie seinen Typ. Marjorie gefiel ihm, sogar sehr.

Er sah keine Probleme, wenn er an die erste Begegnung mit Marjorie dachte. Was seine Mutter betraf, sie würde sich auf das Mädchen einstellen. Sie war ja versessen darauf, dass er heiratete, dass Kinder ins Haus kamen. Bei dem Gedanken musste Jason lächeln.

Er wollte Kinder, eine ganze Menge sogar. Platz genug war hier ja. Sie würden sozusagen in freier Wildbahn aufwachsen und niemals am Hungertuch nagen. Jason konnte sich sehr gut vorstellen, wie die Kinder werden würden, die er mit Marjorie haben würde.

Obwohl Jason nicht gerade ein Typ war, der vor Temperament auseinander sprang, war er doch verrückt darauf, dieses Mädchen endlich in die Arme zu nehmen. Er wollte sie küssen und all die Dinge mit ihr tun, die verliebte Leute taten. Er konnte es wirklich kaum erwarten, dass sie endlich ankam.

Die Brinks-Hochzeit würde er hinter sich bringen. Großer Gott, wenn seine Mutter einen so gesteigerten Wert darauf legte, na gut! Er war kein Spielverderber. Warum sollte er sich nicht zwei Stunden auf einer Party langweilen? Dann hatte er zu Hause Ruhe und seine Mutter keinen Grund zum Meckern. Aber er würde natürlich nur an Marjorie denken, auch auf dieser Party.

❀

Marjorie hatte den Dampfkessel Chicago hinter sich gelassen und war auf die Route 66 gefahren, die direkt nach Los Angeles führt. Die Route 66 ist einer der traditionsreichsten und ältesten Highways der Staaten. Aber das kümmerte Marjorie wenig. Sie wollte nur vorankommen.

Den Arm locker im geöffneten Fenster des weißen Range Rovers, ließ Marjorie die Landschaft an sich vorüberfliegen. Nur weg von Chicago! Sie würde viel Interessantes sehen auf dieser Fahrt nach Westen – die grünen Flächen von Illinois, die Millionen Bäume Missouris, die sanften Hügel, Felder und Wiesen in Kansas und Oklahoma. Marjorie freute sich darauf.

Sie war überhaupt äußerst positiv gestimmt an diesem Tag.

Das Wetter war prächtig, die Sonne schien, als würde sie dafür bezahlt und auch die Trucker störten sie kaum, die sich mit röhrenden Motoren die Hügel hinaufschleppten. Sie liebte ihren Geländewagen, der mit gewissem Luxus aufwartete.

Marjorie hatte lange für diesen Wagen gespart. Sie hatte sich nun einmal so ein Ding in den Kopf gesetzt. Irgendetwas Protziges wie einen Cadillac, einen Buick oder etwas Langweiliges wie einen Lincoln wollte sie nicht fahren. In ihrem Range Rover hatte sie das Gefühl von Freiheit und Abenteuer.

Und abenteuerlich fühlte sich Marjorie auch. Manchmal erschrak sie vor dem eigenen Mut. Da brauste sie Hunderte von Meilen durch die Staaten, um einen Mann zu treffen, den sie nur aus Briefen und dessen Stimme nur vom Telefon kannte. Wie würde dieser Trip enden?

Aber dann sagte sie sich, dass Jason ein patenter Kerl war, ein Bursche ganz nach ihrem Geschmack, kernig und männlich.

Er sagte, was er dachte, und er dachte, was er sagte. Es musste einfach sein, mit einem solchen Mann zu leben.

Wenn der Wind durch das Fenster wehte, flatterte Marjories brandrote Mähne. Sie hatte die Sonnenbrille vor die Augen geschoben, fuhr konzentriert, aber nicht zu schnell. Sie wusste, wie schnell die Highway Patrol da war, wenn man es gar nicht vermutete, selbst wenn die Straße durch Landstriche führte, die so trostlos und menschenleer waren, dass man glaubte, nie wieder auf bewohnte Gegenden zu stoßen.

Marjorie wollte die Fahrt genießen. Sie würde ein paarmal übernachten, und irgendwann würde sie in Roswell, New Mexico, ankommen, wenn alles gut ging. Aber was sollte passieren? Ihr Wagen war erst anderthalb Jahre alt und in allerbestem Zustand. Und wenn sie nicht vergaß, rechtzeitig zu tanken, würde sie heil in Roswell ankommen, da hatte sie keine Bedenken.

Gegen Mittag hielt sie an einem Schnellimbiss-Restaurant am Weg, stürzte eine eiskalte Coke hinunter und aß einen Cheeseburger. Sie hatte keinen großen Appetit. Abends im Motel konnte sie immer noch ein warmes Dinner zu sich nehmen, wenn ihr danach war.

Am Nachmittag war es glühend heiß auf der Strecke. Marjorie schwitzte. Sie war froh, dass sie ein weißes ärmelloses T-Shirt angezogen hatte mit großem rundem Ausschnitt. Aber die Jeans klebte an den Oberschenkeln. Sie freute sich schon darauf, in einem Motel minutenlang unter der kalten Dusche zu stehen. Die Eltern hatten sie gewarnt und ihr alle möglichen schlimmen Dinge vorausgesagt, die passieren konnten, wenn ein junges Mädchen allein eine solche Strecke fuhr. Marjorie hatte gelacht.

Eigentlich hatte sie nur vor wenigen Dingen Angst. Vor einem Krieg oder einem Atomreaktorunfall. Vor den Menschen fürchtete sie sich nicht, nicht vor einem Überfall oder vor Kidnapping. Sie war der festen Überzeugung, dass diese Dinge nur anderen passierten.

Plötzlich sah sie den roten Dodge im Rückspiegel. Er kam schnell näher, war mit einemmal an ihrer Seite. Als der Wagen überholte, erkannte Marjorie einen etwa dreißigjährigen Mann mit verwehtem blondem Haar und frechem Lächeln. Unbewusst trat sie auf das Gaspedal.

Es dauerte nicht lange, bis sie den Dodge wieder überholt hatte. Was für ein albernes Spiel spielte sie denn da? Aber dem Blonden mit dem frechen Lächeln schien das Spaß zu machen. Nun war er es wieder, der an ihr vorbeischoss, und wieder lächelte er ihr zu.

Diesmal beschleunigte Marjorie nicht. Sie ließ den Dodge davonfahren. Aber irgendwie hatte sich ihr dieses Männergesicht eingeprägt. Sie stellte das Radio laut, summte die alten Broadway-Melodien mit, die aus den Lautsprechern kamen. Sie dachte wieder an Jason.

Charlotte hatte Recht gehabt. Jason hatte wirklich eine gewisse Ähnlichkeit mit Rock Hudson und wohl auch dessen treuherzige, offene Art. Wie es wohl war, wenn Jason sie küsste?

Bald würde sie es erfahren, und sie würde wissen, wie es war, wenn seine Hände sie berührten. Jason hatte starke feste Hände, das hatte sie auf dem Foto gesehen. Es waren Hände, die festhalten konnten, und vielleicht konnten sie auch zärtlich sein. Sie dachte daran, dass diese Hände sie streichelten, ihre Brüste, ihre Schenkel, ihren ganzen Körper. Marjorie wurde es ganz anders bei diesem Gedanken, und ihre Brustspitzen versteiften sich, als sie sich in immer kühnere erotische Fantasien einließ.

Wie heiß ihr wieder war! Besser, sie fuhr heute nicht so weit. Am nächsten Motel in Springfield wollte sie Station machen. Endlich duschen . . .

❀

Als Marjorie das Hinweisschild eines Motels sah, fuhr sie langsamer. Die Sonne stand rot glühend am Horizont. Es würde noch mindestens zwei Stunden dauern, bis sie unterging. Aber dann würde sie längst erfrischt im Restaurant sitzen, sich vielleicht einen Martini vor dem Dinner genehmigen und etwas Vernünftiges essen.

Es ist eins dieser besseren Motels, stellte Marjorie fest, als sie herankam. Die Bungalows waren nicht wie flache Kasernenbaracken aneinander gereiht. Sie standen einzeln in einer großen Parkanlage. Die Wagen parkten nicht direkt vor der Unterkunft, sondern auf einem großen Parkplatz. Auf den fuhr Marjorie zu.

Plötzlich entdeckte sie den roten Dodge. Marjorie dachte sich nichts dabei. Sie hatte den Blonden schon fast vergessen. Jetzt erinnerte sie sich flüchtig an ihn, als sie auf den flachen Bungalow zuging, in dem sich die Rezeption und das Restaurant befanden.

Ein freundlicher junger Mann stand hinter dem Empfangstisch, und Marjorie sagte, dass sie nur eine Nacht bleiben wollte. Das ginge in Ordnung, meinte der junge Mann und gab ihr einen Schlüssel, nachdem sie sich eingetragen hatte. Sie hatte Bungalow Nr. 9 und machte sich auf den Weg.

Die Jalousien waren geschlossen, als Marjorie mit ihrer Reisetasche eintrat. Sie zog die Jalousien hoch und öffnete das Fenster, das zur Gartenanlage hinaus ging. Schön war es hier. Sie war plötzlich in Urlaubsstimmung. Aber zunächst mal unter die Dusche!

Flauschige dunkelgrüne Handtücher lagen bereit, und das Gel, das sie in der Dusche fand, schäumte kräftig und duftete frisch nach Farn und Moos. Marjorie wusch sich auch das Haar, weil sie so geschwitzt hatte.

Sie hatte nie Probleme mit ihrem Haar gehabt. Es war naturgelockt und trocknete schnell an der Luft. Trotzdem half sie mit dem Föhn nach. Dann schüttelte sie die wilde seidig glänzende Mähne zurecht, nahm einen spitzenbesetzten winzigen Tanga aus ihrer Reisetasche, außerdem ein knallrotes T-Shirt und eine dünne weiße Hose.

Als sie sich angezogen hatte, fühlte sie sich besser. Jetzt war ihr nach einem kühlen Drink, und sie spürte auch, dass sie Hunger hatte. Sie schloss den Bungalow ab und ging auf das Restaurant zu. Noch war sie keine zehn Schritte gegangen, als sie plötzlich hinter sich eine tiefe männliche Stimme hörte.

»So sieht man sich also wieder. Die Welt ist doch klein.«

Marjorie drehte sich um, sah den blonden Mann mit dem frechen Lächeln, der gleich darauf neben ihr ging. Sympathische graue Augen musterten sie belustigt.

»Ach, Sie sind es.« Marjorie gab sich spröde.

Er lachte. »Sie haben mich also wiedererkannt. Immerhin etwas. Essen wir zusammen?«

»Wohl verrückt geworden, was?« entgegnete sie etwas schnippisch. »Ich kenne Sie ja überhaupt nicht.«

Sein Lachen ging in Grinsen über. »Das lässt sich ändern. Ich heiße Sean Richman. Aber Sie können ruhig Sean zu mir sagen.«

»Warum sollte ich?« Marjorie verschanzte sich hinter Unfreundlichkeit.

»Weil ich ein sympathischer Typ bin, und weil ich Sie nicht fressen will. Wir sind beide auf der Durchreise. Warum sollten wir nicht den langweiligen Abend etwas aufmöbeln? Warum sollten wir nicht miteinander sprechen?«

Marjorie sah ihn an. Sie konnte sich nicht helfen, aber dieser Bursche hatte irgendetwas, was ihr gefiel, auch in seinem Blick. Sie wehrte sich entschieden gegen ein Gefühl aufkommender Sympathie.

»Ich glaube nicht, dass dieser Abend für mich langweilig sein wird. Bisher bin ich stets allein sehr gut zurecht gekommen.«

»Das habe ich mir gleich gedacht. Sie sehen aus wie ein Mädchen, das allein zurechtkommt. Trotzdem fände ich es fantastisch, wenn ich Sie zum Dinner einladen dürfte oder wenigstens zu einem Drink.«

»Hören Sie, Mr. Richman ...«

»Sean«, unterbrach sie der Blonde sanft.

Resigniert seufzte sie. »Okay. Also hören Sie, Sean, ich habe nicht vor, Männerbekanntschaften zu machen. Ich will so was nicht.«

»Großer Gott, sind Sie in einer Klosterschule erzogen, oder was ist los mit Ihnen? Ich will nicht mit Ihnen schlafen, Ma'am. Ich möchte nur mit Ihnen reden. Sie gefallen mir nämlich.«

»So fängt es an.« Marjorie machte ein hochmütiges

Gesicht. »Aber Sie brauchen sich keine Hoffnungen zu machen, Sean. Ich bin nicht das Mädchen, das man abschleppt.« Entschlossen ging sie auf das Restaurant zu.

Er blieb neben ihr. »Sie müssen schlechte Erfahrungen gemacht haben. Ich habe Ihnen doch eben deutlich zu verstehen gegeben, dass ich Sie nicht abschleppen will, wie Sie es ausdrücken. Also seien Sie kein Spielverderber, Jennifer. Machen Sie mit.«

»Ich heiße nicht Jennifer«, zischte sie.

»Ich wollte Sie ja nur provozieren.« Sean lachte. »Aber ich wette, Sie haben irgendeinen Namen.«

Wieder seufzte sie.

»Sie geben ja doch keine Ruhe, bis Sie ihn kennen. Also sage ich Ihnen, wie ich heiße.« Und Marjorie tat es.

»Schöner Name«, meinte er. »Und jetzt, Marjorie, nehmen wir einen Drink, okay?«

»Ich hasse aufdringliche Männer«, erklärte sie. Es klang halbherzig.

»Und ich hasse zimperliche Mädchen«, konterte er.

»Womit die Fronten geklärt wären.« Marjorie verschwand im Restaurant. Sean folgte ihr.

Ein Ober kam auf sie zu. »Einen Tisch für zwei Personen?«

»Nein«, sagte Marjorie.

»Ja«, widersprach Sean.

»Ja, also ...« Der Ober war verwirrt.

»Für zwei Personen.« Sean ließ nicht locker. Der Ober führte sie zu einem Tisch am Fenster, und Sean bestellte sofort zwei trockene Martinis. Dann rückte er Marjorie den Sessel zurecht.

»Sie haben es also geschafft«, knurrte sie, »und mich glatt überrumpelt.«

»Sie hätten ja um Hilfe schreien können«, meinte er.

Sean saß ihr gegenüber und lächelte ihr zu. Sie konnte nicht anders, sie mochte dieses Lächeln. Es war noch immer frech, aber auch irgendwie herzlich. Der Bursche gefiel ihr, und wieder ärgerte sie sich darüber.

»Alles hier vom Feinsten«, stellte Sean fest, der sich umgesehen hatte. »Normalerweise campiere ich in bescheideneren Motels, wenn ich auf Tour bin.«

»Sind Sie das häufig?« wollte sie wissen.

»Nicht sehr oft. Meistens bewege ich mich weit über den Highways.«

»Über den Highways? In der Luft?«

Er nickte. »Erraten.«

»Etwa in einer Verkehrsmaschine? Sind Sie Steward oder so was?«

»Oder so was«. Sean grinste. »Ich bin Kopilot bei Eastern Airlines, um genau zu sein. Meistens fliege ich von Chicago aus.«

»Kopilot!« wiederholte sie, als hätte Sean gesagt, dass er Drogendealer oder noch etwas Schlimmeres wäre.

»Was ist dagegen einzuwenden?« fragte er,

»Ich hasse alles, was mit der Fliegerei zu tun hat.«

»Das sagt ein Mädchen im zwanzigsten Jahrhundert? Was steckt dahinter? Wieder eine böse Erfahrung?« Er wollte es genau wissen.

»Wie man's nimmt.« Und dann erzählte Marjorie von dem furchtbaren Erlebnis, das sie als Kind gehabt hatte.

Sean lächelte nicht mehr. Aufmerksam hörte er ihr zu. Schließlich nickte er.

»Ich kann verstehen, dass Sie sich nicht mehr in eine Maschine setzen. Wahrscheinlich würde es mir nicht anders gehen, wenn ich ein solches Erlebnis gehabt hätte.«

»Sie verstehen das also?«

»Durchaus«, meinte er. »Natürlich verstehe ich es, Marjorie. Und deshalb sind Sie also jetzt auf der Route 66 unterwegs. Nach Los Angeles?«

Der Ober kam und brachte die Martinis. Sean trank Marjorie zu. Auch sie hob ihr Glas.

»Ich fahre zu meinem Freund nach Roswell, New Mexico. Er hat dort eine große Ranch.« Warum erzählte sie das überhaupt?

Sean grinste.

»Roswell, New Mexico«, wiederholte er. »Muss ein fantastischer Ort sein.«

Marjorie wurde wütend. »Jeder Ort ist schön, wenn dort ein Mensch ist, den man gern hat.«

»Wie kann man in Roswell, New Mexico, leben? Wollen Sie dort später wohnen?« Er begriff das nicht.

»Also das geht Sie nun wirklich nichts an, Sean. Ich werde jedenfalls noch ein paar Tage unterwegs sein und mich riesig freuen, in Roswell anzukommen.«

»Scheint sich ja um einen ganz besonderen Fall von großer Liebe zu handeln. Sonst würde ein Mädchen wie Sie nicht nach New Mexico gehen.«

»Wollen Sie auch meine Schuhgröße wissen?« fragte sie spöttisch.

»Ich mag Mädchen, die nicht auf den Mund gefallen sind. Ich mag Sie überhaupt, Marjorie.« Er sah sie lächelnd an.

»Okay, das weiß ich nun. Und wohin wollen Sie? Sie sind doch auf dem gleichen Highway.«

»Ich fahre nach L.A., weil ich mir dieses Sündenbabel einmal ansehen möchte«, gab er zurück.

Sie sah ihn verblüfft an. »Aber warum fliegen Sie nicht?«

»Weil ich das sonst immer tue. Ich wollte mal ein bisschen von dem Land sehen, in dem ich seit dreißig Jahren lebe. Da oben in der Luft ist wenig los. Deshalb werde ich ganz gemütlich nach Kalifornien zuckeln.«

»Ganz allein?«

»Ganz allein«, bestätigte Sean. »Das ist der einsame Wolf in mir. Mich reizt der Duft von Abenteuer und Freiheit, Sie wissen ja Bescheid.«

Marjorie lächelte. »Und was tun Sie in Kalifornien?«

»Ich werde irgendein nettes Mädchen zum Abendessen einladen. Und dann werde ich von Los Angeles all das sehen, was ich schon immer sehen wollte. Die kleinen hübschen Orte am Strand, Beverly Hills und Bel Air. Na ja, Sie wissen schon.«

»Erzählen Sie mir von Ihren Flugrouten«, bat Marjorie. Sie wollte das Gespräch nicht zu persönlich werden lassen.

Der Ober brachte die Speisekarte. Sean und Marjorie bestellten Steaks und Salat. Sie sprachen lange miteinander. Sean erzählte von seinem Job, der gar nicht so aufregend war, wie manche Filme das gern hinstellten, Und auch Marjorie sprach von ihrer Arbeit im Musikhaus ›Bronson & Doubleday‹. Später brachte er sie zu ihrem Bungalow. Als er ihr die Hand zum Abschied reichte, hielt er ihre Hand fest.

»Möglich, dass wir uns morgen nicht mehr sehen. Ich wünsche Ihnen viel Glück, Marjorie. Viel Glück in Roswell, New Mexico.«

»Danke«, erwiderte sie. »Und Glück wünsche ich Ihnen auch. Kommen Sie immer gut wieder runter von da oben.«

Sean lächelte.

»Runter kommen wir immer.« Er ließ ihre Hand los, lächelte dem Mädchen noch einmal zu und machte sich auf den Weg zu seinem Bungalow.

Als Marjorie wenig später im Bett lag, konnte sie nicht gleich einschlafen. Sie hatte plötzlich das Gefühl, dass bei ihr etwas nicht mehr stimmte. Warum tat es ihr Leid, dass sie Sean nicht wiedersehen würde? Sie sollte sich besser wieder auf Jason konzentrieren.

❀

Jason ritt an dem kleinen Fluss entlang dem Wald zu. Die Sonne brannte heiß. Er hatte mächtigen Durst. Es wurde Zeit, dass er nach Hause kam. In dieser Hitze machte es keinen Spaß, draußen zu arbeiten.

Als er sich dem kleinen Wald näherte, sah er das Mädchen. Es saß an einem Baumstamm gelehnt. Die dünnen Lederstiefel hatte es ausgezogen und blickte über die Wiese zu den gelben wogenden Kornfeldern hinüber. Die Fremde hatte das halblange schwarze Haar zurückgestrichen und kaute zerstreut an einem Grashalm. Sie wirkte irgendwie geistesabwesend.

Jetzt hörte Jason die Musik, die aus einem kleinen Transistorradio kam. Deshalb vernahm das Mädchen die Hufschläge auf dem trockenen Boden nicht. Der Apfelschimmel, der auf der Wiese graste, gehörte offenbar zu diesem Mädchen, das Jason in dieser Gegend noch nie gesehen hatte. Er verhielt das Pferd, sah zu der Fremden hin. Es amüsierte ihn, dass sie ihn nicht bemerkte.

Er wartete auf den Moment, in dem sie den Kopf drehte und ihn erkannte. Sie würde einen gehörigen Schreck bekommen. Aber irgendwie hatte sie das verdient. In diesem Moment sah er die Schlange.

Es war eine dieser erdfarbenen tückischen, kleinen Vipern. Sie schlängelte sich genau in den Stiefel, der unweit des Mädchens auf dem Boden lag. Fasziniert, aber völlig konzentriert beobachtete Jason das.

In diesem Augenblick wandte sich das Mädchen ihm zu. Erschrocken stellte es das Radio ab und stand auf.

»Woher kommen Sie denn? Ich habe Sie gar nicht gehört.«

»Bleiben Sie ganz ruhig stehen! Bewegen Sie sich nicht.« Jason sagte das sehr bestimmt, und das Mädchen sah ihn angstvoll an.

»Was wollen sie? Was haben Sie vor?«

»Ruhig bleiben, Miss. Sie können von Glück sagen, dass ich gerade vorbeigekommen bin.« Jason saß ab. Mit drei Schritten war er an dem Stiefel, hob ihn hoch und schleuderte die Schlange mit gewaltigem Schwung ins Gebüsch. Mit weit aufgerissenen Augen beobachtete das Mädchen ihn.

»Was war das?« stieß es hervor.

Jason warf ihr den Stiefel zu, und das Mädchen fing ihn auf.

»Es war nichts weiter, Miss, nur eine Sandviper. Ich hätte gern Ihr Gesicht gesehen, wenn Sie den Stiefel angezogen hätten. Aber es scheint mir, dass es so besser ist.«

Das Mädchen sagte gar nichts. Es hielt den Stiefel in der Hand, als hätte es ihn noch nie gesehen und wüsste gar nicht, was für ein Gegenstand das war. Es war geschockt.

»Eine Schlange?«

»Soll es hier geben. Noch nie davon gehört? Was machen Sie dann hier?«

»Ich ... ich bin zu Besuch hier. Ich wohne bei den Brinks. Sie werden sie sicherlich kennen.«

»Richtig.« Jason lächelte. »Sie sind also auch zur Hochzeit gekommen.«

»Es ist mein Bruder, der heiratet. Ich heiße Ruby Torner.« Sie war noch immer ganz durcheinander, und Jason bemerkte es.

»Seien Sie ein bisschen vorsichtig, wenn Sie hier irgendwo campieren, Miss Torner. Nicht, dass es hier vor Schlangen wimmelt, aber gelegentlich treffen Sie schon auf so ein Biest.«

»Mein Gott, habe ich einen Schreck bekommen!« Ruby sah den großen schwarzhaarigen Mann an und lächelte zaghaft.

Und Jason fand, dass dieses Lächeln ihr ganz besonders gut stand. Er mochte dieses zierliche dunkelhaarige Mädchen auf Anhieb.

»Sie wissen ja jetzt Bescheid, Zum Glück war ich gerade in der Nähe. Aber nun ziehen Sie Ihre Stiefel an und sehen Sie zu, dass Sie zu den Brinks zurückkommen«, empfahl er ihr.

»Das werde ich bestimmt tun. Um nichts in der Welt würde ich hier an diesem Ort noch länger bleiben. Herrgott, wenn Sie nicht gewesen wären.

»Vielleicht hätten Sie die Viper ja bemerkt, ehe Sie den Stiefel angezogen hätten«, unterbrach er sie.

»Das glaube ich nicht. In diesen Dingen bin ich ziemlich nachlässig. Das verdammte Biest hätte mich gebissen. Nein, ich möchte mir das nicht vorstellen.« Sie schüttelte sich.

»Tun Sie's auch nicht.« Jason ging auf sein Pferd zu. »Wir sehen uns bei der Hochzeit, Miss Torner.«

»Sie haben mir Ihren Namen noch nicht gesagt.«

»Jason Parks.«

»Ach.« Wieder lächelte Ruby. »Von Ihnen habe ich schon gehört. Ich freue mich sehr, Sie kennen gelernt zu haben, Mr. Parks.«

Jason saß auf.

»Bis übermorgen also, Miss Torner.« Er tippte an seinen Stetson, den er immer trug, wenn die Sonne so heiß war, und trieb mit einem Schenkeldruck den Rapphengst an, Ruby sah ihm nach. Dann zog sie in Windeseile die Stiefel an.

Sie hatte es plötzlich schrecklich eilig, von hier wegzukommen. Was hatte sie sich nur gedacht? Dass es hier so war wie am Strand von Connecticut? Niemand hatte sie gewarnt. Na, sie würde ihrer zukünftigen Schwägerin etwas erzählen, wenn sie zurückkam!

Helen Brinks war in der Bibliothek des alten Herrenhauses im Südstaatenstil und war gerade dabei, eingetroffene Hochzeitsgeschenke auszupacken, als Ruby hereinstürmte. Aufgeregt erzählte sie, was passiert war.

»Großer Gott!« sagte Helen sofort. »Warum sitzt du denn auch am Waldrand herum? Musik kannst du doch aus unserer Stereoanlage viel besser hören.«

»Es gefiel mir da. Es war irgendwie romantisch. Ich habe den Sommer geschmeckt.«

»Quatsch!« sagte Helen resolut. »Du solltest mir lieber helfen, die Geschenke auszupacken. Gar nicht auszudenken, was passiert wäre, wenn die Schlange dich wirklich gebissen hätte. Wahrscheinlich wärst du schon tot gewesen, ehe du hier angekommen wärest.«

»Geht das so schnell?« fragte Ruby.

Helen lächelte irritiert. »Ich weiß es nicht. Ich bin noch nie von einer Schlange gebissen worden. Niemand in meiner Familie ist das. Soviel ich weiß.«

Ruby ließ sich in einen hochlehnigen Sessel fallen.

»Ein netter Mann, dieser Jason Parks.«

»Wenn man Männer wie ihn mag«, meinte Helen und zuckte mit den Schultern.

»Was heißt das? Was willst du damit sagen, Helen?«

»Ich finde ihn reichlich langweilig«, gab Helen zurück. »Aber das ist natürlich Geschmackssache. Vielleicht kenne ich ihn auch schon zu lange. Man trifft sich ja gelegentlich auf Partys oder so. Ich bin sozusagen mit Jason aufgewachsen. Natürlich nicht direkt, aber du weißt schon, was ich meine.«

Ruby sah an ihr vorbei.

»Er ist sehr männlich, und scheint ein Mann zu sein, der alles in Ordnung bringen kann.«

Helen lachte. »Burt gefällt mir besser. Mir sind Männer lieber, die Unordnung in mein Leben bringen. Es ist einfach aufregender.«

»Er ist nicht verheiratet?« erkundigte sich Ruby.

»Ist er nicht. Ich meine, das sagt schon alles. Ein Mann in seinem Alter!«

»In seinem Alter, wie das klingt! Er kann doch nicht älter sein als dreißig.«

»Er ist einunddreißig«, erwiderte Helen.

Ruby lächelte.

»Ich mag ihn. Er hat mir das Leben gerettet.«

Helen stellte mit Nachdruck eine Kristallvase auf den Tisch.

»Nun werde aber nicht dramatisch, Ruby. Das passt nicht zu dir. Was hat er denn schon Großes getan? Er hat die Schlange in den Wald geworfen. Dafür würde man keinen Orden bekommen.«

»Ich pfeife auf Orden.« Ruby stand auf. »Er hat im richtigen Augenblick richtig gehandelt. Mir gefällt ein Mann, der so ist wie er.«

Spöttisch sah Helen sie an.

»Soweit mir bekannt ist, hat er eine Freundin in Chicago. Aber da ich weiß, dass er nie in Chicago war, ist es bestimmt keine feste Sache. Allerdings weiß man bei Jason nie. Er hat das Herz nicht auf der Zunge«

»Chicago«, sagte Ruby lässig. »Chicago ist weit weg.«

❁

Marjorie hatte verschlafen. Als sie erwachte, war es schon nach neun. Mit einem Satz war sie aus dem Bett. Was war denn plötzlich mit ihr los? In Chicago war ihr so etwas nie passiert.

Dabei war sie gestern Abend doch gar nicht spät ins Bett gegangen. Sie ärgerte sich. In aller Frühe hatte sie losfahren wollen, und jetzt hatte sie schon ein paar Stunden versäumt.

Als sie aus dem Bad kam, war es kurz nach halb zehn. Marjorie trug wieder die weiße Hose und das rote T-

Shirt. Sie hatte ihre Toilettengegenstände wieder in die Reisetasche gepackt, wollte nach dem Frühstück an der Rezeption die Rechnung bezahlen und sofort losfahren. Es versprach wieder ein heißer, sonniger Tag zu werden.

Als sie den Polizeiwagen vor dem Rezeptionsbungalow sah, brachte sie ihn nicht sofort mit Sean Richman in Verbindung. Sie ging in den Frühstücksraum, stellte ihre Reisetasche an einem Tisch ab und begutachtete das Frühstücksbüfett. Sie spürte plötzlich, dass sie Hunger hatte. Vielleicht lag es daran, dass sie so lange geschlafen hatte. Sie packte sich das Tablett voll.

Als sie an ihrem Tisch saß, fragte der Ober, ob sie Tee oder Kaffee wolle. Marjorie entschied sich für Kaffee. Der Kaffee in den Motels war meist nicht von besonderer Qualität, aber sie brauchte etwas, um ganz wach zu werden. Sie hatte gerade begonnen, ihre Cornflakes zu löffeln, als Sean durch den großen Raum auf sie zukam. Er machte ein Gesicht, als stände der Weltuntergang vor der Tür.

Sie hörte auf zu essen und sah Sean an, der am Frühstückstisch ihr gegenüber Platz nahm. Wütend sah er aus, zornig und auch ein bisschen verwirrt. Gespannt wartete Marjorie.

»Sie sehen mich total am Boden zerstört. Dieses verdammte Land! Immer muss so etwas passieren! Man liest ja ständig davon in den Zeitungen. Aber man denkt doch nicht, dass man selbst betroffen sein könnte.«

»Wovon reden Sie eigentlich?«

»Mein Wagen ist heute Nacht gestohlen worden. In den frühen Morgenstunden muss es passiert sein, als niemand den Parkplatz mehr bewachte. Auch ein anderer Dodge ist verschwunden.«

»Meine Güte, das ist ja schrecklich!« Marjories Gesicht drückte Mitgefühl aus.

»Da scheint ein Dodge-Fetischist am Werk gewesen

zu sein«, meinte er. »Sie können beruhigt sein. Ihre Karosse steht noch da.« Sean grinste, aber es war mehr eine klägliche Grimasse.

»Das ist nicht der Punkt«, sagte sie. »Es tut mir wirklich Leid, was Ihnen passiert ist. Also deshalb war die Polizei da. Und jetzt?«

Sean legte die Arme auf den Tisch und beugte sich vor. »Jetzt habe ich drei Möglichkeiten«, erklärte er.

»Es gibt immer drei Möglichkeiten«, spottete Marjorie.

»Allen Ernstes. Ich könnte hier sitzen und darauf warten, dass die Polizei den Wagen zurückbringt, oder ich könnte mir einen anderen Wagen kaufen, leihen vielleicht auch. Aber die dritte Möglichkeit gefällt mir am allerbesten.« Seans Lächeln war ganz unschuldig und offen.

»Nämlich?« Marjorie war auf der Hut.

»Ich lasse mich von ihnen ein Stück mitnehmen. Was halten Sie davon? Akzeptieren Sie einen armen wagenlosen Mann als Reisebegleiter?«

Marjorie war platt. Damit hatte sie nicht gerechnet. Plötzlich sah sie Komplikationen auf sich zukommen, Schwierigkeiten ernsterer Art. Sie konnte später nicht sagen, dass sie in diesem Moment keine Vorahnung gehabt hätte. Vielleicht schwieg sie deshalb so lange.

»Sie finden den Gedanken also nicht so fantastisch wie ich.«

Sean setzte sich wieder im Sessel zurück. »Schade. Es hätte schön werden können . . ., für uns beide. Sie wären nicht allein gefahren und ich auch nicht. Die Strecke bis New Mexico kann sehr langweilig werden. Haben Sie schon mal darüber nachgedacht?«

»Sie sind ein unmöglicher Kerl«, meinte Marjorie, aber sie lächelte.

»Was kann ich dafür, dass man mir den Wagen gestohlen hat?« Sean legte die Hand aufs Herz. »Ich bin völlig unschuldig an dieser Situation. Aber ich habe gelernt, aus jeder Lage das Beste zu machen. Alles Schlechte hat auch sein Gutes – unter Umständen.«

Marjorie seufzte. Sie sah Sean wieder an, blickte direkt in diese grauen frechen Augen, die mit dem bittenden Blick jetzt fast kindlich wirkten.

»Also gut«, sagte sie. »Ein Stückchen nehme ich Sie mit. Aber glauben Sie nicht, dass ich Sie bis L.A. bringe. Ich bin kein Transportunternehmen.«

»Marjorie, Sie haben mir das Leben gerettet. Ich wusste, dass ich mich auf Sie verlassen kann. Sie sind der geborene Kumpel.«

Sofort hakte Marjorie ein. »Okay, sehen wir es so. Reisen wir als gute Freunde, und irgendwann schmeiße ich Sie raus.«

»Abgemacht, ich bin dabei. Darauf lasse ich mich ein. Aber ich frage mich, warum Sie das mit der Freundschaft unbedingt erwähnen mussten. Ist doch klar, dass wir Freunde sind, nur Freunde. Etwas anderes kommt gar nicht in Frage. Schließlich fahren Sie zu Ihrem Liebsten in diesem wundervollen Ort Roswell.«

»Eben«, sagte Marjorie. »Und ich möchte, dass Sie das nicht vergessen.«

»Ich bin ein Gentleman. Ich würde niemals wagen, Ihnen einen unzüchtigen Antrag zu machen, wäre die Situation auch noch so geeignet.«

»Hören Sie damit auf. Die Sache ist klar. Kein Wort über andere Dinge.«

»Ich möchte wissen, was Sie darunter verstehen.« Sean grinste.

»Das wird für immer mein Geheimnis bleiben.« Wieder lächelte Marjorie. Sie hob den halbgeleerten Teller mit den Cornflakes zur Seite, trank den heißen Kaffee, den der Ober gebracht hatte, und bestrich sich eine

Scheibe Toast mit Butter. »Haben Sie schon gefrühstückt?«

»Das habe ich längst hinter mir. Ich wollte in aller Frühe aufbrechen, sah das Problem erst, als ich zum Parkplatz kam. Es war ein ganz schöner Wirbel heute Morgen. Also ein Tag, der so anfängt, kann nicht gut enden.«

»Berufen Sie das nicht.« Marjorie kreuzte schnell die Finger. »Sonst hängen wir heute Nachmittag irgendwo mit einer Panne in einer gottverlassenen Gegend.«

»Erstens haben Sie einen äußerst stabilen Wagen, zweitens einen sehr stabilen Mann zur Seite. Ihnen kann nichts mehr passieren, Ma'am.«

Marjorie sah ihn nur an. Sie war nicht ganz von dem überzeugt, was Sean eben gesagt hatte. Sie fühlte sich plötzlich sehr merkwürdig. Aber das behielt sie besser für sich. Sie und dieser gut aussehende Bursche allein auf dem Highway! Warum hatte sie sich nur darauf eingelassen?

»Sie frühstücken jetzt in aller Ruhe, und ich lade mein Gepäck ein, okay?« Sean stand auf.

Marjorie gab ihm den Wagenschlüssel.

»Okay, packen Sie ein«, sagte sie.

❀

»Donnerwetter, siehst du gut aus!« Deborah Parks stand in der Halle und sah Jason die Treppe herunterkommen. In der schwarzen engen Hose, dem weißen Dinnerjackett und der weinroten Fliege über dem Seidenhemd hatte er etwas Weltmännisches. Er sah plötzlich gar nicht mehr aus wie ein Rancher aus Roswell, New Mexico.

»Ist was, Mom?« Jason grinste. »Wir gehen doch zu einer Hochzeitsparty, oder?«

»Ich hätte nicht gedacht, dass du dich so herausputzen würdest. Dir liegt doch gar nichts an diesem Fest.«

»Ich hab's dir zuliebe getan. Schließlich weiß ich doch, wie viel Wert du darauf legst, einen guten Eindruck zu machen.«

Deborah klemmte die schwarze Handtasche fester unter den Arm. Sie sah auch nicht übel aus in ihrem silbergrauen langen Kleid, das eine doppelreihige Perlenkette schmückte. Das graublonde Dauerwellenhaar war akkurat frisiert. Deborahs Haltung wirkte imponierend, fast aristokratisch.

»Gehen wir, Mutter«, sagte Jason. »Es wird Zeit.«

Der alte dunkelgrüne Cadillac stand vor der Tür. Galant öffnete Jason seiner Mutter den Wagenschlag, ehe er sich hinter das Steuer setzte. Der Caddy war gut zehn Jahre alt, und Jason hatte sich schon oft vorgenommen, die diversen Rostflecken zu beseitigen. Irgendwie hatte er nie Lust dazu gehabt. Jetzt wäre es ihm lieber gewesen, wenn er mit einem chromblitzenden Superschlitten vorgefahren wäre. Kritisch musterte Deborah ihren Sohn.

»Du siehst nicht so aus, als würdest du mit großem Unbehagen zu dem Fest gehen. Umso besser. Es wäre mir gar nicht recht, wenn du mit mürrischem Gesicht herumständest!«

»Eine Party ist eine Party«, brummte Jason, als er losfuhr. Aber er wusste, dass es diesmal anders sein würde, Nicht umsonst hatte er sich mit Sorgfalt angezogen, hatte lange gebadet und sich gestriegelt wie ein Gaul, der fürs Rodeo aufgeputzt wurde. Er dachte an Ruby Torner.

»Wenn Marjorie dich so sehen könnte!« Da war wieder die Stimme seiner Mutter, die ihn in die Gegenwart zurückrief. »So würdest du einen fantastischen Eindruck auf sie machen. Aber ich bin sicher, es gelingt dir auch in anderer Kluft.«

Marjorie! Jason hatte ein komisches Gefühl, wenn er an sie dachte. Da war das Mädchen jetzt auf dem Weg hierher voller Träume und Hoffnungen, und er dachte an diese verflixte Ruby Torner mit den unschuldigen hellen Augen. Es gab Momente, da kam er sich wie ein Schuft vor. Dies war so ein Augenblick.

Zuerst hatte er versucht, diese alberne kleine Begebenheit, diese flüchtige Begegnung, aus seinen Gedanken zu streichen. Es war ihm nicht gelungen. Immer wieder musste er an Ruby denken. Sie war so unbekümmert und auch so hilflos gewesen, und sie hatte ihm so gut gefallen.

»Gott sei Dank, dass es nicht mehr so furchtbar heiß ist.« Deborah zupfte am Ärmel ihres grauen Seidenkleides. »Wie ich die Brinks kenne, wird der größte Teil der Party im Garten stattfinden. Es ist draußen auch angenehmer als in den verqualmten Räumen. Wie ich gehört habe, sollen eine Menge Leute kommen. Es sollen an die zweihundert sein.«

»Es ist eben eine Hochzeit im alten Stil«, meinte Jason.

»Wenn es bei dir soweit ist, müssen wir auch ein großes Fest geben und natürlich auch den gesamten Brinks-Clan einladen.«

»Du tust gerade, als würde meine Hochzeit schon im nächsten Monat stattfinden.« Jason lächelte. »Noch kenne ich Marjorie gar nicht persönlich.«

Sie zog die Brauen hoch. »Nanu, ich dachte, du seist ganz verrückt darauf, sie zu sehen.«

»Das schon. Aber man weiß ja nie, wie die Sache sich entwickelt.« Er vermied es, seine Mutter anzusehen.

»Plötzlich so skeptisch? Was sind denn das für Töne, Jason? Kriegst du es plötzlich mit der Angst zu tun?«

»Natürlich nicht, Mom. Es war nur eine Feststellung. Erst mal sehen, wie sich Marjorie bei uns zurechtfindet.

Vielleicht ist sie ja froh, wenn sie nach einer Woche wieder abreisen kann.«

»Also wirklich, Jason!« Seine Mutter schüttelte den Kopf. »Das klingt ja, als würdest du es dir wünschen. Was ist los mit dir?«

»Du siehst das total falsch, Mutter. Wir beide denken, dass wir hier draußen ein herrliches Leben haben. Aber Marjorie kommt aus Chicago«, meinte er.

»Das hat dich bisher nicht gestört. Vor ein paar Tagen warst du noch ganz sicher, dass sie sich hier wohl fühlt, und dass sie weiß, was sie erwartet.«

»Sie wird sich hier wohl fühlen, und sie wird sich hier einleben. Das ist doch klar.« Es klang gar nicht mehr so überzeugt.

Wieder sah Deborah ihren Sohn gespannt an. Irgendetwas stimmte mit ihm nicht. Sie war sicher, dass er plötzlich Angst vor seiner eigenen Courage hatte.

Als sie bei den Brinks ankamen, war die Party schon in vollem Gang. Durch die weitgeöffnete Terrassentür quollen die Gäste in den Garten hinaus, wo die Tische und Stühle aufgestellt waren. Eine Band spielte, ein Ochse hing über dem Feuer am Spieß. Unter dem schützenden Dach einer Blutbuche war ein kaltes Büfett aufgebaut, von weiß gekleideten Kellnern bewacht und beschützt. Champagnerkorken knallten, und Jason hatte im Nu einen Bourbon in der Hand. Aus Champagner hatte er sich noch nie viel gemacht.

Das Hochzeitsgeschenk hatten die Parks schon einen Tag vorher geschickt. Es war ein junges Fohlen, das sich die Braut schon lange gewünscht hatte. Sie war ganz verrückt auf Pferde, und dieses Fohlen wollte sie sich später als Reitpferd großziehen. Helen Brinks, die jetzt Torner hieß, sah wunderschön aus in ihrem weißen Brautkleid aus Satin. Aber auch Burt Torner machte keine schlechte Figur in seinem nachtblauen Smoking. Natürlich drehte sich alles um die beiden an diesem Tag.

Jason und seine Mutter mussten viele Leute begrüßen. Deborah stand bald mit einigen älteren Damen zusammen, die sie schon lange kannte. Helen wollte unbedingt die Hochzeitsgeschenke zeigen, die auf langen Tischen in der Bibliothek aufgebaut waren. Jason tat interessiert. In Wirklichkeit hielt er nach Ruby Ausschau.

Als er sie später auf der Terrasse in einem langen mimosengelben Kleid aus flatternder Seide sah, war er regelrecht hingerissen. Das schwarze Haar lag weich um ihr ausdrucksvolles Gesicht. Als Jason sie begrüßte und sie ihm zulächelte, da hatte er ein merkwürdiges Gefühl in der Magengegend.

»Mein Lebensretter«, sagte Ruby. »Ich freue mich sehr, Sie hier zu sehen, Mr. Parks.«

»Ich freue mich auch. Aber hören Sie endlich auf, mich Ihren Lebensretter zu nennen. Das klingt so theatralisch. Ich bin ein ganz normaler Mann.«

Ruby sah ihn mit ihren hellen Augen an, die einen so aufreizenden Kontrast zu ihrem Haar darstellten.

»Ich finde Sie ungeheuer aufregend, Jason Parks«, sagte sie.

Er schluckte.

»Ich wüsste nicht, womit ich dieses Kompliment verdient hätte.« Er grinste, ließ, die weißen Zähne im gebräunten Gesicht blitzen.

»Ich mache keine Komplimente, sondern sage nur, was ich denke. Ich find's prima, dass Sie da sind.«

Jason nahm einen großen Schluck Bourbon. Dieses Mädchen! Was hatte der da oben sich gedacht, ihm ausgerechnet diese süße Ruby Torner über den Weg zu schicken? Ausgerechnet jetzt, wo er Marjorie erwartete.

Er musste sich zusammennehmen. Es fehlte gerade noch, dass er irgendwelchen Gefühlen nachgab. Er ließ Marjorie nicht kommen, um sie gleich wieder wegzuschicken. Er hatte sich auf sie eingelassen, und jetzt musste er sehen, wie er mit der Sache fertig wurde. Aber die Freude auf die Begegnung war entschieden getrübt.

»Wie gefällt es Ihnen hier in New Mexico?« fragte er. »Bleiben Sie lange bei den Brinks?«

»Ich werde hier eine Weile Urlaub machen. In drei, vier Wochen kann ich Ihnen die Frage beantworten, wie es mir hier gefällt. Im Augenblick fühle ich mir sehr wohl«, erwiderte Ruby.

»Ein bißchen ländlich hier... und auch einsam.« Jason lächelte wieder.

»Aber nicht übel«, meinte sie, »wenn man aus einer Stadt wie New York kommt. Im Sommer ist es dort unerträglich. Die reicheren Leute flüchten aufs Land.« Ruby sagte das mit leichter Ironie.

»Aber hier Urlaub zu machen und hier zu leben, das sind zwei Paar Schuhe«, warnte er.

»Ich habe nie darüber nachgedacht. Aber ich glaube, es könnte mir hier gefallen, nicht nur für den Urlaub.«

Ein Diener mit einem Tablett kam vorbei, und Jason tauschte sein geleertes Glas gegen ein volles aus. Fragend sah er Ruby an. Sie winkte ab.

»Ich nehme noch einen Schluck Champagner.« Er beeilte sich, ihr ein Glas zu bringen.

❁

Jason spürte plötzlich, dass seine Mutter ihn beobachtete. Das gefiel ihm ganz und gar nicht. Sie hatte stets so etwas wie den sechsten Sinn gehabt. Schon in frühester Kindheit hatte er nichts vor ihr verbergen können. Immer war sie hinter seine Schliche gekommen und hatte jede Torheit sofort durchschaut.

»Gehen wir zum kalten Büfett. Was halten Sie davon, Ruby?«

Sie nickte. »Gute Idee. Ein kleiner Happen könnte mir nicht schaden.«

»Wenn Sie allerdings auf den Ochsen warten wollen ...«

»Das ist nicht mein Geschmack. Ich bin mehr für Geflügel, welcher Art auch immer.«

»Wahrscheinlich haben Sie deshalb diese bemerkenswert schlanke Figur.«

Ruby lächelte vergnügt. »Darüber habe ich mir nie Gedanken gemacht.«

Aber Jason tat es. Er fand, dass Ruby die aufregendste Figur hatte, die man sich nur denken konnte. Der runde Ausschnitt des gelben Kleides ließ den Ansatz ihrer schwellenden Brüste sehen, die sich rund und straff gegen die dünne Seide drängten. An den harten Spitzen, die sich plastisch abzeichneten, erkannte Jason, dass sie keinen BH trug. Der Anblick erregte ihn so, dass er immer wieder auf ihre Brüste starrte. Rubys Taille war so schmal, dass Jason sicher war, sie mit seinen beiden Händen umfassen zu können. Aber ihr Po war rund und fest und bewegte sich verlockend unter dem Seidenstoff, als sie zum Büfett ging. Dass sie schöne, schlanke Beine hatte, war Jason schon bei ihrer ersten Begegnung aufgefallen. Ruby war gut einen Kopf kleiner als er, aber er mochte zierliche Frauen. Die superschlanken, langbeinigen Blondinen mochte er nicht besonders.

Von Ruby ging etwas aus, das ihn erotisch ungemein stimulierte. Es lag vielleicht an der Art, wie sie sich bewegte. Aber es war nicht nur das. Jason hatte das bedrückende Gefühl, sich in dieses Mädchen verliebt zu haben, in ihr Lächeln, in ihre Augen und natürlich in ihre aufregende Figur.

Eine schöne Geschichte war das! Da war dieses Mädchen aus Chicago auf dem Weg zu ihm, und er fiel auf Ruby Torner herein! Seit zwei Tagen ging es ihm nicht aus dem Sinn. Und heute Abend war er sicher, dass es ihn erwischt hatte.

Großer Gott, wenn seine Mutter davon erfuhr! Sie würde zetern wie ein Marktweib, und sie hatte Recht mit ihrer Empörung. Warum hatte er aber auch diese verrückte Geschichte mit Marjorie in die Wege geleitet?

Er hatte nicht nur ihre Zuschrift bekommen. Es waren viele, die ihm geschrieben hatten. Aber Marjories Brief war so patent und natürlich gewesen. Auch vom Aussehen her hatte sie ihm gefallen. Darum hatte er sich nur mit ihr in Verbindung gesetzt. Wochenlang hatten sie sich Briefe geschrieben, einige Male auch telefoniert, und Jason war sicher gewesen, dass sie die Richtige war. Aber jetzt überfiel ihn dieses Gefühl zu Ruby wie ein Hurrikan.

»Was machen Sie für ein Gesicht, Jason? Bekommt Ihnen der Bourbon nicht?« Ruby lächelte ihm zu, als sie vor dem Büfett standen. Jason schien all die Köstlichkeiten gar nicht zu sehen.

Er beschloss, an diesem Abend nicht mehr an Marjorie zu denken.

»Ich überlegte gerade, worauf ich Appetit habe.«

»Also ich nehme zunächst mal zwei Hähnchenschenkel in diesem delikaten Dressing und ein bisschen mexikanischen Salat dazu.« Der Ober hinter dem Büfett bediente sie.

Jason entschied sich für Roastbeef, Reissalat und eingelegte Oliven. Mit ihren Tellern steuerten sie auf einen Tisch zu und setzten sich. Um sie herum war Lachen, Stimmengewirr und Gläserklingen. In der warmen Luft mischte sich der Duft gebratenen Ochsens mit teurem After-Shave und französischem Parfum.

»Ein bisschen zäh, diese Hähnchen«, schimpfte Ruby, als sie sich mit Messer und Gabel ans Werk machte. Und dann geschah es. Als sie sich ein Stück von dem Hähnchenschenkel abschneiden wollte, rutschte der in dem braunen Dressing aus und landete auf Jasons Schoß. Entsetzt starrte sie Jason an.

»Keine Katastrophe, Ruby.« Jason nahm den Hähnchenschenkel, legte ihn auf eine Papierserviette. »Deshalb werde ich nicht zusammenbrechen.«

»Großer Gott, ist mir das peinlich! Also so etwas ist mir noch nie passiert. Ihre schöne Hose, Jason! Wir müssen sofort etwas tun, sonst geht der Fleck nie wieder raus.«

»Keine Aufregung, Ruby.« Er nahm sein Taschentuch und machte sich an dem Fleck zu schaffen.

Ruby protestierte.

»So geht das nicht! Damit wird alles noch schlimmer. Gehen wir ins Haus! Mit warmem Wasser geht das Zeug bestimmt raus.«

Jason ließ sich nicht lange bitten. Er stand auf und folgte ihr. Sie schleuste ihn zwischen den Gästen hindurch ins Haus zum Badezimmer im Parterre. Dort nahm sie ein Handtuch, ließ heißes Wasser darüberlaufen und begann, den Fleck an Jasons Hose auszuwaschen. Sie machte das sehr geschickt, aber er hatte das Gefühl, dass sie ihn ganz anders und ganz intensiv berührte. Er spürte, dass es ihn auf ganz bestimmte Weise und bestimmt bald unübersehbar erregte.

»Lassen wir es gut sein, Ruby. Es ist schon okay. Sie wollen mich doch nicht ganz unter Wasser setzen.« Jason hatte einen roten Kopf bekommen. Er war in heilloser Verlegenheit, schob sie jetzt sanft von sich. Mit diesen unvorstellbar unschuldigen Augen sah sie zu ihm auf.

»Glauben Sie wirklich, dass es okay ist?«

»Wenn ich es sage. Die Hose kommt in die Reinigung, und der Fall ist ausgestanden. Also gehen wir wieder zu unserem Essen zurück. Außerdem hätte ich gern einen Bourbon.«

Ruby warf das Handtuch in einen Korb und verließ mit Jason das Badezimmer. Hatte sie bemerkt, was sie angerichtet hatte? Jason war sich nicht klar darüber.

Jedenfalls war er mit sich und der Welt uneins. Er war in einer schlimmen seelischen Verfassung. Wie diese Ruby Torner ihn faszinierte! Sie erweckte ein Verlangen in ihm, das ihn bestürzte. Er hatte den dringenden Wunsch, sie in die Arme zu reißen, sie heftig und leidenschaftlich zu küssen und sie zu berühren, ihre wundervollen straffen Brüste zu streicheln, ihre Schenkel . . .

❁

Während sie zu ihrem Tisch zurückgingen, erzählte Ruby von einem kleinen Zwischenfall, der ihr mal mit einem umgestürzten Rotweinglas passiert war. Aber Jason hörte kaum zu. Er hatte Mühe, gegen diese Erregung anzukämpfen, die ihn bedrängte. Warum war Ruby aber auch so unverschämt sexy?

An ihrem Tisch nahm Jason den verunglückten Hähnchenschenkel und warf ihn mit der Papierserviette in einen Abfalleimer, der zwischen einigen Hibiskusbüschen stand. Ruby versprach, jetzt besonders vorsichtig beim Essen zu sein, und Jason setzte sich wieder zu ihr. Mit seinem Appettit war es nicht weit her. Er beoabachtete Ruby, die es sich offenbar schmecken ließ. Auch die Art, wie sie aß, gefiel ihm.

Die meisten Menschen sahen nicht sehr vorteilhaft aus, wenn sie die Speisen in sich hineinschaufelten. Aber bei Ruby wirkte eben alles ästhetisch und graziös. Oder lag es nur daran, dass er bis über beide Ohren in sie verliebt war? Manchmal, wenn sie ihm zulächelte, hatte er das Gefühl, dass sie ihn auch mochte. Dann war da wieder dieser Wunsch, sie in die Arme zu nehmen, sie zu streicheln, diesen Mund zu küssen, der so begehrenswert war.

Noch nie war Jason so heillos durcheinander gewesen. Immer hatte er mit beiden Beinen fest im Leben gestanden und stets gewusst, was er zu tun hatte. Jetzt war das

Fundament seiner Prinzipien ins Wanken geraten, und er bewegte sich auf schwankendem Boden. Dass er sich dabei nicht besonders fühlte, war klar.

Ja, wenn es Marjorie nicht gegeben hätte, hätte er sich jetzt hineinfallen lassen in dieses Gefühl, hätte alles versucht, Ruby zu erobern. Aber wie die Dinge lagen, erschien es Jason besser, sich in Zurückhaltung zu üben. Verliebt oder nicht, er war Marjorie verpflichtet und konnte sie nicht zurückweisen wie eine unaufgefordert geschickte Ware. Nein, so etwas tat kein Mann von Anstand und Charakter.

»Sie haben nicht eben viel gegessen«, stellte Ruby fest, als ihr Teller leer war.

»Ich habe tatsächlich wenig Appetit. Es liegt wohl an der Luft. Ich besorge mir noch einen Bourbon.«

»Ein Mann wie Sie kann eine Menge vertragen, richtig?« Wieder lächelte Ruby dieses Lächeln, das Jason so verrückt machte.

»Ich bin kein Säufer, wenn Sie das meinen. Aber heute ist mir nach ein paar Whiskeys. Ich weiß nicht, woran es liegt.«

Ruby war ein Mädchen mit Erfahrungen. Sie wusste Bescheid über Männer und glaubte zu wissen, dass sie einiges in Jason angerichtet hatte. Er konnte so unbeholfen wirken wie ein Holzklotz, aber selbst dann war er noch liebenswert. Es machte ihr Spaß, ihm den Kopf zu verdrehen, weil sie sich selbst in ihn verliebt hatte. Aber warum war er nur so stur, so spröde?

Als Jason sich seinen Bourbon geholt hatte und wieder an den Tisch kam, trommelte Ruby auffordernd mit den Fingerspitzen im Takt der Musik. Sie sah Jason an, der sich etwas schwerfällig gesetzt hatte.

»Wollen wir tanzen, wenn Sie den Bourbon getrunken haben?«

Jason bekam einen Heidenschreck. Mit ihr tanzen . . .?

Ihren Körper dicht an seinem ...? Ausgeschlossen! Er wollte sich nicht noch einmal in Gefahr bringen. In Rubys Nähe war er so leicht entflammbar wie eine Benzinlache, in die man ein brennendes Streichholz warf. O nein, er würde sie nicht so eng an sich heranlassen.

»Ich tanze wie ein Walfisch. Wir probieren es besser gar nicht erst.«

Ruby lachte leicht.

»Tanzen Walfische?« fragte sie.

»Eben nicht. Nein, Miss Torner, dafür suchen Sie sich einen anderen.«

Ihre Brauen zuckten hoch. »Warum wieder so förmlich? Wir waren doch schon ein Stück weiter. Ich verlange, dass Sie Ruby zu mir sagen.«

»Okay, Ruby, dagegen ist nichts einzuwenden. Ich höre meinen Vornamen auch lieber als Mr. Parks. Trotzdem tanze ich nicht mit Ihnen.«

»Sehr uncharmant.« Ruby war enttäuscht. Sie träumte davon, sich an diese breite Männerbrust zu schmiegen und Jason ganz, ganz nah zu sein. Aber offenbar klappte es heute Abend nicht. Irgendetwas lief schief.

»Nehmen Sie auf mich keine Rücksicht, Ruby. Es gibt hundert Männer hier, die mit Vergnügen mit Ihnen herumhopsen würden. Suchen Sie sich einen. Ich wette, Sie bekommen von keinem einen Korb.«

»Ich will die anderen nicht. Ich möchte furchtbar gern mit Ihnen tanzen, Jason.« Sie blieb hartnäckig.

»Das Thema ist gestorben. Tut mir wirklich Leid, Ruby. Vergeuden Sie nicht mit mir Ihre Zeit. Ich bin ein eingefleischter alter Junggeselle, der nichts von feinen gesellschaftlichen Manieren weiß, und kein Mann, der Ihnen gefallen könnte.«

»Woher wissen Sie das? Ach, Jason, ich finde Sie einfach umwerfend, wenn Sie mich so belügen.«

Jason nahm einen großen Schluck aus seinem Glas.

»Ich belüge Sie nicht. Ich warne Sie nur«, erklärte er.

»Warnungen sind dazu da, in den Wind geschlagen zu werden.« Und wieder lächelte Ruby so hinreißend, dass sich Jason nur in seinen Bourbon flüchten konnte.

Er musste dieses Mädchen loswerden. Es hatte ja alles keinen Sinn. Ruby war einfach zu verführerisch und zu aufregend. Er musste an Marjorie denken. Dabei brannte er darauf, mit Ruby zu tanzen, sie in den Armen zu halten, ihren Körper zu spüren.

Zum Teufel, es gab Dinge, die musste man sich versagen. Er konnte doch sonst zu allen möglichen Wünschen und Neigungen Nein sagen. Warum fiel es ihm diesmal so schwer? Frauen brachten das ganze Leben in Unordnung. Warum merkte er das erst jetzt?

»Erzählen Sie mir von Ihrer Ranch«, bat Ruby, als sie später neben Jason durch den riesigen Garten ging.

Jason hatte ein Glas in der Hand und rauchte eine Zigarette. Gelegentlich gab er das Rauchen auf, aber gelegentlich fiel er auch wieder in seine alte Sünde zurück. Heute Abend brauchte er etwas, woran er sich festhalten konnte. Sein Gefühlsleben war noch immer in einem chaotischen Zustand.

Offenbar konnte Ruby nicht begreifen, dass er nichts von ihr wollte. Sie klebte an ihm wie eine Klette. Sie ließ ihn nicht aus. Normalerweise wäre Jason das nur recht gewesen. Aber zurzeit war eben nichts normal.

»Was soll ich Ihnen von der Ranch erzählen? Es ist ein ziemlich eintöniges Leben da draußen. Da passiert nichts, was eine hübsche junge Dame interessieren könnte.«

»Mich interessiert alles, was mit der Parks-Ranch zusammenhängt. Ich war noch nie auf einer richtigen Ranch.«

»Da gibt es auch nichts Besonderes zu sehen, nur Weiden, Viehherden, ein Wohnhaus, ein paar Ställe und das Bunkhaus, in dem die Cowboys schlafen«, erwiderte Jason abweisend.

»Trotzdem würde ich es mir gern einmal ansehen.« Ruby ließ nicht locker. »Darf ich Sie nicht mal besuchen?«

Jason fühlte sich immer mehr in die Enge getrieben. Einerseits freute es ihn mächtig, dass Ruby ihn besuchen wollte. Er hätte sie gern überall herumgeführt und ihr alles gezeigt. Aber dann dachte er wieder an Marjorie. In ein paar Tagen würde sie kommen. Ausgeschlossen, dass Ruby dann aufkreuzte.

»Wir... wir renovieren im Moment.« Sehr glatt kam Jason die Lüge nicht heraus. »Und im Moment habe ich wahnsinnig viel zu tun. Morgen treiben wir die Jungtiere zusammen, die unser Brandzeichen noch nicht haben, und dann müssen die Schafe geschoren werden...«

»Aufregend«, sagte Ruby. »Ich würde wahnsinnig gern dabei helfen.«

»Das könnte ins Auge gehen.« Jason lächelte schief. »Es ist ein harter, anstrengender Job. Nichts für zarte Frauenhände.«

»Meine Hände sind gar nicht so zart. Sie können zupacken.« Ruby blitzte ihn an.

»Mag ja sein, aber im Augenblick habe ich wirklich keine Zeit. Nehmen Sie's nicht übel. Und fassen Sie es nicht persönlich auf. Sie sind ja noch eine Weile hier in Roswell.«

»Ganz bestimmt«, versicherte Ruby.

Die Band spielte jetzt lauter, und fast alle jungen Leute tanzten auf der breitangelegten Terrasse. Als sie zum Haus zurückkamen, segelte Helen herbei.

»Sie müssen unbedingt mit mir tanzen, Jason. Heute können Sie mir nichts abschlagen.« Die Braut hatte rote Wangen und schon einiges getrunken, wie Jason feststellte. Jetzt saß er in der Klemme. Wenn er mit Helen tanzte, konnte er es auch Ruby nicht abschlagen.

»He, was ist?« Helen tippte ihm auf den Oberarm. »Ich bin heute Persona grata. Eine Absage wird nicht hingenommen.«

Also tanzte Jason mit Helen, und Burt forderte Ruby auf. Helen stellte bald fest, das Jason hervorragend tanzte, und das war Jason wiederum peinlich. Wenn Ruby davon erfuhr, war er als Lügner ertappt.

❀

Plötzlich wurde es Helen schlecht, und Burt brachte sie ins Haus. Was blieb Jason anderes übrig, als sich jetzt um Ruby zu kümmern, die allein dastand? In dem allgemeinen Gedränge, das auf der Terrasse herrschte, musste er Ruby fest in den Arm nehmen. Sie schmiegte sich an ihn, als wären sie seit langem miteinander vertraut.

»Ob Helen ein Baby bekommt?«

Jason musste lachen. »Wie kommen Sie denn darauf?«

»Sie fühlte sich doch eben gar nicht gut«, meinte sie.

»Na ja, das kommt vom Champagner.«

Ruby lächelte ihm zu. »Auch möglich.«

Es wurde Jason heiß, als sie sich an ihn drückte. Er spürte ihre warme Haut durch den dünnen Stoff des Kleides, und er spürte ihren Körper fest an seinem. Im Rhythmus der Musik rieb sich Ruby an ihm, und Jason war sich darüber klar, dass das nicht ohne Reaktion bleiben würde, wenn es so weiterging. Er schob Ruby etwas von sich.

»Mein Güte, ist das warm heute Abend!«

Sie lächelte ein ganz eigenartiges Lächeln und sah aus wie jemand, der genau wusste, was los war.

Jason war wütend auf sich selbst. Es lag alles nur daran, dass er so lange keine Frau gehabt hatte. Doch das war nur eine dumme Entschuldigung. Er war in Ruby verliebt. Sie erregte ihn.

Er war froh, als die Band eine Pause machte, und er mit Ruby die Terrasse verlassen konnte. Gleich darauf kam seine Mutter auf ihn zu, und Ruby verschwand für ein paar Minuten, um sich die Nase zu pudern, wie sie sagte.

»Immer noch die alten Sprüche«, spottete Deborah Parks. »Wer pudert sich heute noch die Nase? Als sei es nicht ganz normal, natürliche Bedürfnisse zu haben.«

»Was ist los, Mutter? Magst du Ruby nicht?«

»Ich kann nicht gerade behaupten, dass ich sie ins Herz geschlossen habe. Sie verschlingt dich ja förmlich mit den Blicken und scheint mächtig auf dich abzufahren, Sohn.«

»Das bildest du dir ein. Sie ist wirklich ein nettes, natürliches Mädchen.«

»Meinst du nicht, es sei Zeit, dass wir gehen? Wir sind lange genug geblieben. Länger, als wir eigentlich wollten. Die Musik ist so laut, und die vielen Menschen machen mich ganz nervös. Es wäre auch für dich besser, wenn wir uns jetzt verabschiedeten.«

»Natürlich fahren wir sofort, wenn du es willst, Mutter, ist doch klar.« Jason tat, als wüsste er nicht, worauf seine Mutter anspielte. Aber ihr sechster Sinn hatte sich wieder einmal gemeldet. Sie wusste, was lief.

Später, als sie im Wagen saßen, sagte Deborah gar nichts. Sie schien froh darüber zu sein, dass sie endlich auf der einsamen Landstraße fuhren und der ganze Hochzeitstrubel hinter ihr zurückblieb ... die Gesellschaft und auch ein Mädchen namens Ruby Torner. Jason hatte kaum Zeit gehabt, sich von Ruby zu verabschieden.

Im Grunde hatte seine Mutter ja Recht. Was sollte die Geschichte mit Ruby? Daraus konnte nichts werden, schließlich gab es Marjorie.

Jason fühlte sich belämmert. Wenn er nur die Chance gehabt hätte, Marjorie zu erreichen, hätte er den Besuch abgesagt. Irgendeine Ausrede wäre ihm eingefallen. Aber dazu war es zu spät. Marjorie war längst auf dem Weg.

»Ich habe gesehen, wie du mit dieser Ruby getanzt hast«, sagte seine Mutter plötzlich. »Ich wette tausend Dollar, dass sie scharf auf dich ist. Und wie ich dich kenne, hast du auch Feuer gefangen.«

»Unsinn, Mutter. Das war ein Partyflirt, nichts weiter.«

»Seit wann flirtest du auf Partys?« Deborah lächelte ironisch. »Du stehst doch sonst herum wie ein Klotz und sagst kaum ein Wort. So gesehen warst du heute ausgesprochen lebendig.«

Ihm wurde heiß. »Beenden wir das Thema, Mutter«, sagte er. »Es führt zu nichts. Ruby ist mir total gleichgültig.«

Die Mutter sah ihn mit diesem wissenden Blick an, der Jason nervte. Aber Deborah sagte lange Zeit gar nichts mehr. Sie schien sich in Gedanken eingehend mit irgendetwas zu beschäftigen.

Und Jason? Er dachte an Ruby, dachte an die weichen, schwellenden Formen ihres Körpers und daran, wie es gewesen war, als er sie in seinen Armen gehalten hatte. Er war verrückt danach, sie zu küssen, sie zu berühren. Er hätte viel darum gegeben, in dieser Nacht mit ihr zu schlafen. Aber er musste sich mit dem Traum zufrieden geben. Ruby war nichts für ihn. Er musste sie vergessen. Erst als die Ranch in Sichtweite war, meinte Deborah Parks:

»Nur noch drei oder vier Tage, dann ist Marjorie hier. Du kannst sie nicht einfach wegschicken.«

»Das habe ich auch nicht vor. Ich freue mich darauf, dass sie kommt.«

Empört sah Deborah ihn an.

»Ich habe gar nicht gewusst, dass du so lügen kannst«, meinte sie.

Sie waren an diesem Tag seit drei Stunden unterwegs. Sean fuhr den Wagen, und Marjorie saß auf dem Beifahrersitz. Gestern hatte sie gefahren und Sean darauf bestanden, dass sie heute die Plätze tauschten.

Kurz hinter Barlington hatten sie die Nacht in einem Motel verbracht. Es war eins dieser schlichten, zweckmäßigen Dinger gewesen, die auf jede Art von Luxus verzichteten. Natürlich hatten sie in getrennten Bungalows geschlafen. Das war überhaupt keine Frage gewesen.

Die Sonne brannte wieder heiß vorn Himmel. Die Landschaft, durch die sie fuhren, hatte außer Überlandleitungen und grünbrauner Steppe bis zum Horizont nichts zu bieten. Trotzdem langweilte sich Marjorie nicht. Sean nahm seinen Job als Reisebegleiter ernst. Er verstand es blendend, sie zu unterhalten.

Er hatte unheimlich viele witzige Geschichten auf Lager. Und wenn er auch beteuerte, sie alle selbst erlebt zu haben, so war Marjorie doch sicher, dass er mindestens vierzig Prozent davon erfunden hatte. Wie auch immer, sie amüsierte sich und lachte viel.

Vor zwei Tagen erst war sie Sean begegnet. Aber es kam ihr vor, als würde sie ihn schon ewig kennen. Es war ein angenehmes Gefühl. Es ließ sie innerlich locker und unverkrampft sein. Sean war ein wundervoller Freund.

Sie mochte alles an ihm. Seine Art zu reden, sein Lachen, die Selbstverständlichkeit, mit der er ihr alle unangenehmen Dinge abnahm. Er erledigte alles an den Tankstellen, schleppte ihr Gepäck in den Bungalow und hatte gestern Abend sogar die Dusche repariert, die nicht richtig funktionierte.

Marjorie fand es toll, einen Begleiter zu haben, auf den man sich hundertprozentig verlassen konnte. Sie war sicher, dass Sean für jede unangenehme Situation eine Lösung wusste. Er wirkte vertrauenswürdig und selbstsicher.

Zum Lunch hielten sie an einem der üblichen Schnellimbiss-Restaurants, die am Highway lagen. Sie aßen Chili con Carne und tranken Kaffee hinterher. Sie hielten sich nicht lange mit dem Essen auf, und bald saßen sie wieder im Range Rover, und Sean trat auf das Gaspedal.

»Ein herrliches Gefühl, einfach so ins Blaue zu fahren!« Er hatte lässig den Arm auf das Seitenfenster gelegt. Der Fahrtwind brachte etwas Kühlung.

»Sie kennen doch Ihr Ziel. Also fahren Sie nicht ins Blaue. Habe ich nicht irgendwas von Los Angeles gehört?«

Sean sah sie an, lächelte.

»Müssen Sie wirklich in dieses gottverlassene Nest, das Roswell heißt?«

»Ja«, sagte Marjorie mit Nachdruck. »Und Sie wissen, warum.«

Er nickte. »Wie heißt dieser Supermann eigentlich, der Sie erwartet?«

»Jason Parks. Warum wollen Sie es wissen?«

»Nur so. Ich weiß gern, wie Leute heißen«, meinte er.

Marjorie zuckte nur mit den Schultern und sah aus dem Seitenfenster.

»Sind Sie sehr verliebt in diesen Jason?« wollte er wissen.

»Was für eine Frage! Würde ich sonst zu ihm fahren?«

Sean schwieg, aber er lächelte auf seltsame Weise. Dieses Lächeln brachte Marjorie auf. Was bildete sich dieser freche Kerl ein?

»Es müsste wundervoll sein, mit Ihnen eine lange Zeit in Kalifornien zu verbringen«, sagte er plötzlich.

»Schlagen Sie sich das aus dem Kopf. Mein Reiseziel steht fest«, gab sie ihm einen Dämpfer.

»Roswell, New Mexico.« Sean sagte es in einem Ton, als spräche er von den Slums in Brooklyn.

»Ich liebe Sonnenuntergänge auf dem Land.«

»Wenn das kein Grund ist, zu Jason Parks zu fahren«, spottete Sean.

Marjorie wandte den Kopf zur Seite. Wieder spürte sie, dass sie zornig war. Aber der Zorn richtete sich nicht gegen Sean. Sie ärgerte sich, dass sie Schuldgefühle empfand, wenn sie an Jason dachte, und sie ärgerte sich darüber, dass sie sich auf die Begegnung mit ihm überhaupt nicht mehr freute. Im Grunde hatte sie gar keine Lust mehr, Jason Parks kennen zu lernen.

Der Gedanke erschreckte sie, schockierte sie förmlich. War sie denn verrückt geworden? Was war nur mit ihr los? Es lag an diesem verflixten Sean Richman. An seinem Lächeln lag es, an seinen frechen Augen. In der vergangenen Nacht hatte sie kaum geschlafen. Sie war unruhig und erregt gewesen. Sie hatte sich vorgestellt, wie es sein würde, wenn Sean plötzlich hereinkam, wenn er sich zu ihr ins Bett legte. Ein ganz verrückter Traum war das gewesen.

In der Nacht hatte sie sich brennend gewünscht, dass er zu ihr kam, dass er sie wild und heftig küsste, dass er sie streichelte, ihre Brust berührte, ihren ganzen Körper. Marjorie hatte sich bei diesem Gedanken gewaltig geschämt.

Jason Parks war ein so anständiger und ehrlicher Kerl. Bestimmt war er vor Freude ganz aus dem Häuschen, dass sie zu ihm kam, und erwartete sie sehnsüchtig und voller Ungeduld.

Und sie war auf dem besten Weg, sich in Sean Richman zu verlieben. Ausgerechnet in einen Piloten der Eastern Airlines! So etwas konnte auch nur ihr passieren. Das war es, was Marjorie in Rage brachte.

Warum hatte sie ihn als Begleiter akzeptiert? Warum war sie überhaupt auf seinen Vorschlag eingegangen? Es war der pure Wahnsinn. Aber sie hatte sich darauf eingelassen, und nun musste sie sehen, wie sie damit fertig wurde.

Dass Sean sie mochte, war ihr längst klar. Sie sah es an seinen Augen, erkannte es an seinem Lächeln. Wenn sie ihm auch nur einen Schritt entgegenkam, würden sie sich in die Arme fallen. Vielleicht würde es eine leidenschaftliche, wilde Begegnung werden, etwas Wundervolles und Aufregendes. Aber Marjorie schwor sich, dass das nicht passieren durfte.

Sie hatte nie mit einem Mann geschlafen, nur weil sie Hunger auf Sex gehabt hatte. Sie musste bis über beide Ohren verliebt sein, wenn es passierte. Und genau das war das Problem. Sie war ja schon verliebt in Sean. Es war völlig zwecklos, sich etwas vorzumachen.

»Warum sehen Sie so wütend aus?« Sean lächelte ihr zu.

»Ich bin nicht wütend«, gab sie zurück.

»Dann machen Sie ein fröhliches Gesicht, wenn Ihnen danach ist. Oder haben Sie eben darüber nachgedacht, wie unglücklich Sie sein werden, wenn Sie mich irgendwo am Straßenrand abgesetzt haben? Ist es das, was Sie beschäftigt, Marjorie?«

»Sie sind ein blöder, eingebildeter Affe«, fauchte sie.

Sean lächelte noch immer. »Ich mag Ihre fein pointierten Antworten, Marjorie.«

»Es ist mir ganz gleichgültig, was Sie mögen.«

Sean grinste breit. »Warum so giftig? War vorhin etwas im Kaffee?«

Gegen ihren Willen musste sie lachen.

»Warum verschwinden Sie nicht einfach an der nächsten Tankstelle und nehmen sich einen eigenen Wagen?« meinte sie.

»Angst?« stellte er eine Gegenfrage.

Marjorie schleuderte das brandrote Haar zurück.

»Sie glauben doch nicht, dass ich vor Ihnen Angst habe.«

»Nein.« Er schüttelte den Kopf. »Daran dachte ich auch nicht.«

»Oh«, sagte Marjorie nur und holte tief Luft. Es war besser, jetzt nichts mehr zu sagen, weil sie sonst explodiert wäre. Aber sie musste zugeben, dass Sean genau den Punkt getroffen hatte. Sie hatte Angst – Angst vor sich selbst und ihren Gefühlen.

Er sah sie an. »Man sollte nichts tun, was man nicht wirklich will.«

»Was, zum Teufel, soll das heißen?« fuhr Marjorie ihn an.

»Es war eine ganz allgemeine Feststellung.« Sean grinste wieder. »Aber Sie sind ja nun mal wild entschlossen, in Roswell, New Mexico, zu versauern. Was kann man da machen?«

»Ich werde dort nicht versauern«, widersprach sie.

»O nein, ich vergaß ganz die bezaubernden Sonnenuntergänge, die es sonst nirgendwo auf der Welt gibt«, frotzelte er.

»Wir sollten das Thema wechseln!«

»Wie Sie wünschen, Mylady.«

Marjorie lief rot an. »Wissen Sie, dass Sie mir manchmal unheimlich auf die Nerven gehen?«

»Jeder Mensch braucht eine bestimmte Anzahl von Stresssituationen, um gesund zu bleiben. Das haben Wissenschaftler herausgefunden«, dozierte er.

»Bei mir ist der Punkt allmählich überschritten.«

Sean legte seine feste warme Hand auf Marjories

Arm. »Freunde zanken sich nicht. Begraben wir das Kriegsbeil und rauchen die Friedenspfeife.«

Marjorie sah Sean an, und sie konnte nicht anders, sie musste wieder lächeln. Mein Gott, wie ihr dieser Mann gefiel! Sie schnippte zwei Zigaretten aus der Packung, die auf der Ablage über dem Armaturenbrett lag, reichte eine davon Sean und zündete sie an. Dann bediente sie sich selbst.

»Trotzdem sind Sie unmöglich, Sean.«

»Ich habe noch viel mehr negative Eigenschaften«, versicherte er treuherzig, und Marjorie zog es vor, nicht nachzuhaken.

Sie kamen in die Nähe einer Großstadt, und plötzlich war die Gegend verbaut von grünweißen Schildern und Pfeilern sowie von gewaltigen Reklametafeln. Überall vor den Städten war es so, der absolute Werbeterror. Ob wirklich jemand all das Zeug las, was da angepriesen wurde? Die Pkws und Trucks fuhren über den sechsspurigen Highway, als existierten die Schilder gar nicht.

»Früher soll es auf dieser Route richtig gemütlich gewesen sein«, erzählte Sean. »Da gab es kleine Kneipen mit Hausmannskost. Die Leute hatten Zeit. Heute schlingt jeder sein Fastfood herunter, und ab geht's.«

»Die Zeiten ändern sich. Ich find' es so ganz okay. Ich liebe das schnelle, heiße und wilde Leben«

Sean sah in ihr lebhaftes Gesicht mit den sprühenden, unwahrscheinlich blauen Augen, und er dachte, dass es wundervoll sein müsse, von Marjorie geliebt zu werden. Er war vernarrt in rothaarige Mädchen, und Marjorie war ein ganz besonderes Exemplar. Vom ersten Moment an hatte sie ihm gefallen.

»Übernachten wir heute in Tulsa?« fragte sie.

Er nickte zustimmend. »Okay. Warum nicht?«

Sie sah wieder aus dem Seitenfenster.

»Ich liebe es, im Wagen zu reisen. Am liebsten wäre

ich in einem Land, wo man so schnell fahren darf, wie man will. In Deutschland, hab' ich gehört, sei das möglich.«

»Wahrscheinlich ist da die Unfallquote auch sehr hoch. Mir genügt das Tempo von fünfzig Meilen. Ich muss meine Aggressionen nicht am Wagen auslassen, mein Temperament auch nicht.«

»Und davon haben Sie eine ganze Menge, was?« Marjorie wandte sich ihm wieder zu.

»Ich bin nicht gerade ein sanftes Schaf. Aber wer mag schon Schafe?« lachte er.

»Jason Parks ist jedenfalls kein Vulkan«, stellte Marjorie fest. Sie sagte das mit einem gewissen Stolz, vielleicht auch Hochachtung.

»Ach, ich kapiere. Sie mögen Männer, die sanft sind wie der Mond und verlässlich wie eine Quarzuhr. Sie suchen Sicherheit, Lady. Ist es das?«

»Schon möglich«, meinte sie.

»Da kann ein Kopilot der Eastern Airlines natürlich nicht mithalten. Ein Rancher ist was Erdverwachsenes, etwas ganz und gar Amerikanisches. Ich glaube, Sie haben sich an den richtigen Mann verloren, Majorie.«

Sie fragte sich plötzlich, wie es sein würde, wenn Sean nicht mehr da war. Verflixt noch mal, sie hatte sich an ihn gewöhnt, an seine ganze respektlose, witzige Art. Wenn sie an Jason dachte, hatte sie plötzlich nicht nur Schuldgefühle, sondern fragte sich, wie sie es mit diesem Mann aushalten sollte. Aber warum hatte sie sich das nicht früher überlegt? Sie konnte ihn nicht vor den Kopf stoßen, ihn nicht einfach sitzen lassen. Dazu war sie zu anständig, zu gut erzogen. Sie hatte sich auf ihn eingelassen und konnte nun keinen Rückzieher machen.

Aber da saß Sean und lächelte ihr zu, und sie fühlte wieder dieses Prickeln in ihrem Schoß, diese Erregung, die ihr ganz langsam den Rücken hinaufkroch. Ein fürchterliches Gefühl war das. Richtig schlecht kam sie sich in diesem Moment vor. Und doch gestand sie sich ein, dass sie sich wünschte, von Sean geküsst zu werden. Sie wollte seine Zärtlichkeit, sie wollte mit ihm schlafen.

Gegen Abend kamen sie durch Tulsa, eine lebhafte, brodelnde Stadt. Dunkel und gewaltig hob sich die Monumentalfigur des goldenen Ölbohrers gegen den flammend roten Himmel ab. Marjorie war beeindruckt. Aber sie wollte raus aus der Stadt, wollte in irgendein kleines Motel draußen am Highway.

Das war bald gefunden. An der Rezeption der Anlage stand ein kräftiger Mann in mittleren Jahren. Er grinste, als er Sean und Marjorie sah.

»Ein Doppelbungalow für eine Nacht. Richtig?«

»Falsch«, sagte Marjorie. »Wir brauchen zwei Apartments.«

Der Mann war sichtlich aus der Fassung gebracht. Er kratzte sich den Hinterkopf. »Na ja, ich dachte, sie seien auf der Hochzeitsreise.«

»Falsch gedacht.« Sie lächelte gewinnend, und Sean verzog den Mund zu einer Grimasse, die nur entfernt einem Lächeln ähnlich sah.

»So kann man sich irren. Wenn Sie sich hier bitte eintragen wollen?«

Später, als sie zu ihren Bungalows gingen, war Sean der Ansicht, dass sie doch einen Doppelbungalow hätten nehmen sollen. Marjorie sah ihn so wütend an, dass er sie am liebsten in die Arme genommen hätte. Er liebte es, wenn sie zornig war. Dann war sie besonders reizvoll in ihrer wilden Auflehnung.

»Ehe ich mit Ihnen in einem Bungalow übernachte, schlafe ich lieber auf einem Ameisenhaufen«, konterte sie ihn an.

»Das sollten Sie sich überlegen. Wissen Sie, wie das ist, auf einem Ameisenhaufen zu schlafen?«

»Ich möcht's mir nicht vorstellen. Aber mir fiel nichts anderes ein.«

»Mir würde einiges einfallen«, sagte Sean.

Wie schon oft, antwortete Marjorie nicht auf diese Bemerkung. Sie war dankbar, dass Sean ihr den Koffer in den Bungalow brachte, und sie war froh, als sie endlich unter der Dusche stand. Nach einem Tag im Wagen brauchte sie diese Erfrischung.

Später nahm sie mit Sean das Dinner im Restaurant ein. Marjorie trug an diesem Abend ein flammend rotes Kleid. Es hatte einen tiefen spitzen Ausschnitt, und der enge Rock endete knapp über den Knien. Sean starrte sie fasziniert an. Er fühlte, wie seine Handflächen feucht wurden.

Er hatte alles getan, um sie herumzukriegen. Er war verliebt in Marjorie, und er wollte ganz mit ihr zusammen sein, ihren nackten heißen Körper spüren, wollte wissen, wie es war, wenn er zu ihr kam. Marjorie musste eine fantastische Geliebte sein, und Sean war ausgehungert nach Zärtlichkeit.

Ihr entging nicht, wie er sie ansah. Sie hatte das Gefühl, dass er sie mit den Blicken auszog, dass sie ihm nackt am Tisch gegenübersaß. Sie spürte seine Blicke überall auf ihrem Körper. Da half es gar nichts, an Jason Parks zu denken.

Aber auch an diesem Abend verabschiedete sich Marjorie von Sean vor ihrem Bungalow. Sie ließ ihn allein mit seinen Gedanken und seinen wilden Sehnsüchten. Aber als sie dann im Bett lag, war wieder dieses Ziehen im Schoß da, dieses Verlangen, diese Sehnsucht . . .

Morgen würde sie Sean sagen, dass sie sich trennen müssten. So konnte es nicht weitergehen. Wenn sie noch ein paar Tage mit ihm verbrachte, würde sie vielleicht doch noch kapitulieren. Herrgott, sie war ja so bereit dazu, wünschte es sich so sehr. Wäre da nur nicht ihre Anständigkeit gewesen, die sie an Jason band!

Sie versuchte, sich vor dem Einschlafen in eine Geschichte mit Jason hineinzuträumen. Sie glaubte wieder, seine tiefe, ruhige Stimme zu hören, den ganz leichten Weststaatenakzent, und sie dachte wieder an seine Hände, die ihr so gefallen hatten. Aber es nützte alles nichts.

Während sie sich unruhig von einer Seite auf die andere warf, schob sich immer wieder Seans Gesicht in ihre Gedanken und vor ihr geistiges Auge.

Marjorie stand am Wagen, wartete, rauchte eine Zigarette und tippte ungeduldig mit der Fußspitze auf den Boden. Wo blieb Sean? Im Frühstückszimmer hatte sie ihn nicht gesehen.

Zuerst hatte sie gedacht, er hätte sich aus dem Staub gemacht. Aber dann hatte sie bemerkt, dass sein Gepäck noch da war. Weit konnte er also nicht sein. Warum ließ er sie warten?

Eben hatte sie die Zigarette auf dem Boden ausgetreten, als ein Taxi herankam. Mit zwei riesigen Tüten beladen, stieg Sean aus und zahlte. Strahlend war sein Gesicht, als er auf Marjorie zukam. Sie war sprachlos.

»Überraschung gelungen? Ich habe alles für ein ausgiebiges Picknick besorgt. Was halten Sie davon? Wir machen irgendwo auf der Strecke Pause, und vielleicht gelingt es uns sogar, einen Sonnenuntergang zu erwischen.«

Marjorie schnappte nach Luft.

»Sie sind in die City gefahren?«

»Was sonst? Ich konnte den Range Rover nicht nehmen, da ich keinen Schlüssel hatte. Und hätte ich ihn gehabt, und wäre ich mit dem Wagen losgefahren, hätten Sie wahrscheinlich gedacht, ich sei abgehauen. Man weiß ja nie, was in Ihrem hübschen Kopf vor sich geht.«

Marjorie musste lächeln.

»Möglich, dass ich das gedacht hätte.« Neugierig sah sie in die Tüten. »Können Sie sich eigentlich als Kopilot der Eastern Airlines solche Eskapaden leisten?«

»Ich verdiene genug, um eine Familie zu ernähren, Lady.«

Sie schleuderte das Haar zurück. »Das wollte ich nicht wissen.«

»Legen wir die Sachen in den Kofferraum, damit sie halbwegs kühl bleiben. Ich hab' meine Reisetasche an der Rezeption stehen. Die hole ich, und dann können wir die Leinen losmachen.«

»Okay.« Marjorie schloss den Kofferraum auf, und Sean stellte die Tüten so hinein, dass sie nicht umfallen konnten. Dann verschwand er in Richtung Rezeption.

Sie hatte ihre Rechnung schon bezahlt und ihr Gepäck eingeladen. Von Anfang an hatte sie auf getrennter Kasse bestanden.

Wenig später war Sean wieder da, warf seine Reisetasche auf den Rücksitz, und Marjorie setzte sich hinter das Steuer. Heute war sie wieder an der Reihe.

Die Sonne knallte vom Himmel. Der Tag würde wieder sehr heiß werden. Marjorie hatte sich entsprechend angezogen. Noch fühlte sie sich wohl in ihrem braunen T-Shirt und dem weiten Rock, der mit vielen bunten Blumen bedruckt war. Sie hatte nicht vorgehabt, sich herauszuputzen. Nicht für Sean. Sie wollte auf der Fahrt etwas Praktisches und Luftiges tragen.

Sean zog plötzlich eine Mundharmonika aus der Tasche und begann zu spielen. Alte amerikanische Lieder, Folksongs, die zu Schlagern geworden waren. Marjorie lächelte.

»Meine Güte, was haben Sie sonst noch alles drauf? Können Sie vielleicht auch Kaninchen aus dem Hut zaubern?« fragte sie.

Sean ließ die Hand mit der Mundharmonika sinken. »Hab's noch nicht probiert.«

»Ihnen traue ich alles zu«, meinte sie.

Er lächelte. »Ich nehme das als Kompliment.«

»Wie immer Sie wollen«, gab sie zurück.

Sean begann wieder zu spielen. Die Musik brachte Marjorie in gute Stimmung. Sie fand es lustig, dass da jemand neben ihr saß und Mundharmonika spielte.

Sie fuhren weiter nach Westen. Die ersten Schleierwolken tauchten am Himmel auf, und kurz vor Amarillo war der Himmel bedeckt.

»Wir lassen unser Picknick besser bald stattfinden«, meinte Sean. »Sonst kommen wir heute nicht mehr dazu. Es sieht nach Regen aus.«

»Bis zum Sonnenuntergang hätten wir ohnehin nicht warten können. Ich habe Hunger«, erklärte sie.

»Also dann«, sagte Sean. »Suchen wir uns ein nettes, gemütliches Plätzchen,«

Sie fuhren vom Highway ab, bis sie ein grünes Tal mit goldgelben Kornfeldern und einer blühenden Wiese gefunden hatten. Sie setzten sich an einen Abhang und ließen den Wagen auf dem Weg stehen. Still war es hier, ländlich-friedlich. Bienen summten, Schmetterlinge flatterten um die Wiesenblumen.

»Schön«, sagte Marjorie. Sie zog die Knie an, legte die Arme darum. »Romantisch.«

»Ich wusste, dass Sie so sind. Hab's gleich geahnt.«

»Wollten wir nicht etwas essen?« Sie wurde unruhig, wenn Sean sie so ansah wie jetzt.

»Ich bin Ihr Diener, Ma'am.« Sean sprang auf, kam mit einer Tüte zurück, breitete eine große Papierdecke auf der Wiese aus und hatte auch an Plastikbesteck und Pappteller gedacht. Es gab Sandwiches, Hähnchenschenkel, Maiskolben, diverse Käsesorten und Salate. Dann entkorkte er eine Flasche Rotwein. Marjorie war begeistert.

»Sieht ja fantastisch aus!«

Sean füllte zwei Pappbecher mit Wein, reichte einen Marjorie. Sie tranken sich zu.

Sie sah ihn strahlend an. »Das kann einem die Großstadt nicht bieten. Was für eine Idee, ein Picknick zu machen!«

»Ich freue mich, dass Sie es mögen. Es hätte ja auch anders kommen können. So genau kenne ich Sie noch nicht, Marjorie.

Sie aßen, tranken und redeten, und wieder brachte Sean Marjorie zum Lachen. Wie sehr sie diese Fahrt mit ihm genoss!

Wie langweilig wäre alles geworden, wenn sie allein weitergefahren wäre! Aber jetzt hatte sich alles prachtvoll entwickelt, wenn sie auch so ganz von Herzen nicht froh sein konnte. Dazu stand der Name Jason Parks zu bedrohlich vor ihrem geistigen Auge.

❁

Nach dem Essen ließ sich Marjorie auf dem Rasenabhang zurückfallen. Sie schloss die Augen, fühlte, wie der Wein sie wärmte und beschwingte. Sie war eins mit sich und dem Universum, jedenfalls in dieser Sekunde. Was für ein schöner Tag das war!

Sean rauchte eine Zigarette und beobachtete Marjorie. Der Rock war ihr ein bisschen über die Knie gerutscht. Sie sah ungemein verführerisch aus, wie sie so dalag. Er hatte Mühe, nicht etwas Unanständiges zu tun.

Zu gern hätte er sie in diesem Moment gestreichelt ... ihre langen, schlanken Beine, die wundervolle Wölbung ihrer Brüste. Er spürte, dass ihr Anblick ihn erregte. Warum hatte er sich nur so Knall auf Fall in dieses Mädchen verliebt?

Marjorie spürte seinen Blick und öffnete die Augen. Sie fühlte sich plötzlich benommen und seltsam unruhig. Hastig richtete sie sich auf, zog den Rock herunter.

»Es wird Zeit, dass wir weiterfahren«, sagte sie.

Sean seufzte. »Wenn Sie darauf bestehen?«

»Ja, das tue ich.«

»Noch immer Roswell, New Mexico, im Kopf?« erkundigte er sich.

»Noch immer«, bestätigte sie.

Sie packten die Abfälle zusammen, steckten alles in eine Plastiktüte. Irgendwo an einer Tankstelle wollten sie die Tüte in einen Abfalleimer werfen. Was von den Speisen übrig geblieben war, wurde wieder in der Papiertüte verstaut. Als Marjorie den Kofferraum öffnete, sagte sie:

»Warum haben Sie gleich zweimal eingekauft?«

»In der anderen Tüte sind nur Äpfel, Bananen und auch ein kleiner Weinvorrat«, erläuterte Sean. »Auch an Coke hab' ich gedacht.«

»Ein Scout bleibt ein Scout.« Sie lächelte.

»Jedenfalls würden wir nicht verhungern oder verdursten, wenn wir eine Panne hätten.«

»Doch nicht mit meinem Range«, meinte sie erbost.

Ein frischer Wind war aufgekommen. Die Wolken hatten sich bedrohlich zusammengezogen. Sie waren kaum zehn Meilen gefahren, als das Unwetter losging. Zuerst fielen die Regentropfen dick und zögernd, aber dann kam ein wahrer Sturzbach vom Himmel herunter.

Der Wind peitschte den Regen gegen die Wagenscheibe. Die Scheibenwischer kamen kaum dagegen an. Marjorie verlangsamte das Tempo.

»Den Sonnenuntergang können wir heute vergessen«, meinte Sean.

»Ich werde noch in Roswell genug davon bekommen«, entfuhr es ihr.

»Sind Sie wirklich sicher, dass Sie das Richtige tun, Marjorie? Überlegen Sie doch mal! Was will ein Mädchen wie Sie in einem so gottverlassenem Nest?«

»Hören Sie endlich damit auf! Wir wollten nicht mehr darüber sprechen, das war abgemacht«, wies sie ihn zurecht.

»Aber ich muss immer daran denken,«

»Großer Gott, dieses Wetter! Der Himmel ist ja fast schwarz! Wenn das so weitergeht, sollten wir bald versuchen, ein Motel zu erreichen«, wechselte sie das Thema.

»Noch läuft der Wagen ja«, meinte er. »Sie wollen doch ans Ziel, oder?« Er steckte sich eine Zigarette an. »Soll ich fahren?«

Sie schüttelte den Kopf. »Sie trauen mir wohl gar nichts zu?«

»Ich weiß, dass es nicht leicht ist, bei so einem Regen zu fahren. Ich wollte Ihnen nur die Arbeit abnehmen.«

»Ich komme schon zurecht«, sagte sie in kühlem Ton.

Marjorie war mit Absicht abweisend. Sie wollte sich auf nichts einlassen. Sie durfte nicht den Kopf verlieren. Zu sehr hatte sie sich schon in ihre Gefühle verrannt. Auf keinen Fall durfte Sean das merken.

Das Wetter verschlechterte sich immer mehr, je weiter sie fuhren. Es sah nicht so aus, als würde der Regen aufhören. Das Wasser strömte über die Straße. Marjorie war froh, als sie endlich das Hinweisschild auf ein Motel sah. Sie fuhr darauf zu.

Als Marjorie und Sean die wenigen Schritte zur Rezeption liefen, wurden sie nass bis auf die Haut. Marjorie strich sich das Haar zurück und atmete auf, als die Tür hinter ihnen zufiel. Es schien eine Menge los zu sein in dieser Motelanlage. Sie hatten es schon an den Wagen draußen gesehen.

Eine Frau Anfang dreißig stand an der Rezeption. Sie fertigte gerade ein paar Gäste ab. Plötzlich zerriss ein gewaltiger Blitz die Dämmerung, und ein Donnerschlag folgte, dass die Scheiben klirrten. Marjorie zuckte zusammen. Instinktiv griff sie nach Seans Arm. Dieser lächelte.

»Halten Sie sich fest an mir! Dann kann Ihnen nichts passieren.«

Sofort ließ Marjorie ihn los. Die Frau an der Rezeption sah die beiden an.

»Wir möchten zwei Bungalows«, sagte Sean.

»Tut mir Leid, ich habe nur noch einen Doppelbungalow anzubieten. Bis auf diese Unterkunft sind wir total ausgebucht. Das Wetter, wissen Sie.«

Marjorie und Sean sahen sich an. »Der Bungalow hat doch ein Badezimmer?« fragte sie.

Die Frau lächelte. »Das ist doch selbstverständlich, Ma'am.«

»Wir haben wohl keine Wahl.« Marjorie seufzte.

»Wir nehmen den Bungalow«, sagte Sean. »Bei dem Wetter weiterzufahren wäre ein zu großes Risiko.«

»Könnte man sagen«, meinte die Frau. Sie schob Sean das Gästebuch zu und nahm den Schlüssel mit der Nummer 14 vom Haken.

Wieder zuckte ein Blitz auf, wieder krachte der Donner. Marjorie fühlte sich ungemütlich. Sie war froh, dass Sean da war. Sie brauchte jetzt männlichen Schutz.

Die Frau an der Rezeption lieh ihnen einen Schirm, als sie wenig später zum Wagen liefen und den Bungalow Nr. 14 suchten. Der Einstellplatz für den Pkw war direkt vor der Tür. Sean schloss auf, und sie flüchteten ins Haus. Es war das übliche einfache Apartment mit einem großen Doppelbett, einer Kommode, einem Tisch und zwei Sesseln. Mit hängenden Armen stand Marjorie da und sah sich um.

»Also, so geht das nicht«, sagte sie.

»Wollen wir etwa weiterfahren bei dem Wetter?« Er sah sie an.

»Ich werde nicht mit Ihnen in diesem Bett schlafen! Auf keinen Fall.«

Sean umfasste ihre Schultern, zwang sie, ihn anzusehen. »Ich werde Sie nicht anfassen, das verspreche ich Ihnen.«

»Trotzdem«, lehnte sie ab.

Sean ließ sie los,

»Okay, dann schlafe ich in der Badewanne.« Er stieß die Tür zum Bad auf und begutachtete das weißgekachelte Ungetüm.

»Das kann ich Ihnen nicht zumuten. Nein, das kann ich nicht verlangen.«

Sean verschränkte die Arme vor der Brust und sah sie an.

»Wir haben keine andere Möglichkeit, Lady.« Er ging zum Schrank, öffnete ihn und sah, dass ein paar Decken darin lagen. »Kein Problem, ich werde mir ein bequemes Lager machen. Wir schlafen ja ohnehin nur ein paar Stunden.«

»Ich gehe heute nicht noch einmal hier raus, nicht bei dem Wetter«, erklärte sie.

Sean lächelte.

»Wie gut, dass wir noch was zu essen im Wagen haben. Wir werden das Picknick hier einfach fortsetzen.«

Marjorie setzte sich auf das Bett und starrte trübsinnig vor sich hin. Da war sie in eine schöne Situation geraten! Aber so etwas passierte eben, wenn man sich allein auf einen langen Trip machte. Dieser verflixte Sean!

❀

Sean ging nach draußen, trug das Gepäck und die Proviantttüten herein. Marjorie hatte sich ans Fenster gestellt, sah in den Regen hinaus, der unaufhörlich herniederströmte. Noch immer blitzte es, aber der Donner grollte jetzt in einiger Entfernung. Marjorie fröstelte.

»Ich sollte mich unter die Dusche stellen.«

»Mir wäre auch danach.« Sean grinste.

»Dann gehen Sie zuerst«, forderte sie ihn auf.

Aber er ließ Marjorie den Vortritt. Dass sie die Badezimmertür hinter sich abschloss, amüsierte ihn. Was dachte dieses Mädchen von ihm?

Marjorie war vollkommen angezogen, als sie aus dem Bad zurückkam. Das feuchte Haar hing ihr schwer über die Schultern. Sie sah sehr jung, sehr rührend aus in diesem Moment. Sean verschwand im Bad.

Sie nahm sich eine Coke aus der Papiertüte und trank. Sie zitterte vor innerer Unruhe, fühlte sich gefangen in diesem Raum bei diesem Mann. Am liebsten wäre sie trotz des strömenden Regens weitergefahren.

In Jeans und einem weißen T-Shirt kam Sean aus dem Bad zurück. Beruhigend lächelte er ihr zu. Inzwischen hatte sie sich in einen Sessel gesetzt.

»Und jetzt machen wir es uns richtig gemütlich«, meinte er.

Sie aßen, tranken Wein, und Sean spielte wieder auf der Mundharmonika. Allmählich wurde Marjorie ruhiger. Es war ja alles halb so schlimm, und Sean war ein anständiger Kerl. Wovor also fürchtete sie sich?

Das Gewitter verzog sich, aber der Regen blieb. Nach wie vor klatschte er an die Scheiben. Sean zog die Vorhänge zu, schaltete die kleine Stehlampe ein.

Irgendwann spürte Marjorie, dass sie milde wurde. Sie hatte das Bedürfnis, sich auszustrecken, zu schlafen. Dieses Unwetter hatte ihr gerade noch gefehlt.

Als sich Sean sein Bett in der Badewanne zurechtmachte, kam sich Marjorie richtig mies vor. Aber Sean schien nichts dabei zu finden.

»Ich liebe es, mal etwas anderes auszuprobieren«, lachte er.

»Ich möchte mich ausziehen«, sagte Marjorie.

Sean schloss die Badezimmertür, und sie suchte sich ein Nachthemd aus der Reisetasche. Es war ein cremefarbenes duftiges Nichts, und als sie es anzog und sich sekundenlang in dem fleckigen Spiegel betrachtete, hatte sie das Gefühl, als würde ihr Körper glühen.

Schnell kroch sie unter die dünne Decke, zog sie bis zum Hals hinauf. Ganz still lag sie da, hörte nur das wilde Klopfen ihres Herzens. Dann war da plötzlich Seans Stimme.

»Alles okay, Lady?«

»Ich liege schon im Bett«, erwiderte sie.

Sean öffnete die Tür und betrachtete sie. Er sah sie wieder mit diesem Blick an, den Marjorie schon kannte, und wieder spürte sie diese prickelnde Erregung, die ihr den Rücken hinaufkroch. Sean kam zu ihr, setzte sich auf die Bettkante.

»Schlafen Sie ganz ruhig, Lady. Heute Nacht kommt der böse Wolf nicht, um Sie zu verschlingen.«

»Tut mir so Leid, dass Sie in der Badewanne campieren müssen«, murmelte sie.

»Meine Wirbelsäule ist noch okay. Ich werd's überstehen. Jetzt nur keine Schuldgefühle.« Sean berührte leicht ihre Wange und verzog sich dann ins Bad.

Marjorie hörte seine Jeans zu Boden fallen, dann das Shirt, und machte das Licht aus. Jetzt war der Regen überdeutlich zu hören. Sie hatte das Gefühl, in dieser Nacht keine Sekunde schlafen zu können. Und jetzt fing Sean auch noch an, leise auf der Mundharmonika zu spielen.

Marjorie warf sich auf die Seite. Sie versuchte, an etwas anderes zu denken. Aber sie fühlte nur ihren Körper, der voller Sehnsucht, voller Verlangen war. Und an Jason Parks mochte sie gar nicht denken. Dann fühlte sie sich direkt übel.

Irgendwann hörte Sean auf zu spielen, und irgendwann schlief Marjorie ein. Sie erwachte, als sie Sean laut fluchen hörte. Erschrocken setzte sie sich im Bett auf, strich das Haar zurück.

»Was ist passiert?«

»Dieser verdammte Wasserhahn tropft. Ich hab' das vorhin gar nicht bemerkt. Meine Füße sind klitschnass.«

»O nein!« Marjorie schaltete das Licht an. »Sie können unmöglich in der Wanne liegen bleiben.«

»Ich kann ja die Beine anziehen«, meinte er.

»Kommt gar nicht in Frage. Nehmen Sie das Bettzeug, was noch trocken ist, und bringen Sie es hierher. Wir sind doch keine Kinder. Wir werden den Rest der Nacht auch so herumbringen.«

»Heißt das, dass sie mich in Ihr Bett einladen?«

»Machen Sie keine große Szene daraus, sonst überlege ich's mir anders«, gab sie zurück.

»Sie sind zu gütig, Lady. Ich bin in zwei Sekunden bei Ihnen.«

Verstohlen sah Marjorie zur Tür, als Sean mit dem Kissen und einer Decke hereinkam. Er hatte ein weißes Badetuch um die Hüften geschlungen. Schnell sah sie zur Seite.

Und dann lag Sean neben ihr. Er hatte die Decke brav hochgezogen und lächelte ihr zu.

»Willkommen an Bord«, sagte Marjorie. Es sollte flapsig und salopp klingen, aber es klang eher ein bisschen ängstlich.

»Machen Sie das Licht aus und lassen Sie uns schlafen. In ein paar Stunden wird es hell«, sagte er.

Marjorie tat, was Sean ihr geraten hatte. Wieder lag sie in der Dunkelheit und hatte das Gefühl, dass ihr Herz mit Überschallgeschwindigkeit schlug. Diese fürchterliche innere Erregung . . .

Nach ein paar Minuten kam Seans Stimme zu ihr, warm und weich.

»Können Sie schlafen?« fragte er.

»Ich schlafe tief und fest«, behauptete sie.

Er lachte leise. »Dachte ich's doch. Wissen Sie eigentlich, dass ich in Sie verliebt bin, Marjorie? Irgendwann ist es passiert. Ich finde, wir sind ein wundervolles Paar. Wir sollten uns zusammentun.«

»Nur weil Sie mit mir in einem Bett liegen?« Ihre Stimme zitterte ein wenig.

»Nicht nur deshalb«, erwiderte er. »Finden Sie mich eigentlich sehr unsympathisch?«

Marjorie schluckte. »Ich finde Sie einfach furchtbar. Sie sind ein grauenhafter, widerlicher Typ.«

»Darf ich deinen Worten entnehmen, liebe Marjorie, dass du auch ein bisschen in mich verliebt bist?«

Marjorie brachte keinen Ton heraus. Sie lag da wie ein Stock, und plötzlich fühlte sie Seans Hand. Sanft und leicht strich diese Hand über ihren nackten Arm, und in diesem Moment wusste sie, da es passieren würde.

»Du magst mich auch, Marjorie. Ich fühle es. Es hat doch keinen Sinn, sich dagegen zu wehren. Wir wollen es beide, nicht wahr?«

»Warum musste ich dir begegnen? Mein Leben war so einfach. Du komplizierst alles«, seufzte sie.

»Weißt du, dass ich sehr, sehr nett sein kann?«

Wieder seufzte sie. »Es ist zum Verzweifeln!«

Dann war Sean bei ihr. Sie fühlte seinen nackten Körper neben ihrem unter der Decke. Er drängte sich an sie und begann, sie zu streicheln. Hart und fest war sein Mund, als er sie küsste und seine Zunge sich zwischen ihre Lippen drängte. Marjorie fühlte, wie sich heißes Brennen in ihrem Schoß ausbreitete.

»Meine Süße, meine wundervolle Marjorie. Mein Gott, wie verliebt ich in dich bin! Sag mir, dass du es willst, dass du mich willst.«

»O mein Gott, Sean!« stöhnte sie.

Er streifte ihr das dünne Nachthemd von den Schultern, schob es dann weit herunter. Fiebernd und heiß war Marjories Haut unter seinen Händen. Sean küsste sie wieder, während seine Hände ihre Brüste zärtlich umspielten, bis sich die Spitzen versteiften und aufrichteten. Marjorie zitterte vor Erregung.

Noch nie in ihrem Leben hatte sie sich so sehr gewünscht, mit einem Mann zu schlafen. Noch nie war das Verlangen so stark gewesen. Dieser Sean mit seinen frechen Augen und den zärtlichen Händen . . .

Wie diese Hände sie berührten! Sie glitten über ihre Brüste und den flachen Bauch bis zur sanften Wölbung ihres Schoßes. Marjorie konnte sich kaum zurückhalten, so stark war diese innere Spannung in ihr, die alle Hemmungen hinwegspülte. Sie öffnete die Schenkel, als Seans Finger in die warme Feuchte ihres Schoßes drangen, und dann spürte sie, wie erregt er war.

Marjorie konnte nicht anders. Auch sie musste ihn berühren, musste ihn streicheln, bis er laut aufstöhnte und in sie eindrang.

Sie umklammerte ihn, als wollte sie ihn nie wieder loslassen. Ihre Fingernägel gruben sich in seinen Rücken. Sie war vollkommen außer sich, als Sean sich tief in ihr bewegte.

Fast gleichzeitig kamen sie zum Höhepunkt. Marjorie schrie auf vor höchstem Entzücken. Sie glaubte, es noch nie so wundervoll und unvergleichlich erlebt zu haben.

Sie lagen dicht nebeneinander, nachdem es vorüber war. Noch streichelte er sie und sagte ihr zärtliche, verrückte Dinge, und Marjorie schmiegte sich an ihn, überließ sich ganz dem Glücksgefühl, das sie erfüllte.

»Ich habe es mir so sehr gewünscht«, sagte Sean leise. »Ich habe die ganze Zeit daran gedacht. Ich liebe dich, Marjorie.«

Sie seufzte. »Ich habe mich auch in dich verliebt, Sean.«

»O Marjorie, meine wundervolle Marjorie.« Sean küsste sie wieder. Nicht so wild und leidenschaftlich wie vorhin, mehr zärtlich.

»Wir sind füreinander bestimmt, spürst du das?« fragte Sean, als er sich von ihr löste. »Du hast mich sehr, sehr glücklich gemacht, mein Kleines.«

Marjorie richtete sich auf. Plötzlich war ihr Jason Parks eingefallen. Sekundenlang war sie wie betäubt.

»Was ist? Was hast du, Liebling?«

Sie holte tief Luft.

»Trotzdem fahre ich nach Roswell«, sagte sie. »Ich habe es Jason versprochen. Also muss ich hin.«

Sean glaubte, sich verhört zu haben. Auch er setzte sich auf.

»Das ist unmöglich, Marjorie. Eben hast du mir gesagt, dass du mich liebst, und jetzt willst du zu diesem Cowboy?«

»Er ist kein Cowboy. Er ist ein anständiger Kerl.«

»Heißt das, es tut dir Leid, was passiert ist?«

Am liebsten hätte Marjorie losgeheult, so widersprüchlich waren ihre Gefühle, so vieles bedrängte sie.

»Ich weiß überhaupt nicht mehr, was los ist.« Sie sprang aus dem Bett und ging ins Bad. Er machte Licht und zündete sich eine Zigarette an.

Da war er ja wirklich in eine schöne Geschichte hineingeraten! Er liebte Marjorie, und es war wundervoll gewesen, mit ihr zu schlafen. Was wollte sie noch in Roswell? Sie gehörte doch zu ihm.

Marjorie kam zurück. Nackt war sie und wunderschön. Sean musste sie immerzu ansehen, bis sie wieder unter der Bettdecke verschwand.

»Ich weiß nicht, was ich tun soll.«

Sean warf die Zigarette in den Aschenbecher.

»Du musst mich lieben, Marjorie. Du und ich, wir kommen von diesem Gefühl nicht los. Vergiss Jason Parks!«

»Ich kann es nicht. Ich muss zu ihm und ihm wenigstens sagen, was passiert ist. Er würde sich Sorgen machen, wenn ich nicht käme.«

»Noch zwei Tage«, sagte Sean und ließ sich wieder zurückfallen. »Noch zwei Tage und eine Nacht. Und dann soll alles vorbei sein?«

»Ich weiß es nicht. Ich weiß überhaupt nichts mehr. O Sean, warum hast du mich so sehr durcheinander gebracht?«

»Ich werde dich nicht hergeben«, erklärte er. »Ich weiß, dass du mich willst, Marjorie. Gewiss, ich kann verstehen, dass dich die Sache mit Jason bedrückt. Warum rufst du ihn nicht einfach an? Warum erklärst du ihm nicht alles am Telefon?«

»Das wäre unfair. Ich habe mich stets bemüht, fair zu sein. Jason ist es auch. So kann ich ihn nicht abspeisen.«

»Blöder Kerl!« schimpfte Sean, sprang aus dem Bett und verschwand im Bad.

❁

Marjorie lag da, die Arme im Nacken verschränkt, und dachte nach. Es waren nicht gerade erfreuliche Gedanken, die ihr durch den Kopf gingen. Sie hatte das Gefühl, Jason betrogen zu haben. Im Grunde war dieser Gedanke absolut irrsinnig. Sie kannte den Mann schließlich noch gar nicht. Also hatte er auch kein Recht auf sie. Trotzdem fühlte sich Marjorie schuldbewusst.

Aber dann war Sean wieder da, lächelte ihr zu, kam zu ihr unter die Bettdecke. Sie wollte ihn nicht rauswerfen, konnte es auch gar nicht. Sie liebte seinen Körper. Sie war verrückt nach ihm. Und als Sean jetzt wieder begann, sie zu streicheln, als er sie küsste und seine Zungenspitze die Knospen ihrer Brüste umspielte, da fühlte sie wieder, wie die Erregung sie überschwemmte. Sie fühlte sich Sean ausgeliefert, und sie wollte es nicht anders. Irgendwie würde sie mit Jason ins Reine kommen. Nur nicht jetzt daran denken!

Heißer und wilder wurden ihre Küsse und ihre Berührungen. Und auch Marjorie begann, Sean zu streicheln, zärtlich und fest, bis er seine Erregung kaum zurückhalten konnte. Fiebernd vor neuem Verlangen zog er sie über sich, drang tief in sie ein, und Marjorie vergaß alles in diesem Moment. Sie bewegte sich auf Sean in einer nicht enden wollenden Verzückung. Sie fühlte seine Hände auf ihren Brüsten, dann auf ihrem Po, und wieder kamen sie beide gleichzeitig zu einem überwältigenden Höhepunkt, den sie mit ekstatischen Schreien begleitete.

Was für eine Nacht war das! Marjorie fühlte sich berauscht und so, als schwebte sie zentimeterweit über dem Boden, als wäre dies alles gar nicht wirklich, sondern ein wundervoller, atemberaubender Traum. Wie sanft, wie liebevoll, wie gut Sean war!

»Lass uns zusammenbleiben«, sagte Sean. »Lass uns sehr, sehr lange zusammenbleiben, Marjorie. Ich brauche dich. Ich will dich. Noch nie habe ich etwas so sehr gewollt.«

»Ich will dich auch, Sean.« Ganz leise war Marjories Stimme, und dann spürte sie wieder Seans heiße Lippen auf ihrem Mund.

Dicht aneinander geschmiegt schliefen sie später ein, entspannt und glücklich.

Marjorie erwachte zuerst am nächsten Morgen. Schlagartig wurde ihr klar, was passiert war. Sie sah Sean an, der friedlich schlief, löste sich sanft aus seiner Umarmung und stand auf. Diese Nacht! Diese unglaubliche Nacht! Worauf hatte sie sich da eingelassen?

Als sie im Bad war und leise die Tür hinter sich

schloss, fühlte sie sich gar nicht besonders. Wie sollte sie Jason Parks diese Geschichte auftischen? Was musste er von ihr denken? Wochenlang hatte sie geglaubt, dass er der richtige Mann für sie war, und sich in eine romantische Geschichte hineingeträumt.

Aber dann hatte die Wirklichkeit sie überrannt. Sean war in ihr Leben getreten, hatte all ihre Pläne durcheinander gebracht. Kein Drehbuchautor hätte eine fantastischere Geschichte erfinden können.

Mit Nachdruck putzte sie sich die Zähne. Trotzdem blieb ein bitterer Geschmack im Mund. Dieser treue, ehrliche, anständige Jason Parks! Er hatte nicht verdient, was sie ihm angetan hatte.

Wenn die Sache mit Sean nur ein Abenteuer gewesen wäre! Aber auf Abenteuer hatte sie sich nie eingelassen, und diesmal war sie heftiger verliebt als je zuvor in ihrem Leben. Wie sollte sie Jason das beibringen?

Ihr Gefühlsleben war außer Kontrolle geraten, das stand fest. Kein Mann hatte sie so durcheinander gebracht wie Sean. Aber sie hatte es ja nicht anders gewollt. Sie hatte ihn ja sofort gemocht, von Anfang an.

Nachdem sie geduscht und das Haar geföhnt hatte, ging sie in den Schlafraum zurück, um sich anzuziehen. Sean erwachte und lächelte ihr zu, streckte die Arme nach ihr aus.

»Guten Morgen, Liebes!«

Marjorie kam zu ihm, küsste ihn.

»Guten Morgen, du schrecklicher Mensch.«

»Noch immer in Abwehr? Marjorie, wann begreifst du endlich, dass ich der richtige Mann für dich bin?«

Sie stand von der Bettkante auf.

»Ich muss, mich anziehen. Es wird Zeit, dass wir weiterkommen.

»Hast du deinen Plan nicht aufgegeben? Willst du noch immer nach New Mexico?« fragte er.

»Beeil dich, Sean. Geh ins Bad!« Marjorie fischte sich einen Seidentanga aus der Reisetasche und zog ihn an. Dann streifte sie ein flaschengrünes Sommerkleid über. Sie war nervös, als sie den Gürtel zumachte.

Es regnete nicht mehr. Zwar war der Himmel noch bewölkt, aber irgendwann würde die Sonne durchbrechen. Die Wolken waren flacher, heller geworden.

Als Sean aus dem Bad kam, trug er wieder die Jeans und das weiße T-Shirt. Sofort nahm er Marjorie in die Arme und küsste sie liebevoll.

»Mach jetzt keinen Fehler, Liebling! Tu nichts, was du eines Tages bereust. Du kannst mit Jason Parks nicht glücklich werden.«

Mit sanfter Gewalt machte sie sich frei. »Müssen wir jetzt darüber reden? Es wird Zeit, dass wir Frühstück bekommen. Wir haben wieder einen langen Tag vor uns.«

»Plötzlich so kühl? Plötzlich so abweisend? Du kannst die letzte Nacht doch nicht einfach streichen, Marjorie.«

»Das will ich auch gar nicht. Trotzdem muss ich nach New Mexico.« Sie blieb dabei.

»Ein Versprechen ist ein Versprechen, was?«

»Genau«, sagte Marjorie. »Aber das hat doch mit uns nichts zu tun, Sean. Versteh doch, ich muss in mein Leben Ordnung bringen.«

Er schüttelte den Kopf. »Dafür bin ich zuständig. Ich bin der Mann, der alles für dich arrangiert.«

Marjorie lächelte etwas verzerrt.

»Nicht die Geschichte mit Jason. Die muss ich allein hinter mich bringen.«

»Mit einem Anruf wäre alles zu regeln«, meinte er.

»Nein«, erwiderte sie, »das kann ich nicht tun. Jason und ich haben unsere Freundschaft aufgebaut. Ich kann ihn jetzt nicht fallen lassen und auch noch nicht sagen, wie ich mich entscheiden werde.«

»Gehen wir erst mal frühstücken«, meinte Sean.

❁

Jason ritt auf die Viehweide zu, wo die Jungtiere aufgetrieben waren. Als er herkam, sah er Ruby. Sie saß auf dem Apfelschimmel und beobachtete fasziniert die Kälber. Jason hatte das Gefühl, einen Schlag in die Magengrube bekommen zu haben.

Diese Ruby! Diese lebendige Verführung! In ihrer hautengen weißen Jeans und der weißen Hemdbluse wirkte sie frisch wie der Morgenwind, und so war auch ihr Lächeln, als sie sich jetzt Jason zuwandte.

»Hi, Jason.«

»Hi, Ruby.« Er parierte den Rapphengst neben dem Schimmel. »Was um alles in der Welt machen Sie hier? Ich habe Ihnen doch gesagt, dass ich heute sehr viel zu tun habe.«

Noch immer lächelte sie.

»Ich weiß. Ich will Sie ja auch nicht stören, sondern nur ein bisschen zusehen. Es interessiert mich wahnsinnig, was Sie tun.«

»Es ist nun wirklich nichts Besonderes«, meinte Jason.

»Ich langweile mich ein bisschen bei den Brinks. Da habe ich mich auf den Weg gemacht. Sind Sie wirklich sehr böse?«

»Wie könnte ich Ihnen böse sein!« knurrte er. »Trotzdem muss ich jetzt an die Arbeit.«

»Ich werde Ihnen zusehen, und irgendwann mache ich mich ganz heimlich aus dem Staub. Sie werden es gar nicht bemerken.«

»Auf was für Gedanken Frauen kommen, wenn Sie sich langweilen.« Jason grinste, und Ruby fand ihn wieder umwerfend männlich.

Sie wusste jetzt, warum sie sich in ihn verliebt hatte. Es war seine Ausstrahlung, die sie so anzog. Wenn Jason lächelte, war es ihr, als würde er ihren Körper streicheln.

»Ich langweile mich nicht immer«, sagte sie jetzt. »Aber ich muss mich erst an dieses Land, an die Weite gewöhnen. Und daran, dass es hier so wenig kulturelle Abwechslung gibt. Trotzdem fange ich an, Roswell zu lieben.«

Jason sah sie an. Er glaubte zu wissen, dass Ruby damit nicht nur Roswell meinte. Wieder fühlte er sich unwahrscheinlich zu diesem Mädchen hingezogen, und wieder ärgerte er sich darüber.

»Also dann mache ich mich mal an die Arbeit. Meine Jungs warten schon. Wir sehen uns sicherlich noch, Ruby.«

Lächelnd sah sie ihm nach. Nein, sie würde ihm keine Ruhe lassen. Sie hatte sich diesen Mann nun mal in den Kopf gesetzt. Was hatte Helen da von irgendeiner Freundin in Chicago erzählt? Es konnte keine feste Sache sein, denn bisher hatte hier noch niemand diese Frau gesehen.

Ruby hörte das Brüllen und Stampfen der Tiere, aber sie sah nur Jason. Was für ein Mann war das! Er war genau der Typ, von dem sie immer geträumt hatte. Niemals hätte sie gedacht, dass ihr ein solcher Bursche je begegnen würde. Nun war es passiert, und sie war voll auf ihn abgefahren.

Jason konnte ihr nichts vormachen. Wenn er sich auch noch so spröde gab, sie spürte, dass er sie mochte. Seine Augen sagten es ihr, sein Lächeln. Aber sie fühlte auch, dass Jason sich gegen sie wehrte. Warum war das so?

Was steckte dahinter? Was war los mit ihm? Er war durchaus kein schüchterner Typ, der nicht wusste, wie man mit Frauen umgehen musste. Und Ruby war sicher, dass er genau verstand, was sie ihm signalisierte.

Warum also gab er sich nicht locker? Warum wollte er nicht kapieren, dass sie ihm sympathisch war? Oder sollte sie sich so sehr in ihm täuschen? War sie so überheblich, dass sie sich das nur einbildete?

Ruby hätte Jason gern verführt. Gerade weil er sich ihr gegenüber so höflich und korrekt verhielt, reizte er sie maßlos. Bisher war es für sie kein Problem gewesen, den Mann zu bekommen, den sie haben wollte. Sie hatte es immer erreicht. Aber diesmal stand sie vor einer Aufgabe, die nicht so leicht zu bewältigen war.

Es musste mit dieser Freundin aus Chicago zusammenhängen. Vielleicht war er verliebt in sie, oder er fühlte sich ihr verpflichtet. Irgendetwas in dieser Richtung musste es sein. Hätte Jason sie sonst so mit diesem Blick angesehen, der ihr bis auf die Haut ging?

Wer war dieses Mädchen in Chicago, und was wollte sie von ihm? Wie standen die beiden zueinander? Was hieß schon, er hätte eine Freundin? Welcher Art war diese Freundschaft?

Ruby saß da, klopfte gelegentlich zerstreut den Hals ihres Pferdes und sah zu Jason und den Männern hin. Sie konnte doch nicht nackt angeritten kommen, um ihm zu zeigen, dass sie in ihn verliebt war und ihn wollte.

Trotzdem reizte der Gedanke Ruby für einen Moment. Diesem konservativen, zurückhaltenden Jason wären die Augen aus dem Kopf gefallen. Sein Weltbild wäre aus den Fugen geraten, und wahrscheinlich hätte er sie nicht einmal angesehen.

Was also sollte sie anstellen, um ihn wiederzusehen? Sie konnte nicht einfach zu seiner Ranch reiten und mir nichts, dir nichts einen Besuch machen. Es gab gewisse konventionelle Regeln, die sie einhalten musste. Und wie sollte sie Jason dazu bringen, die Brinks zu besuchen? Er tat es ja sonst auch nicht, wie sie erfahren hatte.

Nervös kaute Ruby auf dem Daumennagel herum,

wie sie es schon als kleines Mädchen getan hatte, wenn sie mit einem Problem nicht fertig geworden war.

Ein alter Trick fiel ihr ein. Sie musste etwas verlieren, etwas, das Jason ihr unbedingt zurückbringen würde.

Ruby zog ihr Portmonee aus der Gesäßtasche. Es enthielt nur ein paar kleinere Dollarscheine, einige Münzen und diverse Kreditkarten. Einen Moment lang zögerte sie. Wenn nun ein anderer das Portmonee fand, einer von Jasons Männern? Wenn er es einsteckte und für sich behielt?

Egal, sie musste es darauf ankommen lassen. Ruby ließ das Portmonee auf den Boden fallen. Wenn sie bis morgen Abend von Jason nichts gehört hatte, war das Ding möglicherweise gar nicht gefunden worden, und sie konnte es sich selbst zurückholen.

Im Augenblick fiel ihr wirklich nichts anderes ein. Ruby wendete ihr Pferd, um zurückzureiten. Zufrieden stellte sie fest, dass das rote Portmonee aufgeklappt und unübersehbar auf dem hellen Sandboden lag.

Dieser verflixte Jason! Warum hatte er sich nur so in ihr festgesetzt und sie sich spontan in ihn verliebt? Aber so war das eben mit der Liebe. Da dachte man nichts Böses, und plötzlich erwischte sie einen.

❁

Gut eine Stunde, nachdem Ruby weggeritten war, erschien Deborah Parks in ihrem offenen Buggy bei den Weiden, wo die Männer noch immer bei der Arbeit waren. Sie brachte kalte Limonade und heißen Kaffee, und sie war es auch, die Rubys Portmonee fand. Neugierig untersuchte Jasons Mutter das rote Ding und steckte es dann in die Tasche. Erst am Abend, als Jason nach Hause kam, legte sie es auf den Küchentisch.

»Hat dich deine neue Freundin heute Nachmittag besucht?«

Jason sah das Portmonee an und verstand nicht.

»Wie kommst du darauf?«

»Weil sie das hier verloren hat. Du solltest es ihr zurückgeben, dieser Miss Ruby. Oder du solltest John schicken, dass er es ihr bringt.«

Jason rieb sich das Kinn.

»Es wäre wohl unhöflich, wenn ich einen meiner Männer schickte. Also werde ich es selbst übernehmen. Ein bisschen unvorsichtig, die junge Dame.«

»Wahrscheinlich hatte sie etwas Wichtigeres im Kopf«, spöttelte seine Mutter.

Jason zuckte mit den Schultern.

»Was du immer denkst! Sie ist auf einem ihrer Ausritte vorbeigekommen. Warum auch nicht? Wir leben in einem freien Land.«

»In spätestens zwei Tagen ist Marjorie hier. Sie hat eine lange Fahrt hinter sich, und sie freut sich darauf, einen netten Mann kennen zu lernen.«

»Ich habe das keine Sekunde vergessen, Mutter«

Sie seufzte. »Dann vergiss es auch jetzt nicht.«

❁

Die Spannung zwischen ihnen war fast mit den Händen greifbar. Marjorie spürte es, und Sean fühlte es auch. Er saß am Steuer, sie rauchte nervös. Es war aber auch eine ziemlich eigenartige Situation.

Aber es war immer eine schwierige Situation, wenn sich eine Frau zwischen zwei Männern entscheiden musste. Marjorie verstand, dass Sean sauer war. Gestern Nacht hatte sie in seinen Armen gelegen, sie hatten sich geliebt, und am Morgen hatte sie von einem anderen gesprochen.

Nicht gerade eine Basis für eine weitere glückliche Entwicklung, aber Marjorie war der Ansicht, dass Sean verstehen musste, was sie tat. Sie konnte Jason nicht einfach sitzen lassen.

Diese Route 66 . . .! Diese endlose Weite . . . ! Nur hin und wieder wurde die Monotonie der Landschaft unterbrochen, wenn sie durch eine größere Stadt kamen. Dann das übliche Bild: Hinweisschilder und Reklametafeln. Und nach den Städten wieder das sechsspurige Band der Straße, die kein Ende zu nehmen schien. Ein paar Tankstellen, ein Motel, Schnellimbiss-Restaurants . . .

Über allem der ewig strahlend blaue Himmel, der den Augen wehtat, wenn man ihn lange betrachtete. Die Sonne schien. Es war wieder heiß, als hätte es nie ein Unwetter gegeben.

»Es ist schon eine verrückte Sache«, sagte Sean plötzlich. »Da sitzt man neben einem hübschen Mädchen, in das man bis über beide Ohren verliebt ist, und ist auf dem Weg, um sie bei einem anderen abzuliefern. Absurd ist das und widernatürlich.«

Marjorie seufzte. »Ich liebe dich, Sean.«

»Eine fabelhafte Art, mir das zu zeigen, Mädchen. Vergiss Jason Parks. Komm mit mir nach L.A.! Lass uns alles gemeinsam unternehmen.«

»Versuch doch, dich an Jasons Stelle zu versetzen. Würdest du nicht auch schrecklich enttäuscht sein, wenn da plötzlich ein Anruf käme, und alles wäre vorbei?«

Sean warf ihr einen Seitenblick zu. »Ihr seid nicht verheiratet. Du kennst ihn nicht einmal. Was also soll das ganze Theater, Marjorie? Du weißt, dass wir zusammengehören.«

»Ich habe ja nicht vor, in Roswell zu bleiben«, erwiderte sie. »Ich pfeife auf die Sonnenuntergänge in New Mexico. Aber hin muss ich.«

»Warum ersparst du dir nicht diese peinliche Situation? Du bist neugierig auf den Typ, richtig?«

Jetzt lächelte sie.

»Nur ein ganz kleines bisschen. Eigentlich fahre ich

nur hin, um ein Versprechen einzulösen, Ich kann mich vor dieser Erklärung nicht drücken.«

»Du bist ja so schrecklich fair.«

»Ja«, sagte Marjorie.

»Himmel noch mal!« Sean schlug auf das Lenkrad. »Ich hab' auch ein Recht auf deine Fairness« Sie kamen durch eine hügelige Landschaft. Plötzlich sahen sie einen kleinen Wald. Dahinter glitzerte ein See. Sean hatte eine Idee.

»Wollen wir schwimmen? Eine Erfrischung würde bei dieser barbarischen Hitze gut tun.«

»Fahr runter vom Highway«, sagte Marjorie.

Sie erreichten den See, der im Schatten des Waldes lag. Das Wasser glitzerte klar im Sonnenlicht. Nirgends war ein Mensch zu sehen. Im Gebüsch zwitscherten die Vögel. Irgendwo hinter ihnen verlief die Route 66.

»Ich habe meine Badesachen ganz unten im Koffer«, sagte Marjorie.

»Und ich habe nicht mal eine Badehose bei mir«, gestand Sean grinsend. »Ich habe vergessen, das Ding einzupacken. Aber wir brauchen so etwas nicht. Ist ja niemand hier, der uns beobachtet.«

Sie hatte vorhin schon geschwitzt. Das Wasser war so verlockend, so klar, so kühl. Sie stiegen aus. Noch einmal sah sich Sean prüfend um. Es war tatsächlich niemand in der Nähe.

Sie zogen sich aus, liefen nackt ins Wasser, ließen sich hineinfallen, und dann schwammen sie los. Es war wundervoll und aufregend, und es war herrlich erfrischend. Sean schwamm mit kräftigen Zügen. Manchmal hob sich sein gebräunter Rücken aus dem Wasser, und Marjorie sah seinen weißen runden festen Po. Es erregte sie, Sean zu beobachten.

Noch eine Nacht und einen Tag, dann würde sie in Roswell sein. Verflixt, warum musste sie jetzt daran denken? Sie würde auch in dieser Nacht wieder mit Sean schlafen, das wusste sie. Sie brauchte ihn. Sie wollte es so sehr.

Sean drehte sich um, sah Marjorie an, blickte in ihr feuchtes lächelndes Gesicht, und er hatte den Wunsch, sie zu küssen. Marjorie spürte es und schwamm von ihm weg, aber Sean war schon hinter ihr. Seine Hand streifte ihr Bein, den Po, den Rücken, und Marjorie hatte wieder dieses wahnsinnige Verlangen, ihn ganz zu spüren.

Wie eine Verrückte schwamm sie auf das Ufer zu. Als sie es erreicht hatte, atmete sie schwer und keuchend. Da war Sean schon neben ihr. Hier am Rand war das Wasser ganz flach. Er zog sie in die Arme, presste seinen nassen Körper gegen ihren, und dann küsste er sie wild und zärtlich zugleich. Marjorie zitterte.

Sie sanken in das feuchte Gras am Ufer und berührten sich, als müssten sie ihre Körper neu entdecken. Sean küsste Marjorie die Wassertropfen vom Hals. Sein Mund glitt hinab zu ihren Brüsten, und als seine Zunge die harten Knospen umspielte, wand sich Marjorie in seiner Umarmung und stöhnte lustvoll.

»Lass uns weiterfahren«, flüsterte sie. »Wir können es doch nicht hier tun!«

Sean sah sie an und lachte leise, und sie sah in seine zärtlichen Augen und wusste, dass es passieren würde. Herrgott, sie wollte es ja so sehr. Sanft drückte er ihre Schenkel auseinander und streichelte die Wölbung ihres Schoßes.

»Du bist wundervoll, Liebling«, flüsterte er heiser. »Ich bin verrückt nach dir.«

Marjorie streichelte und berührte ihn.

»Wollen wir es wirklich verschieben, Kleines?« Da war wieder Seans Stimme, rau, heiser.

»O mein Gott«, keuchte Marjorie. »Wir benehmen uns unmöglich.«

Da kam er zu ihr. Hart und fest spürte sie ihn in sich. Ihr Körper drängte sich Sean entgegen. Sie konnte ihn gar nicht intensiv genug spüren, und als sie dann zum Höhepunkt kam, glaubte sie, vor Lust die Besinnung zu verlieren.

❁

Als sie später wieder im Wagen saßen, hatte Marjorie noch immer das Gefühl, dass ihre Schenkel zitterten. Es war so aufregend, so wundervoll gewesen und wieder so ganz anders. Sie zündete zwei Zigaretten an und reichte eine Sean. Er nahm ihre Linke und drückte seine heißen Lippen in ihre Handfläche.

»Meine zauberhafte Marjorie«, sagte er.

»Was hast du nur mit mir angestellt, du fürchterlicher Typ?« Marjorie lächelte.

Sean legte den Kopf zurück, schloss für Sekunden die Augen. Auch er lächelte.

»Was für eine Reise das ist!«

»Es ist der verrückteste Trip, den ich je gemacht habe«, sagte Marjorie. »Aber es ist auch der herrlichste.«

Sean schob die Zigarette in den Mund, richtete sich auf und sah Marjorie an.

»Und das alles willst du aufgeben? Unsere herrliche, verrückte Liebe willst du opfern für einen Rancher in Roswell?«

»Ich will gar nichts opfern«, widersprach sie. »Ich werde dich doch wiedersehen, Sean?«

»Kann ich nicht sagen. Ich weiß nicht, ob ich es ertrage, dass du diesen Typ besuchst. Nur eins weiß ich . . . dass ich rasend eifersüchtig bin.«

»Dieses Gefühl traue ich dir gar nicht zu«, meinte sie.

»Aber es ist da, auch wenn es mir nicht gefällt. Wirklich, ich brauche dich, Marjorie.«

Sie deutete nach vorn. »Fahren wir!«

Sean warf seine Zigarette aus dem Seitenfenster, drehte den Zündschlüssel im Schloss herum.

»Ich vergaß, dass Mylady erwartet werden.«

»Ich fahre nicht zu Jason, um mit ihm zu schlafen«, konterte sie.

»Wer weiß, wie alles übermorgen aussieht! Vielleicht entscheidest du dich doch für ihn. Möglicherweise hat er magnetische Kräfte, die dich festhalten.« Sean lachte sarkastisch.

»Manchmal redest du absoluten Blödsinn. Du weißt ganz genau, warum ich zu ihm fahre.« Es klang irgendwie ärgerlich. »Also keinen Streit, Sean. Dazu ist doch alles viel zu schön.«

»Für dich vielleicht. Für mich ist der Gedanke eher qualvoll, dass du zu einem anderen fährst. Ich finde die Idee zum Kotzen.«

»Es hat Jason in meinem Leben gegeben, ehe du da warst.«

»Stimmt!« Sean lachte bissig auf. »Aber du kennst ihn nicht mal, hast ihn noch nicht ein einziges Mal gesehen.«

Sie kicherte. »Ich weiß. Vielleicht hat er Mundgeruch.«

»Was ist?« Irritiert sah Sean sie an.

»Das hat eine Freundin gesagt«, erklärte sie.

»Hoffentlich stinkt er wie ein Viehzüchter.«

»Ich habe nicht vor, mich in Jason zu verlieben. Das heißt, ich war vielleicht ein bisschen in ihn verliebt, ehe du auftauchtest. Aber das ist jetzt vorbei. Ich habe nur noch ein schlechtes Gewissen, wenn ich an Jason denke.«

»Immerhin etwas. Warum streichst du ihn nicht aus deinen Gedanken wie eine Fehlinvestition? Warum willst du dich unbedingt vergewissern, dass du keine Chance verpasst hast?«

»Das ist es doch nicht, Sean.« Marjorie sah starr geradeaus, als Sean die Straße zur Route 66 zurückfuhr.

»Noch eine Nacht«, sagte er. »Und morgen Abend bist du bei dem anderen. Dann wirfst du mich aus dem Wagen wie ein überflüssiges Gepäckstück.«

»Sei vernünftig«, sagte sie. »Ich kann dich schlecht als Gastgeschenk mitbringen.«

»Und wenn ich mir eine rote Schleife umbinde?« fragte er.

Ihr Ärger wuchs. »Hör auf damit, Sean. Morgen Abend spreche ich mit Jason. Ich werde eine Nacht in seinem Haus verbringen, und dann sehen wir uns wieder.«

Sean schnappte hörbar nach Luft.

»Wozu diese Nacht?« bellte er.

»Ich kann schließlich nicht gleich mit der Tür ins Haus fallen. Du vergisst, dass Jason seit einigen Tagen auf mich wartet. Da kann ich nicht hereinplatzen und sagen: »Hallo, Jason. Schön dich zu sehen, aber ich muss gleich wieder weg. Ich hab' mich unterwegs in einen anderen verliebt, und ich bin ganz verrückt darauf, mit ihm zu schlafen.« Also so geht es nicht, Sean. Ich muss ihm das schon ein bisschen diplomatisch beibringen. Und wenn ich sage, dass ich eine Nacht in seinem Haus verbringe, heißt das nicht, dass ich in seinem Bett liege. Außerdem ist seine Mutter auch noch da.«

»Was für ein rührendes Familienfest wird das werden!«

Marjorie wurde nervös. »Die ganze Sache ist mir sehr unangenehm, das weißt du genau.«

»So ist das also. Ist es dir peinlich, dass du dich in mich verliebt hast und gern mit mir schläfst? Wolltest du das damit sagen?«

»Mein Gott, Sean, du weißt ganz genau, wie ich es meine. Du kennst die Lage. Jason Parks erwartet eine

Frau, in die er verliebt ist, die er vielleicht heiraten möchte. Und dann komme ich, um ihm zu sagen, dass aus der Geschichte nichts wird. Wochenlang hat er sich mit mir beschäftigt und mir geschrieben, hat mit mir telefoniert. Wir waren uns ja schon fast einig. Und jetzt komme ich, um adieu zu sagen. Glaubst du, das sei eine schöne Geschichte?«

»Wenn du dich nur nicht von seinem Charme einwickeln lässt!« wandte er ein.

»Nichts dergleichen wird passieren.«

»Du warst schließlich schon in ihn verliebt«, kam sein nächster Einwand.

»Nicht wirklich. Nicht so wie in dich. Man kann sich nicht richtig in einen Mann verlieben, den man noch nie gesehen hat, also nicht persönlich kennt. Ich bin kein Teenager, der für einen Filmstar schwärmt. Sei nicht albern, Sean, und lass uns jetzt nicht mehr darüber sprechen. Ich muss das alles hinter mich bringen. Und wenn du mich dann noch willst . . . okay.«

Sean grinste. Sehr vergnügt sah es allerdings nicht aus.

»Das werde ich mir noch reiflich überlegen«, knurrte er und trat auf das Gaspedal.

❁

Ruby sah in dem kurzen weißgeblümten Kleid so aufregend aus, dass es Jason glatt die Sprache verschlug. Sie saß auf der überdachten Terrasse in einem Schaukelstuhl und reichte ihm lächelnd die Hand. Das farbige Hausmädchen hatte ihm gesagt, wo er Ruby finden könnte.

»Was für eine Überraschung, Jason. Wie nett, dass Sie mich besuchen. Bitte . . . setzen Sie sich!«

Jason zog das Portmonee aus der Tasche und legte es auf den Tisch.

»Ich bin gekommen, um Ihnen das zurückzubringen. Meine Mutter hat es gefunden.«

»Großer Gott, da ist ja mein Portmonee! Ich habe es schon überall gesucht. Ich danke Ihnen, dass Sie es mir gebracht haben, Jason«. Ruby spielte gekonnt die Überraschte. Nicht einen Augenblick wäre Jason der Gedanke gekommen, dass diese Begegnung von ihr inszeniert worden war.

»Ich dachte mir, dass Sie Ihre Kreditkarten brauchen werden«, sagte er.

»Natürlich.« Ruby lächelte wieder hinreißend. »Nehmen Sie einen Drink? Ich muss mich doch irgendwie revanchieren.«

»Eigentlich wollte ich gleich zurückfahren. Ich muss morgen wieder früh raus. Jetzt ist die Zeit, wo ich viel zu tun habe.«

»Klar, das verstehe ich. Aber einen Drink werden Sie doch nicht ausschlagen! Nicht um diese Zeit. Ich liebe es, abends einen Sundowner zu nehmen.«

Jason ließ sich in einen der gepolsterten Korbsessel fallen. »Okay. Geben Sie nur bitte einen Bourbon mit Wasser.«

»Ich bin schon auf dem Weg.« Ruby verschwand im Haus. Sie fühlte sich plötzlich ganz fantastisch.

Jason war gekommen, wie sie es gehofft hatte. Es war bestens gelaufen. Aber wie würde es weitergehen? Sie war nervös, während sie die beiden Drinks machte. Sie beeilte sich, als hätte sie Angst, dass Jason schon fort war, wenn sie zurückkam.

Aber er saß da, blickte in den Garten hinaus und wirkte geistesabwesend. Ruby stellte das Glas vor ihm auf den Tisch. Dann setzte sie sich wieder und trank ihm zu.

Jason sah sie an, als er trank. Er spürte Rubys beobachtenden Blick und hatte das Gefühl, dass sie genau wusste, was mit ihm los war. Wieder hatte er den Wunsch, sie in die Arme zu nehmen, fest und leidenschaftlich. Er wollte diesen Mund küssen, der ihm zulächelte. Er wollte Ruby's Haut unter seinen Fingern spüren. Er war verrückt darauf, mit ihr zu schlafen.

»Ein schöner Abend«, sagte Ruby. »So mild und still.«

»Wie die Abende hier so sind«, gab er zurück.

»Der Sommer in New York ist nicht besonders.«

»Warum bleiben Sie nicht hier? Warum vergessen Sie New York nicht ganz einfach?« fragte er.

Ruby lachte leise.

»Was meinen Sie mit hier bleiben? Bei den Brinks? Die würden sich schön bedanken. Und eine Sekretärin brauchen sie auch nicht. Ich habe einen gut bezahlten Job in New York und habe mich da irgendwie etabliert.«

Jason nickte.

»Jeder hat sich irgendwo etabliert. Es kommt ganz darauf an, wie tief die Wurzeln sind. Manchmal lohnt es, sich aus Gegebenheiten zu lösen.« Was quatschte er da nur zusammen! War er total verrückt geworden. Wieso wollte er Ruby dazu überreden zu bleiben? Seine Mutter wäre glatt ausgeflippt, wenn sie das gehört hätte.

»Es gefällt mir sehr in New Mexico.« Ruby war irritiert. Sie hatte nicht erwartet, dass Jason so zu ihr sprechen würde. Warum sagte er ihr nicht endlich, was Sache war? O ja, sie würde mit dem größten Vergnügen alles in New York aufgeben, wenn Jason es wollte. Aber er musste schon ein bisschen konkreter werden.

»Wer weiß, wie es Ihnen gefällt, wenn Sie erst länger hier sind!« Konkreter wollte Jason nicht werden. Er hatte das Gefühl, schon viel zu viel gesagt zu haben. »Hier ist so gut wie nichts los. Ich sagte es Ihnen schon. Man muss dazu geboren sein, hier zu leben.«

»Leben ist immer da, wo man Menschen findet, die einen mögen«, sagte Ruby. »Ich bin sehr von Gefühlen abhängig.«

Jason räusperte sich, nahm wieder einen großen Schluck aus seinem Glas.

»Frauen waren schon immer gefühlsbetonter als Männer.«

»Heißt das, dass Sie gar keine Gefühle haben?« spottete Ruby.

Er grinste. »Jetzt werden Sie aber ein bisschen sehr persönlich, Ruby Torner.«

»Oberflächliche Gespräche sind mir zuwider. Ich lote gern aus, wie andere Menschen wirklich sind. Und so fremd sind wir uns ja nicht mehr, Jason. War eine nette Hochzeitsparty, finden Sie nicht auch?«

»Es hat mir sehr gut gefallen. Normalerweise mache ich mir nicht viel aus Partys.«

»Warum sind Sie so plötzlich gegangen?« wollte sie wissen.

»Meine Mutter zog es nach Haus, und ich bin ein gut erzogener Junge«, erwiderte er.

»Ich glaube, Ihre Mutter mag mich nicht.«

»Wie kommen Sie denn darauf?« Jason war überrascht. »Meine Mutter kennt Sie doch kaum.«

Ruby machte ein missmutiges Gesicht. »Trotzdem habe ich ihre Ablehnung gespürt. Sie tat so, als sei ich im Begriff, ihren Sohn zu kapern« Ein vorsichtiger, prüfender Blick.

»Was Sie natürlich nicht vorhaben.« Jason lächelte wieder.

»Würde es Ihnen gefallen?«

»Welcher Mann möchte sich nicht mit Ihnen einlassen, Ruby?« Jason sagte das, als unterschriebe er eine Kapitulationserklärung. Aber, er war nun mal verliebt in dieses Mädchen!

»Darf ich darunter etwas Bestimmtes verstehen?«

»Sie machen es mir wirklich schwer, Ruby. Ich mag Sie. Ich mochte Sie von Anfang an. Aber ich sollte Ihnen das eigentlich nicht sagen. Es gibt da ein anderes Mädchen, wissen Sie.«

Ruby holte tief Luft. »Eine sehr ernste Sache?« fragte sie.

»Ich habe es bis zu dem Tag geglaubt, an dem ich Sie traf. Da wurde mir plötzlich Verschiedenes klar.«

»Heißt das womöglich, dass Sie sich ein bisschen in mich verliebt haben?« Gespannt wartete Ruby auf die Anwort. Aber die kam nicht. Denn genau in diesem Augenblick betrat Helen die Terrasse.

»Das nenne ich eine Überraschung! Jason Parks! Was, um alles in der Welt, machen Sie hier? Sie lassen sich doch sonst nur zu offiziellen Anlässen sehen.«

Jason war aufgestanden, um Helen zu begrüßen. Er lächelte etwas verlegen.

»Hoffentlich störe ich nicht, Mrs. Torner.«

Blitzschnell sah Helen zu Ruby hin, die ein Gesicht machte, als wollte sie der Schwägerin im nächsten Augenblick an die Gurgel springen. Ihre Blicke waren kleine spitze Dolche.

»Wie könnten Sie mich stören, Mr. Parks? Außerdem sind Sie ja nicht meinetwegen gekommen.«

»Ich hatte mein Portmonee verloren«, knurrte Ruby. »Jason hat es mir zurückgebracht.«

»Du solltest ein bisschen vorsichtiger mit den wertvollsten Dingen des Lebens umgehen.« Helen lächelte ihrer Schwägerin zu.

»Es gibt Wertvolleres.« Noch immer hatte Ruby diesen gewissen Blick drauf.

Jason fühlte sich sichtlich unbehaglich. Aber er nahm Helens Auftritt als Schicksalsfügung. Es war vielleicht ganz gut, dass sie im richtigen Augenblick gekommen war. Tatsächlich war er drauf und dran gewesen, Ruby eine Liebeserklärung zu machen. Großer Gott, und Marjorie stand praktisch schon vor der Tür!

»Ja, ich habe das Portmonee zurückgebracht, und ich denke, dass es jetzt Zeit wird, mich zu verabschieden. Um vier Uhr früh ist meine Nacht zu Ende.«

»Aber Sie können doch jetzt nicht gehen, Jason.« Ruby sah aus, als hätte man ihr ihr Lieblingsspielzeug weggenommen.

»Tut mir Leid, Ruby. Wir haben bestimmt noch einmal Gelegenheit, uns miteinander zu unterhalten.«

»Wollen Sie nicht wenigstens das Glas austrinken?« fragte sie scheinheilig.

»Also meinetwegen brauchen Sie nicht zu gehen«, mischte sich Helen ein. »Ich hörte vom Hausmädchen, dass Sie da seien, und wollte Sie nur begrüßen. Nun habe ich das Gefühl, in ein intensives Gespräch geraten zu sein.«

»Das Gespräch können wir auch zu einem anderen Zeitpunkt fortsetzen.« Jason war in seine alte spröde Haltung zurückgefallen, und Ruby merkte das. In diesem Augenblick hätte sie ihre Schwägerin glatt umbringen können. Ganz bestimmt hätte Jason ihr gesagt, dass er sich in sie verliebt hätte. Vielleicht würde er es jetzt nie mehr tun.

»Wenn wir Sie durch gar nichts aufhalten können, Mr. Parks«, sagte Helen. »Tut mir Leid, dass Sie schon wieder gehen müssen. Wir haben nicht oft Besuch.«

»Ich schaue gelegentlich wieder vorbei«, versprach Jason. Er verabschiedete sich von Helen, reichte dann Ruby die Hand.

»Aber Sie kommen bestimmt wieder?« Sie sah ihn verführerisch an.

»Wenn Sie das nächstemal wieder etwas verlieren.« Jason lächelte ihr zu.

❁

Kaum war Jasons Wagen in einer Staubwolke verschwunden, da ging Ruby auf Helen los.

»Du hast alles verdorben. Alles hast du kaputt gemacht. Warum musstest du gerade jetzt aufkreuzen?«

Helen war fassungslos.

»Was ist denn mit dir los? Was habe ich getan? Warst du vielleicht gerade im Begriff, dich zu Jason auf den Schoß zu setzen?«

Ruby war drauf und dran, sich auf Helen zu stürzen. Sie war vollkommen außer sich. Statt dessen griff sie zu ihrem Bourbonglas und leerte es in einem Zug.

»Jason war gerade dabei, mir etwas Wichtiges zu sagen.«

Helen lachte. »Hat er versprochen, dir eines Tages sein Vermögen zu vermachen?«

»Du weißt genau, was ich meine«, zischte Ruby böse.

Ihre Schwägerin lehnte sich an eine der Säulen, die das Terrassendach trugen.

»Ich weiß längst, dass du auf diesen Jason Parks scharf bist. Aber ich habe nicht gewusst, dass er auch so verrückt auf dich ist. Ich dachte immer, er hätte dieses Mädchen in Chicago«

»Was du alles weißt! Er wollte mir sagen, dass er mich liebt, und genau in dem Moment bist du aufgetaucht. Was glaubst du wohl, wie ich mich jetzt fühle?«

»Nicht besonders«, sagte Helen.

»Könnte man sagen.« Ruby ließ sich wieder in den Schaukelstuhl fallen.

»Tut mir Leid, Ruby, dass ich dir alles verdorben habe. Aber du musst zugeben, dass ich nichts dafür kann. Ich habe ja nicht geahnt, dass Jason sozusagen vor dir auf den Knien lag. Wie hätte ich das wissen können? Wieso hast du überhaupt dein Portmonee verloren? Du bist doch sonst so eigen mit deinen Sachen.«

»Ich hab's eben verloren. Es muss mir aus der Tasche

gerutscht sein. Mein Gott, ich war so froh, als Jason auftauchte!«

»Sicherlich nicht wegen des Portmonees.« Helen grinste verstehend.

»Jetzt sagt er es mir nie mehr.« Ruby machte ein Gesicht, als hätte sie eben erfahren, dass sie den Rest ihres Lebens allein auf einer einsamen Insel verbringen müsse.

»Wenn er dich wirklich liebt, wie du annimmst, dann wird er es nicht für sich behalten. Das wäre albern und kindisch. Und albern und kindisch ist Jason Parks nicht. Wenn du mich fragst, er ist ein ziemlich trockenes Brötchen. Aber Gott sei Dank sind die Geschmäcker verschieden.«

»Ich mag ihn und habe mich schlagartig in ihn verliebt, und ich will Jason haben.«

»Hoffentlich hast du dir nicht zu viel vorgenommen! Burt wird sich totlachen, wenn er das hört.«

»Du brauchst es ja nicht gleich in die Zeitung zu setzen«, sagte Ruby wütend.

»Okay, okay, kein Wort darüber. Aber jetzt mach ein anderes Gesicht, Ruby. Jede Chance kommt zweimal im Leben.«

»Ich brauche noch einen Drink«, meinte Ruby.

❀

Sean erwachte, als die Sonne in sein Gesicht schien. Sie hatten gestern Abend vergessen, die Vorhänge zuzuziehen. Marjorie schlief noch. Sie lag auf dem Bauch, hatte das Kissen in die Arme genommen. Ihr Gesicht war Sean zugewandt.

Als Sean sie ansah, fühlte er eine überwältigende Zärtlichkeit. Marjorie sah auch im Schlaf wunderschön aus. Wie erstaunlich dicht und dunkel ihre Wimpern waren! Die Locken des roten Haars kringelten sich auf ihren Schultern. Die Decke war heruntergeglitten. Sean betrachtete fasziniert die sanfte Linie ihres Rückens bis hin zu den appetitlichen Rundungen ihres Pos.

Sie hatten sich gestern Nacht geliebt, und es war wieder wie eine Offenbarung gewesen, etwas Neues und Wundervolles. Dicht aneinander geschmiegt waren sie eingeschlafen, Körper an Körper, Mund an Mund. Irgendwann im Traum hatte sich Marjorie dann von ihm gelöst.

Sean strich das wirre Haar aus der Stirn und ließ keinen Blick von ihr. Wenn er daran dachte, dass sie heute Abend bei diesem Jason war, fühlte er sich ausgesprochen schlecht. Sicher, sie würde nicht zu ihm ins Bett steigen. So eine war Marjorie nicht. Und trotzdem. Jason Parks erwartete sie, und er war verliebt in das Mädchen aus Chicago.

Natürlich würde er versuchen, dieses schöne, aufregende Mädchen für sich zu gewinnen. Wer konnte Marjorie widerstehen? Wahrscheinlich würde er alles dransetzen, um sie zu verführen.

Warum musste Marjorie zu ihm fahren, um ihm alles zu erklären? Warum konnte sie das nicht per Telefon erledigen? Das war es, was ihn so aufbrachte.

Marjorie musste niesen und öffnete die Augen. Sie sah, dass Sean sie beobachtete, und lächelte, tastete mit der Hand nach ihm.

»Hi, Darling.«

Sean berührte ihre Schulter. »Ausgeschlafen, Mylady?«

»Sean, es ist wundervoll, dass du da bist.« Sie drehte sich auf die Seite und schmiegte sich an ihn.

Er nahm sie fest in die Arme.

»Das könnten wir jeden Morgen haben, Kleines.«

»Aufgeschoben ist nicht aufgehoben. So sagt man doch wohl.« Sie küsste ihn auf den Mund.

»Dich zu küssen, dich zu spüren.« Sean presste seinen

Körper an ihren warmen Körper, und fast augenblicklich erregte ihn ihre Nähe.

»Heute Abend werde ich dich sehr vermissen.«

»Wir sehen uns ja bald wieder, nicht wahr?« flüsterte Marjorie.

Sean begann sie zu streicheln. Seine zärtliche Hand glitt über ihren Rücken zu ihrem Po. Sie seufzte leicht. Und plötzlich war sie voll prickelnder Erwartung. Und als Sean jetzt begann, ihre Brüste zu küssen, als sein warmer Mund die lockenden Knospen berührte, wollte sie nur eins ... wieder mit Sean zusammen sein.

Seine Lippen auf ihrem Körper, seine Zunge, seine Hand, die ihren Schoß streichelte ... Wie er es verstand, ihre Erregung zu steigern, bis sie es nicht mehr aushielt!

Sie öffnete die Schenkel voller Ungeduld und Leidenschaft und zog Sean auf sich, bis er fest in sie eindrang, sich heiß und stürmisch in ihr bewegte.

»Jetzt, jetzt!« stöhnte Marjorie. Sie glaubte, innerlich zu explodieren. Es war dieses unvergleichliche Gefühl, das sie für Minuten in unendliche Weiten entführte.

Als Sean soweit war und mit wildem Aufstöhnen über sie sank, da war Marjorie vollkommen glücklich. In diesem Moment konnte sie sich einfach nicht vorstellen, jemals ohne ihn zu sein. Sie verschwendete keinen Gedanken an Jason Parks.

Später, als sie aus dem Bad kam, lag Sean noch im Bett und lächelte ihr zu. Es war dieses vertraute, entspannte Lächeln danach, das Marjorie schon kannte. Sie lief zu ihm und küsste ihn. Aber als er sie an sich ziehen wollte, wich sie aus.

»Es wird Zeit. Ich muss mich anziehen.«

Und das tat sie auch. Als sie in das seidene Hemdhöschen schlüpfte, in dem sie so unglaublich verführerisch aussah, fuhr Sean im Bett hoch.

»Musst du dieses verdammte Ding heute anziehen?« fragte er.

Marjorie schleuderte die brandroten Haare zurück. Verwundert sah sie Sean an. »Irgendetwas muss ich doch darunter tragen.«

»Aber nicht dieses Ding. Es ist . . . es ist aufreizend.«

»Na, hör mal!« Sie sank auf die Bettkante. »Aber es sieht doch niemand außer dir.«

»Heute Abend bist du bei Jason Parks«, knurrte Sean.

»Ach, das ist es.« Marjorie lachte. »Du bist ja verrückt, Sean. Glaubst du, ich zöge mich vor ihm aus? Meinst du, er hätte auf seiner Ranch nur ein Zimmer, in dem wir gemeinsam übernachten müssen? Du spinnst ja.« Sie stand auf, schlüpfte in Jeans und die hellblaue Bluse, die sie bereitgelegt hatte. Sie verknotete sie in der Taille. Sean sprang aus dem Bett und rannte ins Bad. Wütend knallte er die Tür hinter sich zu.

Marjorie seufzte, als sie die weißen Sandalen anzog. Ihr war auch nicht besonders wohl zumute an diesem Morgen. Wenn sie an die Aussprache mit Jason dachte, bekam sie rote Ohren. Was sollte sie ihm nur erzählen?

Die Wahrheit natürlich. Dass sie Sean getroffen habe, dass sie in ihn verliebt sei. Was konnte sie schließlich für ihre Gefühle? Es war eben passiert.

Wenn sie sich brieflich nur nicht so sehr mit Jason eingelassen hätte! Er erwartete, dass sie kam und blieb. Er brauchte eine Frau auf seiner Ranch, und er brauchte eine Frau, die er lieben konnte. Marjorie hatte ihm Hoffnungen gemacht.

Wie hätte sie denn damals ahnen können, dass alles anders kommen würde? Es war wirklich eine verflixte Situation, über die sie keineswegs glücklich war. Aber sie würde es hinter sich bringen. Und dann wollte sie Jasons Haus so schnell wie möglich verlassen.

Als sie beim Frühstück saßen, war Sean noch immer

sehr einsilbig. Marjorie versuchte, ihn aufzuheitern, aber er hatte offenbar keine Lust, sich auf andere Gedanken bringen zu lassen. Er biss in seinen Toast, als hätte er Jason Parks persönlich zwischen den Zähnen.

❁

An diesem Tag steuerte Sean wieder den Wagen. Marjorie wusste, dass er den Range Rover gern fuhr, und sie hatte nichts dagegen, dass er sie kutschierte. Am Himmel waren ein paar leichte weiße Wolken aufgetaucht. Aber im Großen und Ganzen war es wieder ein schöner Tag, und die Sonne schien.

»Mach nicht so ein mürrisches Gesicht«, sagte Marjorie. »Erzähl mir lieber, wann und wo wir uns morgen treffen können.«

»Ich weiß nicht, ob ich dich überhaupt wiedersehen will.«

Sie berührte seinen Arm. »Hör auf damit, Sean! Warum willst du mich unbedingt in Wut bringen? Glaubst du etwa, ich freue mich darauf, heute Abend in Roswell anzukommen?«

»Wir könnten gleich weiterfahren«, meinte er.

»Wie oft wollen wir noch um die Sache herumreden? Was ich tun muss, muss ich tun, und du weißt es, Sean.«

»Glaubst du, ich säße heute Abend in irgendeinem Motel herum, schütte ein paar Drinks in mich hinein und überlege, was wohl auf der Parks-Ranch passiert? Ich denke gar nicht daran. Vielleicht rufe ich dich an, wenn ich wieder in Chicago bin.«

Marjorie wurde blass. »Sag mal, bist du verrückt geworden? Sean, das kannst du nicht machen. Ich will dich auf jeden Fall morgen wiedersehen.«

»Du willst! Okay, das ist dein gutes Recht. Aber ich will auch etwas. Ich will nicht, dass du zu diesem Jason Parks gehst.«

»Lass uns ernsthaft bleiben! Wie sollen wir uns verabreden?«

Wütend blickte er sie an. »Ich bin sehr ernsthaft, Marjorie. Ich hab' mir alles genau überlegt. Vielleicht ist es ganz gut, wenn wir uns eine Weile trennen. Dann kannst du dir klar darüber werden, was du wirklich willst.«

»Ich weiß, was ich will, Sean. Sogar sehr genau. Ich möchte nur mit dir zusammen sein.«

»Die Chance hast du«, gab er bissig zurück.

»Fang bitte nicht wieder damit an. Willst du mich etwa die ganze Tour allein zurückfahren lassen? Soll ich in Chicago herumsitzen und auf dich warten, bis du deinen Trip durch Kalifornien beendet hast?«

»Das wäre für uns beide sicher besser.«

»Nein, das ist es nicht, Sean.« Marjorie bekam plötzlich Angst. Warum verstand er sie nicht? Warum war er so kleinlich und begriff nicht, dass sie die Sache mit Jason auf ihre und auf faire Art regeln musste?

Plötzlich sahen sie das Mädchen an einer Auffahrt zum Highway. Es hatte lange blonde Haare, trug superkurze rote Shorts, und ein weißes T-Shirt mit der Aufschrift »California«. Das Mädchen hatte eine weiße Reisetasche über der Schulter und winkte. Sean fuhr langsamer.

»Du willst sie doch nicht mitnehmen?« sagte Marjorie entsetzt.

»Hast du wirklich etwas dagegen? Seit wann bist du so unsozial, Marjorie? Okay, es ist dein Wagen. Aber warum sollen wir die Kleine da einsam stehen lassen?«

Marjorie kochte. Aber als sie sah, dass Sean grinste, unterdrückte sie ihre Wut.

»Okay, halt an und lass sie einsteigen!«

Das tat Sean. Das Mädchen kam heran, lächelte dankbar, und Marjorie sah mit Vergnügen, dass sie vorn eine Zahnlücke hatte. Die bemerkte man aber nur, wenn das

Mädchen lächelte. Sonst sah es nicht übel aus, und ihre Figur war absolut dazu angetan, Männer auf gewisse Gedanken zu bringen.

»Darf ich einsteigen?« fragte das Mädchen.

»Aber sicher«, erwiderte Sean. »Der Wagen hat vier Türen. Bedienen Sie sich.«

Schon saß das Mädchen im Fond, zog die Tür fest zu.

»Ich stehe schon seit fast einer Stunde hier. Mein Gott, bin ich froh, dass Sie gekommen sind!«

»Sie wollen doch wohl nicht sagen, dass bisher kein Wagen hier vorbeigefahren ist«, spottete Marjorie.

»Es sind genug vorübergekommen. Aber gehalten hat keiner, nicht mal einer dieser verdammten Trucker.«

»Darf ich die Aufschrift Ihres T-Shirts so deuten, dass Sie nach Kalifornien wollen?« erkundigte sich Sean.

»Ja, genau«, sagte das Mädchen. »Ich trampe nach L.A.«

»Wie schön«, meinte Marjorie und sah Sean an. Der grinste nur.

Das Mädchen sah von einem zum anderen. »Ich wollte schon immer mal dahin. Übrigens heiße ich Sandy.«

»Das ist Marjorie, und ich bin Sean.«

»Hi«, sagte Sandy.

»Wir fahren nur bis Roswell in New Mexico«, erklärte Marjorie. »Das heißt, ich fahre bis dahin. Weiter können wir Sie nicht mitnehmen.«

»Immerhin bin ich dann schon einen Sprung näher an Kalifornien herangekommen. Wirklich nett, dass Sie mich mitnehmen.

»Wir konnten Sie doch da nicht stehen lassen. Das wäre schrecklich unsozial gewesen.« Wieder sah Marjorie Sean an. Noch immer war sie wütend.

»Genauso ist es«, bestätigte Sean.

Sandy strich mit der Hand über das Polster.

»Ein schöner Wagen. Ich habe mir einen Range Rover gar nicht so luxuriös vorgestellt«, meinte sie.

»Trampen Sie öfter?« fragte Sean.

»Ich bin schon mal mit einer Freundin nach San Francisco getrampt. War ein toller Trip. Wir haben aufregende Leute kennen gelernt. Aber jetzt ist meine Freundin verheiratet, und da ist so was nicht mehr drin.«

»Hatten Sie nie Angst, dass Ihnen etwas passieren könnte?« Sean sah Sandy im Rückspiegel an.

»Klar habe ich mal an so was gedacht. Aber ich bin ziemlich optimistisch. Ich hoffe, dass ich auch diesmal heil in Kalifornien ankomme.«

»Sie werden bestimmt einen Beschützer finden.« Marjorie musste die Bemerkung loswerden.

Sie war noch immer außer sich. Warum hatte sie sich auf dieses fremde Mädchen eingelassen? Sean würde sich mit der Blonden anfreunden – trotz Zahnlücke. Daran zweifelte sie nicht. Er würde es schon aus Opposition tun. Und sie hatte nicht mal mehr die Chance, allein mit ihm zu sprechen. Hatte er das gewollt?

»Es ist sehr schwül heute«, sagte Sandy.

Wieder sah Sean sie im Rückspiegel an.

»Ziehen Sie ruhig Ihr T-Shirt aus. Tun Sie sich keinen Zwang an.«

Sandy kicherte. »Das mache ich nur, wenn ich allein bin. Ich bin keine Stripperin.«

»Wie beruhigend«, stellte Marjorie fest.

»Was tun Sie, wenn Sie nicht auf Tour sind?« wollte Sean wissen.

»Ich bin Verkäuferin bei Woolworth. Nichts Besonderes. Ein ziemlich anstrengender Job. Aber was soll man machen? Ich bin froh, dass ich überhaupt eine Stelle habe.«

»Und was wollen Sie in L.A.?« Marjorie drehte sich halb zu Sandy um.

Die Blonde zuckte mit den Schultern.

»Ich kenne es nicht und wollte es mir mal ansehen. Und ich will ans Meer. Ich liebe den Pazifik.«

»So liebt jeder irgendetwas«, sagte Marjorie.

Sandy zog ihre Reisetasche auf. »Möchte jemand eine Banane?«

»Nein«, sagte Marjorie.

»Ja«, war Seans Antwort.

»Ich mache die Schale gleich ab.« Sandy riss die Schale herunter, reichte Sean die Banane an.

»Danke, Baby.«

Marjorie hätte am liebsten laut geflucht. Sean war wirklich unmöglich. Warum hatte sie sich überhaupt in ihn verliebt? Warum hatte sie sich mit ihm eingelassen? Was würde passieren, wenn sie in Roswell ankam? Sean würde mit Sandy weitertrampen, soviel stand fest. Marjorie hatte Mühe, ruhig zu bleiben.

Als wenn sie zum Vergnügen nach Roswell führe! Sie hatte ja wohl den schlechteren Part erwischt. Dass Sean das nicht kapierte!

»Warum machst du ein so missmutiges Gesicht, Marjorie? Freust du dich nicht auf den heutigen Abend? Du wirst doch auf der Ranch schon heiß erwartet.«

Marjorie lächelte ihm zu, aber der Zorn in ihren Augen war unübersehbar.

»Ich fühle mich wundervoll«, sagte sie.

Sean lachte maliziös. »Sie haben es gehört, Sandy.«

»Was ist? Haben Sie Streit miteinander?« fragte das Mädchen.

»Quatsch«, meinte Marjorie und griff zu einer Zigarette.

»Wir streiten uns oft«, erwiderte Sean. »Das brauchen wir, um uns aufzutanken. So sind wir nun mal.«

»Sie sind ein komisches Paar.« Sandy kicherte.

»Das kann man mit Fug und Recht behaupten.« Marjorie ließ ihr Feuerzeug aufklicken.

»Haben Sie etwas dagegen, wenn ich mit Ihnen bis L.A. weitertrampe, Sandy?« fragte Sean.

Für Sekunden war sie verwirrt. »Meinen Sie das ernst, Sean?«

»Sicher, ich meine es total ernst. Ich werde nämlich in Roswell nicht erwartet.«

»Ich weiß nicht recht.« Sandy fühlte sich offensichtlich ungemütlich.

»Sie brauchen keine Angst vor mir zu haben. Ich tue Ihnen nichts. Aber zu zweit reist sich's besser. Es ist nicht so langweilig. Und gleichzeitig könnte ich aufpassen, dass Ihnen nichts passiert. Wie alt sind Sie eigentlich, Sandy?«

»Fragt man so etwas eine Dame?« fuhr Marjorie ihn an.

»Das macht doch nichts«, meldete sich Sandy von hinten. »Ich bin neunzehn, im Juli geworden.«

»Wundervolles Alter«, meinte Sean.

Sandy wusste nicht, was sie darauf antworten sollte. Aber Sean sah Marjories Blick und lächelte. Sollte sie sich ruhig unter die Decke schrauben. Vielleicht verstand sie ihn besser, wenn sie am eigenen Leib spürte, wie es war, eifersüchtig zu sein.

Natürlich hatte er nicht vor, Marjorie zu betrügen. Er hatte mit Sandy überhaupt nichts vor. Aber es war nicht schlecht, wenn Marjorie das glaubte.

Er wollte es ihr nicht leicht machen. Sie machte es ihm ja auch ziemlich schwer. Wenn er wenigstens hundertprozentig sicher gewesen wäre, dass sie ganz auf seiner Seite stand, dass sie ihn wollte und niemanden sonst!

Aber da war dieser Jason Parks, und Marjorie hatte ihn einmal sehr gemocht. Wer wusste schon, wie sich die beiden arrangierten? Natürlich sagte sich Sean, dass es lächerlich war, so zu denken. Marjorie liebte ihn. Sie hatte nicht gelogen in seinen Armen.

Aber dass sie überhaupt zu diesem Jason fuhr...

»Stinklangweilige Gegend«, meinte Sandy und stopfte sich ein Kaugummi in den Mund. »Möchte jemand einen?«

Marjorie schüttelte den Kopf, und auch Sean dankte.

»Ich kann's kaum erwarten, in Kalifornien zu sein, das Meer endlich zu sehen...«

»Sean liebt es, nackt zu baden«, sagte Marjorie.

Sandy schwieg verblüfft. Was war mit den beiden los? Wieso sagte dieses rothaarige Mädchen so etwas? fragte sie sich.

»Nur, wenn ich meine Badehose nicht dabei habe«, protestierte Sean. Er ärgerte sich, dass Marjorie das gesagt hatte. Wollte sie ihn als Wüstling hinstellen, der es darauf anlegte, mit Sandy irgendetwas anzustellen?

»Ich schwimme nie ohne Bikini.« Sandys Stimme klang etwas dünn.

»Sie brauchen keine Angst vor mir zu haben«, erklärte Sean. »Ich habe nicht vor, mit Ihnen schwimmen zu gehen, Sandy.«

Großer Gott! dachte Marjorie. Sie fährt wahrscheinlich voll auf Sean ab. Und wenn er so richtig in Stimmung ist...

»Es sind nur noch ein paar Meilen bis Roswell, Liebling.« Sean legte Marjorie die Hand aufs Knie.

»Ja«, erwiderte sie und schob seine Hand weg. »Wir werden die Zeit bis dahin zu dritt verbringen. Ist das nicht fantastisch?«

Das Haus war auf Hochglanz gebracht worden. Die Fenster blitzten blank im Sonnenlicht. Deborah Parks war mit sich zufrieden. Jetzt konnte Marjorie kommen, dieses Mädchen aus Chicago, auf das sie schon so neugierig war.

Jason hatte Kopfschmerzen. Schon am Morgen, als er erwacht war, war das so gewesen. Vielleicht lag es an den diversen Drinks von gestern Abend. Aber es lag wohl mehr an der Tatsache, dass Marjorie heute kam.

Die Temperaturen waren an diesem Tag angenehm. Gelegentlich versteckte sich die Sonne hinter den Wolken. Es war nicht zu heiß. Nach dem Mittagessen stieg Jason aufs Pferd. Er musste sich Bewegung verschaffen, brauchte frische Luft. Er fühlte sich so durchgedreht wie noch nie.

Wenn er an Marjorie dachte, hatte er gewaltige Schuldgefühle. Da kam dieses bezaubernde Mädchen von so weit her, um ihn kennen zu lernen, und ihm ging diese verflixte Ruby nicht aus dem Sinn. Wie konnte er unter diesen Voraussetzungen etwas mit Marjorie anfangen?

Ruby mochte ihn, das spürte er. Mehr noch, er war davon überzeugt, saß sie in ihn verliebt war, und ihm ging es nicht anders.

Noch vor ein paar Monaten hatte er sich gelangweilt und gedacht, dass es Zeit wurde, eine Frau ins Haus zu holen, eine Familie zu gründen. Ganz cool hatte er das überlegt. Dann hatte er die Kontaktanzeige aufgegeben. Und schließlich hatte Marjorie ihm geschrieben.

Nun waren plötzlich zwei Mädchen da, die sich für ihn interessierten. Es war nicht zum Aushalten! Eins stand fest: Er konnte Marjorie nicht so einfach zurückschicken. Er wollte sie nicht verletzen, sie nicht kränken. Sie war so ehrlich und offen zu ihm gewesen.

Er mochte sie ja auch, hatte sogar geglaubt, ein bisschen in sie verliebt zu sein. Aber dann war Ruby ihm begegnet, und diese Begegnung hatte alles geändert.

Ruby mit ihren sanften hellen Augen und dem wundervollen schwarzen Haar! Ganz zu schweigen von ihrer bemerkenswerten Figur, an die er nur zu denken brauchte, um nervös zu werden. Diese verflixte Ruby!

Jason galoppierte über die Feldwege, dass der Staub aufwirbelte. Gelegentlich sah er auf einer der Landstraßen einen Wagen vorüberflitzen, sonst keine Menschenseele. Jason fühlte den frischen Wind auf dem Gesicht. Irgendwie beruhigte ihn das. Und dann sah er eine Gruppe von Reitern in der Nähe des Wäldchens. Als er herankam, bemerkte er, dass es die Brinks waren. Auch Ruby war dabei. Jason grüßte und parierte sein Pferd.

»Irgendwelche Probleme?« fragte er.

»Wir machen nur eine kleine Pause, Wir sind schon seit zwei Stunden unterwegs«, erklärte Helen. »Kein Grund zur Sorge, Mr. Parks.«

Ruby sah Jason an, und plötzlich war sie mit ihrem Apfelschimmel an seiner Seite.

»Etwas dagegen, wenn ich Sie ein Stückchen begleite, Jason?«

»Nein«, erwiderte er, aber es klang nicht besonders freundlich. Er begrüßte Helen, ihren Mann, ihren Vater und trieb sein Pferd wieder an. Ruby blieb neben ihm.

»Ich habe mich wieder mal gelangweilt«, sagte sie.

Er lachte. »Und ich komme immer im richtigen Moment, stimmt's?«

»Genau«, erwiderte sie und lächelte. »Haben Sie etwas Besonderes vor, Jason? Sind Sie auf dem Weg irgendwohin?«

»Ich habe kein bestimmtes Ziel, hatte nur plötzlich das Gefühl, dass ich nach draußen musste,«

Dies schien wieder ein ganz besonderer Tag zu sein. Ausgerechnet Ruby musste seinen Weg kreuzen, ausgerechnet sie! Wie sollte er sich auf Marjorie konzentrieren, wenn sie neben ihm war?

Einige Minuten ritten sie schweigend nebeneinander her. Verzweifelt fragte sich Ruby, wie sie wieder auf das Thema kommen konnte, was Helen neulich so erfolgreich unterbrochen hatte. Ihr wollte nichts einfallen. Jason saß auf seinem Pferd wie ein Reiterdenkmal.

Wieder spürte Ruby seine Ablehnung, diese Distanziertheit. Sie wollte ihm näher kommen und schaffte es einfach nicht. Es gab Momente, da war sie so mutlos, dass sie am liebsten aufgegeben hätte.

Sie kamen an den kleinen Fluss, der sich träge durch die Landschaft schlängelte. Die Sonne war wieder durch die Wolken gebrochen, und fast automatisch wurde es sehr warm. Ruby strich sich über die Stirn.

»Machen wir eine kleine Pause? Ich glaube, die Pferde könnten es auch brauchen.«

»Okay«, brummte Jason und saß ab.

Sie ließen die Pferde grasen, gingen am Flussufer entlang.

»Manchmal habe ich das Gefühl, dass Sie mich nicht ausstehen können, Jason.«

»Was für ein Gedanke!« Er lächelte. »Sie wissen, dass das nicht stimmt, Ruby. Ich habe Sie gern.«

»Ist das wirklich wahr? Das zeigen Sie aber auf merkwürdige Art.«

Jason blieb stehen, sah in diese hellen Augen, die ihn so irritierten.

»Warum sind Sie nur in meinem Leben aufgekreuzt, Ruby? Sie haben alles durcheinander gebracht«, meinte er resigniert.

Rubys Herz schlug plötzlich bis zum Hals.

»Sie haben auch mein Leben ganz schön durcheinander gebracht, Jason.«

Plötzlich riss er sie in seine Arme und küsste sie. Das

kam so überraschend, dass es ihr den Atem verschlug. Aber sie war so begierig danach, ihn zu küssen, dass sie ihre Lippen öffnete. Seine Zunge drang hart und leidenschaftlich in ihren Mund.

Ruby zitterte vor Aufregung, vor Verlangen und vor Sehnsucht. Ihr Körper zitterte, und sein Kuss war wie ein Narkotikum, das sie betäubte und erregte zugleich.

»Großer Gott, ich muss den Verstand verloren haben«, murmelte Jason. »Aber ich bin verrückt nach dir, Ruby.«

»Ich habe mich wahnsinnig in dich verliebt, Jason. Wie sehr habe ich mir gewünscht, dich zu küssen, ganz bei dir zu sein.«

Da war wieder sein Mund, der sie fordernd und wild küsste, und plötzlich spürte Ruby seine Hände auf ihren Brüsten und dann unter ihrem T-Shirt. Sanft waren diese Hände und fest zugleich, und als er ihre Brustwarzen berührte, wurden sie hart und steif. Jason spürte die Festigkeit ihrer rosigen Knospen. In seinen Lenden breitete sich heftiges Klopfen aus. Er war so erregt wie niemals zuvor.

Sein Mund glitt an Rubys Hals herunter, und wie von selbst schoben seine Hände ihr T-Shirt hoch, und dann waren seine Lippen auf ihren Brüsten. Ruby stöhnte auf, als seine Zunge im Wechselspiel ihre Brustspitzen umspielte. Sie spürte nichts als ein grenzenloses Verlangen.

Plötzlich ließ Jason von ihr ab. Er atmete schwer. So hatte Ruby ihn noch nie gesehen. Sie spürte, wie erregt er war und sich kaum beherrschen konnte. Trotzdem tat er es. Verlegen strich er das dunkle Haar zurück.

»Wir sind absolut wahnsinnig, Ruby. Das, was passiert ist, durfte nicht geschehen.«

»Aber, Jason, ich verstehe nicht ...« Mechanisch zog Ruby ihr T-Shirt herunter. Sie zitterte noch immer.

»Es ist einfach über mich gekommen. Entschuldige!

Du bist aber auch zu verführerisch, und ich bin in dich verliebt. Doch es geht nicht.«

»Aber, Jason ...«, begann sie, wurde jedoch unterbrochen.

»Ich wollte es dir schon an jenem Abend sagen. Dieses andere Mädchen ist auf dem Weg hierher. Es wird heute Abend ankommen.«

Ruby machte ein Gesicht, als hätte Jason sie geschlagen. »Ich dachte, du seist in mich verliebt!« stammelte sie.

Jason zog eine Zigarettenpackung aus der Tasche, zündete sich einen Glimmstängel an. Fordernd streckte Ruby die Hand aus.

»Gib mir auch eine!«

Er tat es, gab ihr auch Feuer. Gierig zog Ruby an der Zigarette. Sie brauchte jetzt etwas, um sich zu beruhigen. Noch immer war ihr Blut heiß und kribbelte es zwischen den Schenkeln.

»Wer ist dieses Mädchen? Kennst du es schon lange? Was will sie von dir?« fragte sie mit plötzlich heiserer Stimme.

»Ich werde dir die ganze Geschichte erzählen«, erwiderte er und erzählte.

Plötzlich lächelte Ruby.

»Aber es ist doch noch gar nichts passiert«, sagte sie. »Du kennst Marjorie ja nicht einmal. Warum zerbrichst du dir also den Kopf? Warum machst du es dir so schwer, Jason? Natürlich musst du ihr sagen, dass du dich in mich verliebt hast.«

»Wenn das so einfach wäre! Sie kommt mit berechtigten Hoffnungen hierher und möchte bei mir bleiben. Verstehst du das nicht, Ruby?«

»Aber die Dinge ändern sich. So ist das nun mal im Leben. Was können wir für unsere Gefühle?«

Er schüttelte den Kopf. »Wie soll ich ihr das begreiflich machen? Es ist eine blöde Situation. Ich glaube, meine Mutter hat längst kapiert, was mit mir los ist. Aber sie hält mich für anständig genug, dass ich zu Marjorie stehe. Das Mädchen ist von Chicago mit dem Wagen hergekommen, stellt dir das vor. Und dann muss ich ihr sagen, dass ich ihr nichts, aber auch gar nichts geben kann.«

»Glaubst du denn, dass sie in dich verliebt ist?«

Jason nickte. Besonders glücklich sah er in diesem Moment nicht aus.

»Trotzdem musst du ihr alles erklären. Du kannst doch nicht in zwei Mädchen verliebt sein«, meinte Ruby.

»Ich liebe dich, Kleines! Ich will dich, das ist mal sicher. Aber ebenso sicher ist, dass Marjorie heute Abend auf der Matte steht.« Er gab einen langen Seufzer von sich.

»Du wirst es hinter dich bringen. Du wirst ihr in aller Ruhe erzählen, was passiert ist. Es wird ihr nicht gleich das Herz brechen.«

»Trotzdem ist es eine schlimme Geschichte. Ich bin kein Feigling, bestimmt nicht. Aber mir wird ganz schlecht, wenn ich an die Aussprache denke.«

Ruby warf die Zigarette weg und trat sie auf dem Boden aus. Dann legte sie die Arme um Jasons Hals und küsste ihn auf den Mund.

»Ich liebe dich, Jason. Ich will, dass du zu mir gehörst. Aber ich habe Zeit und werde auf dich warten. Ist ja klar, dass du erst mit Marjorie ins Reine kommen musst.«

Auch Jason warf die Zigarette weg und drückte Ruby an sich.

Er spürte die Wärme ihres Körpers und ihr Gesicht an seiner Wange. Plötzlich wusste er, dass Marjorie ihm nie im Leben etwas bedeuten konnte.

Marjorie war nahe daran, in Panik auszubrechen, als das Ortsschild von Roswell auftauchte. Sie war nervös bis in die Fingerspitzen. Seit Sandy in den Wagen gestiegen war, hatte sie keine Minute mehr mit Sean allein verbracht. Offenbar wollte er es so.

»Die Stunde des Abschieds ist gekommen«, sagte er jetzt theatralisch. »Marjorie, ich wünsche dir eine schöne Zeit in Roswell.«

»Wann sehen wir uns, Sean?« fragte sie.

Er hob die Schultern leicht an. »Du wirst von mir hören!«

»Doch nicht erst wieder, wenn ich in Chicago bin!« Marjorie hatte plötzlich wahnsinnige Angst, Sean zu verlieren. Aber sie konnte jetzt nicht mit ihm darüber reden, da Sandy auf dem Rücksitz saß.

»Lass dich überraschen, Liebling.« Sean fuhr an den Straßenrand und hielt. »Ich bin nicht aus der Welt, verlass dich darauf. Wir sehen uns wieder.«

Wäre Sandy nicht gewesen, hätte Marjorie ihm wer weiß was gesagt. Aber so lächelte sie nur verkrampft. Sie musste Haltung bewahren. Auf keinen Fall würde sie sich Sean jetzt an den Hals werfen.

»Geht's nicht weiter?« fragte Sandy.

»Endstation«, erklärte Sean. »Der Wagen gehört Marjorie, falls Sie das noch nicht wissen sollten.«

»Okay, steigen wir aus. Irgendjemand wird uns schon ein Stück mitnehmen. Obwohl es zu zweit immer schwieriger ist.«

»So, wie Sie aussehen, Sandy, befürchte ich keine Probleme.« Sean lächelte ihr zu.

»Haut endlich ab!« Marjorie wurde zornig. »Ich verstehe dich wirklich nicht, Sean, aber lassen wir das.«

Er blieb gelassen. »Du gestattest, dass ich mein Gepäck aus dem Kofferraum hole?«

Sie stiegen alle aus. Nachdem Sean seinen Koffer und seine Reisetasche herausgenommen und auf den Boden gestellt hatte, nahm er Marjorie in die Arme und küsste sie.

»Vergiss mich nicht ganz, Liebes!«

»Tschau! Und schönen Dank fürs Mitnehmen.« Sandy reichte Marjorie die Hand. »Auch ich wünsche Ihnen eine schöne Zeit in Roswell.«

»Danke.« Knapp und kurz klang das.

»Also dann«, sagte Sean.

Marjorie stieg in den Wagen, drehte den Zündschlüssel im Schloss herum. Noch einmal hob sie die Hand, dann gab sie Gas. Als die beiden nicht mehr zu sehen waren, nahm sie sich eine Zigarette aus der Packung, die im Handschuhfach lag. Marjorie war so nervös, dass sie sie falsch herum in den Mund steckte und es erst bemerkte, als sie den Filter anzündete. Wütend warf sie die Zigarette aus dem Fenster.

Was fiel diesem verdammten Sean ein! Wie behandelte er sie denn? Und überhaupt ... würde sie ihn jemals wiedersehen, ihren leidenschaftlichen Reisebegleiter?

Das hatte sie nun davon, dass, sie sich mit ihm eingelassen hatte! Sie war verliebt in ihn, und sie wollte ihn, nur ihn. Jetzt war sie auf dem Weg zu Jason. Er hatte ihr am Telefon genau beschrieben, wie sie zu fahren hatte, wenn sie in Roswell ankam. Es würde kein Problem sein, die Ranch zu finden.

Im Grunde wollte Marjorie das gar nicht mehr, und plötzlich glaubte sie Sean zu verstehen. Warum hatte sie Jason nicht einfach angerufen? Es lag nur daran, dass sie fair sein wollte.

Trotzdem konnte sie jetzt nicht umkehren. Sie musste das Gespräch mit Jason hinter sich bringen. Immer mieser fühlte sie sich, je weiter sie fuhr. Es war so merkwürdig, dass Sean nicht da war. Sie hatte sich so sehr an ihn gewöhnt, an seine Art zu sprechen, an seinen Charme, an sein Lachen. Aber der Platz neben ihr war leer.

Ob er etwas mit Sandy anfing? Wo würden die beiden heute übernachten? Bestimmt würden sie noch ein gutes Stück weiterkommen auf ihrer Fahrt nach Kalifornien. Irgendjemand würde sie schon mitnehmen. Und was passierte dann? Die Nacht kam schnell.

Nein, Marjorie fühlte sich ganz und gar nicht gut, als sie die Ranch erreichte. Es war fast halb sieben. Die Sonne war schon stark auf dem Weg nach Westen. Marjorie sah das große weiße Gebäude und bekam Herzklopfen. Sie parkte den Range Rover neben der Tür und stieg aus.

Als Erstes sah sie Jasons Mutter, die ihr öffnete. Sie lächelte herzlich, als sie Marjorie begrüßte und sie in den Wohnraum führte.

»Wir haben Sie schon so sehr erwartet, Miss Harkins. Und nun sind Sie da – wohlbehalten, wie ich hoffe.«

Marjorie nickte. Auch sie lächelte. Jasons Mutter war ihr sympathisch. Sie wusste ja schon eine Menge über sie. Jason hatte viel von ihr geschrieben. Aber natürlich hatte Marjorie sie sich ganz anders vorgestellt. So war das immer, wenn man Leute nicht kannte. Meistens waren sie ganz anders, als man dachte.

»Es ist schön hier«, sagte Marjorie mit einem Blick aus dem Fenster.

»Setzen Sie sich doch, und machen Sie es sich bequem! Was darf ich Ihnen anbieten? Möchten Sie einen Drink oder lieber eine Tasse Kaffee?«

»Lieber Kaffee.« Marjorie setzte sich in einen der geblümten Sessel. Das Gepäck hatte sie noch im Wagen gelassen.

Plötzlich stand Jason in der Tür. Sehr groß, sehr

männlich, so wie sie ihn vom Foto her kannte. Ihr Lächeln wirkte ein bisschen unglücklich. Sie konnte einfach nichts dafür.

»Hi, Marjorie.« Da stand er schon vor ihr, reichte ihr die Hand. »Schön, dich zu sehen. Hattest du eine gute Fahrt?«

Sie räusperte sich. Hoffentlich war ihre Stimme nicht weg!

»Die Fahrt war okay. Es hat ein bisschen gedauert. Aber sonst . . .«

»Ja, wenn man Angst hat vorm Fliegen . . .« Jason lächelte.

Er ist wirklich ungeheuer sympathisch, fand Marjorie. Was für ein Jammer, dass alles nun anders gekommen war! Bestimmt hätte sie sich spontan in Jason verliebt, wenn Sean nicht dazwischengekommen wäre.

»Ich mache Kaffee.« Deborah verschwand in der Küche.

Jason setzte sich neben sie in einen Sessel. Lächelnd betrachtete er sie.

»Du bist sehr hübsch, Marjorie. Die Männer müssen sich doch reihenweise in dich verlieben.«

»So ist es nun auch nicht.« Sie wusste nicht, was sie sagen sollte. Herrgott, war das eine Situation! Aber sie konnte unmöglich mit der Tür ins Haus fallen und ihm schon in diesem Moment sagen, dass sie nicht bleiben würde.

Aber auch Jason fühlte sich ungemütlich. Er mochte Marjorie auf Anhieb. Sie war ihm ungemein sympathisch, und er dachte das Gleiche, was sie gerade gedacht hatte. Er hätte sich bestimmt in sie verliebt, wenn Ruby nicht aufgekreuzt wäre.

»Zigarette?« Jason hielt ihr die Packung hin, und Marjorie bediente sich.

Sie war froh, dass sie etwas in der Hand halten, etwas,

mit dem sie sich beschäftigen konnte. Sie war noch immer furchtbar aufgeregt. Und diese Aufregung würde sich auch nicht legen, bis sie das peinliche Gespräch hinter sich hatte, das wusste sie.

»Die ersten Minuten sind immer schlimm, nicht wahr?« Jason zog an seiner Zigarette. »Aber wir werden sie überleben.«

»Sicher«, sagte Marjorie. »Deine Mutter ist sehr sympathisch. Sie hat mich aufgenommen wie eine alte Freundin.«

»Sie war auch schon sehr gespannt auf dich.«

Marjorie drehte die Zigarette zwischen den Fingern. Dieser nette Jason! Sie glaubte, ihm anzusehen, wie sehr er sich freute, dass sie gekommen war, und war sich darüber klar, was er von ihr erwartete.

»Wenn du willst, zeige ich dir gleich das Gästezimmer. Es ist oben neben Mutters Schlafzimmer. Du hast auch ein eigenes Bad. Bestimmt willst du dich etwas erfrischen.«

Sie winkte ab. »Das hat Zeit. Das eilt doch nicht.«

»Zuerst den Kaffee, richtig?«

»Es wäre ganz gut, jetzt eine Tasse Kaffee zu trinken.«

»Meine Mutter ist gleich wieder da«, meinte er. »Hattest du wirklich keine Probleme auf der Fahrt? Lief alles glatt?«

»Ich kann mich nicht beklagen. Eigentlich hatte ich es mir anstrengender vorgestellt. Aber ich habe vieles gesehen. Das kann mir ein Flug niemals bieten.«

Jason nickte. Er fragte sich, wie lange er das Thema allgemein halten konnte. Ob Marjorie wirklich sehr in ihn verliebt war? Er hatte einen Druck im Magen, wenn er daran dachte. Was für eine verrückte Situation!

Die Mutter kam mit einem Tablett, setzte die Tassen ab, das Milchkännchen, die Zuckerdose. Lächelnd betrachtete sie Marjorie.

»Und dieses rote Haar ist wirklich echt?«

»So, wie Gott es gewollt hat. Ich halte nichts davon, die Haare zu färben.«

»Ich auch nicht«, meinte Deborah mit Nachdruck. »Aber die meisten Frauen denken sich heute nichts dabei.«

»Du bist wirklich genauso natürlich, wie ich gedacht habe.« Wieder lächelte Jason ihr zu, und wieder fühlte sich Marjorie ganz fürchterlich.

»Und du siehst genauso fantastisch aus wie auf den Fotos.«

»Das schmeichelt.« Jason strich sich über das Kinn.

Die Mutter ging und holte den Kaffee. Sie spürte, dass die beiden etwas unsicher und verlegen waren, wenn sie auch nicht wusste, warum. Deshalb setzte sie sich dazu, fragte Marjorie über Chicago aus. Marjorie war froh, dass sie noch eine Gnadenfrist hatte. Sie war Jasons Mutter dankbar, und die erzählte gern.

Später zeigte Deborah ihr das Gästezimmer, und Jason brachte das Gepäck hinauf. Dann ließ er Marjorie allein, damit sie in Ruhe duschen und sich umziehen konnte. Der Kaffee war stark gewesen und hatte sie nicht gerade beruhigt. Sie zitterte innerlich vor Aufregung, wenn sie an das Gespräch mit Jason dachte. Wäre er nur nicht so nett gewesen! Aber sie musste es ihm sagen, irgendwie. Sie konnte sich nicht davor drücken.

❀

Deborah hatte gewaltige T-Bone-Steaks gebraten und Pommes frites dazu gemacht. Der Bohnensalat schmeckte anders, als Marjorie ihn kannte. Aber sie mochte ihn, obwohl sie im Grunde überhaupt keinen Appetit hatte. Der Tisch war auf der Terrasse gedeckt, und Jason hatte eine Flasche roten Wein entkorkt.

Er hatte einen alten, sehr guten Jahrgang genommen,

den noch sein Vater eingekellert hatte. Vielleicht würde der Wein ihm helfen, die Sache auf den Punkt zu bringen. Irgendwann musste er Marjorie schließlich die Wahrheit sagen. Er durfte es nicht zu lange anstehen lassen.

Nach dem Abendessen, gegen halb zehn, entschuldigte sich Deborah. Sie sagte, dass sie einen anstrengenden Tag hinter sich habe und dass sie unbedingt ins Bett müsse. Sie wollte die beiden allein lassen. Wieder spürte Marjorie dieses Gefühl, das einer Panik ähnlich war.

Sie und Jason hatten auf Kaffee verzichtet und saßen vor den gefüllten Weingläsern. Das Windlicht auf dem Tisch flackerte leicht. Es war noch warm und die Atmosphäre romantisch. Und diese schöne Stimmung sollte Marjorie zerstören?

Jason war so freundlich, so höflich, so gut erzogen. Herrgott, warum musste sie ihm jetzt sagen, dass sie nichts von ihm wollte? Und Jason? Wieder dachte er fast das Gleiche wie Marjorie. Er fand sie ganz bezaubernd und hatte ein ziemlich schlechtes Gewissen.

Trotzdem musste er ihr sagen, was passiert war. Als er gerade damit anfangen wollte, schlug plötzlich der kleine schwarze Mischlingshund an, der vor dem Haus gelegen hatte. Er bellte wie verrückt. Jason stand auf, um nachzusehen, was los war.

Marjorie trank einen Schluck Wein, nahm eine neue Zigarette. Hundertmal an diesem Tag hatte sie sich schon zurechtgelegt, wie sie es Jason sagen wollte. Aber jetzt wollten ihr die Worte einfach nicht einfallen. Es war, als sei ihr Kopf total leer.

Und dann hörte sie Seans Stimme. Zuerst dachte sie, dass es am Wein lag. Schließlich glaubte sie an eine Halluzination. Aber schlagartig kapierte sie, dass sie sich in der Wirklichkeit befand. Jason kam mit Sean auf die Terrasse.

»Das ist Mr. Richman, Marjorie«, stellte er vor. »Er ist auf dem Weg nach Kalifornien. Ein Trucker hat ihn hier in der Nähe abgesetzt.«

»Der Mann hat plötzlich durchgedreht«, meinte Sean. »Mit einemmal wollte er mich los sein. Und da es schon dunkel ist und ich überhaupt nicht genau weiß, wo ich bin . . .« Sean schwieg scheinbar verlegen.

»Bleiben Sie über Nacht«, sagte Jason. »Wir haben noch ein Gästezimmer. Das ist überhaupt kein Problem. Mr. Richman hat mir erzählt, dass man seinen Wagen gestohlen hätte. War es in Ohio oder Oklahoma?«

Sean erklärte es ihm. Marjorie saß da wie ein Stock. Sie konnte es nicht fassen. Sie war bei Sean ja auf allerhand gefasst gewesen, aber darauf nicht. Tauchte dieser freche Kerl doch einfach hier auf!

»Ja, so ist das, Ma'am«, meinte Sean. »Ich bin Ihnen wirklich sehr dankbar, Mr. Parks, dass Sie mir für eine Nacht ein Gästezimmer zur Verfügung stellen wollen. Ich habe auf dieser Reise bisher nichts als Pech gehabt. Ich hoffe, Sie haben nichts dagegen, dass Ihr Mann so großzügig ist, Ma'am.«

Jason wirkte plötzlich sehr nervös.

»Da muss ich gleich etwas korrigieren. Das ist Marjorie Harkins. Wir sind nicht miteinander verheiratet, sondern nur gut befreundet.«

»Genauso ist es«, sagte Marjorie.

»Entschuldigung. Es geht mich ja auch nichts an!«

»Ich zeige Ihnen das Gästezimmer«, sagte Jason. »Und dann kommen Sie noch auf ein Glas Wein zu uns herunter. Einverstanden?«

»Die Einladung nehme ich gern an.«

Marjorie war noch immer wie vom Donner gerührt. Hatte Sean den Verstand verloren? War er total verrückt geworden? Trotzdem war sie auch erleichtert. Vielleicht lag es am Wein, dass sie sich plötzlich irgendwie gut fühlte.

Sie würde das Spiel mitspielen und Jason nicht anvertrauen, dass es Sean war, in den sie sich verliebt hatte. Das konnte sie wirklich nicht tun. Jason schien nicht besonders bedrückt zu sein, dass noch ein Gast aufgetaucht war. Das merkte sie sofort, als er sich wieder zu ihr an den Tisch setzte.

»Ich konnte den Mann doch nicht im Stich lassen«, sagte Jason.

»Natürlich nicht. Als guter Amerikaner muss man einem Landsmann helfen.«

Tatsächlich hatte Jason die Einladung ganz spontan ausgesprochen. Er war heilfroh, dass er das Gespräch mit Marjorie verschieben konnte. Vielleicht fiel ihm morgen etwas Vernünftiges ein, dann war die Situation möglicherweise anders. Dass er Marjorie so enttäuschen musste!

❁

Marjorie hatte sich mit einem neuerlichen Schluck Rotwein gestärkt, als Jason zurückkam. Sie wollte mit ihm ins Reine kommen, ehe der Wahnsinnsstyp Sean herunterkam. Wie sollte sie sonst noch eine Chance haben, heute Abend mit Jason allein zu sprechen?

Jason hob sein Glas und sah sie so freundlich an, dass sie wieder das Gefühl hatte, ein Verbrechen begangen zu haben. Trotzdem nahm sie all ihren Mut zusammen.

»Es ist sehr schön hier bei dir, Jason«, begann sie. »Eigentlich ist alles so, wie ich es mir vorgestellt habe. Die Umgebung, die Landschaft. Und du bist wirklich ein ungemein sympathischer Kerl.«

Jason wurde hellhörig. »Aber?«

Sie war aus dem Konzept gebracht.

»Wieso?« fragte sie irritiert.

»Du hast das alles so gesagt, als käme jetzt etwas Negatives. Oder habe ich das falsch verstanden?«

Jason, ich weiß nicht, wie ich es dir sagen soll. Da ist wirklich etwas, was dich wahrscheinlich traurig machen wird. Ich kann nicht bleiben. Nicht morgen und überhaupt nicht.« Marjorie sah aus, als wollte sie gleich losheulen.

Jason glaubte, seinen Ohren nicht trauen zu dürfen. Aber Marjorie deutete seinen Gesichtsausdruck vollkommen falsch.

»Ich weiß, dass ich deine Freundschaft gar nicht wert bin, Jason. Du bist ein so feiner, so anständiger Mensch. Und ich ... ich habe mich auf etwas anderes eingelassen.«

»Du hast was?« Am liebsten wäre Jason aufgesprungen und hätte Marjorie freundschaftlich umarmt. Er fühlte sich plötzlich fantastisch. »Heißt das, dass es plötzlich einen anderen Mann in deinem Leben gibt?«

Sie atmete tief durch.

»Genauso ist es, Jason. Ich habe ihn auf der Fahrt kennen gelernt, und ich habe mich leider in ihn verliebt.«

»Darauf müssen wir noch eine Flasche Wein trinken«, sagte Jason. Mr. Richman wird uns ja Gesellschaft leisten. Diese Flasche ist ohnehin fast leer.«

Mit dieser Reaktion hatte Marjorie nun gar nicht gerechnet. Sie wartete, bis Jason mit der Flasche zurückkam.

»Bist du denn gar nicht enttäuscht?« Sie sah Jason an, der die Rotweinflasche entkorkte. »Du tust ja gerade, als seist du erfreut darüber, dass ich nicht hier bleibe.«

Er füllte wieder ihr Glas, bediente sich darin selbst. Nachdem er sich gesetzt hatte, sagte er:

»Es ist alles Schicksal im Leben. Früher hätte ich über diesen Satz gelacht. Aber offenbar ist was Wahres dran. Ob du es glaubst oder nicht, Marjorie, auch ich habe mich in ein anderes Mädchen verliebt. Den ganzen

Abend habe ich darüber nachgegrübelt, wie ich es dir beibringen soll. Und eigentlich habe ich diesen Mr. Richman nur eingeladen, hier zu bleiben, weil ich nicht den Mut hatte, dir alles zu gestehen. Nicht heute Abend.«

Marjorie sah ihn an und lachte los. Sie fühlte sich plötzlich so befreit, so glücklich, dass sie völlig aus dem Häuschen war.

»Und ich habe mich mit schweren Vorwürfen gequält«, sagte sie, nachdem sie sich beruhigt hatte, »Ich wollte dich nicht kränken. Wir hatten einen so schönen Briefwechsel, und unsere Gespräche am Telefon haben mir viel gegeben. Richtig schlecht bin ich mir vorgekommen.«

»Genauso habe ich es empfunden.« Jason nahm sich eine Zigarette aus der Packung. »Ganz genauso, Marjorie. Herrgott, ist es gut, dass alles so gekommen ist!«

Sie sah ihn nachdenklich an.

»Was hättest du getan, wenn ich nicht zuerst davon gesprochen hätte?«

»Ich hätte irgendeinen passenden Moment abgewartet, um es dir zu sagen. Ich konnte dich nicht bitten, bei mir zu bleiben. Ruby, dieses verflixte Mädchen, hat mich total durcheinander gebracht. Jetzt weiß ich, dass du mich verstehst, Marjorie.«

»O ja«, sagte Marjorie, »ich weiß, wovon du sprichst. Es ist wirklich fantastisch, dass uns beiden so etwas passiert ist!«

Da stand Sean in der Terrassentür. Erstaunt sah er die beiden an, die so fröhlich wirkten. Jason winkte ihn heran. Er hatte schon ein Glas für Sean auf den Tisch gestellt.

»Kommen Sie, Mr. Richman, setzen Sie sich zu uns! Wir haben heute Abend Grund zum Feiern.«

»Sag mal, bist du verrückt geworden?« Marjorie flüsterte es nur, als Sean in dieser Nacht leise in ihr Zimmer kam. »Hau sofort wieder ab! Es spielt sich heute Nacht nichts ab, nicht hier unter Jasons Dach.«

Sean setzte sich auf die Bettkante.

»Ich wollte doch nur ein paar Worte mit dir allein sprechen. Heute Abend hatten wir keine Gelegenheit dazu. Freust du dich, dass ich da bin, Liebling?«

»O mein Gott!« Marjorie ließ sich in die Kissen zurückfallen, »Du bist vielleicht ein Typ! Du bist der unmöglichste Mann, den ich kenne.«

»Aber du liebst mich, nicht wahr?«

»Sprich nicht so laut. Jasons Mutter könnte dich hören.«

»Ach was, die schläft bestimmt tief und fest.« Aber Sean senkte die Stimme. »Marjorie, ich habe es einfach nicht ohne dich ausgehalten. Ich musste herkommen. Die Überraschung war perfekt, oder?«

»Ich dachte, mich hätte der Schlag getroffen«, flüsterte sie.

»Zum Glück hast du es überlebt.« Sean grinste. Sie sah es im silbernen Licht des Mondes, das durch das Fenster fiel.

»Einfach hier aufzukreuzen! So etwas bringst nur du fertig, Sean.« Marjorie schüttelte den Kopf.

»Hast du es ihm gesagt?«

»Natürlich habe ich das getan«, erwiderte sie. »Sonst wären wir doch heute Abend nicht so vergnügt gewesen. Und weißt du was? Auch Jason hat eine andere. Er hat sich in ein anderes Mädchen verliebt. Ist das nicht wundervoll?«

»Ja, Kleines, das ist wundervoll.« Sean wollte Marjorie in die Arme nehmen und küssen, aber sie wich aus.

»Nicht hier, nicht heute Nacht«, wiederholte sie. »Ich käme mir direkt pervers vor. Ich will das nicht. Es ist unanständig.«

»Nichts ist unanständig, wenn man sich liebt«, widersprach er.

»Du weißt, dass ich meine Prinzipien habe. Ich gehe nicht davon runter. Wenn du mich anfasst, schreie ich.«

Das brachte Sean zum Lachen.

»Marjorie, ich wette, wir werden eine herrliche Zeit haben. Ich könnte mich sogar endgültig an dich gewöhnen.«

Sie lächelte. »Glaubst du, mir ginge es anders? Es sieht ganz so aus, als würden wir gut zusammenpassen.«

»Fahren wir morgen nach L.A. oder nach Chicago zurück?«

Marjorie seufzte leise.

»Ich war noch nie in Los Angeles«, meinte sie.

»Also dann«, sagte Sean, »abgemacht! Machen wir ein bisschen Urlaub in Kalifornien. Ich wollte es schon immer mal am Strand von Malibu tun.«

»Verrückter Sean.«

»Und auf dem Rückweg machen wir wieder in unserem alten Motel Station, wo man mir den Wagen geklaut hat. Wer weiß, vielleicht hat die Polizei inzwischen eine Spur. Manchmal geschehen noch Zeichen und Wunder.«

Marjorie blinzelte auf ihre Armbanduhr.

»Weißt du, dass es schon zwei Uhr ist? Es wird Zeit, dass wir ein bisschen schlafen.«

»Okay, Liebling, heute hast du das Sagen. Aber morgen Nacht schlafe ich nicht allein, das verspreche ich dir.«

»Wer will schon immer allein schlafen?« Sie lächelte so süß, dass er sich jetzt zusammenreißen musste. Dies war nicht der richtige Platz und nicht der richtige Zeitpunkt, um an Sex zu denken.

»Weiß Jason, dass du morgen fährst?« fragte er.

»Ja«, entgegnete sie, »er weiß es. Ich werde sagen, dass ich dich ein Stück mitnehme.«

»Richtung Chicago?«

Sie nickte. »Wie auch immer. Ich wette, Jason hakt nicht nach. Er ist froh, wenn ich verschwinde.«

»Er ist ein Idiot. Dass er ein Mädchen wie dich einfach aufgibt!«

»Jetzt mach aber mal einen Punkt!« Marjorie richtete sich auf. »Wäre es dir lieber gewesen, wenn er wahnsinnig in mich verliebt wäre?«

Sean strich sich über das Kinn.

»Nein, ich glaube das wäre mir gar nicht recht. So, wie alles gekommen ist, ist es schon in Ordnung.«

»Das meine ich auch. Und jetzt darfst du mir einen ganz sanften, ganz braven Gutenachtkuss, geben.«

❁

Deborah Parks war am frühen Morgen nach Roswell gefahren, um einzukaufen. Als sie gegen Mittag zurückkam, sah sie gerade, wie Marjorie mit Sean in den Wagen stieg und losfuhr. Jason stand mit breitem Lächeln in der Tür, winkte dem davonfahrenden Wagen nach und schien mit sich und der Welt im Einklang zu sein.

»Was ist los? Warum fährt sie weg?« Deborah vergaß die Tüten im Wagen, lief auf ihren Sohn zu. »Wohin will dieses Mädchen?«

»Nach Hause, nach Chicago, Mutter!« Und dabei sah Jason so vergnügt aus, als hätte er eine positive Bankauskunft bekommen.

»Was heißt das, Jason? Und wieso ist sie mit diesem fremden Mann zusammen?«

»Sie nimmt ihn nur ein Stück mit. Und im Übrigen hat sie sich in einen anderen verliebt. Aus Marjorie und mir wird nichts, Mutter, das ist eine Tatsache. Und jetzt fahre ich zu den Brinks. Es könnte durchaus möglich sein, dass Ruby Torner deine Schwiegertochter wird.«

»Ruby?« Deborah kriegte den Mund nicht wieder zu. »Was ist mit dir los, Jason? Bist du total durchgedreht?«

»Nein, Ma, ich bin glücklich, richtig glücklich. Begreifst du denn nicht, dass ich mich in Ruby verliebt habe?«

»Du kannst nicht zur Lunchzeit bei den Brinks aufkreuzen.« Deborahs alte Sachlichkeit kehrte zurück.

»Wieso nicht? Ich muss es Ruby doch sagen. Sie muss wissen, dass alles okay ist.«

»Platz den Leuten nicht ins Mittagessen. Ruf sie an, wenn du willst, und verabrede dich mit ihr für den Spätnachmittag. So gehört sich das.«

»Verdammt noch mal, Mutter«, begann Jason und fügte dann seufzend hinzu: »In Ordnung! Aber es fällt mir wirklich schwer, so lange zu warten.«

»Hilf mir, die Tüten ins Haus tragen«, befahl sie.

Jason rief Ruby nicht an. Er fand, es sei schöner, wenn er ihr alles persönlich sagte, sie dabei in den Arm nehmen und in diese Augen sehen konnte, die ihn von Anfang an so beeindruckt hatten. Nein, am Telefon wollte er ihr nicht sagen, dass er für sie frei war, dass er nur sie wollte.

Als er um halb fünf bei den Brinks ankam, lag Ruby träge in einem winzigen weißen Bikini auf der Liege am Swimmingpool. Diesmal hatte Helen Jason die Tür geöffnet und ihm gesagt, wo er Ruby finden könne. Um nichts in der Welt würde sie die beiden jetzt stören, soviel stand fest.

Sie hatte an Jasons Gesicht gesehen, dass er es kaum erwarten konnte, Ruby zu begegnen. Bestimmt brachte er keine schlechte Nachricht. Er machte eher den Eindruck, als hätte er einen großen Brillantring für sie in der Tasche.

Ruby richtete sich auf, als sie Schritte hörte. Sie erkannte Jason und schwang die Beine von der Liege. Erwartungsvoll sah sie ihm entgegen.

»Hallo«, sagte Jason, als er herankam und sein Schatten auf Ruby fiel. »Freust du dich, mich zu sehen, Ruby?«

»Was ist mit Marjorie?« Das war die Frage, die Ruby den ganzen Tag über bewegt hatte.

»Ich bin hier, um dir das zu erklären. Willst du mir keinen Platz anbieten?«

Ruby klopfte neben sich auf die Liege, und Jason setzte sich. Seine dunklen Augen musterten Ruby ungeniert. Er sah ihre schönen Brüste, die sich gegen das winzige Bikinioberteil wölbten, und er sah das kleine weiße Dreieck, dass ihren Schoß bedeckte. Nervös schlug Ruby die Beine übereinander.

»Du siehst fantastisch aus, Liebling!«

Ruby fuhr sich mit den Fingern durch das Haar.

»Was ist mit Marjorie?« wiederholte sie ihre Frage.

Jason nahm sie in die Arme. Wie heiß, und glatt ihre Haut unter seinen Händen war!

»Sie ist weg, unterwegs nach Chicago. Die Sache ist aus der Welt.«

Ruby atmete tief durch. »Ganz und gar und für immer?«

»Genauso ist es! Alles hat sich einfacher geregelt, als ich gedacht hatte. Stell dir vor, sie hat sich unterwegs in einen anderen verliebt. Ist das nicht wundervoll?«

»Dann brauchst du ja kein schlechtes Gewissen zu haben.« Ruby legte die Arme um seinen Hals, presste ihren fast nackten Körper an ihn, und Jason streichelte ihren Rücken.

»Ich bin jetzt nur für dich da, Ruby. Nimm mich, wenn du willst.«

»Und ob ich das will, Jason!«

Da küsste Jason sie heiß, hart, fordernd und leidenschaftlich, aber auch zärtlich, und Ruby spürte eine heftige Reaktion ihres Körpers. Ihre Brustwarzen wurden spitz und hart vor Erregung, und ein Schauer lief ihr über den Rücken, als sie Jasons Hände auf ihrem Po fühlte.

»Wir bleiben zusammen, okay?« sagte Ruby, als sie sich schwer atmend von ihm löste. »Mein Gott, ich bin so glücklich, Jason!«

»Meine wundervolle, aufregende Ruby.« Sein Blick war voller Sehnsucht, voller Verlangen. »Können wir nicht irgendwo hingehen, wo wir in Ruhe miteinander sprechen können?«

Ruby lächelte vielsagend.

»Willst du wirklich mit mir sprechen, Jason?«

Jason legte die Hände auf ihre Schultern.

»Ich weiß, dass ich mit dir sprechen kann, Ruby. Und das ist gut so. Aber ich wüsste noch andere, ganz verrückte und aufregende Dinge, die wir tun könnten. Du bist so unverschämt sexy, Liebling.«

»Das bist du auch, Jason. Und so was habe ich noch keinem Mann gesagt.«

»Also?« sagte Jason. »Wohin ziehen wir uns zurück?«

Ruby warf einen Blick zum Haus hin.

»Gehen wir in mein Zimmer hinauf. Ich habe ein herrliches breites Bett.«

»Ist das nicht etwas gewagt? Wenn man uns sieht, wird man die richtigen Schlüsse ziehen.«

»Feige?« flüsterte Ruby und schmiegte sich wieder an ihn. »Ich dachte, du willst es auch so sehr.«

»Ich war noch nie feige.« Jason war entrüstet. »Ich hatte nur an dich gedacht. Ich will dich nicht in Schwierigkeiten bringen.«

»Ich liebe es, in Schwierigkeiten gebracht zu werden.« Ruby fasste nach seiner Hand und zog ihn mit sich.

Kaum waren sie in dem geräumigen Gästezimmer angekommen, schloss Ruby die Tür.

»Für alle Fälle!« sagte sie.

»Wir sind verrückt«, meinte er und nahm Ruby wieder in die Arme. »Warum warten wir nicht auf den Abend, auf eine romantische Stimmung?«

»Brauchen wir eine romantische Stimmung? Ich habe solche Sehnsucht nach dir, Jason.«

»Ich liebe dich, Ruby. Ich liebe dich so, wie du bist. Ich möchte, dass du bei mir bleibst. Aber du musst dir die Sache gut überlegen. Es ist auf der Ranch nicht einfach.«

»Mit dir ist alles einfach.« Ruby knöpfte sein Hemd auf, legte ihre Hand auf seine nackte muskulöse Brust. »Lass uns später reden, Jason!«

Wie hätte Jason ihr widerstehen können! Er fühlte ja, wie sein Blut heftiger und heißer durch die Adern strömte. Als er Ruby jetzt wieder küsste, stöhnte Ruby vor Lust. Sie spürte wieder dieses Prickeln unterhalb ihres Nabels, das sie willenlos machte.

Jason streifte das Oberteil ihres Bikinis ab. Heiß drängten sich Rubys Brüste in seine Hände, als er sie streichelte, erst sanft, dann fester, bis Ruby aufstöhnte. Als seine Hände an ihrem Körper heruntерglitten, seine Finger sich in dem winzigen Tanga verloren und Jason begann, ihren Schoß zu streicheln, da wollte es Ruby nicht anders. Sie fühlte nur die heiße Flamme der Lust in sich.

Dieser zärtliche, feste Mund auf ihrer Haut, diese Hände, die sie erregten, bis sie glaubte, es nicht mehr auszuhalten. Als Jason ihr den winzigen Bikinislip abstreifte, seufzte Ruby auf. Es dauerte nur Sekunden, bis auch Jason nackt war. Vom ersten Augenblick an mochte sie seinen Körper, diesen festen, männlichen, durchtrainierten Körper.

Sie begann, ihn zu streicheln. Als sie seine pulsierende Erregung spürte, die zu ihr drängte, zog sie ihn mit sich.

Sie fielen auf das Bett, sie küssten sich immer hemmungsloser und leidenschaftlicher, bis Ruby es war, die Jason zu sich führte. Sie wollte ihn in sich spüren, wollte endlich ganz und gar mit diesem Mann zusammen sein, den sie so sehr liebte.

Sie brauchten nicht lange, bis sie beide den höchsten Augenblick der Lust erreichten. Ruby schrie auf und klammerte sich an Jason fest, und auch er stöhnte laut auf.

Dann war da nichts als Entspannung. Sie lagen nebeneinander und sahen sich an.

»Ich wusste, dass es so mit dir sein würde«, flüsterte Ruby. »Du bist ein wundervoller Mann.«

»Und du bist das zauberhafteste Mädchen, das ich kenne.«

Sie spürte das wilde Klopfen ihres Herzens, das Zittern ihrer Schenkel, war wie in Trance, glaubte sich in eine andere Dimension versetzt. Ihre Rechte tastete nach Jasons Hand.

»Es muss immer so sein, Jason«, sagte sie leise.

Er gab ihr einen Kuss. »Ich bin da, um dich glücklich zu machen, Liebling!«

Plötzlich hörten sie Schritte auf der Treppe.

»Das ist Helen!« flüsterte Ruby. Sie legte den Finger auf den Mund.

Die Schritte näherten sich, verhielten, entfernten sich wieder und verklangen auf der Treppe.

»Ich wette, deine Schwägerin weiß genau, was hier passiert ist.« Jason lächelte.

»Helen weiß immer alles«, schimpfte Ruby. »Aber, es ist doch gleichgültig, Jason. Wir lieben uns, und die Welt ist okay. Was kümmert uns Helen?«

»Irgendwann sollten wir unten wieder auftauchen. Sonst glaubt sie noch, ich hätte dich verschlungen.«

Ruby lachte. Sie legte ihr heißes Gesicht an Jasons Brust. Rau und heiser klang ihre Stimme, als sie sagte:

»Ich hätte nichts dagegen. Verschling mich, Jason! Tu es auf der Stelle!«

ENDE

Jill Brady

Hände weg, sonst sag ich ja

»Und nun, Freunde, ehe der ›Midnight Express‹ die Endstation ansteuert, noch eine letzte heiße Scheibe für die zauberhafte Jane aus Boston und für Marilyn aus Philadelphia. Haltet euch fest, Leute, es kommt ein Oldi aus den Goldenen Sechzigern: ›I can't get no satisfaction‹. Haltet euch nicht an dem Titel fest, Mädels. Wenn es nicht klappen sollte, ruft mich einfach an, und denkt daran, ich bin bei euch. Spätestens wieder Freitagnacht auf dieser Welle des NBC. Und nicht vergessen, immer schön fröhlich bleiben.«

Die Musik dröhnte los. Rod Bailey schaltete sein Mikrofon ab. Er sah durch die Glasscheibe seines Studios zur Regie hinüber, wo sein Freund Bill Green saß. Der tippte sich an die Stirn und grinste.

Rod lehnte sich im Sessel zurück und reckte sich, Diese Nächte schafften ihn. Seit anderthalb Jahren machte er das jetzt, und der ›Midnight Express‹ war zu einer der beliebtesten Sendungen im Raum New York City und noch weit darüber hinaus geworden.

Von Mitternacht bis morgens um acht war Rod im Studio. Er nahm Anrufe entgegen, Hörerwünsche, und vor allem die Mädchen waren es, die ihm immer wieder beteuerten, was für ein toller Typ er doch sei. Rod hatte es eben drauf. Der Achtundzwanzigjährige verstand es, auf die jungen Leute einzugehen. Aber manchmal ging ihm der Job auch auf die Nerven.

Er trank den letzten Rest seiner schal gewordenen Coke, nahm seinen weinroten Lederblouson von der Sessellehne, hängte ihn sich locker über die Schultern und verließ das Studio. Im Flur wäre er fast mit Bill zusammengeprallt. Er hatte einen Packen Manuskripte unter den Arm geklemmt und schüttelte jetzt den Kopf.

»Mann, du musst ein bisschen vorsichtiger sein. Der Alte kriegt graue Haare. Er hat sich schon letztes Mal über dich beschwert, weil du zu heiß bist. Du turnst die Leute zu sehr an. Nicht soviel Sex, sagt er immer.«

Rods graue Augen waren die reine Unschuld. Ungeduldig strich er sich das blonde Haar aus der Stirn.

»Was soll der Quatsch, Bill? Die Girls wollen das, Sie wollen im ›Midnight Express‹ angemacht werden. Was ist dabei? Darum hören doch die Leute die Sendung.«

»Es ist dein Bier, wie du mit dem Alten zurechtkommst. Trinken wir einen Kaffee zusammen?«

»Okay, gehen wir in die Kantine. Mir ist nach einem mächtigen Frühstück mit allem, was dazugehört.« Rod hielt die Hand vor den Mund und gähnte herzhaft.

»Immer, wenn du im Studio bist, laufen die Telefondrähte heiß«, meinte Bill, als er die Tür zur Kantine aufstieß. »Die Mädchen in der Zentrale haben eine ganze Menge zu tun. Wie machst du das bloß, dass die Weiber so hinter dir her sind?«

»Es ist meine Stimme«, erwiderte Rod und grinste, »und meine ganz persönliche Ausstrahlung. Da kommt was rüber, Junge.«

Bill und Rod nahmen sich ein Tablett, denn in der Kantine der Sendeanstalt war Selbstbedienung. Die dicke freundliche Frau hinter dem Büfett lächelte, als sie Rod sah.

»Sie waren wieder toll heute Nacht, Mr. Bailey«, sagte sie. »Ich habe zwar nur die Hälfte gehört, aber es war Klasse. Was darf es sein zum Frühstück?«

»Das Übliche«, sagte Rod. »Schinken und Eier, Weizenpfannkuchen mit Ahornsirup und einen Riesentopf Kaffee. Und den Toast nicht vergessen.«

»Und für Sie, Mr. Green?«

»Nur einen Kaffee«, sagte Bill.

Jane gab die Bestellung zur Küche durch, und Rod wartete mit seinem Freund, bis sein Frühstück kam und er es aufs Tablett stellte. Bill hatte schon begonnen, seinen Kaffee zu trinken.

Jetzt setzten sich die beiden Männer an einen Tisch am Fenster. Hier oben im dreiundzwanzigsten Stock hatte man einen tollen Blick über die City. Die Sonne war durch die Wolken gekommen. Es versprach ein schöner Tag zu werden. Rod begann zu frühstücken,

»Wie lange willst du das noch machen?« fragte Bill. »Ich meine, sich zweimal in der Woche die Nächte um die Ohren schlagen und zwischendurch tagsüber die anderen Sendungen im Studio, das ist keine Kleinigkeit.«

»Tu nicht, als wäre ich schon fünfundsiebzig.« Rod trank einen Schluck Kaffee. »Es macht mir Spaß, und der Sender kann sich nicht beklagen. Die Werbeleute steigen voll in den ›Midnight Express‹ ein, wie du weißt. Das bringt Geld.«

»Julie hat erzählt, dass du letzte Woche sechshundertfünfzig Fanbriefe bekommen hast. Was machst du bloß mit all deinen Verehrerinnen?«

Rod zuckte mit den Schultern und aß gelassen weiter.

»Das sind keine Mädchen nach meinem Geschmack«, meinte er dann, »Aber manchmal würdest du dich wundern, was für eindeutige Angebote ich bekomme. Ich suche mir mein Mädchen lieber selbst, und die anderen grüße ich artig über den Äther.«

»Artig!« Bill zündete sich eine Zigarette an. »Dass ich nicht lache! Was du denen manchmal erzählst, spottet jeder Beschreibung. Da können die Mädchen ja nicht mehr ruhig schlafen.«

»Und das genau ist es«, sagte Rod. »Sie sollen ja auch nicht schlafen. Sie sollen mir zuhören, sollen sich den Quatsch anhören, den ich am Mikro verzapfe. Schließlich kommt es ihnen genau darauf an.«

»Manchmal beneide ich dich. Wenn ich deine Chancen hätte, wüsste ich schon, was ich anfinge.«

»Irgendwelche Probleme?« fragte Rod. »Läuft die Sache mit Mandy nicht mehr?«

»Mit Mandy ist alles okay. Aber irgendwann will man ja auch mal was Neues erleben. Also du könntest bestimmt jede Nacht mit einer anderen schlafen, wenn du wolltest.«

»Ich glaube, dazu reicht meine Kondition nicht aus.« Rod grinste wieder. »Außerdem muss ich in ein Mädchen so richtig verliebt sein, sonst macht mir die Sache keinen Spaß, und verliebt bin ich momentan nicht. Ich konzentriere mich total auf meine Arbeit. Schließlich moderiere ich meine Sendungen nicht nur, ich stelle auch die Musik zusammen, mache die Texte und so weiter. Aber wem sage ich das?«

»Hast du nie daran gedacht, einmal etwas anderes zu machen?«

»Nicht, seit ich diesen gut bezahlten Job habe, je mehr Leute sich zum ›Midnight Express‹ einschalten, umso besser. Und die Show läuft, wie du weißt.«

»Trotzdem, sei in Zukunft ein bisschen zurückhaltender. Sonst gibt's einen Dämpfer von oben. Der alte Harold hat dich im Visier. Sei vorsichtig.«

»Ich mache weiter wie bisher«, erwiderte Rod, »und ich lasse mir von Harold da überhaupt nicht hineinreden. Es ist eine heiße Sendung, aber warum nicht? Schließlich bin ich nicht das Sandmännchen für die Kids.«

»Es war ja nur ein Tipp«, sagte Bill. »Und was machst du jetzt?« Er sah auf seine Armbanduhr.

»Ich fahre in die City, um mir ein paar neue Hemden zu kaufen.

Ich hab' ja niemanden, der das für mich erledigt. Und dann fahr' ich nach Hause und hau' mich auf's Ohr. Zwei, drei Stunden, dann bin ich wieder fit.« Rod wischte sich mit einer Papierserviette den Mund ab.

Bill stand auf. »Ich muss los. Hab' gleich eine Besprechung. Wir sehen uns später, Rod.«

Rod hob leicht die Hand, als Bill ging. Auch er nahm sich eine Zigarette aus der Packung. Nach dem Frühstück brauchte er das. Er hatte bestimmt schon dreißigmal versucht, das Rauchen aufzugeben. Aber irgendwie klappte es nicht, und schon gar nicht in diesen Nächten, wenn er im Studio war. Da musste er voll konzentriert sein, und irgendwie halfen ihm die verdammten Zigaretten dabei.

Rod sah aus dem Fenster, sah, wie sein Gesicht sich in der Scheibe spiegelte. Ein schmales männliches Gesicht mit einem energischen Kinn und einer Nase, die vielleicht eine Spur zu kräftig war. Trotzdem war Rod ein Mann, der bemerkenswert gut aussah. Jedenfalls hatten ihm das die Frauen oft genug zu verstehen gegeben.

Rod zog seinen Lederblouson über, als er mit der Zigarette in der Hand die Kantine verließ. Er fuhr mit dem Lift nach unten und stieg in sein altes Ford-Cabrio, das er schon seit sechs Jahren fuhr. Es war knallrot. Rod konnte sich einfach von diesem Wagen nicht trennen. Er hing an ihm wie an einem guten Freund oder wie an einem Hund, den er gern gehabt hätte, den er aber in der Stadt und bei seinem Job nicht halten wollte. In solchen Dingen war Rod sehr verantwortungsbewusst.

❁

Er war froh, dass er in der Nähe der Lexington Avenue einen Parkplatz fand, und stieg aus. Irgendwie musste er sich jetzt diese verflixten Hemden besorgen, und er brauchte auch noch etwas für seinen Kühlschrank. Im Augenblick sah der trostlos aus, trostlos und leer, und das musste sich ändern.

Rod hatte ein kleines Apartment in der Nähe der George Washington Bridge gemietet. Es lag in der achtzehnten Etage, und er hatte von da einen schönen Blick über den Hudson nach New Jersey hin. Aber ansonsten war sein Apartment nicht besonders vorzeigbar. Rod verbrachte auch nicht allzu viel Zeit dort.

Manchmal war er ganz froh darüber, dass er nur Hörfunkmoderator war und nicht für einen TV-Sender arbeitete. Seine Fans kannten ihn nur aus dem Funk und den Fernsehmagazinen, und er musste nicht Gefahr laufen, an jeder Ecke angeredet zu werden.

Die Hände in den Hosentaschen, schlenderte Rod die Lexington Avenue zur 59. Straße hinunter. Er würde seine Hemden bei ›Bloomingdale's‹ kaufen. Diesen Luxus leistete er sich.

Gerade war er vor dem riesigen Warenhaus allerfeinster Kategorie angekommen, als plötzlich ein weißer Rolls Royce am Straßenrand hielt. Fasziniert beobachtete Rod, wie der Chauffeur heraussprang und den Wagenschlag des Fonds öffnete. Und dann blieb Rod glatt der Atem weg.

Er entdeckte das zauberhafteste Mädchen, das er je gesehen hatte. Er sah eine Flut blonder Haare, die ein absolut makelloses Gesicht umgaben mit so hellen, klaren Augen, wie Rod sie noch nie gesehen hatte. Die Schöne trug ein kirschrotes, hautenges Kostüm mit einem sehr kurzen Rock, der wunderschöne Beine sehen ließ. Auf hochhackigen Pumps ging das Mädchen anmutig und sehr sexy, wie Rod fand, auf den Eingang von ›Bloomingdale's‹ zu.

Rod riss sich zusammen und folgte der Fremden. Er musste es einfach tun. Durch die sich automatisch öffnende Tür ging er ihr in das Warenhaus bis zum Lift nach, der zu den oberen Stockwerken führte. Einem Impuls gehorchend, verstellte Rod ihr den Weg. Irritiert sahen ihn die hellen Augen an.

»Sie müssen mir verraten, wie Sie heißen«, sagte Rod und lächelte, lächelte hingerissen und fasziniert. »Sonst kann ich keine Nacht mehr ruhig schlafen.«

Die Schöne zog eine Augenbraue hoch.

»Sind Sie verrückt geworden, oder was?« Diese Stimme! Etwas rauchig und nicht zu hell, genau, wie Rod es mochte.

»Nur Ihren Namen«, bat Rod. »Mehr will ich ja gar nicht.«

Plötzlich lächelte das Mädchen. »Ich möchte wissen, was Sie davon haben.«

»Viel«, versicherte Rod. »Alles. Oder soll ich raten?«

»Und dann verschwinden Sie, okay?«

»Das ist versprochen.«

»Ich heiße Dusty. Genügt das?«

»Für den Anfang genügt es vollkommen«, sagte Rod und legte die Hand aufs Herz.

In diesem Augenblick tauchte ein Riese von Mann neben den beiden auf, und Rod erkannte den Chauffeur wieder, der Dusty den Wagenschlag geöffnet hatte.

»Etwas nicht in Ordnung, Miss Whitman?« fragte er und sah Rod drohend an.

»Schon gut, Avery. Sie können wieder gehen. Es ist nichts passiert, was Sie beunruhigen müsste.«

Der Lift kam, und Dusty verschwand, Rod grinste den Chauffeur an und ließ ihn stehen. Am liebsten wäre er mit Dusty nach oben gefahren, aber er wollte sie nicht unnötig bedrängen, und der Chauffeur sah so aus, als ob er nicht lange fackeln würde. Er wirkte, als hätte er irgendwann mal den Weltmeistertitel im Schwergewicht gewonnen.

Rod schlenderte zur Herrenabteilung, um seine Hemden zu kaufen, aber er war nicht so ganz bei der Sache. Diese Dusty Whitman hatte ihn total durcheinander gebracht. Mein Gott, war das ein Mädchen!

Rod dachte immer noch unausgesetzt an sie, als er ›Bloomingdale's‹ wieder verließ. Er musste dieses Mädchen wiedersehen, auf jeden Fall. Das war die Frau, von der er immer geträumt hatte. Dusty war ein Mädchen aus der Park Avenue, zweifellos. Sie musste irgendwo ein Haus am Central Park haben, da, wo die Feinen und die Reichen wohnten. Er würde im Telefonbuch nachsehen.

Aber so ein Mädchen einfach anrufen? Das würde nichts bringen, das wusste Rod sofort. Trotzdem wollte er Dusty wiedersehen, und er wollte ein bisschen mehr von ihr als nur ihren Namen wissen. Aber wie, zum Teufel, sollte er das anstellen?

Er war etwas niedergeschlagen, als er wieder in seinem Wagen saß und zur George Washington Brücke fuhr, und er war auch nicht besonders gut gelaunt, als er sein Apartment erreichte. Mein Gott, wie es hier wieder aussah! Das Geschirr vom Abendessen stand noch herum, eine halb volle Milchtüte und ein paar Cornflakes lagen neben der Spüle. Eine tote Fliege schwamm in einem halb vollen Rotweinglas neben zusammengeknüllten Papiertaschentüchern. Die Küche sah wirklich chaotisch aus.

Im Wohnraum war es nicht besser. Zeitungen waren neben dem Sessel auf dem Boden verstreut. Der Aschenbecher quoll über. Die Luft war abgestanden und schal. In diesem Haus gab es keine Air-Condition. Rod stieß ein Fenster auf.

Er hatte sich schon immer eine Haushälterin nehmen wollen, aber immer wieder den Gedanken daran verschoben. Er mochte es nicht, wenn fremde Leute ihre Nasen in seine Sachen steckten.

Rod ging ins Schlafzimmer hinüber. Hier bot sich das gleiche Bild: Ein zerwühltes Bett, eine Pyjamahose über der Stehlampe, ein Lederpantoffel neben der Tür, einer halb unter dem Bett. Neben dem Bett lagen Zeitschriften und Bücher.

Rod runzelte unwillig die Stirn. Irgendwann würde er hier aufräumen, ganz sicher. Aber das musste ja nicht jetzt sein. Außerdem spürte er, dass er müde war. Nur der Gedanke an Dusty Whitman hielt ihn noch wach. Er schnappte sich das Telefonbuch und blätterte darin. Whitmans gab es eine ganze Menge in New York City. Es hatte also keinen Sinn, auf diese Weise nach dem Mädchen zu suchen.

Rod zog seine Jacke aus, seine Schuhe, seine Hose und warf sich aufs Bett. Er verschränkte die Arme hinter dem Kopf.

Es gab nur eine Möglichkeit, an dieses Mädchen heranzukommen. Er musste es über den Sender tun. Er würde Dusty umschmeicheln und umschwärmen, darauf verstand er sich schließlich. Und er würde immer ein ganz bestimmtes Lied für sie spielen. Irgendein Schmuselied wurde ihm schon einfallen. Vielleicht gefiel ihr das. Vielleicht war sie wirklich auf diese Weise zu erreichen. Er musste dieses Mädchen kennen lernen, und zwar richtig kennen lernen. Als er sie gesehen hatte, hatte es ihn wie ein Schlag getroffen. Diese Augen, diese Stimme ... Rod seufzte schwer. Die Vorstellung, dieses Mädchen jetzt neben sich zu haben, bedrängte ihn regelrecht. Er musste schleunigst an etwas anderes denken.

Gleich nachher, wenn er aufstand, würde er die Sendung für Freitag vorbereiten, und er würde etwas für Dusty einbauen. Möglich, dass sie ihm zuhörte. Und wenn sie es nicht tat, würde vielleicht irgendjemand sie darauf ansprechen.

Rod sah ihr Gesicht wieder deutlich vor sich, und plötzlich erinnerte er sich an diesen kleinen herzförmigen Leberfleck an ihrem Haaransatz. Süß hatte der ausgesehen, wie hingeklebt. Überhaupt Dusty ...

Wieder seufzte Rod. War er denn komplett verrückt? Es fehlte gerade noch, dass er sich in ein Park-Avenue-Mädchen verliebte, in ein Mädchen mit einem Rolls und einem Chauffeur, der Wände auseinander nehmen konnte.

Aber vielleicht war es gerade das, was Rod reizte, die Tatsache, dass Dusty für ihn unerreichbar war. Er hatte schon immer gern nach den Sternen gegriffen. Vielleicht würde es diesmal klappen. Vielleicht würde er doch irgendwie an Dusty herankommen. Er wollte es mit aller Kraft versuchen.

Darüber schlief Rod schließlich ein.

❁

»Wer war dieser Typ, der Sie da angequatscht hat, Miss Whitman?« Avery Rule, Dustys Chauffeur, trug die zahllosen Päckchen und Pakete zum Wagen. Dusty hatte gründlich eingekauft an diesem Morgen. Jetzt lächelte sie.

»Ich weiß es nicht. Es war irgendein junger Mann. Er wollte nur meinen Namen wissen.«

Avery verstaute die Pakete im Kofferraum, verschloss diesen sorgfältig.

»Das ist sehr bedenklich, Miss Whitman«, sagte er. »Sie sollten das Ihrem Vater sagen. Vielleicht hat jemand vor, Sie zu entführen.«

»An was Sie immer gleich denken, Avery!« Dusty schüttelte unwillig den Kopf. »Vielleicht habe ich ihm gefallen.«

Avery seufzte schwer. »Sie gefallen jedem, Miss Whitman«, sagte er und sah Dusty an, als wäre sie eine Madonna in einer Kapelle. Aber dann beeilte er sich, ihr den Wagenschlag zu öffnen, und Dusty ließ sich auf das weinrote Leder des Fonds gleiten.

Avery klemmte sich hinter das Steuer und startete den Wagen, der fast geräuschlos anfuhr. Er warf einen Blick in den Rückspiegel. Dusty hatte sich eine Zigarette angezündet und blickte aus dem Seitenfenster. Sie schien völlig gelassen und ruhig zu sein.

»Sie müssen das Ihrem Vater sagen, Miss Whitman. Wer weiß, was dieser Kerl vorhat?«

Da lächelte Dusty wieder. »Ich habe nicht vor, mir von Dad Leibwächter verpassen zu lassen. Sie wissen doch, wie Dad ist. Besser, Sie reden nicht darüber, Avery.«

»Sie brauchen keinen Leibwächter, wenn ich in Ihrer Nähe bin, Miss Whitman.«

»Das habe ich Dad ja auch gesagt. Aber er ist ein bisschen überängstlich. Er glaubt immer, irgendetwas könnte mir zustoßen. Lächerlich ist das. Als wären wir die einzigen Leute in New York City, die etwas Geld haben.«

»Man hört fast jeden Tag von Entführungen, Miss Whitman.«

»Das passiert nur anderen, sagte Dusty fröhlich, »Dieser junge Mann hatte bestimmt nichts dergleichen im Sinn.«

»Woher wollen Sie das wissen? Sie kennen ihn doch gar nicht.«

»Seine Augen haben es mir gesagt.«

»Oh, mein Gott.« Avery schob nervös die dunkelgraue Chauffeurmütze etwas zurück. »So dürfen Sie das nicht sehen. Ihre Verehrer haben Sie in anderen Kreisen. Der Typ sah nicht so aus, als wäre er mit dem goldenen Löffel im Mund geboren worden.«

»Es soll auch ganz normale Menschen geben, die sehr nett sind.«

Avery war entsetzt. Er fand, dass derartige soziale Aspekte nicht zu einer jungen Lady wie Dusty Whitman passten. Dieser junge Mann, der Dusty angesprochen hatte, war in Averys Augen ein ganz vulgärer Bursche gewesen. Was für ein Glück, dass er die beiden beobachtet hatte.

»Also kein Wort darüber zu Dad«, sagte Dusty. »Es ist doch gar nichts passiert. Der junge Mann hat mich nach meinem Namen gefragt, das ist alles.«

»Bestimmt nicht, um Ihnen rote Rosen zu schicken.«

»Ich glaube, wir sollten dieses Gespräch beenden, Avery«, sagte Dusty entschieden, drückte ihre Zigarette im Aschenbecher aus, und der Chauffeur konzentrierte sich wieder auf den immer dichter werdenden Verkehr der City.

Dusty liebte es, früh morgens einzukaufen, wenn die City noch nicht so überfüllt war, und sie liebte es, bei ›Bloomingdale's‹ Shopping zu machen. Sie mochte die, ausgesuchte Höflichkeit, mit der sie in diesem Luxus-Warenhaus bedient wurde. Aber an diesem Morgen dachte sie eigentlich nur an den jungen Mann, der sich ihr in den Weg gestellt hatte. Wie nett und wie frech er gewesen war, und wie er sie angesehen hatte ...

Da war etwas in seinem Blick gewesen, das sie unmittelbar berührt hatte. Dusty hätte nicht erklären können, was es war, aber es hatte einen eigenartigen süßen, wilden Schauer in ihr hervorgerufen. Eigentlich schade, dass sie nicht länger mit dem Fremden gesprochen hatte.

Avery war auf jeden Mann eifersüchtig, der in ihre Nähe kam, das wusste Dusty. Sie wusste auch, dass der Chauffeur heimlich in sie verliebt war. Dieser Gedanke belustigte sie immer wieder. Avery war ein Schrank von einem Mann, und er war erst Anfang dreißig. Aber nie wäre Dusty auch nur im Entferntesten der Gedanke gekommen, mit Avery zu flirten. Er musste sehen, wie er mit seinen Gefühlen fertig wurde.

Dusty war lange nicht verliebt gewesen, nicht richtig. Aber manchmal sehnte sie sich schrecklich danach. Dann wurde ihr ganz heiß bei diesem Gedanken. Dann wünschte sie sich, zärtliche Hände auf ihrer Haut zu spüren, einen festen warmen Mund, der sie küsste und ganz tolle Gefühle in ihr wachrief.

Dieser Fremde vorhin bei ›Bloomingdale's‹ hatte so etwas davon gehabt. Komisch, dass sie immer noch an ihn dachte. Ihr Vater würde glatt umfallen vor Schreck, wenn sie ihm davon erzählte. Aber natürlich würde sie das nicht tun.

Dusty lebte allein mit ihrem Vater und dem Personal in der alten Villa am Central Park. Ihre Mutter wohnte seit Jahren in ihrem Haus in Malibu. Sie hatte sich ein eigenes Leben aufgebaut mit einem Fremden.

Der Vater kümmerte sich nur um seine Reedereien und seine übrigen Geschäfte. Er entspannte sich im Golfclub bei seinen Freunden. Und wenn er gelegentlich flüchtige Affären hatte, erfuhr Dusty nichts davon.

Manchmal hatte es sie bedrückt, dass sie keine Geschwister hatte. Sie hätte ein freieres, unbeobachteteres Leben führen können. Aber ihr Vater hing mächtig an ihr und versuchte, sie vor allem zu beschützen. Am liebsten hätte er es gehabt, wenn Dusty ihn über jeden ihrer Schritte informiert hätte. Wie ihr das manchmal zum Hals heraushing!

Dann hatte sie den Wunsch, einfach mal auszubrechen, etwas ganz Verrücktes zu tun, und das, ohne von Avery Rule bewacht zu werden. Der war ja fast noch schlimmer als ihr Vater. Aber austauschbar war er nicht. Er war zuverlässig und korrekt, und ihr Vater hielt große Stücke auf ihn.

Gelegentlich gab es eine große Party im Haus an der Park Avenue. Aber die Gäste waren wohlgesiebt, und es waren immer die gleichen Leute. Auch das langweilte Dusty manchmal. Sie wäre gern mal allein durch die City gestreift, hätte gern Menschen aus anderen Lebenskreisen getroffen. Eine Vorliebe hatte sie fürs Village, für die Künstler, die dort lebten. Aber allein nach Greenwich Village fahren? Das wäre ein Infarktrisiko für ihren Vater gewesen.

Künstler waren für ihn so etwas wie Hofnarren in früheren Zeiten. Sie hatten Spaß zu machen. Er liebte Entertainment jeder Art. Aber man verkehrte doch nicht mit solchen Leuten.

Eines Tages würde Dusty irgendeinen netten amerikanischen Burschen heiraten, der brav das College besucht hatte und aus einer erstklassigen Familie stammte. Ihr Vater träumte von irgendeinem Jungen der Upperclass von Philadelphia. Dusty würde eine brave, langweilige Ehe führen und brave, langweilige Kinder bekommen, Wenn Dusty daran dachte, wurde ihr ganz schlecht. Da war etwas in ihr, irgendetwas, das anders war als bei anderen Mädchen ihrer Kreise.

Ja, Dusty wäre gern ausgeflippt, nur mal so. Aber sie hatte das Gefühl, dass sie keine Chance bekommen würde, nicht, solange ihr Dad die Oberaufsicht führte und nicht, solange Avery Rule sie bewachte mit seiner liebevollen Eifersucht.

Dusty seufzte, als der Wagen vor dem großen Haus vorfuhr.

❁

»Hallo, Freunde, hier ist wieder euer alter Freund Rod aus Studio A im ›Midnight Express‹. Ich danke euch für eure Briefe und Postkarten, und ihr könnt sicher sein, dass ich alle Scheiben dabeihabe, um die ihr mich gebeten habt. Aber ruft mich an, Leute. Sagt mir life, was ihr hören wollt. Das Telefon im ›Midnight Express‹ ist für euch da, das wisst ihr. Und ehe unser Zug die erste Station anläuft, eine kleine Sache ganz privater Natur. Eigentlich wollte ich zuerst die neueste Single von Stevie Wonder auflegen, die aus seiner letzten LP ausgekoppelt wurde. Aber vorher muss ich ein ganz persönliches Anliegen loswerden. Ich grüße das schönste Mädchen von New York City. Ich weiß, Girls, ihr fühlt euch alle angesprochen. Aber diesmal meine ich ein ganz bestimmtes Mädchen, das Dusty W. heißt. Hörst du mich, Dusty?

Ich weiß, dass du gern in einem netten kleinen Warenhaus in der Lexington Avenue einkaufst, und ich kenne deinen süßen herzförmigen Leberfleck. Ich werde euch nicht verraten Leute, an welcher Stelle er ist, aber Dusty weiß Bescheid. Für dich, Dusty, und nur für dich, kommt jetzt Frankie-Boy und ›I've got you under my skin‹. Und so ist es, Baby. Ich hab' dich unter meiner Haut. Ich glaube, ich hab' mich in dich verliebt.«

Florence Gale, ein mittelgroßes Mädchen mit wirrem Lockenkopf, saß auf der Bettkante und löffelte ein Eis. Florence war ein Fan von Rod Bailey und dem ›Midnight Express‹. Sie versäumte keine Sendung. Jetzt aber schob es sie förmlich zum Telefon.

Dusty war gerade am Einschlafen, als das Telefon schrillte. Sie setzte sich auf und schüttelte die Flut der blonden Haare zurück. Sollte sie den Hörer abnehmen? Sie knipste das Licht an und sah unschlüssig zu dem weißen Telefon auf ihrem Nachttisch hin. Wer war denn so verrückt, sie um kurz nach zwölf anzurufen? Dusty wollte es wissen. Sie streckte die Hand nach dem Hörer aus. Gleich darauf hörte sie Florences lebhafte Stimme:

»Du, ich glaube, der Typ im Radio hat dich gemeint. Der ›Midnight Express‹ läuft, und ich wette, Rod hat eben über dich gesprochen. Er spielt gerade ›I've got you under my skin‹ für dich, und er hat gesagt, dass er sich in dich verliebt hat.«

»Sag mal, spinnst du? Was ist los, Florence? Hattest du ein paar Martini zu viel?«

»Es ist wahr, Dusty. So, wie er über dich gesprochen hat, kann er nur dich meinen. Ich hab' das sofort begriffen. Hast du ihn irgendwo kennen gelernt? Irgendwo an der Lexington Avenue vielleicht?«

Plötzlich klickte es bei Dusty. Sie dachte wieder an die Begegnung vor zwei Tagen, an diesen jungen Mann, der ihr bei ›Bloomingdale's‹ über den Weg gelaufen war.

Aber das konnte doch nicht der Mann sein, von dem Florence sprach!

»He, was ist, bist du noch dran?« fragte Florence.

»Klar«, sagte Dusty. »Natürlich bin ich dran. Aber warum sollte er ausgerechnet die Platte für mich spielen? Warum, Florence? Es gibt bestimmt tausend Dustys in New York City. Vielleicht auch eintausendfünf.«

»Mach keine Witze, Dusty. Er hat gesagt Dusty W., und du hast doch diesen kleinen Leberfleck.« Florence kicherte. »Er hat so getan, als hättest du ihn an einer ganz bestimmten, ganz intimen Stelle. Aber ich kenne ja Rod Bailey. Der hat immer so etwas drauf.«

»Also das ist doch ein starkes Stück.« Dusty war plötzlich hellwach. »Wenn er wirklich mich damit meint, ist das eine Unverschämtheit.«

»Was willst du? Er sagt, er hätte sich in dich verliebt. Du musst ihn doch kennen, Dusty.«

»Ich kenne ihn nicht«, erwiderte Dusty entschieden. »Ich kann mich jedenfalls nicht erinnern. Also hör mit dem Quatsch auf, Florence.«

»Ruf ihn doch an«, sagte Florence. »Ruf ihn einfach an. Du weißt doch, wie das beim ›Midnight Express‹ ist. Da kann jeder anrufen, und wenn du Glück hast, kommst du durch. Frag ihn doch einfach, ob er dich gemeint hat.«

»Ich denke gar nicht daran. Und jetzt will ich schlafen, Florence. Ich verstehe wirklich nicht, warum du mich angerufen hast. Ganz sicher geht es um eine andere Dusty.«

»Du willst ja nur nicht zugeben, dass du Rod Bailey kennst.«

»Lass es gut sein, Florence. Ich bin hundemüde. Sprechen wir morgen darüber, okay?« Dusty legte den Hörer auf.

Plötzlich spürte sie, wie ihr Herz klopfte. Sie hatte

schon gelegentlich den ›Midnight Express‹ gehört, wenn sie abends von einer Party gekommen war. Aber was Florence ihr da eben gesagt hatte, musste ein Irrtum sein. Warum sollte dieser Mann beim Hörfunk ein Lied für sie spielen? Und ausgerechnet so ein Lied. Florence hatte sich da wieder etwas ausgedacht.

Dusty knipste das Licht aus und drehte sich auf die Seite. Morgen würde sie Florence gehörig die Meinung sagen. Eben noch war sie dabei gewesen, friedlich einzuschlafen, und jetzt machte sie sich höchst überflüssige Gedanken.

Dusty versuchte, an etwas anderes zu denken. An den herrlichen Sonnenuntergang zum Beispiel, als sie damals mit ihren Eltern auf Long Island gewesen war, und tatsächlich schlief sie darüber ein.

Am nächsten Morgen traf Dusty ihren Vater am Frühstückstisch. Sie war um neun zu einem Tennismatch verabredet und zeitiger als sonst aufgestanden. Norman Whitman sah seine Tochter über den Rand der New York Times an, die er jeden Morgen las.

»Hi, Dad.« Dusty setzte sich an den Tisch, griff nach dem Orangensaft, der für sie bereitstand, und trank durstig. »Sieht aus, als würde es ein schöner Tag werden.«

Der Vater legte die Zeitung zur Seite. Norman Whitman sah noch immer enorm gut aus für seine Fünfundfünfzig, sportlich durchtrainiert, wie er war. Zwar wurde sein Haar an den Schläfen grau, aber das machte ihn attraktiv, und auch der struppige Oberlippenbart stand ihm gut.

»Kennst du einen Typ, der Rod Bailey heißt?«

Dusty verschluckte sich und hustete. »Ist das nicht dieser Moderator aus Studio A?«

»Genau den meine ich.« Norman Whitman griff nach seiner Kaffeetasse. »Ich bin gestern Abend spät nach Hause gekommen und hab' im Auto ein bisschen Radio gehört. Und verdammt noch mal, ich glaube, dieser Typ hat eine Platte für dich gespielt. Woher kennst du ihn?«

»Jetzt fängst du auch damit an!« Dusty stellte das Glas ab. »Ich weiß überhaupt nicht, was los ist. Wieso soll ein Mann, den ich nicht kenne, eine Platte für mich spielen?«

»Zuerst hab ich's ja auch nicht richtig geglaubt, zumal er ein bisschen anzüglich wurde. Aber als dann die Platte abgelaufen war, hat er dich ein bisschen besser beschrieben. Meine Güte, wie er von dir geschwärmt hat. Ich hab' gedacht, mich haut's vom Steuer weg. Also heraus damit, Dusty. Wo hast du ihn kennen gelernt? Er jedenfalls tut so, als würde er dich sehr genau kennen.«

»Eine Unverschämtheit ist das«, schimpfte Dusty. »Aber ich glaube immer noch, dass an der Sache nichts dran ist. Ganz bestimmt ist eine andere Dusty gemeint.«

»Dann müsstest du eine Doppelgängerin haben.«

»Warum vergessen wir die ganze Geschichte nicht einfach, Dad?«

»Ich will nicht, dass so über meine Tochter gesprochen wird. Verstehst du, Dusty, ich will das einfach nicht. Also stell es ab, sonst werde ich es tun.«

»Du verlangst doch wohl nicht von mir, dass ich diesen Kerl anrufe. Ich mache mich doch nicht lächerlich. Vielleicht hat er eine ganz andere im Visier. Nein, Dad, das kannst du nicht verlangen. Die Sache ist doch vorbei, und wer hört schon den ›Midnight Express‹?«

»Millionen Leute!«

Dusty bestrich sich eine Scheibe Weißbrot mit Butter. Genügt es, wenn ich dir sage, dass ich diesen Rod Bailey nicht kenne?‹

»Du hast mich noch nie belogen, Tochter. Dann hat dieser Bursche sich das alles also aus den Fingern gesogen. Okay, vergessen wir es. Ich wollte nur wissen, ob der Mensch sich irgendwie an dich herangemacht hat.«

»Hat er nicht, verlass dich darauf, Dad.«

Immer noch war Dusty wütend. Was war das nur für eine verrückte Geschichte? Sie musste Florence noch einmal genau befragen. Und wieder, während Dusty gedankenverloren frühstückte, dachte sie an die Begegnung bei ›Bloomingdale's‹.

❁

»Diesmal hast du ja wieder kräftig zugeschlagen.« Bill traf Rod, als er gerade das Funkhaus verlassen wollte. »Du solltest nicht so privat werden. Damit enttäuschst du hunderttausend weibliche Fans. Sie müssen das Gefühl haben, dass du sie alle liebst, Mann. Und jetzt schwärmst du von dieser Dusty. Sag mal, wer ist das eigentlich? Ist sie fiktiv, oder gibt es sie tatsächlich?«

»Sie ist das herrlichste Mädchen der Welt«, antwortete Rod strahlend. »Ich hab' sie bei ›Bloomingdale's‹ getroffen. Sie ist einfach eine Traumfrau. Ein Gesicht, eine Stimme, eine Figur, sage ich dir, da vergisst du alles, was sonst so herumläuft.«

Der sommersprossige Bill sah ihn mitleidig an. »Total verknallt, was?«

»Könnte man sagen. Ich hab' nicht geglaubt, dass es so etwas gibt. Aber es ist mir passiert. Liebe auf den ersten Blick. Ich bin verrückt nach diesem Mädchen.«

»Das hat man gehört. Harold wird begeistert sein. Mann, so etwas kannst du nicht mehr machen. Private Liebesschwüre über den Sender, das ist ein bisschen stark für den alten Harold.«

»Ich will, dass dieses Mädchen mich anruft. Ich will, dass es sich in mich verliebt.«

»Du willst mit ihr schlafen«, sagte Bill.

Rod schüttelte den Kopf. »Das ist es nicht nur. Ich möchte sie kennen lernen. Ich möchte diesen ganzen verrückten Zauber einer beginnenden Liebe.«

Bill pfiff einmal kurz durch die Zähne. »Großer Gott, muss es dich erwischt haben! Du redest ja schon wie irgend so ein verschrobener Literat.«

»Ich will dieses Mädchen, und ich werde es bekommen, verlass dich drauf. Ich werde Dusty so lange über den Sender ansprechen, bis sie gar nicht mehr anders kann, als sich zu melden.«

»Und bis du rausfliegst«, unkte Bill. »Bis du gefeuert wirst.«

»So weit wird es nicht kommen. Das wird sich der alte Harold gut überlegen, und außerdem hat er nicht allein das Sagen. Dieses Mädchen geht mir nun mal nicht aus dem Kopf. Ich möchte fast wetten, dass es mich eines Tages anruft.«

»Weil ihr deine Anmache auf die Nerven geht«, sagte Bill. »Du kannst genau das Gegenteil von dem erreichen, was du eigentlich willst.«

»Warten wir es ab«, antwortete Rod.

Was Bill ihm gesagt hatte, hatte ihn nicht beeindruckt. Sicher, es wurde nicht gern gesehen, wenn private Dinge über den Sender liefen, aber dieses Risiko wollte Rod eingehen. Er musste einfach an Dusty herankommen, und dies war der einzige Weg.

Am nächsten Mittwoch um vierundzwanzig Uhr, als der ›Midnight Express‹ wieder startete, stieg Rod wieder voll ein. Wieder sprach er von Dusty. Wieder sprach er sie direkt an, und er spielte auch wieder ›I've got you under my skin‹ für sie. Diesmal die Version mit Ella Fitzgerald.

Dusty war von Florence so neugierig gemacht worden, dass sie Mittwochnacht tatsächlich ihr Radio einschaltete, und plötzlich glaubte sie auch die Stimme wiederzuerkennen, die Stimme des jungen Mannes, der sich nach ihrem Namen erkundigt hatte.

Dusty wurde ganz anders zumute, als er so zärtlich zu

ihr sprach, und sie wünschte sich inständig, dass ihr Vater die Sendung diesmal nicht mitbekam. Aber zum Glück war damit nicht zu rechnen. Er war zu einer Party eingeladen, und die würde bis zum frühen Morgen dauern. Da hörte niemand Radio.

Dusty saß da, hörte Rod zu und spürte plötzlich wieder diesen Schauer, der ihr den Rücken hinauflief, dieses aufregende Prickeln. Meine Güte, sie hatte in den letzten Tagen viel zu oft an diesen Mann gedacht. Dabei hatte ihre Begegnung nur Sekunden gedauert.

Sie musste ihn anrufen, soviel stand fest. Dieser Rod Bailey schien tatsächlich verrückt zu sein. Er würde nicht aufhören, dieses eine verflixte Lied für sie zu spielen, wenn sie ihm das nicht mit aller Strenge und Entschiedenheit verbot. Und genau das wollte Dusty tun.

Falls Dad von der Sache Wind bekam, würde es ein Heidentheater geben. Dann würde er ihr nicht mehr glauben, dass sie Rod nicht kannte. Und wer wusste schon, was er ihr dann alles unterstellte? Dusty kannte doch ihren Vater.

Nein, sie musste mit Rod Bailey sprechen, und irgendwie wollte sie es ja auch. Vielleicht war dies die Chance, auf die sie immer gewartet hatte, die Chance, etwas ganz Verrücktes zu tun.

Aber noch zögerte Dusty. Sie fühlte, wie ihre Handflächen feucht wurden. Ihn jetzt anrufen, mitten in der Sendung? Wahrscheinlich würde sie ihn gar nicht erreichen. Da hingen doch alle möglichen verrückten Fans an der Strippe, um mit Rod zu sprechen. Aber sie musste es trotzdem versuchen. Sonst würde in zwei Tagen, wenn der ›Midnight Express‹ wieder lief, die Show von vorn beginnen.

Dusty rauchte zwei Zigaretten und trank einen trockenen Martini, ehe sie endlich die Nummer wählte, die Rod schon ein paarmal durchgegeben hatte. Natürlich war die Leitung besetzt, und Dusty musste warten. Aber beim zweitenmal klappte es. Als sie dann Rods Stimme hörte, war sie schrecklich aufgeregt.

»Hören Sie damit auf«, sagte Dusty. »Hören Sie endlich auf, dieses Lied für mich zu spielen. Ich bekomme Ärger, und das wollen Sie doch nicht, oder?«

»Ich habe so darauf gewartet, dass Sie anrufen würden, Dusty.« Rods Stimme klang warm und schmeichelnd.

»Dieses Gespräch läuft doch nicht über den Sender?« fragte Dusty erschrocken, denn sie hatte das Radio abgestellt.

»Natürlich nicht. Aber wir müssen uns wiedersehen, finden Sie nicht? Ich möchte Sie wahnsinnig gern kennen lernen, Dusty.«

»Sie sind ganz schön frech«, sagte sie zögernd. »Frech und mutig.«

»Mögen Sie das nicht?«

»Ich bin mir nicht ganz sicher.« Herrgott, wie ihr Herz klopfte.

»Okay, Dusty, wenn Sie mich nicht sehen wollen, muss ich leider weiterhin etwas für Sie spielen. Freitagnacht bin ich wieder dran.«

»Um Gottes willen, nein«, sagte Dusty. »Tun Sie das nur nicht. Wann wollen wir uns treffen?«

Morgen Abend? Morgen Abend um acht? Sagen wir, zu einem kleinen Dinner?«

»Wo?«

»Schlagen Sie etwas vor.«

Dusty überlegte. »Kennen Sie das kleine italienische Restaurant am Ende der 38. Straße? ›Bei Georgio‹ heißt es. Dort werde ich morgen um acht Uhr sein, okay?«

»Okay, Dusty. Ich freue mich wahnsinnig.

»Und kein Wort darüber heute Nacht«, sagte Dusty. »Versprochen?

»Sie haben mein Wort.‹

Dusty legte den Hörer auf. Mit beiden Händen strich sie sich das Haar zurück. Meine Güte, war sie aufgeregt gewesen, und jetzt war sie mit Rod Bailey verabredet. Davor konnte sie sich nicht drücken.

Dusty ließ sich in einen Sessel fallen, griff wieder zu einer Zigarette.

Dieser Mann machte sie ganz schön fertig. Aber das Spiel war so aufregend und so neu. Plötzlich freute sich Dusty auf das Rendezvous. Wie sie sich kannte, würde sie viel zu früh bei ›Georgio‹ sein.

Auf einmal glaubte sie wieder, Rods freche, lachende Augen zu sehen. O ja, sie erinnerte sich ganz genau an die Begegnung bei ›Bloomingdale's‹.

Aber diesmal würde alles anders sein, das spürte Dusty. Und sie spürte gleichzeitig, dass dieser Mann sie wahnsinnig interessierte. Ob sie sich in ihn verlieben könnte? Dusty seufzte, wenn sie daran dachte. Und da war er wieder, dieser sehnsüchtige Traum nach Liebe und Zärtlichkeit, nach Händen, die sie streichelten . . .

Natürlich durfte ihr Vater nichts davon erfahren und auch nicht Avery Rule. Dusty würde einfach sagen, dass sie zu Florence fuhr. Und sie hatte plötzlich das Gefühl, dass ihr Treffen mit Rod ein ganz besonderer Abend werden würde.

❁

Als Dusty in einem schicken kurzen Kleid aus zitronengelber Seide das kleine Restaurant betrat, sah sie Rod schon an einem Fenstertisch sitzen. Wie er ihr zulächelte, als sie ihm entgegenging! Dusty hatte das Gefühl, weiche Knie zu bekommen. Meine Güte, sie war wirklich auf dem besten Weg, sich in diesen Burschen zu verlieben.

Höflich stand Rod auf, um Dusty zu begrüßen. Sekundenlang sah er sie mit diesem Lächeln an, das Dusty wie ein Streicheln berührte.

»Sie sind wirklich gekommen!«

»Ich hatte es versprochen«, sagte Dusty und setzte sich in den Sessel, den Rod ihr zurechtschob. »Ich will endlich, dass es mit dieser Geschichte ein Ende hat.«

Auch Rod nahm wieder Platz. »Ich dachte, jetzt fängt alles erst an«, sagte er.

»Sie haben vielleicht Nerven!« Nervös öffnete Dusty ihre Handtasche und zog eine Zigarettenpackung hervor. Rod gab ihr Feuer.

»Ich bin verliebt in Sie, Dusty, wissen Sie das nicht? Vom ersten Augenblick an, als ich Sie gesehen habe, war ich total in Sie verliebt. Ich musste Ihnen einfach nachgehen. Ich musste Sie nach Ihrem Namen fragen. Es war wie ein Zwang.«

»Haben Sie öfter diese Zwangsneurosen?«

Rod grinste. Auch er nahm sich eine Zigarette. »Noch nie mit dieser Intensität«, gestand er. »Ich sah Sie und war einfach weg.«

»Dafür waren Sie aber sehr präsent.« Dusty lächelte.

»War ich zu frech?«

Dusty seufzte leicht. »Sie haben mich ein bisschen überrumpelt.«

»Aber das wollte ich auch. Nur so konnte ich schließlich an Sie herankommen. Vielleicht wäre ich sogar mit Ihnen in den Lift gestiegen, wenn da nicht dieser Schrank von einem Mann aufgetaucht wäre.«

»Avery Rule«, sagte Dusty, »unser Chauffeur. Er hat von Dad den Auftrag bekommen, auf mich aufzupassen. Als wenn ich ein kleines Mädchen wäre.«

»Und Sie mögen es nicht, wenn jemand auf Sie aufpasst.«

»Überhaupt nicht«, erwiderte Dusty. »Ich will mein eigenes Leben leben, so wie ich es mir vorstelle.«

»Sehr richtig. Lassen Sie sich nicht unter Druck setzen. Tun Sie nur das, was Ihnen Spaß macht.«

Dusty sah in diese grauen Männeraugen, und plötzlich hatte sie den jähen Wunsch, in Rods Armen zu sein. Sie erschrak selbst bei dem Gedanken. War sie denn komplett verrückt geworden?

Der Ober kam an ihren Tisch, und die beiden entschlossen sich, einen Sherry vor dem Essen zu trinken. Im Nu wurden die Getränke serviert, und Rod trank Dusty zu. Wie er sie wieder dabei ansah . . . So, als wollte er sie mit seinen zärtlichen Blicken streicheln. Dusty rutschte nervös auf ihrem Sitz hin und her.

»Wäre es nicht möglich, dass Sie auch ein bisschen Sympathie für mich empfinden?« fragte Rod, als sie eine Weile geschwiegen hatten. »Das wäre fantastisch, Dusty. Es könnte doch sein, dass heute Abend etwas ganz Wunderschönes beginnt.«

»Sie sind ein verrückter Kerl«, sagte Dusty, aber sie sagte es mit einer unbestimmten Zärtlichkeit in der Stimme, die Rod nicht überhörte.

»Ich hoffe, Sie mögen verrückte Typen.«

»Ja«, antwortete Dusty. »Ja, ein bisschen.«

»Könnte mehr daraus werden?«

»Vielleicht.«

Rod hatte plötzlich den Wunsch, ganz allein mit Dusty zu sein, irgendwo, wo niemand sie stören konnte. Er empfand eine überwältigende Zärtlichkeit für dieses Mädchen, wie er sie noch nie gespürt hatte. Aber wohin sollte er mit ihr gehen?

Wenn er an seine schreckliche, unaufgeräumte Wohnung dachte, wurde ihm ganz schlecht. Ein Mädchen dieser Klasse in sein Apartment bringen? Unmöglich. Er musste sich sehr schnell etwas anderes ausdenken. Jedenfalls heute Abend wurde es nichts mit seinen hochfliegenden Plänen, soviel stand fest.

»Mein Vater ist sehr wütend geworden, als Sie zum ersten Mal im Rundfunk über mich gesprochen haben«, erzählte Dusty beim Essen. »Er hat so etwas gar nicht gern. Ich musste etwas tun, um das abzustellen.«

»Also nur deshalb sind Sie gekommen.« Rod sah so enttäuscht aus, dass Dusty lächeln musste.

»Nicht nur deshalb«, sagte sie schnell. »Ich wollte wissen, was Sie für ein Mensch sind.«

»Darüber könnte ich Ihnen eine ganze Menge erzählen. Aber das muss ja nicht hier sein.« Er sah sich flüchtig im Lokal um. »Wollen Sie nicht irgendwann mit zu mir kommen?«

War er denn übergeschnappt? Was redete er denn da? Er kannte doch sein Apartment.

Dusty sah ihn an, und zu Rods größtem Erstaunen sagte sie dann:

»Warum eigentlich nicht?«

»Morgen Abend?« fragte Rod sofort. »Sagen Sie ja, Dusty. Ich würde furchtbar gern mit Ihnen allein sein.«

Dusty spürte wieder diese innere Erregung, die sie ganz atemlos machte. Dieses Abenteuer reizte sie, und es reizte sie, dass es heimlich bleiben musste. Mein Gott, wenn Dad sie jetzt sehen könnte.

»Vielleicht morgen Abend, sagte sie. »Ich rufe Sie an, okay?«

»Bis morgen Mittag können Sie mich im Studio erreichen.«

»Ich rufe bestimmt an«, versprach Dusty, und als Rod ihr jetzt zulächelte, da spürte sie, dass sie genau das Richtige getan hatte. Meine Güte, sie war ja tatsächlich in diesen Burschen verliebt. Aber wie um alles in der Welt sollte das enden?

Rod schlief verdammt schlecht in dieser Nacht. Er musste immer wieder an Dusty denken. Nach dem Dinner hatten sie sich vor dem Restaurant verabschiedet, und Dusty hatte wiederholt, dass sie ihn anrufen würde. Aber was sollte dann werden?

Unmöglich konnte er Dusty in sein Apartment bringen, selbst wenn er Stunden damit verbringen würde, es aufzuräumen. Es hatte einfach keinen Stil. Es passte nicht zu Dustys Klasse. Diesem Mädchen musste man einen ganz anderen Rahmen geben. Aber wie sollte Rod das von jetzt auf gleich anstellen?

Gleich am nächsten Morgen rief er seinen alten Freund Gerry Dexter an. Er war der einzige gut betuchte Mann, den er wirklich gut kannte. In den letzten zwei Monaten hatten sie ein paarmal miteinander telefoniert. Aber irgendwie waren sie beide nicht dazu gekommen, einmal einen Drink zusammen zu nehmen.

Gerry hatte Rod erzählt, dass er ein hübsches Haus im Village gekauft hätte, direkt an der Washington Avenue. Sein Haus auf Long Island hatte er verkauft. Er wollte wieder in der City leben.

Gerry verdiente nicht schlecht als Börsen- und Finanzmakler, und Rod wusste das. In dieser Situation musste ihm der Freund einfach helfen, irgendwie. Gerry fiel immer etwas ein. Das war schon früher so gewesen.

Etwas verschlafen kam Gerry an den Apparat, als Rod ihn anrief, und Rod legte sofort los. Er erzählte ihm von der Klemme, in der er im Moment steckte. Dann hörte er Gerry lachen.

»Kein Problem, alter Junge. Du rufst genau zum richtigen Zeitpunkt an. Heute Nachmittag dampfe ich nach Europa ab. Ich habe eine Freundin, die ganz verrückt auf Paris ist. Ich werde vierzehn Tage mit ihr in Frankreich verbringen, und für diese Zeit stelle ich dir mein Haus zur Verfügung.«

»Das würdest du wirklich tun?« Rod konnte es kaum glauben.

»Warum nicht?« Rod hörte Gerry gähnen. »Das Haus steht sowieso leer. Du musst dich nur um Liberty kümmern, das ist die Auflage.«

»Wer, um alles in der Welt, ist Liberty? Rod hatte plötzlich ein unangenehmes Gefühl in der Magengegend.

Er hörte Gerry lachen. »Kein Tiger, oder so was, sei unbesorgt. Es ist nur ein Kater. Du wirst problemlos mit ihm zurechtkommen. Ich hätte ihn sonst in eine dieser Katzenpensionen geben müssen. Aber im Grunde ist das nichts für Liberty. Er ist die Freiheit gewöhnt. Er würde todunglücklich sein. Und irgendwie hänge ich an dem Vieh.«

Rod war erleichtert. »Liberty ist kein Problem«, sagte er. »Ich werde mich um ihn kümmern, als wäre er mein bester Freund. Darauf kannst du dich verlassen.«

»Ich lasse etwas im Kühlschrank zurück«, sagte Gerry. »Und im Übrigen wirst du dich schon in meinem Haus zurechtfinden. Den Schlüssel bringe ich dir später im Studio vorbei, okay?«

»Und wie kann ich dir das wieder gutmachen?«

»Reden wir nicht davon. Ich bin froh, wenn jemand auf das Haus aufpasst. Du weißt ja, was so alles in der City passiert. Besser, es ist jemand da, der sich um das Haus kümmert. Ich finde die Lösung ganz prächtig.«

»Ich auch«, sagte Rod. »Ich bin dir wahnsinnig dankbar. Vielleicht stehle ich dir eines Tages dafür die Freiheitsstatue oder so was.«

»Abgemacht«, sagte Gerry. »Darauf komme ich zurück. Wir sehen uns später, Rod.«

Als Rod den Hörer auflegte, hätte er am liebsten etwas ganz Verrücktes getan vor Freude. Er kannte Gerry. Er lebte im großen Stil. Sein Haus würde entsprechend eingerichtet sein, und Dusty würde sich wundern. Jetzt konnte Rod ganz unbeschwert an den Abend denken und an dieses zauberhafte Mädchen, mit dem er ganz allein sein würde. Es gab überhaupt keine Probleme mehr. Vielleicht lag die wundervollste Nacht seines Lebens vor ihm. Wenn Dusty nur anrief . . .

Aber das tat sie, kaum dass Rod eine Stunde im Studio war, und sie verabredeten sich für acht Uhr abends am Eingang des Washington Arch. Ganz in der Nähe musste das Haus liegen, das Gerry gehörte. Aber die nötigen Informationen darüber würde er noch bekommen. Gerry würde ihn nicht im Stich lassen.

Gerry erschien zur Lunchzeit und gab Rod die Schlüssel, wie er es versprochen hatte. Er nannte ihm die genaue Adresse und beschrieb ihm das Haus.

»Ich habe zwei Flaschen Champagner in den Kühlschrank gestellt«, erklärte Gerry dann und schlug Rod freundschaftlich auf den Oberarm. »Es soll euch an nichts fehlen. Ich hoffe, du kommst voll auf deine Kosten, Rod.«

»Das ist kein Mädchen für eine Nacht«, sagte Rod. »Ich bin wahnsinnig in Dusty verliebt. Ich bin ganz verrückt nach ihr.«

»So muss es auch sein, sagte Gerry. »Ich bin im Augenblick auch ganz verrückt nach Ireen. Schätze, Paris wird uns gefallen.«

»Ich spiele jedes Lied für deine Ireen, wenn ihr wieder zurück seid«, versprach Rod. »Was immer sie will.«

Gerry grinste. »Falls ich noch mit Ireen zusammen bin, wenn wir zurück sind«, sagte er. »Im Augenblick bin ich zwar heiß entflammt, aber in vierzehn Tagen kann sich das gelegt haben. Du weißt ja, dass ich kein Mann bin, den man lange festhalten kann. Sprechen wir also darüber, wenn ich zurück bin.«

»Okay«, sagte Rod. »Wie du willst, Gerry. Auf jeden

Fall danke ich dir, und ich bin zu jeder Revanche bereit.«

Gerry nickte. »Wer weiß, wozu ich dich noch brauchen kann. Auf alle Fälle macht euch eine schöne Zeit, und pass auf dich auf, alter Junge.«

»Keine Sorge«, antwortete Rod. »Ich weiß ganz genau, was ich zu tun habe.«

❁

Der helle Klinkerbau wirkte sehr nobel in seiner gediegenen Architektur, mit langen französischen Fenstern und einem ausladenden Erker. Der große Garten war auf europäische Art eingezäunt. Hohe Büsche und Bäume gaben ihm etwas Romantisches. Rod war beeindruckt, aber da wusste er noch nicht, was auf ihn zukam.

»Wie schön«, sagte Dusty. »Ein wunderschönes Haus haben Sie. Sie müssen eine Menge Geld verdienen als Moderator.«

»Man lebt so«, entgegnete Rod lässig, »obwohl mein Gehalt nicht gerade üppig ist. Gewisse Spekulationen an der Börse, wissen Sie.«

Herrgott, was sollte er sonst sagen? Er war ja selbst überrascht, dieses pompöse Haus zu sehen. Gerrys Bankkonto schien in den letzten Jahren nicht gerade abgenommen zu haben.

»Sie spekulieren an der Börse?« Dusty war überrascht.

»Sagen wir, ich kenne jemanden sehr gut, der etwas davon versteht.« Rod lächelte wieder so jungenhaft, dass Dusty dieses Lächeln einfach erwidern musste.

Sie sah süß aus an diesem Abend in einem weißen Baumwolltop und einem kurzen roten Jeansrock. Sie trug dazu weiße Sandalen mit Korkabsätzen, die ihre gebräunten schlanken langen Beine noch aufregender aussehen ließen. Das Haar hatte sie zu einem Zopf geflochten, der über ihre linke Schulter fiel. Sie wirkte sehr jung. Rod war ganz hingerissen gewesen, als er sie am Washington Arch abgeholt hatte.

»Nun wollen wir aber endlich zu unserem Drink kommen«, meinte Rod und schloss die Haustür auf. Das war entschieden die leichteste Übung dieses Abends, wie er bald feststellen sollte.

Das Problem, den Lichtschalter zu finden, war ebenfalls schnell gelöst. Als die Deckenbeleuchtung aufflammte, bekam Rod einen gehörigen Schreck. Ein kitschiger Kristalllüster hing von der Decke herab, den Gerry auf irgendeinem Trödelmarkt aufgegabelt haben musste. Und überhaupt ... Wie die Diele aussah!

Weinrote Seidentapeten mit silbernen Schnörkeln darauf und einen langen Spiegel im Goldrahmen gab es hier, der von zwei fliegenden Engeln gehalten wurde. Schlagartig wurde Rod an ein Bordell in New Orleans erinnert, in das sein Freund Tom ihn einmal geschleppt hatte. Fluchtartig hatte Rod das Etablissement wieder verlassen. Damals war er erst achtzehn gewesen.

Dusty stand da und wusste nicht recht, was sie sagen sollte. Diese Diele verschlug ihr glatt den Atem, und Rod fragte sich beklommen, wie der Rest des Hauses aussehen mochte. Erst jetzt entdeckte er die Figur, die rechts neben dem Spiegel stand.

»Was ... ist das?«

Rod grinste verlegen, sah das braune weibliche Monstrum an, das große spitze Brüste hatte, einen vorgewölbten Bauch und ein merkwürdig spitzes Hinterteil.

»Sieht aus wie eine afrikanische Fruchtbarkeitsgöttin, oder?«

Dusty sah ihn überrascht an. »Das müssen Sie doch wissen. Es ist Ihr Haus.«

Rod fuhr sich nervös durch das Haar. »Es ist eine afrikanische Fruchtbarkeitsgöttin«, meinte er. »Aber kommen Sie, gehen wir rein.«

Da gab es ein Problem. Drei Türen mündeten in die Diele und eine Treppe, die zum oberen Stockwerk führte. Welche Tür, zum Teufel, ging in den Livingroom? Rod erkannte in diesen Sekunden, dass er etwas Entscheidendes versäumt hatte. Er hätte am Nachmittag hierher fahren und sich das Haus ansehen sollen.

Dazu war es jetzt zu spät. In der Hoffnung, das Richtige zu tun, öffnete Rod die erstbeste Tür und sah sich einer blitzblanken, aufgeräumten Küche gegenüber. Dusty runzelte leicht die Stirn.

»Nehmen Sie Ihre Drinks immer in der Küche ein?«

Wieder grinste Rod verlegen. »Es war wohl mein Drang nach Champagner«, sagte er.

Bei der nächsten Tür hatte er mehr Glück. Aber allmählich war er nervös geworden, als er Dusty in den Wohnraum führte, weil er nicht wusste, was ihn erwartete. Das Zimmer hatte gewaltige Ausmaße und war ganz anders eingerichtet, als Rod gedacht hatte. Der ganze Raum strahlte in blendendem Weiß, kühl und antiseptisch sozusagen.

Das Beste darin war noch die weiße Ledergarnitur, die um einen Glastisch gruppiert war. Rod führte Dusty zur Couch und hoffte nur, dass sie die Stehlampe nicht sah. Aber sie stand dekorativ im Erker und war unübersehbar. Es war eine längliche Neonröhre, die entschieden an einen Phallus erinnerte. Rod hatte das Gefühl, dass ihm der Kragen seines Polohemdes zu eng wurde.

Und dann bemerkte er dieses schreckliche Bild an der Wand. Leda mit dem Schwan offensichtlich. Mein Gott, wohin war er hier bloß geraten? Was war mit Gerry los? Hatte der Junge total den Verstand verloren? Dachte er wirklich immer nur an das Eine? Und musste das jeder gleich mitkriegen, der in dieses Haus kam?

Dusty saß auf der Couch und sagte gar nichts. Sie sah sich um, ließ offenbar diesen Raum auf sich wirken und

Rod fand, dass es an der Zeit wurde, den Champagner auf den Tisch zu bringen. Was würde ihn in diesem Haus sonst noch alles erwarten?

»Ich hole jetzt den Champagner«, sagte Rod und lächelte. »Ein kleiner Drink wird uns gut tun, was meinen Sie, Dusty?«

»Haben Sie das Haus selbst eingerichtet?« Dusty schien im Augenblick nicht an Champagner interessiert zu sein.

»O nein, natürlich nicht. Ich hatte einen Innenarchitekten. Er hat einen etwas ausgefallenen Geschmack, aber ich wusste nicht, wie ich den Burschen wieder loswerden sollte. Er hat mich eine Menge Geld gekostet.«

»Das will ich gern glauben«, sagte Dusty. Sie sah wieder zu dieser seltsamen Stehlampe hin. »Der Mann muss irgendwelche Probleme gehabt haben.«

»Habe ich auch gedacht. Das war genau meine Meinung.«

»Sie wollten sicherlich etwas sehr Originelles, nicht wahr?«

»Ja, genau. Der Mann muss mich total falsch verstanden haben. Also wie ist es jetzt mit einem Glas Champagner?«

Dustys Blick kehrte zu Rod zurück. »Haben Sie nichts anderes in Ihrer Hausbar?«

»Mögen Sie etwa keinen Champagner?«

»Ich werde leicht ein bisschen tipsy davon«, gestand Dusty lächelnd. »Ein kleiner Gin-Tonic wäre besser. Ich meine, wenig Gin und viel Tonic.«

»Ich muss gestehen, dass ich gar nicht weiß, was ich noch im Haus habe.« Rod sah sich diskret um. Wo um alles in der Welt war die Bar? Es musste doch so etwas in diesem Raum geben.

»Wie wär's, wenn Sie nachsehen würden?« Dusty lächelte noch immer.

»Also, ich war total auf Champagner eingestellt«, sagte Rod. »Sie müssen ja nicht eine ganze Flasche trinken.«

Dusty nahm sich eine Zigarette aus ihrer Packung und zündete sie an, ehe Rod dazu kam, ihr Feuer zu geben.

»Also gut, trinken wir ein Glas Champagner.«

Rod verschwand in der Küche. Der Champagner stand im Kühlschrank, wie Gerry versprochen hatte. Es waren auch sonst noch ein paar nette Kleinigkeiten da. Eine Dose Kaviar, geräucherter Lachs, Schinken, Käse und Butter. Rod beschloss, sich zunächst auf den Champagner zu beschränken. Er nahm eine Flasche heraus und entkorkte sie. Dann kehrte er in den Living-room zurück. Dusty musterte gerade interessiert das Leda-Bild an der Wand.

»Hier ist der Veuve Cliquot. Ich bin sehr froh, dass Sie da sind, Dusty. Ich freue mich schrecklich«, sagte Rod.

Dusty lächelte ihm entgegen. »Wäre nett, wenn wir auch Gläser hätten.«

»Ich bin wirklich ein miserabler Gastgeber«, meinte er und stand vor einem neuen Problem. Warum hatte Gerry ihm nicht gesagt, wo er seine verdammten Gläser aufbewahrte? Rod ging auf den weißen länglichen Schrank zu und öffnete eine Tür. Der Schrank war voll gestopft mit Akten, und Rod schloss die Tür wieder.

»Also, meine Haushälterin räumt ewig um«, sagte er und lächelte wieder. »Wo hat sie denn jetzt die Gläser bloß wieder hingestellt?«

»Sehen Sie doch mal da drüben in der Vitrine nach«, schlug Dusty vor.

Das tat Rod, und tatsächlich fand er dort jede Menge Trinkgläser. Mit zwei Champagnerkelchen kam er zum Tisch zurück und füllte sie. Kritisch sah Dusty ihn an.

»Kommt Ihre Haushälterin öfter?«

»So zwei-, dreimal in der Woche.« Rod setzte sich neben sie auf die weiße Ledercouch. Er hob sein Glas und stieß mit Dusty an. »Willkommen an Bord, Dusty Whitman.«

Dusty lächelte. »Ich habe ein bisschen Herzklopfen«, gestand sie. »Normalerweise gehe ich nicht so ohne weiteres zu einem Junggesellen in die Wohnung.«

»Dies ist kein Normalfall«, erwiderte Rod. Mit der Fingerspitze strich er leicht über Dustys Arm. »Ich wünschte, Sie wären auch ein bisschen in mich verliebt, Dusty.«

Sie hatte ihr Glas wieder abgesetzt und drückte ihre Zigarette in dem Kristallaschenbecher aus, der auf dem Tisch stand. Das war auch so ein Monstrum aus vergangenen Zeiten.

»Vielleicht bin ich sogar ein bisschen in Sie verliebt«, gestand Dusty. »Ich finde es jedenfalls sehr aufregend, hier zu sein.«

»Und ich finde, dass Sie das schönste Mädchen sind, das ich je gesehen habe. Was ich damals über den Sender gesagt habe, stimmt. Ich bin wahnsinnig in dich verliebt, Dusty.«

Als Rod das so sagte mit seiner warmen, tiefen Stimme, vergaß Dusty die schreckliche Diele und diesen Raum. Sie sah nur noch Rods Augen, und sie spürte, dass er es ernst meinte. Warum um alles in der Welt küsste er sie nicht endlich? Sie wollte es doch so sehr.

Rods Blick blieb an Dustys nackten Knien hängen. Ihr Rock war etwas hochgerutscht, und Rod hatte das Bedürfnis, seine Hand auf ihren Oberschenkel zu legen, ihn zärtlich zu streicheln. Wie diese weiche, seidige, gebräunte Haut ihn dazu verführte.

»Hast du schon viele Mädchen hierher gebracht?« fragte Dusty. »Sag mir die Wahrheit, Rod.«

»Ich hatte ein paar Bekanntschaften, aber es war nichts Gravierendes. Dieses Haus ist sozusagen noch jungfräulich. Irgendwie habe ich immer auf dich gewartet, Dusty.«

»Nun sag mir nur nicht, dass ich anders bin als all die anderen Mädchen, die du kennen gelernt hast.«

»Aber es ist so, ich schwöre es dir. Du bist etwas ganz Besonderes. Ich möchte sehr sanft und zärtlich zu dir sein, wenn du es willst, Dusty.«

Dusty nahm wieder einen Schluck aus ihrem Glas, und wieder lächelte sie Rod zu.

»Ich mag Zärtlichkeit«, sagte sie.

Rod nahm sie in die Arme. Es geschah ganz selbstverständlich. Er streichelte Dustys Gesicht und sah sie verliebt an, ehe er sie küsste. Seine Zunge glitt zwischen ihre feuchten, warmen Lippen. Es durchfuhr Dusty wie ein elektrischer Schlag. Bis tief unten in ihrem Bauch spürte sie es.

Da war ein Prickeln und Ziehen in ihrem Leib, eine innere Spannung, die sie ganz verrückt machte. Immer leidenschaftlicher und heißer küssten Rod und sie sich, als müssten sie schon auf diese Weise die Spannung lösen, die sich in beiden angestaut hatte.

Rod begann, Dusty zu streicheln. Seine Hand wanderte über ihren Arm, hinauf zu ihren Brüsten, die sich so verlockend unter dem dünnen Top abzeichneten. Sie glitt in ihren runden Ausschnitt, spürte die zarte, straffe Haut ihrer Brust, die harte, erregte Brustspitze, und Dusty stöhnte auf.

Eine Erregung erfasste sie, wie sie sie noch nie empfunden hatte. Sie nahm total Besitz von Dusty, erfüllte ihren ganzen Körper. Dieses Gefühl war unbeschreiblich, und Dusty gab sich ihm ganz hin.

»Magst du es, wenn ich dich streichle?« flüsterte Rod, als seine Lippen über Dustys Hals glitten. »Sag mir, dass du es gern hast, Dusty.«

»Ich mag es, Rod, ich mag es sehr.« Ganz heiser war Dustys Stimme.

Wieder küsste Rod sie, und wieder umspielten sich ihre Zungen heiß und wild. Und da war plötzlich eine Sehnsucht in Dusty, die sich nicht zurückdrängen ließ, der Wunsch, ganz mit Rod zusammen zu sein. Sie mochte seinen verlangenden Blick, seinen Mund, seine Hände, die sie streichelten.

Auch Rod spürte, wie seine Erregung an einem Punkt angekommen war, wo es kein Zurück mehr gab. Er wollte Dusty ganz und gar spüren, wollte vollkommen mit ihr zusammen sein. Seine Hand strich bedächtig an der Innenseite ihres Oberschenkels hoch, näherte sich ganz langsam, ganz erwartungsvoll ihrem süßen, feuchten Schoß, der von einem winzigen Spitzenslip bedeckt wurde.

Als Rod seine Finger in ihren Slip schob, stöhnte Dusty wie der auf. Wie von selbst öffnete sie sich diesen zärtlichen Fingern, die sie erforschten. Und unter Rods sanften, gleichmäßigen Berührungen wäre sie fast zum Höhepunkt gekommen.

Dusty umschlang Rod. Ihre Hände glitten unter sein Polohemd, berührten heiße Haut, krause blonde Haare auf seiner Brust. Das erregte Dusty noch mehr.

»Du bist wunderschön, Dusty. Ich möchte dich nackt ganz nah bei mir haben. Du willst es doch auch, nicht wahr? Du willst doch, dass wir uns lieben, Dusty?« fragte Rod heiser.

Dusty nickte zwischen zwei Küssen. »Spürst du es nicht, Rod? Oh, mein Gott, und wie sehr ich es will!«

»Ich habe auch ein Schlafzimmer, sagte Rod, während seine Zunge zärtlich Dustys Ohrläppchen umspielte.

»Ich brauche kein Bett dazu«, erwiderte sie. »Lass es uns hier tun, jetzt und gleich.«

Sie streichelten und küssten sich, während sie sich gegenseitig auszogen, und Dusty sah, wie stark und erregt Rod war. Auch sie wollte ihn streicheln und berühren, bis Rod aufstöhnte und sich über sie warf. Sie waren beide nackt und fiebernd vor Erregung, und wie von selbst öffnete Dusty ihre Schenkel, damit Rod ganz zu ihr kommen konnte. Er tat es behutsam und sanft, bis Dusty ihn fest und tief in sich spürte. Ihr Körper drängte sich an seinen Körper, seinen Bewegungen entgegen, sie lagen Haut an Haut, Mund an Mund.

Dustys Hände fuhren über Rods Rücken und weiter hinunter. Sie wollte ihn noch fester, noch enger auf sich spüren. Eine heiße Welle überflutete Dusty. Sie genoss es bis zum Wahnsinn, so ganz eins zu sein mit diesem Mann, in den sie sich so spontan verliebt hatte.

Sie kam nicht gleich zum Höhepunkt. Sie war zu erregt, zu aufgeregt, und Rod musste sich zurückhalten mit seinen sanften und doch kräftigen Stößen, bis Dusty endlich so weit war, bis sie mit einem leisen Aufschrei kam und glaubte, innerlich zu explodieren . . .

Sekunden später kam auch Rod. Er stöhnte wild auf und umklammerte Dusty, als wolle er sie nie wieder loslassen, und Dusty hatte plötzlich das Gefühl, das Bewusstsein zu verlieren in diesen Sekunden der allerhöchsten Lust.

❁

Als es vorbei war, als Rod sie streichelte und zärtlich lächelnd neben ihr lag, da war es Dusty, als erwache sie aus dem schönsten Traum, den sie je gehabt hatte. Aber es war ja kein Traum. Es war alles wundervolle Wirklichkeit. Mit einem ganz weichen, neuen Ausdruck in den Augen sah Dusty den Mann neben sich an.

»Es war noch nie so«, flüsterte sie. »O Rod, ich bin so glücklich.«

»Ich liebe dich, Dusty, ich liebe dich«, flüsterte Rod.

Und glaube mir, das habe ich noch keinem anderen Mädchen gesagt.«

Sie sah ihn verwundert an. »Das hast du noch nie gesagt?«

»Nein«, antwortete Rod.

»Aber was sagt man denn sonst in solchen Minuten?«

Rod lachte leicht und berührte sanft Dustys Brust. »Man sagt alles Mögliche, aber eine richtige Liebeserklärung ist mir noch nicht über die Lippen gekommen. Vielleicht bin ich zu ehrlich dazu. Ich war ja auch noch nie so verliebt, Dusty.«

Sie legte den Kopf auf das weiße Lederpolster zurück. »Stimmt das wirklich, Rod?«

»Ich schwöre es. Ich möchte dich für immer so bei mir haben, und ich möchte immer so zärtlich zu dir sein. Willst du nicht heute Nacht bei mir bleiben?«

Erschrocken richtete Dusty sich auf. »Das ist ganz ausgeschlossen. Ich würde den größten Ärger bekommen. Mein Vater ist in diesen Dingen sehr eigen. Er ist ein bisschen spleenig. Ich bin seine einzige Tochter, weißt du, und er hält es einfach nicht für möglich, dass ich solche Dinge tue.«

Rod lachte und zog Dusty zu sich hinunter. Er küsste sie. »Er wird sich daran gewöhnen müssen«, meinte er.

Dusty seufzte. »Ich weiß nicht, was er sich denkt. Er glaubt bestimmt, dass ich noch unschuldig und unberührt bin.«

»Mit wem hast du vor mir geschlafen?«

»Da war ein Collegefreund«, gestand Dusty. »Aber lass uns jetzt nicht darüber reden. Es war nicht so wie mit dir. Erst jetzt weiß ich, wie wundervoll es sein kann.«

Sie legte ihren Kopf auf Rods Brust. Sekundenlang lagen sie so aneinander geschmiegt da und schwiegen, und in diesem Schweigen waren sie sich ganz nahe, bis Dusty plötzlich aufstand.

»Ich wüsste gern, wo das Bad ist.«

Ich auch, dachte Rod und setzte sich auf. »Wollen wir es gemeinsam suchen?« versuchte er zu scherzen.

»Du und deine Ideen!« Dusty fasste nach seiner Hand.

Nackt gingen sie über den Flur und Rod öffnete aufs Geratewohl eine Tür.

»Das ist nicht das Bad«, sagte er. »Sieht wie ein Arbeitszimmer aus, was meinst du?«

Dusty lachte leicht. »Ich muss jetzt wirklich ins Bad.«

Als Rod die nächste Tür öffnete, waren sie im Schlafzimmer. Im Gegensatz zum Living-room war das Schlafzimmer ganz in Schwarz gehalten, und Rod bekam wieder einen gehörigen Schreck. Gerry musste wirklich verrückt sein.

In diesem Moment entdeckte Rod auf dem schwarzen Satin, der das Wasserbett bedeckte, den beige-braunen Kater. Auch Dusty sah ihn an.

»Du hast mir nicht erzählt, dass noch jemand im Haus ist.«

»Das ist Liberty«, erklärte Rod, »mein Kater. Habe ich dir tatsächlich nicht von ihm erzählt?«

Verdammt, er hatte das kleine Biest glatt vergessen gehabt! Rod ging auf das Bett zu und streckte schmeichelnd die Hand aus.

»Komm her, Liberty, sag mir guten Abend. Sag deinem Herrchen guten Abend.«

Der Kater legte die Ohren zurück und fauchte. Er saß da wie zum Sprung bereit und sehr angriffslustig. Dusty, die Rod gefolgt war, wich erschrocken an die Tür zurück.

»Sieht nicht so aus, als wäre er von dir begeistert.«

Rod spürte, wie ihm der Schweiß auf die Stirn trat. »Mach kein Theater, Liberty! Was ist los mit dir? Erkennst du dein Herrchen nicht?«

Wieder fauchte der Kater. Es sah aus, als wollte er Rod im nächsten Moment anspringen.

»Lass ihn doch«, sagte Dusty schnell. »Der Bursche scheint heute Abend nicht bei Stimmung zu sein.«

»Sieht ganz so aus«, meinte Rod und ihm wurde plötzlich bewusst, dass er nackt war. Wenn dieser verflixte Kater ihn wirklich ansprang ... Besser, er zeigte Dusty das Bad.

Es lag zum Glück genau dem Schlafzimmer gegenüber, und Dusty ging als Erste hinein. Rod nahm sich im Schlafzimmer einen dunkelgrünen Frotteemantel vom Haken und zog ihn über. Der Kater beobachtete ihn, und Rod bekam langsam Wut. Was bildete diese Wildkatze sich ein? Er würde ihm schon zeigen, wer der Herr war.

»Los, runter vom Bett, Liberty«, befahl er. »Oder ist das vielleicht dein Stammplatz?«

Liberty reagierte nicht. Seine mandelförmigen grünlichen Augen fixierten Rod, und Rod fragte sich wieder, auf was für ein Abenteuer er sich da eingelassen hatte. Das konnte ja noch heiter werden!

Als Dusty aus dem Bad kam, hatte sie die Arme vor der Brust verschränkt. Sie sah zu dem Kater hin, der noch immer auf dem Bett saß.

»Ich sollte irgendetwas überziehen. Was meinst du?«

Rod ging auf den Kleiderschrank zu, öffnete ihn. Er fand einen seidenen kaffeebraunen Hausmantel und warf ihn Dusty zu.

»Zieh das an, Liebling. Er wird dir viel zu groß sein, aber du wirst trotzdem wundervoll darin aussehen.«

Dusty zog den Morgenmantel über und verknotete den Gürtel in der Taille. Ihr locker geflochtener Zopf hatte sich gelöst. Dusty schob ihn ganz mit den Händen auseinander und warf das Haar über die Schultern zurück. Süß und jung und sehr begehrenswert sah sie aus.

»Ein komischer Kater ist das«, meinte sie, »Wie kann er dich nur so feindselig behandeln! Was ist nur mit ihm los?«

»Ich . . . ich werde später ein paar passende Worte mit ihm reden«, stotterte Rod. »Er scheint heute wirklich nicht gut drauf zu sein.«

Dusty musterte das Bett. »Du hast mir gar nicht erzählt, dass du ein Wasserbett hast. Ich habe noch nie auf einem Wasserbett geschlafen.«

»Ach, das Wasserbett«, meinte Rod wegwerfend. »Das ist doch nichts Besonderes.«

»Und dieser Spiegel an der Decke!« Dusty blickte hinauf, und Rod hatte wieder das Gefühl, einen Schlag in die Magengrube zu bekommen. Verdammter Gerry, dachte er.

»Lass uns wieder hinübergehen, Baby.« Rod legte Dusty den Arm um die Schultern. Liberty sprang mit einem fauchenden Satz vom Bett und flitzte zur Tür hinaus. Erschrocken klammerte sich Dusty an Rod fest.

»Der Kater macht mir Angst.«

»Normalerweise ist er ein richtiger Schmusekater«, versicherte Rod. »Ich weiß auch nicht, was heute mit ihm los ist.«

»Vielleicht ist er eifersüchtig.«

»Schon möglich.« Rod führte Dusty in den Livingroom zurück, wo der Champagner noch auf sie wartete. Sie setzten sich wieder auf die weiße Ledercouch, und Rod wollte die Gläser neu füllen. Dusty legte die Hand auf seinen Arm.

»Lass uns aus einem Glas trinken«, sagte sie verliebt. »Ich habe noch nie mit einem Menschen aus einem Glas getrunken.«

»Ich auch nicht«, gestand Rod. »Normalerweise würde ich das auch nicht tun. Aber mit dir aus einem Glas zu trinken, muss wundervoll sein.«

Sie taten es, und sie küssten sich danach, und dann zündete Rod zwei Zigaretten an und reichte eine davon Dusty.

»Am liebsten würde ich dich gar nicht wieder weglassen, sagte er. »Ist es nicht herrlich, so etwas Großartiges miteinander zu erleben?«

»Es ist das Schönste, was es gibt«, erwiderte Dusty, und dann sah sie den Kater wieder. Er war auf den weißen Schrank gesprungen und beobachtete die beiden Menschen aus schmalen Augen. Wieder klammerte sich Dusty an Rod fest.

»Der Kater«, sagte sie.

»Ich habe ihn schlecht erzogen«, meinte Rod. »Komm sofort da herunter, Liberty.«

Aber natürlich dachte der Kater gar nicht daran, dem Befehl zu folgen. Er saß da, als wäre er ein Stofftier, total regungslos. Aber Rod fühlte sich unbehaglich unter seinem Blick. Wirklich, da hatte er sich auf etwas Schönes eingelassen.

»Diese Magazine im Bad«, sagte Dusty plötzlich. »Sie sind scheußlich. Ich habe nicht gedacht, dass du so etwas liest und dir solche Bilder ansiehst.«

Wieder war es Rod, als hätte eine kleine Detonation neben ihm stattgefunden.

»Von welchen Magazinen sprichst du, Liebling?«

»Diese Sexblätter«, erwiderte Dusty.

Warte, wenn du zurückkommst, Gerry, dachte Rod. Wenn ich dich in die Finger kriege, Bursche!

»Ach, diese Magazine.« Rod überlegte krampfhaft. »Die muss . . . Claire vergessen haben.«

Dusty rückte von ihm ab. »Claire?«

»Meine Haushälterin.«

Dusty, die eben einen Schluck aus dem Champagnerglas hatte trinken wollen, setzte es abrupt auf dem Tisch ab.

»Deine Haushälterin liest Sex-Magazine?«

»Ja, sie ist ein bisschen frivol. Sie hat eine kleine Macke.«

»Sie muss eine große Macke haben«, entgegnete Dusty. »Wenn sie in deinem Bad sitzt und sich Sex-Magazine ansieht.«

Rod seufzte gottergeben. »Sie hat vielleicht irgendeinen Nachholbedarf. Ich weiß es nicht. Ich bin ja meist nicht hier, wenn sie da ist. Aber sie ist schon ein verrücktes Huhn, diese Claire.«

Was um alles in der Welt musste ihm jetzt noch an Ausreden einfallen? Rod war es nicht gewöhnt zu improvisieren. Jetzt wurde ihm auf diesem Gebiet einiges abverlangt.

Aber war das alles wichtig? Wichtig war doch nur, dass Dusty hier war, dass er sie in seinen Armen hielt. Er hatte dieses Mädchen haben wollen, und jetzt war es bei ihm. Rod war verliebt wie noch nie in seinem Leben.

Sie tranken Champagner, und sie redeten miteinander. Darüber vergaßen sie ganz, dass sie überhaupt noch kein Dinner gehabt hatten. Sie wollten so viel voneinander wissen, und allmählich wurde es Rod klar, dass die Geschichte mit Dusty nicht einfach sein würde. Da waren ihr strenger Vater und dieser Chauffeur, der sie bewachte. Aber es schien Dusty Spaß zu machen, den beiden zu entkommen. Sie genoss es förmlich.

»Ich habe das ganze Wochenende frei«, sagte Rod irgendwann, »und ich werde es für dich reservieren, Baby. Was hältst du davon?«

Dusty seufzte. »Da werde ich mir aber etwas einfallen lassen müssen, Vielleicht kann ich vorgeben, mit Florence aufs Land zu fahren. Ihre Eltern haben dort ein Haus und Pferde. Ich könnte sagen, dass ich wieder mal reiten will.«

»Sag alles, was du willst, Liebling, aber komm zu mir.

Wir werden das schönste Wochenende der Welt miteinander verbringen.«

Dusty schmiegte sich wieder an Rod. »Nur du und ich in deinem Haus, nicht wahr?«

»Ja«, sagte Rod. »Nur wir zwei allein.«

Dusty sah zum Schrank hin. »Und Liberty«, fügte sie unbehaglich hinzu.

»Er wird uns nicht stören, verlass dich darauf. Er ist normalerweise wirklich ganz sanft. Nur heute hat er einen schlechten Tag.«

Wieder sah Dusty nachdenklich zu dem Kater hin. »Man könnte fast meinen, er kennt dich gar nicht.«

Rod lachte und griff nach dem Glas. »Katzen können sich verstellen. Weißt du das nicht? Sie sind sehr eigenwillig. Und heute ist Liberty besonders kompliziert. Aber das gibt sich wieder. Denk nicht mehr an ihn. Denk an mich, Darling.«

»Ich mag es nicht, wenn er mich so ansieht. Ich hab' ein bisschen Angst vor ihm.«

»Lassen wir ihn hier allein. Gehen wir ins Schlafzimmer. Was meinst du? Da ist mein Wasserbett . . .«

»Ich bin ganz wild auf dein Wasserbett«, flüsterte Dusty und stand auf.

✿

Norman Whitman erwachte, als er einen Schuss hörte. Verschlafen sah er zum Fernseher hin und schaltete ihn aus. Er war über dem Programm eingeschlafen. Als er zur Uhr sah, stellte er fest, dass es fast halb eins war.

Norman stand auf und reckte sich, Es war ein bisschen viel gewesen in letzter Zeit, viel Arbeit und viele Partys. Da konnte es schon einmal vorkommen, dass man vor dem Fernseher einschlief.

Norman öffnete die Tür zur Terrasse und ging in den

Garten hinaus. Er wollte vor dem Schlafengehen noch ein bisschen frische Luft schnappen. Noch vor ein paar Jahren hatte er jeden Morgen um sechs Uhr drüben im Central Park gejoggt. Aber das hatte er inzwischen aufgegeben. Es war ihm zu anstrengend und machte ihm auch keinen rechten Spaß mehr.

Die Nacht war warm und der Mond schien. Keine Wolke war am Himmel zu sehen. Norman atmete tief durch, und rein zufällig blickte er zu den Garagen hin. Er endeckte, dass in einer der Garagen Licht brannte, und ging darauf zu.

Bestimmt bastelte Oscar wieder an seinem alten Oldtimer herum. Darüber konnte er Zeit und Raum vergessen.

Oscar war seit fünf Jahren im Hause. Er fungierte als eine Art Butler und hatte die Oberaufsicht über das Personal, die Köchin, die Haushälterin, die Zimmermädchen und die Zugehfrauen, den Chauffeur und den Gartner. Oscar hatte nur eine Leidenschaft. Das war sein alter Bugatti, Baujahr 1923. Er hatte ihn von seinem Großvater geerbt, und er liebte den Wagen wie ein Kind.

Oscar war Mitte fünfzig und noch sehr gut erhalten. Gelegentlich verschwand er mit seinem Bugatti für zwei Tage, und niemand wusste, wo er sich dann aufhielt. Aber Norman vermutete, dass irgendeine Frau dahinter steckte. Doch das war etwas, was ihn nichts anging.

Oscar lag unter seinem Wagen, als Norman in die Garage kam. Aus dieser Perspektive sah Oscar nur die Schuhe und die Hosenbeine seines Chefs. Er schob sich unter dem Wagen hervor und stand auf, wischte sich die Hände an einem Tuch ab und lächelte verlegen.

»Immer noch auf, Chef?«

»Ich bin vor dem Fernseher eingeschlafen«, erklärte Norman.

»Das soll schon anderen passiert sein.« Oscar grinste. »Irgendetwas nicht in Ordnung, Chef?«

Norman stellte fest, dass der Sportwagen seiner Tochter nicht an seinem Platz stand.

»Wo ist der Ferrari?«

»Miss Dusty ist heute Abend damit weggefahren. Soviel ich weiß, wollte sie zu Miss Gale.«

»Und sie ist immer noch nicht zurück?«

»Ich befürchte, nein.«

Norman runzelte die Stirn, »Wissen Sie, wie spät es ist, Oscar?«

»Kurz nach halb eins, Sir.«

»Nun lassen Sie das mit dem Sir, Oscar. Wir sind hier nicht im Weißen Haus. Wo, um alles in der Welt, steckt meine Tochter? Sie kann sich doch nicht so lange bei ihrer Freundin aufhalten.«

Oscar lächelte wieder. »Wenn junge Mädchen zusammensitzen, haben sie sich meist eine Menge zu erzählen. Darüber kann man schon mal die Zeit vergessen.«

»Irgendetwas stimmt da nicht, sagte Norman. »Wer weiß, wo sie sich mit dieser Florence herumtreibt! Hoffentlich ist ihr nichts passiert.«

»Bestimmt nicht, Mr. Whitman. Oscar versuchte, seinen Chef zu besänftigen. Er kannte ja Normans fixe Idee, dass Dusty eines Tages entführt werden könnte.

»Ob ich mich mal bei Florence erkundige? So spät ist Dusty noch nie nach Hause gekommen, wenn sie eine Freundin besuchte. Und von einer Party war doch nicht die Rede, oder?«

»Nicht, dass ich wüsste, Mr. Whitman. Aber ich glaube nicht, dass es taktisch klug wäre, jetzt bei Miss Gale anzurufen, wenn ich mir die Bemerkung erlauben darf. Miss Dusty ist schließlich erwachsen. Sie wird schon wissen, was sie tut.«

»Hoffentlich weiß sie das. Ich traue dieser Florence

nicht über den Weg. Sie ist ein bisschen leichtfertig, finden Sie nicht, Oscar?«

»Ich habe bisher nicht den Eindruck gehabt, Mr. Whitman. Auf mich hat Miss Gale immer einen vorzüglichen Eindruck gemacht. Sie ist ein Mädchen aus gutem Haus, und sie sieht nicht aus wie jemand, der gern über die Stränge schlägt. Sie sollten sich wirklich keine unnötigen Sorgen machen.«

Norman runzelte die Stirn. »Besser, ich gehe ins Haus und warte auf meine Tochter. Wenn sie kommt, wird sie mir einiges zu erklären haben. Und wenn sie bis zwei Uhr noch nicht da ist, muss ich etwas unternehmen.« Er verschwand wieder im Garten und ging auf das Haus zu.

Oscar fand, dass es an der Zeit war, ins Bett zu gehen. Er dachte an Dusty, und das junge Mädchen tat ihm Leid. Meine Güte, Dusty war dreiundzwanzig. Norman Whitman tat immer, als wäre sie noch sechzehn. Leicht war das bestimmt nicht für Dusty.

Aber so war das eben, wenn ein Vater zu sehr an seiner einzigen Tochter hing. Da konnte von persönlicher Freiheit kaum noch die Rede sein. Oscar fragte sich insgeheim, wann Dusty endlich einmal ausbrechen würde. Er bekam ja so allerhand mit im Haus, und er wusste, wie es hier zuging. Ein junges modernes Mädchen wie Dusty ließ sich doch eine solche Bevormundung nicht für immer und ewig gefallen.

Und diesen Avery Rule mochte Oscar ganz und gar nicht. Er klebte ja schlimmer an Dusty als ihr Vater. Dass er in die hübsche Tochter des Chefs verliebt war, war nicht zu übersehen. Aber das rechtfertigte Averys ständige strategische Maßnahmen nicht, die verhinderten, dass Dusty auch einmal etwas tun konnte, von dem niemand etwas erfahren sollte.

Zwar hatte Oscar keine eigenen Kinder, aber er wusste eine ganze Menge über die Menschen, und irgendwie war er davon überzeugt, dass Dusty an diesem Abend nicht bei ihrer Freundin war, nicht bis nach Mitternacht. Wahrscheinlich amüsierten sich die beiden Mädchen irgendwo in einer Nobeldisco und tanzten. Oscar fand, dass das ganz in Ordnung war. Aber er wusste genau, dass sein Chef in diesem Punkt total anderer Meinung war.

Ihr nackter Körper auf dem schwarzen Satin, dieser erwartungsvolle Ausdruck in den Augen, die leichtgeöffneten Lippen . . . Das matte Licht ließ die seidige gebräunte Haut schimmern, und Dustys Brüste waren das Vollkommenste, was er je gesehen hatte.

Rod sah die straffen, aufgerichteten Rundungen mit den großen rosa-violetten Brustwarzen, die ihn so erregten, wenn er sie unter seinen Händen spürte.

Dustys Bauch war flach und klein, und wenn sie so dalag wie jetzt, hob sich ihm das blonde Vlies ihres Schoßes verlockend entgegen.

Rod hatte es plötzlich eilig, seinen Bademantel auszuziehen, und Dusty beobachtete ihn aus halbgeschlossenen Augen, was ihrem Gesichtsausdruck etwas Sinnliches, Verlangendes gab. Sie mochte Rods Körper mit den kraftvollen, muskulösen Schultern und den schmalen Hüften. Sie sah seine beginnende Erektion, als Rod sich jetzt neben sie legte und sie zärtlich berührte.

Wie sie es liebte, wenn er sie streichelte, wenn seine Hand so wie jetzt an ihrem Bein emporstrich, langsam, mit genussvoller Bedächtigkeit! Dann schien Dusty innerlich zu vibrieren, dann war sie eine einzige Erwartung.

»Wie schön du bist«, sagte Rod. »Unser Herrgott muss einen ganz besonders guten Moment gehabt haben, als er dich erschuf.«

Dusty lächelte. »Ich vermute, meine Eltern waren auch ein bisschen daran beteiligt.«

Rod lachte leise. Er beugte sich zu Dusty hinüber. Und während seine forschenden Finger ihren feuchten Schoß streichelten, umspielte seine Zunge ihre Brustspitze. Erst langsam, dann immer leidenschaftlicher, bis er sich zärtlich an ihr festzusaugen schien und seine Finger sich in ihre heißeste, intimste Zone vorwagten. Dusty warf den Kopf zurück und stöhnte.

Auch sie musste Rod berühren, musste seine Haut spüren und das streicheln, was so männlich und aufregend an ihm war. Sie sagten sich verliebte, verrückte, zärtliche Dinge, während sie sich beide mehr und mehr erregten.

Als Rod sie über sich zog, öffnete Dusty bereitwillig ihre Schenkel. Wieder konnte sie es kaum erwarten, dass Rod zu ihr kam, dass er sich in sie drängte, dass sie ihn ganz und gar spürte. Seine Hände auf ihren Brüsten ... Dann auf ihrem Po ... Dusty begann, sich auf ihm zu bewegen. Sie spürte ihn so fest, so tief in sich wie noch nie, und sie fand es wundervoll. Sie wünschte, dass dieses herrliche Spiel nie zu Ende ging. Sie war einfach verrückt nach Rod.

Beide waren schon so erregt gewesen, ehe sie zueinanderkamen, dass es nicht lange dauerte, bis sie den Höhepunkt erreichten und gleichzeitig kamen. Dusty schrie wild auf, als es so weit war, und Rod stöhnte keuchend. In diesem Moment war er davon überzeugt, dass Sex noch nie so gewesen war wie mit Dusty. Er konnte einfach nicht genug von ihr bekommen.

Als Dusty sich dann an ihn schmiegte, als ihr heißes Gesicht sein Gesicht berührte, da nahm Rod sie fest in die Arme. Er streichelte ihre Schultern, ihren Rücken. Sie sagten gar nichts. Sie waren erschöpft und glücklich und in dieser wundervollen Verfassung, die es nur dann gibt, wenn die Liebe vollkommene Befriedigung schenkte.

»Ich wusste gar nicht, dass so ein fantastischer Mann in New York City herumläuft«, flüsterte Dusty. »O Rod, es darf nicht aufhören mit uns.«

Rod strich ihr das helle Haar zurück. »Warum sollte es aufhören, Liebling? Glaubst du, ich will dich nur für diese Nacht oder für ein Wochenende? Ich will sehr, sehr lange mit dir glücklich sein.«

»Das will ich auch, Rod. Oh, wie sehr ich das will!«

Es vergingen noch Minuten, in denen sie zärtlich aneinander geschmiegt dalagen, bis Rod schließlich aufstand, um ins Bad zu gehen. Dusty warf sich auf den Rücken, sah sich in diesem schrecklichen schwarzen Schlafzimmer um. Das Wasserbett mit seinen leisen Schwingungen erregte sie. Dusty fand, dass es aufregend war, sich auf einem Wasserbett zu lieben. Trotzdem war das Schlafzimmer eine Katastrophe.

Wenn sie es recht bedachte, kam sie sich vor wie in einer Gruft. Die schwarzen Vorhänge vor den Fenstern, der schwarze Teppich, der wenigstens eine Spur von Gelb in seiner Musterung aufwies. Einen solchen Geschmack hatte sie Rod nicht zugetraut. Es musste verborgene Winkel in seiner Seele geben, von denen sie noch nichts wusste.

Dusty richtete sich auf. Sie betrachtete den viereckigen schwarzen Nachttisch, der neben dem Bett stand, und die kleine seidenbespannte Lampe darauf. Einem Impuls folgend, zog Dusty die Schublade auf. Sie war neugierig. Als sie den Revolver sah, schloss sie die Schublade sofort wieder. Wozu brauchte Rod ein solches Ding?

Dusty zog die Beine an den Körper und legte die Arme darum. Rod war wirklich ein verrückter Bursche. Hatte er vielleicht Angst vor Einbrechern?

Als er zurückkam, lächelte er Dusty zu. Er hatte zwei Gläser in der Hand und setzte sie auf dem Nachttisch ab.

»Ich dachte, du könntest jetzt einen kleinen Schluck Champagner gebrauchen.«

»Zuerst muss ich ins Bad«, erklärte Dusty und verschwand.

Als sie in dem kaffeebraunen Morgenmantel zurückkam, hatte Rod zwei Zigaretten angezündet. Eine reichte er Dusty. Auch das mochte sie an ihm, dass er immer zwei Zigaretten anrauchte. Es war eine zärtliche, liebevolle Geste.

Dusty setzte sich neben Rod auf das Bett und zog an ihrer Zigarette.

»Wozu brauchst du eine Pistole?« fragte sie.

Rod sah sie an, als hätte sie gefragt, ob er schon mal ein Magengeschwür gehabt hätte.

»Ich brauche keine Pistole. Ich finde Waffen jeder Art schrecklich.«

Dusty lächelte überrascht. »Und warum liegt so ein Ding da in der Schublade?«

Eines Tages bringe ich dich um, Gerry, dachte Rod. Großer Gott, dieses Haus bestand ja nur aus Fallstricken. Verdammt, jetzt musste ihm etwas einfallen – wieder einmal.

»Sag bloß nicht, dass deine Haushälterin sie vergessen hat«, erklärte Dusty.

»Ach, die Pistole.« Rod grinste. »Die liegt da schon seit Jahren. Ich hab' gar nicht mehr daran gedacht. Es ist hier mal eingebrochen worden, weißt du. Aber das Ding ist gar nicht geladen. Ich habe es wirklich total vergessen.«

Sie betrachtete ihn mit gerunzelter Stirn. »Ich hätte nie gedacht, dass du so ängstlich bist.«

»Ich bin nicht ängstlich. Was glaubst du denn? Ein Freund hat sie mir gegeben, nur so.«

»Für so etwas braucht man aber einen Waffenschein.«

»Wollen wir jetzt darüber sprechen?« fragte Rod und zog Dusty an sich. »Ich werde dich nicht erschießen, ich verspreche es dir.«

Dusty hatte nichts dagegen, dass er sie küsste. Sie liebte es, seine Zunge zu spüren, die Wärme seines Mundes. Aber dann rückte sie von ihm ab.

»Es wird Zeit, dass ich verschwinde. Es ist schon kurz nach eins. Hoffentlich schläft Dad schon. Ich möchte ihm auf keinen Fall jetzt in die Arme laufen.«

»Glaubst du, er würde dir ansehen, was passiert ist?«

»Hoffentlich nicht«, sagte Dusty.

»Bleib doch bis morgen früh. Ich möchte die ganze Nacht mir dir verbringen. Ich möchte, dass du in meinen Armen einschläfst, möchte morgen mit dir erwachen.«

»Ausgeschlossen. Dusty stand auf. Sie drückte die Zigarette im Aschenbecher aus. »Es wird jetzt wirklich Zeit.«

»Wirst du deinem Vater von mir erzählen?«

Das war eine Frage, die Dusty jetzt noch nicht beantworten konnte. Sie hatte bisher auch nicht darüber nachgedacht.

»Es kommt darauf an, wie sich alles entwickelt«, meinte sie. »Vielleicht hast du ja schon nach einer Woche genug von mir, und dann lohnt es sich nicht, Dad davon zu erzählen.

Rod fasste nach ihrer Hand und zog Dusty neben sich auf das Bett. Wieder küsste er sie stürmisch.

»Ich habe das Gefühl, dass es nie vorbei sein wird«, sagte er. »Ich bin einfach zu verliebt in dich. Du wirst deinem Vater von mir erzählen müssen, weil ich dich immer und immer wieder sehen will.«

Dusty legte ihre Arme um seinen Hals und zog ihn zu sich herunter. »Zuerst wird es aber noch unser Geheimnis bleiben, okay?«

»Du willst erst sicher sein, was?«

»Ich will ganz sicher sein, dass es dauert«, sagte Dusty. Und dann war sie es, die Rod küsste.

Als Dusty in den Living-room ging, um sich anzuziehen, saß Liberty im Sessel und beobachtete sie, und wieder fühlte Dusty sich unbehaglich. Rod war ihr gefolgt. Auch er suchte seine Sachen zusammen, um sich anzuziehen. Er wollte Dusty zu ihrem Wagen bringen.

»Dieser Kater«, sagte Dusty, als sie in ihr Kleid schlüpfte. »Er macht mich ganz nervös.«

»Mit der Zeit wirst du dich an ihn gewöhnen. Glaub mir, Liberty ist ein sanfter kleiner Bursche.« Rod ging zu dem Kater, um ihn zu streicheln. Aber wieder fauchte Liberty ihn an, dass Rod schnell die Hand zurückzog.

»Komisch«, meinte Dusty. »Er lässt sich nicht einmal von dir streicheln, so als wärst du ihm tatsächlich total fremd.«

»Er hat Launen«, entgegnete Rod lässig. »Weißt du nicht, wie Katzen sind? Ich hätte mir lieber einen Hund zulegen sollen.«

»Wenn du sagst, dass Liberty nett ist, wird es schon stimmen.« Aber so ganz überzeugt war Dusty nicht davon.

Als sie aus dem Haus kamen, sahen sie den hellen Mond am Himmel. Keine Menschenseele war auf der Straße zu sehen. Noch einmal küssten sie sich, als wäre es das letzte Mal in ihrem Leben. Dann stieg Dusty in ihren Ferrari. Es wurde wirklich Zeit, dass sie nach Hause kam. Und das Wochenende würde sie mit Rod verbringen, soviel stand fest. Sie hatte es ihm fest versprochen.

Aber Florence musste mitspielen, sonst wurde nichts aus der Sache.

Dusty sah Rod im hellen Mondlicht stehen, als sie davonfuhr, und sie dachte, dass sie den herrlichsten Mann der Welt kennen gelernt hatte und dass sie ganz schrecklich in ihn verliebt war.

❁

Das Haus war dunkel, als Dusty ankam. Sie fuhr den Wagen in die Garage und schloss dann leise die Haustür auf. Genau in diesem Moment flammte das Licht auf. In der Tür des Herrenzimmers stand Norman Whitman, eine Zigarre in der Hand.

Geblendet schloss Dusty für Sekunden die Augen. Als sie sie wieder öffnete, stand ihr Vater noch immer abwartend da.

»Hi, Dad«, sagte Dusty etwas schlapp. »Warum schläfst du noch nicht?«

»Dreimal darfst du raten«, knurrte Norman. »Wo, zum Teufel, kommst du jetzt her, Dusty?«

»Soll das ein Verhör werden? Du weißt doch, wo ich war. Dusty hasste es zu lügen, aber manchmal ging es eben nicht anders.

»Was habt ihr die ganze Zeit getrieben, ihr beiden Mädchen? Worüber reden junge Damen bis mitten in der Nacht?«

»Da gibt es so einiges, Dad. Aber das müssen wir doch jetzt nicht diskutieren, oder? Ich bin schrecklich müde.«

Der Vater musterte sie kritisch. »Du siehst auch so aus.«

»Sonst noch irgendetwas, Dad? Dusty ging auf die Treppe zu. Sie fühlte sich noch immer ganz wundervoll nach den zärtlichen Stunden mit Rod. Der Vater konnte ihr gar nichts anhaben. Und wenn er es darauf anlegte, würde sie ihm eben die Wahrheit sagen. Das würde ihn zwar umhauen, aber Dusty war in diesem Moment bereit, sich ihre persönliche Freiheit zu erkämpfen.

»Ich habe mir Sorgen um dich gemacht, Dusty«, sagte Norman.

»Du machst dir immer Sorgen um mich, Dad. Völlig unnötig. Mir passiert schon nichts.«

»Das nächste Mal lässt du dich von Avery bringen.«

»O nein! Du weißt, wie gern ich meinen Wagen selbst fahre. Manchmal geht mir Avery auf die Nerven.«

»Avery ist zuverlässig. Wenn er bei dir ist, weiß ich dich in Sicherheit.«

»Am Samstag fahre ich mit Florence aufs Land. Wir wollen reiten. Besser, ich sage es dir gleich. Ich werde das ganze Wochenende nicht daheim sein.«

»Und die Party bei den Colemans? Du wolltest mich begleiten. Norman war seiner Tochter zur Treppe gefolgt.

Die Colemans habe ich total vergessen. Weißt du, im Grunde langweilt mich diese Party auch. Mir ist danach, aufs Land zu fahren. Jetzt im Sommer ist es da draußen herrlich. Und ich bin so lange nicht geritten.«

»Und das alles mit Florence Gale?« erkundigte sich Norman misstrauisch.

»Ja, Dad. Du weißt, dass sie meine beste Freundin ist.«

»Und wer kommt noch in das Landhaus ihrer Eltern?

Dusty lachte. »Wir werden ganz allein sein, und ich werde einmal richtig ausspannen. Manchmal geht mir New York City richtig auf die Nerven.«

»Es scheint dir im Augenblick einiges auf die Nerven zu gehen. Das Beste wäre, du würdest einen netten jungen Mann kennen lernen und eine Familie gründen. Das würde deine Nerven stabilisieren.«

Dusty war drauf und dran, ihrem Vater von Rod zu erzählen. Aber dann tat sie es doch nicht. Es war schon spät, und sie kannte doch ihren Vater. Er würde alles über Rod wissen wollen, und das, was sie ihm zu berichten hatte, würde ihm ganz und gar nicht gefallen.

»Irgendwann wird mir dieser nette Bursche schon

über den Weg laufen«, meinte Dusty und gähnte verstohlen. Aber das eilt doch nicht, Dad, oder? Sei froh, dass ich noch bei dir bin. Du musst es mal von dieser Seite sehen.«

»Der junge Coleman wird sehr enttäuscht sein, wenn du nicht mitkommst.«

»Er wird nicht daran sterben«, antwortete Dusty unbekümmert. »Ich mag Frank Coleman nicht. Er hat eine Warze am Kinn.«

Norman Whitman schüttelte den Kopf. »Dafür hat er hundert Millionen auf der Bank.«

Wieder gähnte Dusty und hielt die Hand vor den Mund.

»Und wenn schon«, sagte sie. »Ich mag keine Männer mit Warzen am Kinn. Kann ich jetzt endlich ins Bett gehen, Dad?

»Wir sehen uns morgen.« Norman sah seiner Tochter nach, die schnell die Treppe hinauflief. Irgendwie wirkte sie anders als sonst, fand Norman. Sie hatte so etwas Gewisses in ihrem Blick. Ob sie ihm die Wahrheit gesagt hatte? Eine Antwort würde er auf diese Frage heute Nacht nicht bekommen, soviel war sicher. Aber er würde schon herausfinden, was mit Dusty los war.

❁

»Ich soll als Lückenbüßer herhalten, habe ich dich richtig verstanden?« Florence nippte an ihrem Martini. Sie trug ein schwarzes kurzes Kleid mit einer poppigen gelben Kette und einem breitem Goldgürtel.

»Du bist die Einzige, zu der ich Vertrauen habe. Dusty zog nervös an ihrer Zigarette. »Wenn du nicht mitspielst, geht alles schief.«

Dusty hatte ihre Freundin in den noblen ›Stork Club‹ zum Lunch eingeladen. Es war wie immer viel los in diesem renommierten Lokal, und vorsichtshalber hatte

Dusty einen Tisch bestellt. Sie wusste, dass Florence dieses schicke Lokal liebte.

»Und wenn ich nun nicht mitspiele?« Herausfordernd sah Florence sie an.

»Du musst, Florence! Du weißt, dass ich mich jederzeit revanchieren werden. Bringst du es fertig, mich im Stich zu lassen? Ich glaube nicht.«

Florence seufzte. Sie nahm mit dem Sticker die Olive aus dem Martini und schob sie in den Mund.

»Wer ist dieser Mann, in den du so verknallt bist? Warum sagst du deinem Vater nicht einfach die Wahrheit? Meine Güte, in deinem Alter ist das doch kein Problem. Wenn du siebzehn wärst ... Aber so?«

»Du kennst doch Dad. Am liebsten würde er mich mit dem Sohn des Präsidenten verheiraten.« Dusty wischte ungeduldig ein Aschestäubchen von ihrer champagnerfarbenen Seidenbluse.

»Also ist es ein Typ, der eigentlich gar nicht zu dir passt, richtig?« Florence wurde plötzlich lebhaft.

»Er passt ganz ausgezeichnet zu mir«, entgegnete Dusty. »Wenn ich das nicht wüsste, würde ich nicht das Wochenende mit ihm verbringen wollen. Aber es ist möglich, dass Dad das anders sieht.«

»Ist es nur eine Affäre, oder wird eine feste Sache daraus?«

Dusty lächelte. »Könnte sein, dass es eine sehr feste Sache wird. Es sieht im Augenblick ganz danach aus.«

»Am Anfang sieht es immer danach aus. Ob die Geschichte hält, zeigt sich erst später.«

»Ich lasse es darauf ankommen. Ich will diesen Mann, und er will mich. Das reicht für den Anfang.«

Florence lehnte sich in dem kleinen weinroten Sessel zurück. Sie musterte die Freundin. »Ist er gut im Bett?«

»Meine Güte, du kannst manchmal Fragen stellen! Eine Frau genießt und schweigt.«

»Er muss ja fantastisch sein, sonst wärst du nicht so verrückt nach ihm. Was habt ihr für dieses Wochenende geplant? Wollt ihr nur im Bett liegen, oder gibt es auch noch andere Gemeinsamkeiten?«

Manchmal konnte Dusty ihre Freundin Florence nicht ausstehen. Dies war so ein Moment. Sie lächelte trotzdem.

»Da sind noch eine ganze Menge anderer Gemeinsamkeiten.«

»Aber du willst nicht darüber reden.«

»Genauso ist es, Florence. Vielleicht erzähle ich dir eines Tages die ganze Geschichte.« Dusty wusste genau, dass sie das nicht tun würde aber sie wollte Florence nicht vor den Kopf stoßen. Sie brauchte die Freundin jetzt.

»Ich hatte ohnehin vor, übers Wochenende nach Long Island zu fahren«, erklärte Florence jetzt. »Da steigt eine Party. Also von mir aus geht die Sache klar. Wenn dein Dad anrufen sollte, wird er mich nicht erreichen. Dann wird er sich schon denken, dass ich mit dir auf dem Land bin. Sollte ich ihm irgendwann nächste Woche zufällig über den Weg laufen, bestätige ich gern, was du ihm vorgelogen hast.«

»Dass du immer so direkt sein musst.«

»Ich finde es albern von dir, deinen Vater zu belügen. Du könntest ihm doch sagen, was los ist. Er kann nicht über dich bestimmen. Du bist ein freier Mensch in einem freien Land.«

»Schön gesagt«, erwiderte Dusty. »Aber so ganz frei bin ich eben doch nicht. Dad könnte mir eine Menge Steine in den Weg legen.«

»Ist es ein Mann aus der Unterwelt, auf den du so verrückt bist?

»Großer Gott, nein. Auf was für Gedanken du manchmal kommst, Florence.« Und dann erzählte Dusty ihr von Rod. »Er ist also eine Art Künstler, weißt du, und Dad ist allergisch gegen solche Leute. Er hält sie für unsolide. Wenn ich ihm von Rod erzählen würde, würde er glauben, dass ich von einer Orgie in die andere falle – mit Drogen und allem, was dazugehört. So wie er sich das eben vorstellt.«

Florence kicherte. »Dein Vater scheint eine Menge Fantasie zu haben.«

»Er will, dass ich irgendeinen langweiligen Burschen aus Philadelphia heirate. Aber mir ist nicht danach, und irgendwann werde ich ihm das ganz entschieden beibringen müssen. Bis dahin ist es besser, wenn er nichts von dieser Geschichte weiß,«

»Das muss ja ein umwerfender Mann sein.« Florence kippte den Rest ihres Martinis hinunter. »Ich hoffe, du machst mich mal mit ihm bekannt.«

»Bestimmt«, versprach Dusty. »Wenn es sich so ergibt.«

»Man könnte eine Party arrangieren, ganz zwanglos.«

Mit einem leisen Schauder dachte Dusty an Florences Partys, wo immer viel zu viel getrunken wurde. Und wenn Florence genug intus hatte, konnte sie sich aufführen wie ein Drei-Dollar-Mädchen für eine Nacht. Dann warf sie sich jedem an den Hals.

»Über die Party reden wir noch, okay? Jetzt steht erst mal das Wochenende auf dem Plan.«

»Du kannst dich auf mich verlassen«, versprach Florence, »keine Frage. Ich hoffe, das Wochenende wird so, wie du es dir vorstellst. Irgendwann muss man ja ein bisschen für sich in punkto Sex tun.«

»Ich liebe Rod.«

»Na klar«, sagte Florence und blätterte in der Speisekarte. »Das gehört dazu. Du glaubst nicht, wie oft ich schon verliebt war.«

»Ich weiß es«, erwiderte Dusty. »Aber bei mir ist es diesmal etwas anderes.«

Florence sah sie kurz und spöttisch an.

»Die ganz große Liebe, was? Das denkt man immer, wenn es anfängt. Aber ich will dir deine Illusionen nicht nehmen. Vielleicht sieht nach dem Wochenende schon alles ganz anders aus.«

Dusty lächelte nur. Sie wollte Florence nicht widersprechen, aber sie wusste es besser. Dieses Wochenende mit Rod ganz allein würde ihre Beziehung vertiefen und festigen, das wusste sie. Dusty hatte das Gefühl, dass sie von Rod einfach nicht mehr loskam.

❁

Als Dusty gegangen war, hatte sich Rod in Gerrys Haus umgesehen, in diesem Haus, das ihm von Anfang an wie ein Alptraum vorgekommen war. Was mochte Dusty jetzt bloß von ihm denken? Was für einen schrecklichen Geschmack traute sie ihm zu? Rod war wütend, dass er sich auf die ganze Sache überhaupt eingelassen hatte.

Er hätte von Anfang an ehrlich sein, hätte Dusty einfach mitnehmen sollen in sein unaufgeräumtes Apartment. Aber auch dann hätte sie vermutlich der Schlag getroffen. Wenn Rod es recht bedachte, war dieses Haus hier schon die bessere Lösung. Doch irgendwann müsste er damit herausrücken, dass er nicht der Besitzer dieser Schreckensvilla war.

Dieses schwarze Schlafzimmer. Rod wunderte sich, dass er darin überhaupt in Stimmung gekommen war. Das hatte er auch nur dem Wasserbett zu verdanken, dem Wasserbett und natürlich der aufregenden Dusty.

Vielleicht würde Dusty sogar froh sein, wenn er ihr eines Tages gestand, dass er mit diesem monströsen Haus nichts zu tun hatte. Aber noch war die Stunde der Wahrheit nicht gekommen. An diesem Wochenende wollte Rod das Spiel noch weiterspielen.

Auf seinem Rundgang entdeckte er ein zweites Badezimmer im Erdgeschoss, eine Art Gäste-WC mit Dusche, und hier sah er auch Libertys Katzenklo. Rod ließ die Tür geöffnet.

Gerrys Arbeitszimmer interessierte ihn nicht, aber die Küche musste er genauer inspizieren. Als er vor dem Fenster Libertys Fressnapf und die Wasserschale sah, machte er sich auf die Suche nach dem Katzenfutter. Er fand es in einem der zahlreichen Küchenschränke, und er füllte den Napf auf, gab auch frisches Wasser in die Schale.

Es war schon ein komisches Gefühl, in einem fremden Haus zu sein und nicht einmal zu wissen, wo Gläser und Besteck waren. Bis Dusty morgen wiederkam, musste er besser Bescheid wissen. Aber zunächst einmal wollte er sich mit Liberty anfreunden. Es war zwar schon spät in der Nacht, aber so viel Zeit musste sein. Es war ganz schön peinlich gewesen, wie der Kater ihn begrüßt hatte.

Aber Liberty konnte er daraus keinen Vorwurf machen. Für ihn war Rod ja wirklich ein Fremder.

Rod ging also in den Living-room, wo der Kater noch immer in einem weißen Ledersessel lag. Vorsichtig näherte sich Rod.

»Hallo, alter Bursche, es wird Zeit, dass wir uns aneinander gewöhnen«, sagte er und wollte den Kater streicheln. Aber Liberty war sofort hellwach und schlug mit der Pfote zu. Rod zog seine Hand nicht schnell genug zurück. Drei rosige Streifen zeichneten sich auf seinem Handrücken ab.

»Verdammtes Biest«, knurrte Rod. »Und ich hab' dir zu fressen und zu trinken gegeben. So was nenne ich Dankbarkeit.«

Der Kater sah ihn wieder aus halbgeschlossenen Augen an. Noch einmal versuchte Rod es auf die freundliche Tour.

»Hör mal, Kleiner, ich habe dein Herrchen nicht aus dem Weg geräumt. In ein paar Tagen ist er wieder da, und bis dahin musst du mit mir vorlieb nehmen, okay? Wir sollten wirklich langsam anfangen, Freunde zu werden. Überleg dir das. Ich mein's doch gut mit dir. Ich hab' nichts gegen Kater, ganz bestimmt nicht.«

Liberty gab ein paar Laute von sich, die nicht gerade menschenfreundlich klangen, und Rod war plötzlich der Ansicht, dass dies nicht der richtige Zeitpunkt war, um mit dem Kater zu sprechen. Er wollte es morgen noch einmal versuchen. Außerdem war er hundemüde. Er musste jetzt ein paar Stunden schlafen, um morgen wieder fit zu sein.

Rod machte das Licht im Living-room aus und kehrte ins Schlafzimmer zurück. Als er im Bett lag, dachte er daran, dass er morgen früh jede Menge einkaufen musste. Er wollte Dusty auf seine Art verwöhnen, und vielleicht hatten sie ja beide keine Lust, an diesem Wochenende irgendwohin zum Lunch oder zum Dinner zu fahren.

Rod legte sich auf die Seite, vergaß das schreckliche Haus und dachte liebevoll an Dusty, ehe er einschlief.

Er erwachte, als er ein leises Miauen hörte. Schlaftrunken streckte Rod die Hand aus und zog sie im nächsten Augenblick erschrocken zurück. Liberty hatte ihm wieder einen freundschaftlichen Gruß mit der Pfote verpasst. Sofort war Rod hellwach.

»Du blödes Biest, bald gehst du mir aber wirklich auf die Nerven«, sagte er drohend.

Liberty saß auf der Bettkante und funkelte ihn an. Offenbar war das Bett wirklich sein Lieblingsplatz. Aber Rod war in diesem Moment nicht bereit, dem Kater seinen Stammplatz zu überlassen.

»Runter da«, sagte er grob. »Los, verschwinde. Kater gehören nicht ins Bett, kapiert?«

Es sah aus, als würde Liberty grinsen, was Rod noch mehr aufbrachte. Verdammt, da hatte er sich auf etwas Schönes eingelassen.

»Wenn du nicht sofort verschwindest, passiert etwas«, drohte Rod. »Hast du das verstanden, Liberty?«

Liberty begann, sich die Pfoten zu lecken, rollte sich dann auf der Bettdecke zusammen und stellte die Ohren auf Durchzug. Entnervt ließ sich Rod wieder in das Kissen zurückfallen. Es hatte jetzt wohl keinen Sinn, dem Kater zu beweisen, wer der Stärkere war. Er wollte keine Schwierigkeiten mit Liberty.

Rod blinzelte auf seine Armbanduhr und gähnte. Es wurde Zeit zum Aufstehen. Er hatte noch eine Menge zu tun, ehe Dusty kam.

Vorsichtig, um Liberty nicht zu stören, schob Rod sich aus dem Bett und ging nackt ins Bad hinüber. Die große, runde, gläserne Badewanne war ihm gestern schon angenehm aufgefallen. Aber an diesem Morgen zog er es doch vor zu duschen. Das ging schneller und erfrischte besser. Aber ehe er in der Duschkabine verschwand, gab er den Sex-Magazinen noch einen wütenden Stoß, die neben der Wanne auf dem Boden lagen.

Dieser Gerry! Er schien sich zu einem richtigen Sexmonster entwickelt zu haben. Dass er bei dieser Veranlagung überhaupt noch dazu kam, seine Geschäfte abzuwickeln!

Rod duschte gründlich und wusch sich die Haare, und danach fühlte er sich gleich viel besser. Wenn er an Dusty dachte und das herrliche Wochenende, das vor ihm lag, wurde er ganz rappelig vor Freude.

Was für ein Glück, dass er dienstfrei hatte und diese zwei Tage mit Dusty so richtig genießen konnte! Okay, das Haus war schrecklich, aber allemal noch bequemer als sein Apartment.

Rod föhnte sein Haar vor dem Spiegel und zog sich

dann an. Gut, dass Liberty ihn so früh geweckt hatte. Jetzt konnte er in Ruhe einkaufen, konnte all das besorgen, was seiner Meinung nach Dusty Freude machen würde. Auch Blumen durfte er nicht vergessen.

Als Rod aus dem Haus kam, schien die Sonne. Der Himmel war postkartenblau. Auch das Wetter schien sich auf ein schönes Wochenende einzustellen. Rod pfiff vor sich hin, als er in sein altes Ford-Cabrio stieg.

✿

»Es hat alles wunderbar geklappt.« In einem süßen kurzen schwarz-bunt gemusterten Sommerkleid, das ihren gebräunten Rücken freiließ, stand Dusty vor ihm, als Rod die Tür öffnete. Dusty stellte die Reisetasche ab und fiel ihm um den Hals. Leidenschaftlich küssten sie sich.

»Willkommen auf Long Island. Die Pferde warten schon«, sagte Rod dann lachend und nahm Dustys Reisetasche.

Dusty schloss die Haustür und schenkte der Diele keinen Blick. Sie strahlte Rod an.

»Avery hat mich zu Florence gefahren, und von da aus habe ich ein Taxi hierher genommen. Habe ich das nicht wundervoll gedeichselt?«

»Toll«, sagte Rod und legte den Arm um Dustys nackte Schultern. »Ich hab' schon so auf dich gewartet.«

Dusty war entzückt, als sie den riesigen Strauß blutroter Rosen sah, die in einer weißen Vase auf dem Glastisch standen.

»Wie schön die Rosen sind«, sagte sie.

»Extra für dich besorgt, Baby. Du sollst dich doch in meiner Hütte wohlfühlen.«

Dusty ließ sich in einen Sessel fallen.

»Ich habe heute Nacht über dein Haus nachgedacht«, verkündete sie. »Weißt du was? Wir sollten hier einiges ändern.«

Rod machte kein sehr geistreiches Gesicht. »Das muss aber nicht gleich sein, oder?«

»Am liebsten würde ich sofort damit anfangen. Dein Innenarchitekt muss wirklich nicht alle Tassen im Schrank gehabt haben. Ich will dich bestimmt nicht kränken, Rod. Aber findest du nicht auch, dass die Einrichtung ein bisschen geschmacklos ist?«

Rod strich sich über das Kinn. »Ist mir bisher gar nicht so bewusst geworden.« Er grinste. »Aber jetzt, wo du es sagst, Liebling.

»Die Couchgarnitur ist ja ganz okay«, sagte Dusty und strich leicht mit der Hand über das weiße Leder des Sessels. »Muss eine Menge Geld gekostet haben. Aber ansonsten.

»Lass uns erst mal von etwas anderem reden.« Rod setzte sich zu ihr auf die Sessellehne. »Weißt du, dass du heute super aussiehst? Wenn ich nicht schon so schrecklich in dich verliebt wäre, würde ich's jetzt auf der Stelle tun. Ich freue mich riesig, dass wir dieses Wochenende für uns haben.«

Dusty schmiegte sich an ihn. Ihre hellen blauen Augen sagten Rod, dass sie ebenfalls furchtbar verliebt war.

»Ich bin auch so froh, hier bei dir zu sein.«

Rod legte seine Arme um sie. Süß und wild küssten sie sich, und Rods neugierige Finger konnten nicht widerstehen. Er musste sie unter die dünne Seide schieben, Dustys nackte feste Brust berühren. Plötzlich zuckte Dusty zurück.

Auf Samtpfoten war Liberty hereingekommen und strich um Dustys nackte Beine. Das war es, was Dusty so erschreckt hatte. Jetzt beugte sie sich hinunter und streichelte den Kater, und der ließ es sich leise schnurrend gefallen. Dusty war ganz begeistert.

»Siehst du, er hat sich schon mit mir angefreundet.«

»Mit dir schon«, knurrte Rod.

Verwundert sah Dusty ihn an. »Was meinst du?«

»Ach, nichts, Liebling. Ich liege im Augenblick mit Liberty im Clinch. Er muss mir irgendetwas übel genommen haben.«

»Vielleicht hast du vergessen, ihn zu füttern.«

»Das ganz bestimmt nicht«, versicherte Rod. »Als ob ich so etwas vergessen könnte.«

»Wo ist denn sein Futternapf?« fragte Dusty.

»In der Küche«, antwortete Rod, »und er ist bis obenhin voll.«

Dusty stand auf und Rod folgte ihr. In der Küche fand Dusty sofort Libertys Fressecke. Der Futternapf war völlig leer geleckt. Vorwurfsvoll sah Dusty Rod an.

»Was ist hier bis obenhin voll?«

»Liberty hat eben einen guten Appetit. Gestern Nacht habe ich ihn noch versorgt. Du kannst es mir glauben.«

Der Kater war hinter ihnen hergekommen, sah Dusty jetzt anklagend an und miaute. Dusty nahm ihn auf den Arm und streichelte ihn, und tatsächlich ließ Liberty sich das gefallen. Rod konnte es nicht fassen.

»Du musst ihm mehr zu fressen geben. Du hörst doch, wie er jammert. Er hat bestimmt schrecklichen Hunger.«

»Er soll nicht so fett werden«, erwiderte Rod, ging dann aber doch zum Schrank, nahm das Katzenfutter heraus und füllte Libertys Napf wieder. Sofort war Liberty mit einem Satz von Dustys Arm heruntergesprungen und stürzte auf seinen Futternapf zu. Bedeutungsvoll sah Dusty Rod an.

»Hunger hatte er!«

»Aber gleich hat er keinen mehr«, meinte Rod. »Komm, lass uns wieder nach drüben gehen.«

In der Diele auf der Ablage sah Rod plötzlich die Damenhandtasche. Er wollte Dusty ablenken, damit sie die Tasche nicht bemerkte. Aber Dusty hatte sie schon gesehen. Sie ging direkt darauf zu und hob die Tasche hoch wie einen Indizienbeweis.

»Was ist das? Die Tasche war gestern Abend noch nicht da.«

Rod kratzte sich verlegen den Hinterkopf. »Claire muss hier gewesen sein, während ich einkaufte. Bestimmt hat sie ihre Handtasche vergessen.«

»Ich bin schon sehr gespannt auf diese Claire. Das muss ja eine ganz ungewöhnliche Frau sein. Ich meine, dass sie Sex-Magazine liest und so. Oder hattest du vielleicht gestern Nacht noch anderen Besuch?«

»Ich bitte dich, Dusty! Natürlich war hier kein anderes Mädchen. Was denkst du denn von mir? Weißt du, wie spät es war, als du gegangen bist?«

»Als wenn das ein Argument wäre«, meinte Dusty und legte die Handtasche zurück.

Plötzlich hörten beide, wie ein Schlüssel in der Tür herumgedreht wurde. Sofort spürte Rod wieder dieses Kribbeln in der Magengegend. Gespannt sah er zur Tür, genau wie Dusty. Und dann kam ein wunderschönes Mädchen herein mit halblangem, hellblondem Haar.

»Oh, Verzeihung, Mr. Bailey, ich wollte nicht stören, sagte das Mädchen mit einem kleinen harten Akzent. »Ich hatte vorhin hier aufgeräumt, und da habe ich meine Tasche vergessen. Gerry hat mir übrigens alles erzählt.«

»Oh, Claire, wundervoll, dass ich Sie sehe.« Rod hatte sich gefasst. »Kommen Sie bitte einen Augenblick mit in die Küche. Ich muss etwas mit Ihnen besprechen.« Rod zog das überraschte Mädchen in die Küche und schloss schnell die Tür.

»Da muss ein Irrtum vorliegen, Mr. Bailey. Ich bin nicht Claire. Ich heiße Inga.«

»Leise«, flüsterte Rod. »Bis Gerry zurückkommt, heißen Sie Claire, abgemacht.«

»Ich verstehe nicht, Mr. Bailey . . .«

»Ist auch nicht so schlimm. Ich werde Ihnen das irgendwann erklären, aber nicht jetzt. Sie müssen mir den Gefallen tun. Ich werde mich auch bestimmt revanchieren.«

Inga strahlte ihn an. »Spielen Sie für mich ein Lied in Ihrer nächsten Sendung?«

»Auch zwei, wenn Sie wollen, versprach Rod. »Aber gewöhnen Sie sich um Gottes willen daran, dass Sie für die nächsten Tage Claire heißen. Ich müsste sonst Verschiedenes erklären, was ziemlich schwierig ist.«

»Ist schon gut. Ich habe verstanden. Ich wollte auch nur meine Handtasche holen und bin gleich wieder weg. Und dann komme ich am Dienstag wie sonst auch, in Ordnung?«

»Sie sind ein prachtvolles Mädchen, Claire.« Rod grinste und öffnete die Küchentür wieder.

Dusty war im Living-room verschwunden. Inga nahm ihre Handtasche und ging zur Tür. Rod blinzelte ihr noch einmal zu und machte sich auf die Suche nach Dusty. Sie saß im Wohnzimmer und hatte sich eine Zigarette angezündet. Liberty lag friedlich zu ihren Füßen.

»Was hattest du mit dieser Claire in der Küche zu tuscheln?«

»Es soll eine Überraschung für dich werden, Dusty«, erwiderte Rod schnell. »Also frag jetzt bitte nicht weiter.«

»Dass deine Haushälterin so aussieht, hätte ich nicht gedacht. Hast du etwas mit ihr gehabt?«

»An so etwas würde ich nicht eine Sekunde lang denken.« Rod legte beschwörend die Hand aufs Herz. »Claire ist meine Haushälterin, sonst nichts.«

»Und wer ist Gerry?«

»Oh, Gerry«, sagte Rod und setzte sich wieder auf Dustys Sessellehne. »Gerry ist ein guter Freund von mir.«

»Und was hat er mit deiner Haushälterin zu tun?«

»Ich weiß es nicht, Dusty. Vielleicht hat er ihr gesagt, dass sie mich an diesem Wochenende nicht stören soll oder so was.«

Dusty zog die Augenbraue hoch.

»Wie kommt dein Freund dazu, so etwas zu deiner Haushälterin zu sagen?«

»Wie soll ich das wissen, Dusty? Also du stellst manchmal Fragen!«

»Ich habe das Gefühl, dass hier irgendetwas nicht stimmt.« Dusty warf die Zigarette in den Aschenbecher.

»Was sollte nicht stimmen? Du bist hier, ich bin hier, und das Wochenende liegt vor uns. Was also um alles in der Welt sollte nicht in Ordnung sein?«

»Wenn ich das nur wüsste«, meinte Dusty. »Du verschweigst mir doch nichts, Rod?«

»Das würde ich niemals wagen. Was hältst du davon, wenn wir jetzt eine schöne Tasse Kaffee trinken und dabei überlegen, was wir unternehmen wollen?«

Dusty ließ sich in den Sessel zurückfallen. Sie lächelte.

»Trinken wir eine Tasse Kaffee«, meinte sie. »Und dann?«

»Hast du den großen Pool im Garten gesehen? Wir könnten ein bisschen schwimmen und so.«

Dusty zog ihn zu sich herunter und küsste ihn.

»Ich bin mehr für ›und so‹«, sagte sie.

❁

Rod hatte zwar die Kaffeemaschine in Gang gesetzt, aber der Kaffee musste dann doch noch eine ganze Weile warten, ehe er getrunken wurde. Heißblütig und leidenschaftlich hatte Dusty nach etwas anderem verlangt, etwas, das nur Rod ihr geben konnte, was er mit dem größten Vergnügen tat.

Als Dusty sich im Sessel auf seinen Schoß gesetzt

hatte, war Rod sofort für sie bereit gewesen. Er hatte sich ja danach gesehnt, ihre zarte Haut wieder unter seinen Händen zu spüren, ihre wundervollen Brüste zu küssen. Im Nu war er so erregt gewesen, dass sie kaum Zeit gefunden hatten, sich auszuziehen.

Als er Dustys Slip heruntergerissen hatte, als er sie heiß und feucht auf sich spürte, da hatte er einfach zu ihr kommen müssen. Sie hatten beide dieses wundervolle, aufregende Gefühl genossen.

Und dann hatten sie den Kaffee getrunken, nachdem Dusty aus dem Bad gekommen war. An den Lunch, für den Rod so reichlich eingekauft hatte, hatten sie erst viel später gedacht.

Zwischendurch hatten sie dann Liberty in den Garten gelassen. Dusty fand, dass der Kater ein bisschen Auslauf brauchte, und immerhin war der Garten ja eingezäunt. Allerdings hatte Rod ein komisches Gefühl dabei gehabt. Was bedeutete schon ein Zaun für einen Kater? Aber vielleicht war Liberty gut erzogen und wusste, was sich gehörte.

Als Dusty das Geschirr vom Lunch abgeräumt hatte, hatte sie das Bedürfnis empfunden, die runde Badewanne auszuprobieren, und Rod hatte Wasser für sie eingelassen. Er hatte von dem Schaumbad dazugegeben, das er auf der Ablage gefunden hatte. Es war eins dieser sehr teuren Schaumbäder einer exclusiven Herrenserie französischer Herkunft. Im Nu war das Badezimmer von einem berauschenden, herbfrischen Duft erfüllt, und Dusty hatte es eilig gehabt, in die Wanne zu kommen.

Rod war schnell noch einmal in den Garten hinausgegangen, um nach Liberty zu sehen. Der Kater strich unter den Tannen und Oleanderbüschen herum und schien Rod gar nicht zu bemerken. Manchmal schnappte er nach einer Fliege, die er natürlich nicht erreichte.

Rod musste lächeln. Er fand, dass Liberty ein besonders hübscher Kater war, auch wenn er seine Freundschaft offenbar noch lange nicht gewonnen hatte.

Aber dann verspürte Rod wieder das Verlangen, bei Dusty zu sein. Als er sie in der gläsernen Badewanne sitzen sah, überlief es ihn heiß. Ihr gebräunter Körper wirkte in dem Schaumbad, als wäre er in Sahne gebettet, und ihre Brüste hoben sich effektvoll und sehr verlockend aus diesem weißen Schaum.

Dusty hatte die blonden Haare hochgesteckt. Sie schien es zu genießen, in dem duftenden Wasser zu liegen. Rod setzte sich auf den Rand der Badewanne, ließ seine Hand ins Wasser gleiten, berührte Dustys Brüste und streichelte sie. Im Nu wurden ihre Brustspitzen steif. Auch das erregte Rod.

Seine Hand glitt tiefer in die Wanne hinein, berührte Dustys Hüfte, das gekrauste Haar ihres Schoßes. Als seine zärtlichen Finger sich weiter vorwagten, stöhnte Dusty leise,

»Hast du etwas dagegen, wenn ich dir ein bisschen Gesellschaft leiste?« fragte Rod. »Ich finde, die Wanne ist groß genug.«

»Wenn du dich vorher ausziehst.«

Schon flog Rods Jeans in die Ecke, sein Slip, sein Polohemd folgten. Er schlüpfte aus seinen weichen Lederslippern und den Socken. Dusty streckte ihm die Arme entgegen, als er zu ihr kam.

Wie aufregend das war, Rods harten, festen Körper im weichen Wasser zu spüren ... Sie wollte ihn ganz nah bei sich haben, und Rod wusste genau, was sie wollte. Er begann, Dusty zu streicheln, als er ihre Hände auf seinem Rücken spürte, bevor sie nach vorn tasteten und seine Männlichkeit umschlossen. Hart und wild kam Rods Zunge in Dustys Mund, als sie sich küssten.

»Hör auf, mich zu streicheln, Dusty«, sagte er dann. »Hör auf damit. Sonst kann ich für nichts garantieren.«

Dusty lachte leise und atemlos dicht an seinem Ohr. »Hast du es schon mal in der Wanne getan?«

»Noch nie, Liebling. Aber mit dir ist alles neu und wundervoll.«

»Ich will es. Ich brauche es, Rod«, keuchte Dusty und presste sich an seinen Körper. Da hielt sich Rod nicht länger mit dem zärtlichen Vorspiel auf. Er war ganz wild darauf, zu Dusty zu kommen, sie so heiß und feucht zu spüren. Mit gespreizten Schenkeln lag Dusty erwartungsvoll da. Und dann kam Rod zu ihr, drängte sich stürmisch in sie, und Dusty spürte wieder, wie dieses heiße, unvergleichliche Gefühl sie bis hinunter in die Fußspitzen durchrieselte.

Immer erregter, immer heftiger bewegte sich Rod in ihr, und Dusty kam fast augenblicklich zum Höhepunkt. Ihre Lippen gruben sich in Rods Schulter, als der Rausch sie wie eine Ekstase überkam, und wieder war es ganz anders als sonst. Wieder war es das absolute, wahnsinnige Gefühl, so wie Dusty es noch nie erlebt hatte.

Als Rod dann kam, als er aufstöhnte und sie noch fester umklammerte, als er sich zuckend in sie verströmte, seufzte Dusty glücklich. Noch eine Weile hielten sie sich so umschlungen, ganz nah, ganz fest beieinander, bis Rod sich schließlich von ihr löste.

»O Darling«, sagte Rod, »das war atemberaubend. Mit dir muss ich noch auf einiges gefasst sein, Baby.«

Dusty lachte leise. Mit ihrer nassen Hand strich sie Rod eine Haarsträhne aus der Stirn, und er musste plötzlich niesen.

»Dieses Schaumbad«, sagte er.

Dusty streckte sich wohlig in dem warmen Wasser. Sie war vollkommen entspannt und vollkommen zufrieden, und als sie Rod lächeln sah, verlangte es sie danach, ihn wieder zu küssen. Was für ein Wochenende war das ...

❁

Sie waren ausgelassen wie zwei Kinder, die etwas Verbotenes getan hatten, als sie sich später abduschten und abtrockneten. Sie lachten und alberten herum. Es dauerte eine ganze Weile, ehe sie endlich aus dem Bad kamen.

Dusty trug wieder den kaffeebraunen Morgenmantel, und Rod hatte den weißen Frotteemantel genommen, der im Badezimmer am Haken gehangen hatte.

»Und jetzt?« fragte Rod und stellte das Radio an, als sie im Living-room waren. »Was trinken wir, Liebling?«

»Mir ist nach einem kühlen Bier«, sagte Dusty. »Ich bin durstig.«

»Der Butler ist sofort zur Stelle, Madam.« Schon verschwand Rod in der Küche, und Dusty trat an die Terrassentür. Die Sonne wanderte schon nach Westen. Mücken flirrten in der Luft. Es würde ein herrlicher Sommerabend werden, wie geschaffen dazu, dass zwei Verliebte draußen auf der Terrasse saßen, ihre Drinks nahmen und die Zeit einfach vergehen ließen.

»Ist Liberty noch im Garten?« fragte Rod, als er mit dem Bier zurückkam.

»Ich hab' ihn nicht gesehen«, sagte Dusty. Sie rief nach dem Kater, aber natürlich kam er nicht. Schließlich war Liberty kein Hund.

Rod hatte die Biergläser auf dem Tisch abgestellt, der auf der Terrasse stand. Er sah sich um. Keine Spur von Liberty.

»Wir sollten ihn suchen«, sagte Dusty. »Besser ist besser. Vielleicht hat er sich unter irgendeinem Busch verkrochen und sucht nach einer Maus.«

»Gibt es Mäuse mitten in New York City?«

Dusty lachte. »Wenn es welche gibt, wird Liberty sie finden, meinst du nicht?«

Sie gingen in den Garten, Dusty auf nackten Sohlen und Rod in ein Paar alten Sandalen. Immer wieder rief Dusty nach Liberty, und Rod blickte unter jeden Busch. Aber der hell braune Kater war einfach nicht zu finden.

Allmählich wurde Rod unruhig. Er sah zu dem Zaun hin, der etwas über einen Meter hoch war. Kein Problem für einen Kater.

»Wenn er abgehauen ist«, sagte er.

Dusty, die neben ihm stand, machte erschrockene Augen. »Aber so etwas wird Liberty doch nicht tun. Du hast ihn doch gut erzogen, oder?«

»Katzen kann man nicht erziehen, nicht wirklich, erklärte Rod. »Verdammt, wo steckt das Biest?«

»Wenn du so redest, kommt er bestimmt nicht. Du musst ihn locken, musst irgendetwas Leises, Zärtliches sagen.«

Rod legte ihr den Arm um die Schultern. »Das hebe ich mir für dich auf, Liebes.«

»Irgendetwas müssen wir tun«, murmelte Dusty aufgeregt. »Wer weiß, was dem Kater sonst passiert? Du weißt doch, was heutzutage los ist. Am hellen Tag fangen sie Tiere, um sie in diese schrecklichen Versuchslabors zu bringen. Mir wird ganz schlecht, wenn ich daran denke.«

»Dass du überhaupt an so etwas denkst« Rod war regelrecht überrascht.

Zornig sah Dusty ihn an. »Glaubst du, ich habe keine Gefühle?«

Rod grinste und zog sie näher an sich heran. »Ich kenne deine wundervollen Gefühle, Liebling.«

Dusty schob ihn weg. »Sprich jetzt nicht davon. Ich liebe Tiere, und ich will nicht, dass sie gequält werden und elend zugrunde gehen. Dieses Thema hat mich schon immer aufgeregt.«

»Donnerwetter«, sagte Rod. »Das hätte ich von einem

Mädchen aus der Park Avenue eigentlich nicht erwartet. Du gefällst mir immer besser, Dusty. Es könnte sein, dass ich dir eines Tages einen ernst gemeinten Antrag mache.«

Dusty sah ihn irritiert an. »Wo ist Liberty? Wir müssen ihn unbedingt finden, Rod. Ich hätte ihn gar nicht rauslassen dürfen. Lässt du ihn sonst auch immer raus?«

»Manchmal«, erwiderte Rod und sah sich wieder im Garten um. Zum Teufel, wie hätte sich Gerry in einem solchen Fall verhalten? Wie hielt er den Kater überhaupt? Er, Rod, hatte ja keine Ahnung.

Dusty war bis zum Zaun gelaufen. Sie sah zum Nachbargrundstück hinüber, rief schmeichelnd und leise nach dem Kater. Aber das hellbraune kleine Ungetüm ließ sich nicht sehen.

Niedergeschlagen kam Dusty zu Rod zurück. »Was machen wir jetzt nur?«

»Abwarten«, erwiderte Rod. »Etwas anderes können wir nicht tun. Oder willst du die Polizei anrufen?«

»Du bist ganz schön herzlos, Rod. Schließlich ist es doch dein Kater. Wie lange hast du ihn eigentlich schon?«

»Noch nicht sehr lange«, sagte er schnell. »Sechs Wochen oder so.«

»Dann müsste er sich eigentlich besser an dich gewöhnt haben.«

Rod zuckte mit den Schultern. »Katzen brauchen vielleicht eine längere Anlaufzeit, um sich an ihren Herrn zu gewöhnen. Aber eigentlich verstehe ich mich mit Liberty prima.«

»Komisch, dass man gar nichts davon merkt«, antwortete Dusty, aber sie lächelte dabei.

»Das Bier wartet auf der Terrasse«, meinte Rod sanft. »Liberty kommt bestimmt zurück. Kater kommen immer wieder nach Hause. Manchmal müssen sie auf Tour gehen, weißt du das nicht? Dann haben sie ein ganz natürliches Verlangen.«

»Ist der Kater denn nicht kastriert? Ich meine, so etwas tut man doch, damit sie nicht so wild sind.

»Ich würde Liberty niemals kastrieren, antwortete Rod. »Ein furchtbarer Gedanke. Dann wäre er ja kein richtiger Kater mehr. Stell dir vor, so etwas würde man mit den Menschen machen.«

Dusty stupste ihn an. »Bei Tieren ist das etwas ganz anderes.«

Sie waren auf die Terrasse gegangen und hatten sich in die gepolsterten Gartensessel gesetzt. Dusty griff nach ihrem Bierglas und trank. Dann blickte sie trübsinnig in den Garten. Irgendwie fehlte Liberty ihr. Rod beugte sich zu ihr und streichelte ihren Arm.

»Denk jetzt nicht unausgesetzt an den Kater«, bat er. »Ganz bestimmt kommt er von selbst zurück. Er ist immer zurückgekommen. Erzähl mir lieber noch ein bisschen von dir. Wie war das in deiner Kindheit? Hattet ihr Tiere zu Hause?«

»In unserem Landhaus in Connecticut hatten wir mal eine deutsche Dogge.« Dusty seufzte. »Ich war damals noch sehr klein, und die Dogge war sehr groß.«

Rod unterbrach sie sofort. »Sie hat dich angefallen?«

»Nicht die Spur. Resi war ganz sanft und lammfromm, aber sie sah nicht so aus.«

»Und dann?« fragte Rod.

»Ach, es war schrecklich. Eines Tages wurde sie von einem Wagen angefahren. Wir mussten sie einschläfern lassen. Ich war damals zehn. Ich weiß noch, dass ich furchtbar geweint habe. Ich war total fertig. Und da haben meine Eltern beschlossen, sich keinen Hund mehr anzuschaffen.«

»Das kann ich verstehen«, meinte Rod. »Es muss wirklich schlimm sein, wenn so ein Tier eingeht, an das man sich gewöhnt hat. Du hast Schweres durchgemacht, Liebling.«

Dusty lachte. »Na hör mal«, sagte sie. »Es gibt Schlimmeres im Leben. Ich kann mich wirklich nicht beklagen. Dad verwöhnt mich nach Strich und Faden.«

»Wie es sich für ein Mädchen deiner Klasse gehört«, erwiderte Rod mit leichtem Spott. »Und wie stellst du dir das später einmal vor? Es könnte doch sein, dass du dich in einen Mann verliebst, der dich nicht nach Strich und Faden verwöhnen kann.«

»Darüber habe ich mir noch keine Gedanken gemacht«, sagte Dusty. »Aber eigentlich bin ich nicht sehr anspruchsvoll. Ich glaube, ich komme mit dem Leben zurecht, wie auch immer es sein mag.«

»Was würde dein Vater wohl sagen, wenn wir heiraten wollten?« Rod schlug die Beine übereinander und zündete wie immer zwei Zigaretten an. Eine reichte er Dusty.

»Müssen wir jetzt darüber sprechen?« fragte sie ein wenig unbehaglich.

»Irgendwann sollten wir darüber reden, meine ich. Ich könnte mir wirklich vorstellen, für immer mit dir zusammen zu sein. Du weißt ja, dass ich dich wahnsinnig liebe.«

Dusty vergaß Liberty. Auf einmal fühlte sie sich wieder froh und glücklich, wie jedes Mal, wenn Rod von Liebe sprach.

Er blickte sie an. »Du hast meine Frage nicht beantwortet, Baby.«

»Ich bin erwachsen und kann tun und lassen, was ich will.«

»Aha.« Rod zog an seiner Zigarette. »Jetzt weiß ich Bescheid. Wenn dein Vater von uns erführe, würde ihn vermutlich glatt der Schlag treffen, richtig? Sonst müsstest du ja auch nicht deine Freundin Florence vorschieben, um dich mit mir zu treffen.«

»Wir kennen uns doch erst so kurze Zeit, Rod. Wir können doch jetzt noch nicht für die Zukunft planen.«

»Ich finde, doch. Ich hab' immer nach einem Mädchen gesucht, das so ist wie du. Jetzt bist du da, und die Welt ist in Ordnung. Warum sollen wir die Sache nicht perfekt machen?«

»Du bist absolut verrückt«, sagte Dusty. »Reden wir in ein paar Monaten darüber.«

»Du traust mir nicht, was?«

Dusty lächelte ihm zu. »Geben wir uns beide noch etwas Zeit. Eine Ehe ist eine ernste Sache. Ich jedenfalls möchte nur einmal im Leben heiraten. Scheidungen sind so schrecklich. Darum will ich ganz sicher sein, wenn ich einmal ja sage.«

»Okay.« Rod grinste. »Sprechen wir in ein paar Wochen wieder darüber.«

❁

Zwei Stunden später war Liberty immer noch nicht wieder da. Dusty und Rod waren ins Haus gegangen und hatten sich angezogen, und Dusty schlug vor, ein bisschen mit dem Wagen durch die Gegend zu fahren und nach Liberty Ausschau zu halten. Natürlich war Rod einverstanden. Er machte sich ja ebenfalls Sorgen um den Kater.

Gerry hatte ihm gesagt, dass er an dem Tier hing. Wenn er zurückkam und Liberty verschwunden war, würde das Ärger geben, und Rod mochte Ärger nicht. Also taten sie das, was Dusty vorgeschlagen hatte.

Nach einer Stunde sinnlosen Herumkurvens kamen sie zurück – ohne Liberty. Eigentlich hatte Rod Dusty standesgemäß zum Dinner ausführen wollen, aber davon wollte sie jetzt nichts wissen. Es schien sie wirklich sehr zu beunruhigen, dass der Kater nicht da war.

Rod beschloss, ein paar Drinks zu mixen. Er wusste inzwischen, wo die Hausbar war, und er kannte sich auch mit den Gläsern aus. So machte er für sie beide einen Wodka-Lemon zurecht.

Als Rod gerade wieder neben Dusty auf der weißen Ledercouch saß und sie sich an ihn schmiegte, läutete das Telefon. Auffordernd sah Dusty Rod an. Der schüttelte leicht den Kopf.

»Einfach ignorieren«, sagte er.

»Aber es könnte jemand anrufen, der Liberty gefunden hat.«

»Er hatte keinen Zettel mit der Telefonnummer um den Hals«, antwortete Rod sachlich. »Wer also sollte deswegen hier anrufen?«

»Trotzdem macht es mich nervös, wenn das Ding klingelt.« Dusty rückte von ihm ab.

»Also wenn du darauf bestehst, Liebling ...« Rod ging zu dem weißen Telefon, das auf einem kleinen weißen Tisch stand. Er nahm den Hörer ab.

»Hallo«, sagte er und kam sich damit sehr diplomatisch vor.

»Eileen«, meldete sich eine helle Frauenstimme. »Gerry, du hast versprochen, mich heute anzurufen. Den ganzen Tag habe ich darauf gewartet. Was ist los mit dir? Warum meldest du dich nicht? Ich hab' mir schließlich den Samstag für dich freigehalten.«

»Tut mir Leid, Miss, Sie haben sich verwählt«, antwortete Rod schnell und legte den Hörer zurück.

»Wirklich eine Fehlverbindung?« fragte Dusty misstrauisch.

»Wenn ich es dir sage!«

Da klingelte das Telefon wieder. Und während Dusty ihn aufmerksam beobachtete, nahm Rod den Hörer ab. Natürlich war es wieder diese Eileen.

»Ich sagte Ihnen doch schon, Sie haben sich verwählt.

Hier ist kein Mr. Dexter.« Schon legte Rod den Hörer wieder zurück.

Rod setzte sich wieder neben Dusty auf die Couch, legte den Arm um ihre Schultern und zog sie an sich. Als das Telefon abermals läutete, machte Rod nur eine abwehrende Handbewegung.

»Ich habe mal in einem Apartment gewohnt, in dem früher zwei Call-Girls lebten. Das wusste ich damals noch nicht, und ich hatte die Telefonnummer übernommen. Nach vierzehn Tagen habe ich sie ändern lassen. Du glaubst gar nicht, was da los war. Sogar nachts um vier riefen irgendwelche Burschen an, die sich mit den Mädchen treffen wollten. Die beiden Girls müssen gut im Geschäft gewesen sein.«

Dusty kicherte. »Ich könnte mir denken, dass auch du dich über Anrufe nicht zu beklagen hast. Ein Mann wie du, den alle Welt vom Hörfunk kennt . . . Wie ist das eigentlich mit deinen Fans?«

»Ich bekomme eine ganze Menge Briefe.« Rod wickelte eine helle Strähne von Dustys Haar über seinen Zeigefinger. »Und manchmal sind ziemlich eindeutige Angebote dabei.«

Dusty blitzte ihn an. »Auf die du hoffentlich nicht eingehst!«

»Auf die ich nie eingegangen bin, Baby«, versicherte er. »Ich will der Mann sein, der erobert. Ich halte nichts davon, dass Mädchen die Initiative ergreifen. Vielleicht bin ich ein bisschen altmodisch.«

Dusty küsste ihn. »Ich liebe es, dass du so altmodisch bist«, sagte sie. »Und ich will nicht, dass du dich mit anderen Mädchen beschäftigst.«

»Du bist die Einzige«, sagte Rod. »Und so wird es auch bleiben. Es kommt ganz auf dich an.«

»Du hast mich doch«, flüsterte Dusty. »Weißt du das nicht?«

Rod sah sie an und musste sie einfach küssen. Wieder begann er, Dusty zu streicheln. Wie er es liebte, ihre Brüste zu berühren, zu spüren, wie ihre Brustspitzen hart und steif wurden!

In solchen Augenblicken konnte Rod sich einfach nicht vorstellen, dass der erotische Reiz jemals vergehen würde, den Dusty auf ihn ausübte. Dann hatte er immer nur den einen Wunsch, sie nackt neben sich zu fühlen, Haut an Haut, und sie zu besitzen, ganz und gar bei ihr zu sein.

Dusty spürte wieder dieses Prickeln in ihrem Bauch, diesen Schauer, der ihr den Rücken hinauflief, wenn Rod sie streichelte.

In diesem Moment läutete es an der Tür. Dusty erstarrte förmlich in Rods Armen. Hastig schob sie seine Hand weg, zog den Rock herunter, der hochgerutscht war.

Rod lächelte. »Warum diese Panik, Liebling? Wir müssen doch nicht öffnen.«

»Doch, wir müssen«, sagte Dusty. »Denk an Liberty.«

»Willst du etwa sagen, dass du die ganze Zeit über an ihn gedacht hast?«

Dusty strich sich das Haar zurück. Sie lächelte nervös. »Natürlich nicht. Wie kannst du so etwas fragen? Wenn du da bist, wenn du mich streichelst, denke ich nur an dich.«

Wieder läutete es, diesmal energischer.

»Also mach schon auf«, sagte Dusty. »Bringen wir es hinter uns.«

Rod zündete sich eine Zigarette an. Er spürte, dass seine Erregung abflaute. Da war wieder diese Ungewissheit. Wer, um alles in der Welt, läutete hier am Samstagabend? War es vielleicht diese verrückte Eileen, die schon zweimal angerufen hatte? Er musste sie auf der

Stelle abwimmeln, sonst würde der ganze Schwindel auffliegen.

Dusty beobachtete ihn nervös. »Was ist los, Rod? Warum gehst du nicht endlich zur Tür? Es könnte doch etwas Wichtiges sein.«

»Doch nicht am Samstagabend«, sagte Rod. Aber schließlich ging er doch, um zu öffnen. Neugierig war Dusty ihm bis zur Tür des Living-rooms gefolgt. Als Rod die Haustür aufriss, sah er einen älteren Herrn, der Liberty auf dem Arm hielt.

»Entschuldigen Sie die Störung«, sagte er. »Ich bringe Gerrys Kater zurück. Er ist in unserem Garten herumgeturnt. Zum Glück kannte ich den kleinen Burschen.«

»Das ist wirklich sehr nett von Ihnen. Vielen Dank, dass Sie ihn gebracht haben.«

Ausnahmsweise war Liberty sanft und fauchte Rod nicht an, wie es sonst seine Art war. Rod streichelte ihn. »Wir haben dich schon so vermisst, du Ausreißer. Wir sind sehr froh, dass du wieder da bist.«

»Also dann«, sagte der Mann mit dem grauen Haar. »Dann ist ja alles in Ordnung.« Rod war heilfroh, als er ging.

Kaum hatte er die Tür geschlossen, kam Dusty in die Diele und nahm ihm Liberty ab. Auch sie streichelte den Kater, aber sie sah Rod an.

»Du hättest den Mann hereinbitten müssen. Wenigstens einen Drink hätte er dafür verdient, dass er den Kater gebracht hat. Ich finde, du hast dich sehr unhöflich benommen. Du hast ja gerade so getan, als würdest du deine Nachbarn nicht kennen. Und außerdem . . . Wieso hat er gesagt, Gerrys Kater?«

»Er gehörte früher Gerry«, erwiderte Rod schnell. »Hab' ich dir das nicht erzählt? Er gehörte meinem Freund Gerry.«

»Nein, das hast du bisher nicht erzählt. Du hast überhaupt wenig über Liberty gesprochen.«

»Das war doch auch nun wirklich nicht wichtig, Dusty. Liberty ist wieder da, das ist die Hauptsache.«

»Irgendwann solltest du dich aber etwas freundlicher bei diesem netten Herrn bedanken, meinte Dusty noch. »Du warst wirklich sehr kurz angebunden.«

»Es war die Überraschung«, meinte Rod schnell, »Ich hatte wirklich nicht damit gerechnet, dass Liberty auf diese Weise zurückkommt.«

»Ich schon«, sagte Dusty und streichelte den Kater noch immer, der zufrieden schnurrte. »Jetzt müssen wir ihm etwas zu fressen geben. Bestimmt hat er auch Durst.« Sie ging mit Liberty in die Küche.

Rod strich sich das Haar zurück. Das war ja noch einmal gut gegangen. Was Gerrys Nachbar wohl von ihm gedacht hatte?

Aber darüber wollte er sich jetzt keine Gedanken machen. Gerry würde das schon wieder in Ordnung bringen, wenn er zurückkam. Rod folgte Dusty in die Küche.

Als Dusty sich bückte, um den Fressnapf abzusetzen, den sie gefüllt hatte, sah Rod ihren winzigen Slip unter ihrem kurzen Kleid aufblitzen. Er konnte nicht anders, er musste diesen süßen Po streicheln.

»Kannst du eigentlich fünf Minuten mal was anderes denken?« fragte Dusty streng.

»Es fällt mir schwer, wenn ich dich sehe«, gestand Rod. »Du bist so aufreizend und so aufregend. Ich werde nie genug von dir bekommen.«

»O Rod, wie soll das bloß enden?« Dusty schmiegte sich in seine Arme, und Rod küsste sie.

Er fühlte, wie sich ihre Brüste an ihn drängten, ihr ganzer heißer Körper, und er spürte, wie die Erregung ihn wieder überflutete. Es konnte gar nicht anders sein, wenn er Dusty so in den Armen hielt.

»Lassen wir Liberty in Ruhe«, sagte er leise. »Er hat eine anstrengende Tour hinter sich. Er wird müde sein. Aber ich bin sehr wach, Baby.«

Dustys Hände glitten an ihm hinunter.

»Das ist nicht zu übersehen«, sagte sie und streichelte ihn.

Kurzerhand nahm Rod sie auf die Arme, trug sie in den Living-room zu der weißen Ledercouch und setzte sie dort sanft ab. Dusty streifte die Sandalen von den Füßen, und Rod half ihr, das Kleid auszuziehen.

Als er sie nackt in ihrem kleinen weißen Tanga-Slip sah, musste Rod sie wieder streicheln, musste diese üppigen, festen Brüste küssen, die sich ihm verlangend entgegenreckten. Er küsste auch ihren Schoß, als er ihren Slip heruntergezogen hatte, und Dusty fühlte sich ihrer beginnenden Lust vollkommen ausgeliefert. Diese grenzenlose Erregung in ihr.

Sie wollte, dass auch Rod nackt war. Er zog sein Polohemd aus, warf es zur Seite, und Dusty zog den Reißverschluss seiner Hose herunter, seinen Slip. Als sie ihn streichelnd berührte, war Rod im Nu heiß und erregt. Ihre Körper fieberten einander entgegen, als sie sich küssten.

Dusty umschlang Rod mit den Beinen. Ihre Hände glitten schmeichelnd über seinen Rücken bis hinunter zu seinem Po. Sie wollte, dass Rod zu ihr kam, jetzt sofort. Sie öffnete ihre Schenkel für ihn.

Und dann war es wieder so neu und aufregend, als wäre es zum ersten Mal, als Rod hineinglitt in Dustys süße Feuchte, die ihn ganz verrückt machte. Er wollte, dass es diesmal lange dauerte, und so erregten sie sich gegenseitig bis zum Wahnsinn.

Aber dann konnte Dusty sich nicht mehr zurückhalten. Mit einem wilden Aufschrei kam sie, genau in dem Moment, als auch Rod soweit war. Keuchend und stöhnend bewegten sich ihre Körper auf der Couch, und Dusty hatte nur den einen Wunsch, dass dieses Gefühl nie, nie aufhören würde.

Aber irgendwann mussten sie sich voneinander lösen, zitternd, erhitzt, ein bisschen erschöpft und sehr, sehr glücklich. Als Dusty sich verwirrt aufrichtete, lachte sie plötzlich leise.

Erstaunt sah Rod sie an. »Was ist? Warum lachst du? War es nicht gut für dich?«

Dusty berührte mit der Fingerspitze seine Wange. »Es war das Schönste, was ich je erlebt habe«, erwiderte sie. »Ich habe nur gelacht, weil wir die ganze Zeit beobachtet wurden.

Rod fuhr hoch, als vermute er tatsächlich eine fremde Person im Raum. Aber dann ließ er sich mit einem leisen Seufzer zurückfallen.

»Es ist doch nur Liberty.«

Der Kater war auf seinen leisen Pfoten in den Livingroom gekommen und hatte es sich wieder im Ledersessel bequem gemacht. Mit seinen schräg stehenden grünen Augen hatte er die beiden Menschen offenbar die ganze Zeit beobachtet. Rod zog Dusty wieder neben sich.

»Das nächste Mal sperren wir ihn in die Küche«, sagte er zärtlich. »Er soll nicht auf dumme Gedanken kommen.«

✿

Avery Rule fühlte sich schrecklich an diesem Samstag. Er wusste absolut nicht, was er tun, wie er sich verhalten sollte.

Normalerweise war er seinem Boss treu ergeben. Er hatte als Chauffeur der Whitmans kein schlechtes Leben, und sein Gehalt war auch nicht übel. Dafür war Avery dankbar. Er hätte sich für Norman Whitman in Stücke reißen lassen. Das kleine Problem war nur, dass er heimlich in Dusty verliebt war.

Und das war es gerade, was ihn jetzt in Schwierigkeiten brachte. Keinesfalls war Avery so einfältig, wie Dusty vermutet hatte. Er hatte das junge Mädchen zwar bei Florence abgesetzt, aber er war nicht sofort zurückgefahren. Im Gegensatz zu Norman Whitman war Avery nämlich nicht der Ansicht, dass Dusty die Wahrheit gesagt hatte, was ihre Wochenendverabredung betraf.

Also hatte er den Rolls in einer Seitenstraße geparkt und vom gegenüberliegenden Hauseingang das Haus beobachtet, in dem Florence Gale wohnte. Avery hatte nicht lange zu warten brauchen.

Minuten später war Dusty wieder herausgekommen und mit ihrer Reisetasche in ein Taxi gestiegen. Da war Avery stolz auf seinen Instinkt gewesen. Er war förmlich zum Wagen gestürzt und hatte die Verfolgung des Taxis aufgenommen. Leicht war das nicht gewesen. Aber Avery war ein guter Fahrer und er hatte sich nicht abhängen lassen.

Auf dem ganzen Weg hatte er befürchtet, dass Dusty ihn sehen könnte. Aber sie hatte sich nicht einmal umgedreht im Fond. Sie hatte wohl an etwas ganz anderes gedacht. Und so hatte Avery herausbekommen, wohin sie gefahren war.

Er hatte sie in dem Haus verschwinden sehen, wo Rod sie erwartete. Wem das Haus gehörte, hatte Avery schnell herausgefunden. Die Eifersucht hatte ihn erfinderisch gemacht. Und eine gesprächige Nachbarin hatte ihm Gerrys Namen genannt.

Aber nicht nur mit dieser Eifersucht schlug Avery sich an diesem Samstag herum. Er war Dusty auf die Schliche gekommen. Sie traf sich heimlich mit einem Mann, ohne dass ihr Vater es wusste, Avery fand, dass das ganz und gar nicht in Ordnung war.

Wer war dieser Gerry Dexter? Was war das für ein Typ, der Dusty so bezauberte? Auch darüber musste Avery lange nachdenken. Aber sein Hauptproblem war, wie er sich jetzt verhalten sollte.

Sollte er seinem Boss sagen, was er gesehen hatte? Sollte er ihm reinen Wein einschenken? Das bedeutete, Dusty zu verraten, und das wollte Avery nun auch wieder nicht.

Was also sollte er tun? Darüber grübelte Avery den ganzen Samstag nach. Es gab drei Möglichkeiten: Erstens mit Norman Whitman sprechen, zweitens mit Dusty, und drittens konnte er die ganze Sache für sich behalten. Wofür sollte er sich entscheiden?

Je mehr er darüber nachdachte, desto unsicherer wurde Avery. Sicher war er nur in seinem Gefühl für Dusty. Sollte er vielleicht aus seinem Wissen Profit schlagen? Einen Profit ganz persönlicher Art?

Plötzlich hatte Avery eine Idee. Es war keine feine Idee, aber Avery war schließlich auch kein feiner Mann. Er würde Dusty ein bisschen erpressen, würde vielleicht ein kleines bisschen Zärtlichkeit dafür eintauschen können, dass er schwieg. Nicht, dass er gleich daran dachte, er könne mit Dusty schlafen. So viel erhoffte sich Avery nun auch wieder nicht.

Dusty mochte zwar verrückte Dinge tun. Aber er war nur der Chauffeur der Familie, nichts weiter. Und diesen Sprung über die Standesunterschiede würde Dusty nie wagen, darüber war Avery sich klar. Außerdem schien seine Männlichkeit auf sie keinen Eindruck zu machen. Aber er war nun einmal verrückt nach Dusty.

Er wollte diesen spöttischen, sinnlichen Mund küssen, wollte die Feuchte ihrer Lippen spüren, wollte Dusty einmal in seinen Armen halten. Dieses Mädchen hatte ihm einfach den Kopf verdreht.

Okay, er hätte jetzt beweisen können, dass er ein guter

Freund war, dass er den Mund hielt und sich auf Dustys Seite stellte. Dann hatte sie ihn womöglich toll gefunden und in gewisser Weise Respekt vor ihm gehabt. Aber was hatte er davon, dass sie ihn respektierte? Averys Gedanken gingen in eine ganz andere Richtung, seine Gedanken und seine heißen Gefühle.

Natürlich musste er riskieren, dass er gefeuert wurde. Dusty konnte ihm allen Wind aus den Segeln nehmen, indem sie ihrem Vater alles erzählte.

Wenn Norman Whitman erfuhr, dass er, Avery, sich an Dusty herangemacht hatte, dann war er seinen Job los. Aber dieses Risiko musste er eingehen.

Nur ein einziges Mal wollte er seinem Traumziel einen Schritt näher kommen. Nur ein einziges Mal wollte er sich einbilden, dass Dusty ihn liebte. Das war Avery alles andere wert.

✿

Florence erwartete Dusty in einem bodenlangen, kirschroten Nickykleid, eine Zigarette in der Hand. Sie lächelte spöttisch, als Dusty mit ihrer Reisetasche ganz atemlos ins Haus kam. Florence schloss hinter ihr die Tür.

»Du siehst aus, als hättest du ein tolles Wochenende hinter dir.«

»Ich bin spät dran. Avery muss jeden Augenblick hier sein.« Dusty warf mit Schwung das blonde Haar zurück. »Meine Güte, war das heute wieder warm!«

»Heiß wäre das richtigere Wort«, bemerkte Florence. Sie musterte ungeniert die leichten Schatten unter Dustys Augen. »Wann siehst du ihn wieder?«

»Mittwoch«, antwortete Dusty ungeduldig. »Mittwochabend, ehe er ins Studio muss. Ach, Florence, ich bin wahnsinnig glücklich, und ich bin dir so dankbar, dass du dieses Wochenende ermöglicht hast.«

Florence ließ sich in einen Sessel fallen. »Ich habe nichts für dein Glück getan. Aber willst du die Sache immer so weiterlaufen lassen? Irgendwann fliegt doch alles auf.«

»Natürlich muss ich mit Dad sprechen, irgendwann.«

Wieder lächelte Florence ironisch. »Er wird begeistert sein über den Mann, den du dir ausgesucht hast.«

Es klingelte. Sofort griff Dusty nach ihrer Reisetasche. Sie umarmte die Freundin flüchtig.

»Das ist Avery. Ich muss los. Wir telefonieren miteinander, Florence.«

»Das will ich hoffen«, sagte Florence und begleitete die Freundin zur Tür.

Avery begrüßte die beiden jungen Damen höflich und öffnete Dusty den Wagenschlag. Sie stieg in den Fond, warf die Reisetasche neben sich und winkte ihrer Freundin noch einmal zu. Auch Avery grüßte, setzte sich hinter das Steuer und startete den schweren Wagen.

»Ich hoffe, Sie hatten ein schönes Wochenende, Miss Whitman.« Avery beobachtete Dusty durch den Rückspiegel.

»Ja, es war sehr schön«, antwortete sie und blickte aus dem Seitenfenster.

Manchmal hasste Avery sie, wenn sie so wie jetzt dasaß in dieser etwas hochmütigen Haltung und mit diesem Blick, der glatt über ihn hinwegsah.

»Sie und ich, wir wissen, dass Sie nicht auf Long Island waren«, bemerkte er, und dann nannte er eine Adresse, die Dusty glatt den Atem verschlug.

»Sie haben mir also nachspioniert. Wozu, Avery? Was geht Sie mein Privatleben an?«

»Ich werde kein Wort darüber verlieren, das verspreche ich Ihnen. Es wird unser Geheimnis bleiben, wenn Sie nur ein bisschen nett zu mir sind, Miss Dusty.

Dusty glaubte, sich verhört zu haben. Kerzengerade

saß sie da, und sie fühlte, wie die Wut in ihr hochstieg. Aber sie beherrschte sich. Von Kind an hatte sie gelernt, sich zu beherrschen.

»Warum sollten wir ein Geheimnis miteinander haben, Avery?« entgegnete sie kühl. »Und warum sollte ich nett zu Ihnen sein?«

»Weil ich in Sie verliebt bin, Miss Dusty, und Sie wissen es.«

»Das ist Ihr Problem, Avery. Damit müssen Sie allein fertig werden.«

Avery fuhr den Wagen scharf an den Straßenrand und hielt. Er drehte sich zu Dusty um.

»Ich verlange doch gar nicht viel«, sagte er mit bettelnden braunen Hundeaugen, und nun fiel es Dusty doch sehr schwer, sich zu beherrschen.

»Fahren Sie sofort weiter, Avery, auf der Stelle! Und ich denke, wir vergessen dieses kleine Gespräch.«

Jetzt war es Avery, der spöttisch lächelte. »Ihr Vater wird nicht sehr begeistert sein, wenn er hört, mit wem Sie das Wochenende verbracht haben.«

»Das wiederum ist mein Problem, Avery. Ich habe vor meinem Vater keine Geheimnisse. Er wird ohnehin erfahren, was geschehen ist. Also entweder fahren Sie jetzt, oder ich steige aus und nehme mir ein Taxi.«

Avery drehte sich um und startete den Wagen wieder. War er denn total verrückt gewesen? Was hatte er sich eingebildet? Dass Dusty ihm leidenschaftlich in die Arme fallen würde? Sein schöner Plan war ein Schlag ins Wasser gewesen.

»Ich wollte Ihnen nicht zu nahe treten, Miss Whitman«, sagte er schnell. »Es ist nur so, dass ich unausgesetzt an Sie denken muss. Und dieser andere Kerl . . .«

»Kein Wort mehr darüber. Ich habe doch gesagt, dass wir dieses Gespräch vergessen werden. Wagen Sie so etwas nie wieder, wenn Sie Ihren Job behalten wollen.«

»Sie können immer auf mich zählen, Miss Whitman«, erklärte er demütig.

Dusty schwieg, bis der Wagen vor dem Haus hielt. Dieser Avery Rule musste total den Kopf verloren haben. Wenn Dusty nicht so wütend auf ihn gewesen wäre, hätte sie wohl Mitleid für ihn empfunden.

Sie wartete nicht, bis Avery ihr den Wagenschlag öffnete, sondern stieg sofort aus und ging ins Haus. Avery würde kein Wort von dem sagen, was er wusste, darüber war sich Dusty im Klaren. Er wollte sich ihre Sympathie schließlich nicht ganz verscherzen.

Aber Dusty sah ein, dass sie die Aussprache mit ihrem Vater nicht mehr allzu lange hinausschieben konnte. Was hatte sie auch zu verbergen? Sie hatte sich in einen wundervollen Mann verliebt, und es war ihr ganz und gar gleichgültig, was ihr Vater davon hielt.

❁

Rod beobachtete Dusty, als sie sich anzog, das cremefarbene Seidenhemdchen, unter dem sich ihre Brüste so aufreizend abzeichneten, den kleinen dazu passenden Slip. Ihr schönes Haar war wirr und verwühlt, und ihre Augen glänzten. Sie hatten sich heiß und stürmisch geliebt an diesem Abend.

Rod fühlte sich prachtvoll, als er jetzt nach seinen Sachen griff. Es wurde Zeit, dass er ins Studio kam. Am liebsten hätte er Dusty mitgenommen, um sich nicht von ihr trennen zu müssen. Aber natürlich war das nicht möglich.

Dusty schlüpfte jetzt in ihre hautenge weiße Jeans, zog das olivgrüne T-Shirt über den Kopf, das eigentlich aussah wie jedes andere T-Shirt, aber bestimmt aus einer schicken Boutique der Fifth Avenue stammte. Mit beiden Hände fuhr sich Dusty durchs Haar und lächelte.

»Am liebsten würde ich hier bleiben und auf dich warten.«

Rod zog den Reißverschluss seiner Hose hoch und riss Dusty in die Arme. Heiß küsste er sie.

»Warum tust du's nicht?« sagte er dann und streichelte ihre Wange. »Ich werde während der Nacht nur daran denken, dass du hier bist. Warum bleibst du nicht?«

»Dad würde mir morgen früh ein paar Fragen stellen.«

»Irgendwann muss er diese Fragen stellen, oder?«

»Ich konnte hier ein bisschen aufräumen und Frühstück für dich machen.«

»Und wir hätten morgen den ganzen Tag für uns«, sagte Rod.

Dusty überlegte. »Dad ist heute Abend bei einem Geschäftsfreund in Manhattan. Er wird ohnehin spät nach Hause kommen, wird gar nicht merken, dass ich nicht da bin. Aber morgen früh müsste ich mich schon daheim sehen lassen.«

Wieder nahm Rod sie in die Arme. »Bleib«, sagte er zärtlich. »Bleib für immer, Dusty.«

Das brachte Dusty zum Lachen. »Darüber sollten wir in Ruhe sprechen, aber nicht jetzt. Du hast es eilig. Man wartet auf dich.

In der Tat war Rod schon ziemlich spät dran. Er musste heute anderthalb Stunden früher als sonst im Studio sein, weil er noch Verschiedenes mit seinem Redakteur zu besprechen hatte. Und jetzt war es schon kurz vor zehn. Es würde einige Zeit dauern, bis er mit dem Wagen durch die City kam.

»Ich sehe dich also morgen früh?« fragte Rod, als Dusty ihn zur Tür brachte.

»Versprochen.«

Erst auf der Fahrt zum Studio sagte sich Rod, dass es

vielleicht doch keine gute Idee gewesen war, Dusty zum Bleiben zu überreden. Sie allein in diesem Haus? Okay, mit Liberty hatte sie sich angefreundet. Aber wer wusste schon, was sie sonst noch alles entdeckte? Bei diesem Gedanken fühlte sich Rod ziemlich ungemütlich.

Jetzt nicht daran denken! Er musste sich auf seine Arbeit konzentrieren. Ohnehin hatte er seine Sendung so schlecht vorbereitet wie noch nie. Das würde eine Nacht werden!

Inzwischen trug Dusty die benutzten Gläser in die Küche, und als Liberty um ihre Beine strich, begann sie, mit ihm zu spielen. Es waren erst zehn Minuten vergangen, als Dusty plötzlich ein Geräusch an der Haustür hörte. Sie lief in die Diele und glaubte ihren Augen nicht zu trauen, als sie einem schlanken Mädchen mit weizenblondem Haar gegenüberstand. Das Haar war superkurz geschnitten, aber die Frisur stand diesem Mädchen. Sie passte zu ihrer zierlichen Figur, ihrem kessen jungen Gesicht.

»Wie sind Sie hier hereingekommen?« Dusty wusste nicht, was sie sonst sagen sollte.

Die Blonde zeigte ihr ein Schlüsselbund. »Damit. Wo ist der Champ?«

»Wer?« fragte Dusty.

»Oh, mein Gott, hat er Ihnen die Geschichte nicht erzählt? Seine Eltern haben ihn früher Champion genannt. Das war so eine Art Kosename, und ich nenne ihn auch so. Also wo ist er? Wo steckt dieser miserable Bursche?«

»Er ist nicht da. Er ist im Studio. Was, zum Teufel, wollen Sie hier?«

»Das Gleiche könnte ich Sie fragen. Ich bin Eileen Fath, und mit wem habe ich das zweifelhafte Vergnügen?«

»Dusty«, sagte Dusty nur. Sie war total durcheinander. Warum hatte Rod ihr nichts von diesem Mädchen erzählt? Immerhin hatte es einen Schlüssel für dieses Haus, was ja wohl nur eins bedeuten konnte . . .

Eileen musterte sie kritisch, und Dusty fühlte sich ungemütlich unter diesem Blick. In dem Moment war Eileen in der besseren Position, das war Dusty klar. Was hatte Rod ihr verschwiegen?

Das blonde Mädchen in dem knappsitzenden brandroten Overall ging ohne weiteres in den Living-room. Wütend folgte Dusty ihr. Wieso tat diese Eileen so, als gehöre sie hierher? Eine Frechheit war das!

Eileen ging zur Bar, nahm ein Glas aus dem Schrank und goss sich einen winzigen Bourbon ein. Dann ließ sie sich in einen Ledersessel fallen. Wieder sah sie Dusty herausfordernd an, als sie einen Schluck trank.

»Er ist ein Mistkerl«, sagte sie dann, »Er kann ohne Mädchen nicht leben, braucht immer wieder diese Selbstbestätigung. Und er ist verdammt rücksichtslos. Früher hätte man so etwas wie ihn verbrannt.«

»Ich dachte, man hätte nur Hexen verbrannt, erwiderte Dusty lahm.

»Quatsch. So was wie der Champ gehört auf den Scheiterhaufen, und zwar sofort, ehe er noch mehr Unheil anrichten kann. Wie lange haben Sie schon das Vergnügen, ihn zu genießen, Dusty?«

»Das ist wohl meine Sache.«

Eileen lachte spöttisch. »Nicht unbedingt. Jedenfalls wissen Sie jetzt, dass Sie nicht die Einzige sind. Hat er Ihnen auch all die schönen Dinge gesagt, dass in Ihren Augen immer Mitternacht ist und so weiter?«

»Nein«, sagte Dusty.

»Dann hat er jetzt vielleicht eine neue Platte drauf, und er kann improvisieren. Jedenfalls ist er ein mieses Subjekt. Da redet er von Liebe und Ehe und was weiß ich. Und im nächsten Moment ist eine andere dran, der er genau das Gleiche erzählt. Haben Sie das nicht gewusst?«

Dusty setzte sich auf die Couch. Sie spürte, wie ihre Knie zitterten. Plötzlich war alles in Frage gestellt. War Rod wirklich ein solcher Typ, wie dieses Mädchen behauptete? Es musste wohl so sein. Warum hätte er sonst dieser Eileen seine Schlüssel gegeben? Warum hatte er nicht ein einziges Wort über sie verloren?

»Jetzt fragen Sie sich, wer von uns beiden das Rennen macht, richtig? Ich will Ihnen etwas sagen: Weder Sie noch ich werden das sein. Wahrscheinlich ist längst eine Dritte aufgetaucht, an die er sich gerade heranmacht. Er kann die Finger nicht von den Weibern lassen, das ist es.«

»Wie lange geht das schon mit Ihnen?« Dusty erkannte kaum ihre eigene Stimme.

»Über zwei Monate«, antwortete Eileen. Sie leerte ihr Glas, setzte es auf dem Tisch ab. »Aber wir trafen uns nur gelegentlich. Zwischendurch gab es bestimmt wieder andere. Nur ist diesmal die Sache nicht so gelaufen, wie er es sich vorgestellt hat. Da ist ein kleines Problem aufgetaucht. Ich bin nämlich schwanger.«

Dusty sagte überhaupt nichts. Sie hätte jetzt auch gern einen Drink gehabt. Aber es wäre ihr blöd vorgekommen, jetzt hier zu sitzen und mit dieser Eileen zu trinken. Irgendwann musste sie ja wieder verschwinden.

»Ja«, sagte Eileen, »ich bekomme ein Kind von ihm. Und jetzt soll er mir verdammt noch mal sagen, was geschehen soll.«

»Hat er Ihnen wirklich gesagt, dass er Sie heiraten will?«

»Das sagt er doch jeder. Aber bis jetzt wollte ich nichts davon wissen. Nur – im Moment liegen die Dinge anders. Da ist das Baby.«

Großer Gott, dachte Dusty, das darf doch alles nicht wahr sein. Es muss ein Alptraum sein. Gleich werde ich erwachen. Dann hat es dieses Mädchen nie gegeben. Aber Eileen saß da und war sehr real.

»Wann kommt er zurück?« fragte sie.

»Morgen früh«, sagte Dusty. »Morgen früh können Sie ihn hier erreichen.«

»Ich werde da sein«, versprach Eileen. »Was ich ihm zu sagen habe, wird ihn nicht gerade glücklich machen. Besser, Sie packen jetzt schon Ihre Sachen, Dusty. Morgen früh wird es hier heiß hergehen.«

Daran zweifelte Dusty keinen Moment, und dass sie gleich verschwinden würde, wusste sie auch. Nichts und niemand würde sie hier in diesem Haus halten. Was hatte sie sich nur eingebildet? Ein Mann wie Rod Bailey, dem die Mädchen nachrannten.

Vielleicht hatte Eileen sogar Recht mit allem, was sie gesagt hatte. Vielleicht nahm Rod die Mädchen, wie sie ihm gerade zufielen. Er war ja so sexy, und er brauchte es so sehr.

Eileen lächelte schief. »Tut mir Leid, dass ich Ihnen die Stimmung verdorben habe. Aber ich hatte nicht erwartet, Sie hier anzutreffen, obwohl ich mir eigentlich schon gedacht habe, dass irgendetwas im Busch ist. Am Telefon wollte er ja nicht mit mir reden. Eigentlich habe ich vorgehabt, ihm seine Schlüssel kommentarlos zurückzuschicken. Aber dann kam diese kleine dumme Diagnose meines Arztes dazwischen. Und jetzt kann er mich natürlich nicht so einfach abschieben.«

»Natürlich nicht, sagte Dusty schnell. »Das ist wirklich eine schlimme Geschichte, Eileen.

»Ich werde es hinter mich bringen, so oder so. Aber ich will erst die Meinung des Champ hören.«

Eileen sah genau, wie niedergeschmettert Dusty war. Aber sie empfand keine Spur von Mitleid. Warum sollte es diesem Mädchen anders gehen als ihr? Sie hatte schließlich auch ihr Päckchen zu tragen.

»Tja, damit ist wohl alles gesagt, was zu sagen war.« Eileen stand auf. »Besser, Sie erwähnen nicht, dass ich hier war. Dann wird die Überraschung morgen umso größer. Aber ob ich mich auf Sie verlassen kann?«

»Wer kann sich schon auf jemanden verlassen?« erwiderte Dusty. Auch sie stand auf, aber Eileen winkte ab.

»Ich kenne den Weg zur Tür. Vielleicht sehen wir uns ja noch mal.« Damit verschwand sie.

Liberty kam herein, schmiegte sich an Dustys Füße und rollte sich zusammen. Zerstreut streichelte Dusty den Kater. Sie fühlte sich hundeelend. Sie fühlte sich so schlecht wie überhaupt noch nie in ihrem Leben. So einer war dieser Rod Bailey also!

Es wurde Zeit, sich aus dem Staub zu machen. Was für ein Glück, dass sie noch nicht mit ihrem Vater gesprochen hatte. Immer wieder hatte Dusty es in den letzten Tagen vorgehabt, und es dann doch nicht getan. Sie musste eine Art Schutzengel gehabt haben.

Eines war sicher: Das große Glück war vorbei, von dem sie geträumt hatte. Es hatte nicht lange gedauert. Warum hatte sie Rod nur so sehr vertraut? Warum hatte sie alles, was er gesagt hatte, für bare Münze genommen? Dabei hätte ihr doch schon das Haus zu denken geben müssen. Wie ein dämlicher Teenager hatte sie sich einwickeln lassen.

Dusty versorgte Liberty, gab ihm Futter und füllte den Napf mit Wasser, der danebenstand. Dann verabschiedete sie sich zärtlich von dem Kater, obwohl sie das Gefühl hatte, gleich losheulen zu müssen.

Auch Liberty würde sie nicht wiedersehen, und von Rod wollte sie schon gar nichts mehr wissen. Er sollte sich um seine anderen Mädchen kümmern, und vor allem um diese Eileen, die schwanger war.

Dusty hatte es plötzlich sehr eilig, dieses schreckliche Haus zu verlassen. Als sie in ihrem Wagen saß, war sie todtraurig und wütend zugleich. Wütend auf Rod, wütend auf sich selbst und auf die ganze Welt überhaupt.

Sie musste das alles als ein Abenteuer verbuchen, als eine unglückliche Affare. Aber, verdammt noch mal, sie liebte Rod. Sie liebte diesen Burschen noch immer.

❁

Rod war sehr überrascht, als er morgens nach Hause kam und Dusty nicht mehr vorfand. Aber dann sagte er sich, dass ihr wohl irgendetwas Wichtiges eingefallen war, was sie veranlasst hatte, heimzufahren.

Vielleicht hatte sie sich auch nur gelangweilt. Natürlich dachte Rod auch daran, dass Dusty wieder irgendetwas entdeckt haben könnte, was Gerry gehörte. Aber das würde sich schnell klären lassen.

Rod wollte Dusty gerade anrufen, als Eileen hereinplatzte. Wie immer hatte sie sich ihres eigenen Schlüssels bedient und stand Rod plötzlich im Living-room gegenüber. Rod wäre fast der Telefonhörer aus der Hand gefallen. Schnell legte er ihn zurück.

»Sieht so aus, als wäre dieses Haus ein Hotel, sagte Eileen. Ständig treffe ich hier fremde Leute. Wo steckt Gerry?«

»Soviel ich weiß, in Paris. Er ist ungefähr noch eine Woche weg.«

»Dieser Mistkerl«, schimpfte Eileen. »Und ich habe ihm etwas Wichtiges zu sagen.«

»Am Zwölften ist er wieder da. Ich wohne inzwischen hier und kümmere mich um seinen Kater.«

»Ach, so ist das«, sagte Eileen. »Mit Ihnen kann ich über mein Problem nicht sprechen. Also bleibt mir nichts anderes übrig, als zu warten, bis dieser verdammte Gerry zurückkommt.«

Rod grinste. »Sieht ganz so aus.«

»Und seine Telefonnummer in Paris haben Sie nicht zufällig?«

»Tut mir Leid, dass ich Ihnen damit nicht dienen kann. Sie kennen ja Gerry.«

»Und ob ich ihn kenne. Also dann ... Ich gehe besser wieder.«

»Wenn ich irgendetwas für Sie tun kann ...«

»Nein«, sagte Eileen. »Sie ganz bestimmt nicht.« Und trat den Rückzug an.

Rod hängte sich ans Telefon. Egal, was Dustys Vater denken mochte, wenn er ihn zufällig an den Apparat bekam, er musste mit Dusty sprechen. Was war gestern Abend passiert?

Aber als Rod sie endlich an der Strippe hatte, fauchte Dusty ihn an wie eine Wildkatze. Rod war total überrumpelt, konnte sich diesen leidenschaftlichen Ausbruch einfach nicht erklären.

»Hau ab«, sagte Dusty. »Verschwinde aus meinem Leben. Wage es nicht noch einmal, mich anzurufen, Rod Bailey. Du und deine Weibergeschichten! Ich will von dir nichts mehr wissen, kapiert? Die Sache ist gelaufen.«

»He, so können wir nicht auseinander gehen«, sagte Rod schnell. »Was ist los mit dir, Dusty?«

»Frag Eileen oder deine anderen Mädchen. Ich bin mit dir fertig, und zwar endgültig.« Damit knallte Dusty den Hörer auf.

Rod ließ sich in einen Sessel fallen. Tausend Gedanken schossen durch seinen Kopf. Das hatte er jetzt davon, dass er Dusty etwas vorgespielt hatte. Er hatte ihr mit diesem Haus imponieren wollen, und jetzt saß er ganz schön in der Klemme.

War diese Eileen womöglich schon gestern Abend aufgetaucht? So musste es sein. Und Dusty hatte das Mädchen für seine, Rods, Freundin gehalten. Wie sollte er das bloß richtig stellen?

Über eins war Rod sich kar: Wenn er jetzt noch einmal versuchte, Dusty zu sprechen, würde sie ihn wieder kurz abfertigen. Sie musste ja unglaublich wütend sein. Nein, er musste sich etwas anderes einfallen lassen. Aber was?

Spontan dachte Rod an seine Sendung übermorgen. Hatte nicht alles so begonnen? Natürlich, er würde Dusty eine Botschaft über den Sender schicken. Er musste sie wiedersehen. Sie musste ihm die Chance geben, ihr alles zu erklären. Verdammt noch mal, er liebte sie doch! Sie konnten sich doch nicht so trennen durch ein dummes Missverständnis. Er musste das in Ordnung bringen.

Das versuchte Rod bei seiner nächsten Sendung Freitagnacht. Was er für Dusty spielte und was er ihr über das Mikrofon zuflüsterte, das brachte seinen alten Freund Bill dermaßen auf die Palme, dass er noch während der Sendung zu Rod ins Studio gestürzt kam. Sein Gesicht zeigte eine Mischung aus Empörung und nachsichtigem Mitleid. Er pflanzte sich vor Rod auf, als dieser das Mikro abgeschaltet und die Musik eingeblendet hatte, und sah ihn drohend an.

»Jetzt geht das schon wieder los! Hast du komplett den Verstand verloren? Ich dachte, du hättest dir diese Dusty aus dem Kopf geschlagen. Und jetzt fängst du wieder an zu balzen. Das ist ja nicht auszuhalten. Ich sage dir allen Ernstes, wenn du so weitermachst, wirst du eines Tages gefeuert. Und dieser Tag ist sehr nah.«

Rod lächelte nur. »Ich habe Probleme mit Dusty. Probleme, die ich aus der Welt schaffen muss.«

Bill schlug mit der flachen Hand auf den Tisch. »Dafür gibt es das Telefon, verdammt noch mal. Triff mit ihr eine Verabredung. Quatscht euch aus. Aber hör auf damit, ihr zu sagen, wie sehr du sie liebst und was du ihr alles erklären musst. Und hör auf damit, diese anzüglichen Platten zu spielen. Es haben schon verschiedene Leute angerufen, die sich nach Dusty erkundigt haben, weil du sie als das Supermädchen hinstellst. Und es haben sich auch ein paar weibliche Fans gemeldet. Die sind gar nicht so erbaut von dir, wie du dir denken kannst.«

»Bleib ruhig, Bill«, sagte Rod. »Es ist mein Job, den ich eventuell verliere, okay? Ich kann Dusty nur auf diese Art erreichen. Sie will mich nämlich im Moment nicht sprechen.«

Bill fuhr sich mit beiden Händen durch das Haar. Er sah aus, als wollte er gleich vom Boden abheben. »Mein Gott, muss Liebe schön sein.«

Rod grinste wieder. »Manchmal ist sie wie eine Infektionskrankheit. Aber dagegen muss man etwas unternehmen. Und jetzt halte bitte den Mund. Ich muss die nächste Ansage machen.«

Bill sank entnervt auf einen Stuhl. Am liebsten hätte er sich die Ohren zugehalten, denn Rod fing schon wieder an, zu dieser verflixten Dusty zu sprechen.

❁

Natürlich hatte sich Dusty die Sendung nicht anhören wollen. Sie wollte Rods Stimme nicht hören. Sie wollte nichts mehr von ihm wissen. Aber Freitagnacht, als sie im Bett lag, nachdem sie zwei scheußliche Tage und zwei scheußliche Nächte hinter sich hatte, da schaltete sie das Radio doch ein.

Sie lag in der Dunkelheit, hörte ihr Herz hämmern und hörte Rods Stimme, diese weiche, tiefe, männliche Stimme, die sehr viel mit dem Zauber zu tun hatte, der von Rod ausging.

Als er sie dann direkt ansprach, war Dusty gar nicht so sehr überrascht. Sie wollte sich die Ohren zuhalten, aber sie tat es nicht. Sie schaltete auch das Radio nicht aus. Sie hörte ganz genau, was Rod ihr zu sagen hatte. Sie war ja so bereit dazu zu glauben, dass er sie trotz allem liebte, sie und keine andere.

Dusty hörte den ›Midnight Express‹ einige Stunden lang, bis sie schließlich einschlief. Ganz beruhigt und entspannt glitt sie in den Schlaf hinüber. Plötzlich war sie imstande, Rod alles zu verzeihen. Sie musste ihn wiedersehen. Es war verdammt schwer, ohne ihn zu leben, und Dusty beschloss, ihn am Abend zu besuchen.

Am Mittag dieses Tages war Gerry aus Europa zurückgekommen. Er hatte genug von Paris, und er hatte genug von seiner neuen Freundin. Schon in den letzten Tagen hatten sie sich dauernd in den Haaren gelegen. Da hatte Gerry kurzerhand umgebucht. Es hatte ihn in die Staaten zurückgezogen.

Gerry setzte sich mit Rod in Verbindung, und der kam am Nachmittag, um seine Sachen zu holen. Gerry wollte natürlich wissen, wie die Sache mit Rods Freundin gelaufen war. Aber Rod hatte nicht vor, viel darüber zu erzählen. Er bat den Freund nur um eins:

»Wenn Dusty anruft, gib ihr meine Telefonnummer oder sag ihr, sie soll versuchen, mich im Studio zu erreichen. Ich muss sie unbedingt sprechen.«

Gerry hatte eigene Probleme und fragte nicht lange. Er versprach Rod nur, dass er Dusty Bescheid geben würde. Und als er gegangen war, blockierte Gerry erst einmal für eine Weile das Telefon, weil er ein paar Mädchen anrufen musste. Er war wieder zurück, und das sollten alle wissen.

Am Abend war Gerry gerade dabei, sich umzuziehen, um mit einer gewissen Susan zum Dinner zu gehen, als es klingelte. Nichtsahnend öffnete er und stand Dusty gegenüber. Gerry war sofort beeindruckt von dieser blonden Schönheit mit den hellen Augen. Dusty verlangte, Rod zu sprechen.

Gerry schenkte ihr sein schönstes Lächeln. »Kommen Sie doch herein. Mein Haus steht Ihnen zur Verfügung. Sie kennen sich ja hier aus, oder?«

»Ich verstehe nicht, sagte Dusty irritiert und folgte Gerry in die Diele. »Ich möchte zu Rod. Er wohnt doch hier, oder? Ich bin doch nicht an der falschen Adresse?«

Bei mir sind Sie immer an der richtigen Adresse«, versicherte Gerry. »Aber eins wollen wir klarstellen: Dieses Haus gehört mir. Ich habe es Rod nur zur Verfügung gestellt, während ich in Europa war. Hat er Ihnen das nicht erzählt?«

Dusty wusste nicht, was sie antworten sollte, aber andererseits war sie recht froh über Gerrys Eröffnung. Dieses scheußliche Haus passte nicht zu Rod. Aber warum, um alles in der Welt, hatte er ihr nicht die Wahrheit gesagt?

»Er hat Ihnen also nichts gesagt«, meinte Gerry, als er Dusty in den Living-room führte. Liberty kam herbei, um Dusty zu begrüßen, und sie streichelte ihn.

»Es spielt doch keine Rolle, wem das Haus gehört«, sagte Dusty. »Wo finde ich Rod?«

»Warum so eilig? Nehmen wir doch einen Drink zusammen.«

Wenn Gerry ein schönes Mädchen sah, schlug er sofort Rad. Und Dusty hatte ihm auf Anhieb gefallen. Sie war wirklich eine aufregende Schönheit.

»Ich möchte keinen Drink«, sagte Dusty.

Gerry verschränkte die Arme vor der Brust und musterte sie.

»Sie sind doch das Mädchen aus der Upperclass, richtig?«

Dusty wurde langsam gereizt. »Ich weiß nicht, was das mit Rod und mir zu tun haben sollte ...«

»Sehr viel«, erklärte Gerry. Verstehen Sie doch, Rod wollte Ihnen imponieren. Deshalb wollte er mein Haus, das er als sein eigenes ausgegeben hat. Er wollte Sie herumkriegen. Er war schon immer scharf darauf, ein reiches Mädchen zu heiraten. Wussten Sie das nicht?«

Am liebsten hätte Dusty ihm eine geknallt. Sie mochte diesen Gerry nicht. Sie mochte nicht die Herausforderung in seinem Blick. Ihre Miene wurde eisig. »Es ist mir gleichgültig, was Sie über Rod erzählen. Ich möchte wissen, wie ich ihn erreichen kann.«

Gerrys Lächeln wurde unverschämt. »Hat Ihnen das Wasserbett gefallen? Sie haben es doch bestimmt mit Rod ausprobiert.«

Dusty fand, dass es Zeit wurde zu gehen. Sie hielt es hier keine Minute länger aus, und sie glaubte auch nichts von dem, was Gerry ihr über Rod weismachen wollte. Aber allmählich begriff sie die Zusammenhänge. Schon an der Tür sagte sie:

»Kennen Sie ein Mädchen, das Eileen heißt?«

Gerry überlegte. »Schon möglich, warum?«

»Sie sollten sie anrufen. Sie wird Ihnen ein süßes Geheimnis verraten.«

»Oh, verdammt«, sagte Gerry. »Ich hatte vergessen, ihr die Schlüssel abzunehmen. Was ist das für ein Geheimnis?«

Dusty lächelte spöttisch. »Das wird sie Ihnen selbst sagen.«

»Wollen Sie wirklich nicht noch auf einen Drink bleiben, Dusty? Ich bin gar kein übler Bursche. Wir könnten ein bisschen Spaß miteinander haben.«

Das reichte Dusty. Beinahe fluchtartig verließ sie das Haus.

Sie würde Rod schon finden, keine Frage, und wenn sie ihn im Studio anrief. Dieser Gerry war tatsächlich genauso ekelhaft, wie diese Eileen behauptet hatte. Und sie, Dusty, hatte geglaubt, dass Rod und Eileen ...

Dusty war grenzenlos erleichtert, und sie verstand jetzt auch, was Rod ihr unbedingt hatte erklären wollen. Es war alles ein schrecklicher Irrtum gewesen. Dusty wusste jetzt, dass Rod mit Eileen gar nichts zu tun hatte. Das war Gerrys Problem.

❁

Dusty fuhr zur nächsten Telefonzelle und suchte in dem dicken Telefonbuch Rods Namen. Als sie ihn endlich gefunden hatte, wählte sie sofort seine Nummer. Aber niemand meldete sich am anderen Ende der Leitung.

Dusty war enttäuscht. Sie war so sicher gewesen, gleich mit Rod sprechen zu können. Sie hatte ihm soviel zu sagen. Und nun war er nicht da, war vielleicht zum Dinner ausgegangen. Ob sie es mal im Studio versuchte?

Abermals begann Dusty zu blättern, und schließlich fand sie die Nummer, die sie gesucht hatte. Sie wurde mit drei verschiedenen Leuten verbunden, aber niemand wusste, wo Rod war. Schließlich legte Dusty wieder auf. Sie war unzufrieden und ungeduldig. Aber sie wusste, dass es jetzt keinen Sinn hatte, direkt zu Rods Apartment zu fahren. Wenn er zu Hause gewesen wäre, hätte er bestimmt den Telefonhörer abgenommen. Seit der Sendung musste er doch auf ihren Anruf warten.

Aber ob er wirklich wartete? So sicher war er wohl doch nicht, dass sie sich bei ihm meldete. Es kribbelte Dusty förmlich in den Fingerspitzen. Sie wusste nicht, was sie tun sollte. Sie war voller Sehnsucht und voller Verlangen, wenn sie an Rod dachte. Sie hätte sich so gern in seine Arme gestürzt.

Aber da das nicht möglich war, überlegte Dusty, was sie jetzt tun sollte. Sie hatte absolut keine Lust, nach Hause zu fahren. Ihr Vater war heute Abend daheim, und Dusty wollte sich nicht mit ihm unterhalten, wo sie doch etwas ganz anderes beschäftigte.

Kurzerhand entschloss sich Dusty, ihrer Freundin Florence einen Besuch abzustatten. Sie hoffte nur, dass wenigstens Florence zu Hause war. Mit irgend jemandem musste sie jetzt sprechen, und Florence war genau die Richtige dafür. Sie kannte ja die ganze Geschichte.

Florence war gerade dabei, ihre Fußnägel zu lackieren. Sie hatte sich Wattebäuschchen zwischen die einzelnen Zehen gesteckt und humpelte zur Tür, um Dusty hereinzulassen. Dusty warf einen Blick auf die rotlackierten Fußnägel und die Watte und lächelte.

»Sieht aus, als wärst du schwer verletzt, als wärst du beispielsweise mit den Füßen in den Rasenmäher gekommen.«

Florence zuckte mit den Schultern. »Du hattest schon immer eine blühende Fantasie, Dusty. Wo brennt's jetzt wieder? Was soll ich diesmal für dich tun?«

Dusty zog einen kunstvoll verschnürten und verpackten Karton aus ihrer Handtasche und reichte ihn Florence. Sie hatte ihn eben in einer Confiserie auf der Fifth Avenue gekauft. Sie wusste, dass Florence ein ganz bestimmtes Konfekt besonders gern mochte.

»Hier, für dich«, sagte Dusty.

Florence griff gierig danach. »Toll«, sagte sie. »Von Bushman.«

Dusty ließ sich in einen Sessel fallen. »Du liebst das Zeug doch so. Ich wollte dir eine kleine Freude machen.«

»Und gerade jetzt mache ich eine Diät«, sagte Florence erbittert. Aber sie begann schon, die feinen dünnen Goldschnüre zu lösen und riss anschließend das Papier von der Pralinenschachtel.

»Du liebe Güte, was willst du mit einer Diät?« erkundigte sich Dusty und zündete sich eine Zigarette an. »Du bist doch gertenschlank.«

Empört sah Florence sie an. »Und meine Hüften?« fragte sie. Unter dem braun-beigen Kaftan, den sie trug, konnte Dusty da wenig ausmachen. »Ich habe einiges zugelegt. Meine Jeans passen mir nicht mehr. Und dann wird es Zeit, mit dem Essen etwas zurückzustecken. Aber in diesem Fall kann ich einfach nicht widerstehen. Ich muss unbedingt etwas von diesen köstlichen Pralinen probieren. Möchtest du auch?«

Dusty winkte ab.

Florence schob sich eine Praline in den Mund und rollte verzückt mit den Augen.

»Aber du bist doch nicht nur deshalb gekommen«, sagte sie kauend. »Hast du wieder irgendein Problem?«

Dusty beschloss, Florence alles zu erzählen. Warum auch nicht? Sie wusste ja schon so viel von ihr. Verflixt, mit irgend jemandem musste sie doch sprechen. Dass aber auch Rod nicht zu erreichen war!

Florence vergaß, weiter ihre Fußnägel zu lackieren. Sie stopfte sich eine Praline nach der anderen in den Mund und hörte der Freundin zu. Als Dusty dann schwieg, meinte Florence:

»Wer sagt dir, dass dieser Gerry nicht Recht hat? Warum bist du so tausendprozentig davon überzeugt, dass Rod der feine Kerl ist, für den du ihn hältst? Dieser Gerry kennt ihn doch bestimmt besser, glaubst du nicht?«

»Er ist ein undurchsichtiger, unsympathischer Typ«, entgegnete Dusty. »Ich kann nicht glauben, dass er die Wahrheit gesagt hat.«

»Nur weil er dir unsympathisch ist, soll er lügen? Das kann ich mir eigentlich nicht vorstellen. Vielleicht hat Rod Bailey wirklich alles so inszeniert, um dir zu imponieren und dich an Land zu ziehen.«

»Nein«, sagte Dusty entschieden. »Nein, so ist Rod nicht. Was er für mich empfindet, ist echt. So etwas kann man nicht spielen.«

»Ach, du großer Gott«, sagte Florence. »Was glaubst du, was Männer dir alles vormachen können? Und ausgerechnet dein Rod soll eine löbliche Ausnahme sein? Ein Mann, der so von den Mädchen umschwärmt wird? Du musst dir nur seine Sendungen anhören. Da wird pausenlos telefoniert. Die Mädchen sind doch ganz verrückt nach ihm.«

»Was hat das eine mit dem anderen zu tun?« erwiderte Dusty entrüstet. »Deswegen kann er doch trotzdem ein ehrlicher Bursche sein.«

»Wenn er so ehrlich wäre, hätte er dir gesagt, was es mit dem Haus für eine Bewandtnis hat. Dann hatte er dir zumindest nach der ersten Nacht gestanden, dass das nicht seine Luxusunterkunft ist. Aber das hat er nicht getan, nicht wahr? Er hat dich die ganze Zeit glauben lassen, dass es sein Haus ist. Warum wohl?«

»Du begehst einen Denkfehler«, erwiderte Dusty. »Rod hat es nicht nötig, mir mit einem Haus zu imponieren. Er ist auch so Klasse, und er hat schließlich von mir bekommen, was er wollte. Aber ich wollte es auch, und ich will ihn noch immer.«

»Aber da sind die Millionen deines lieben Dad, sagte Florence. »Es wäre doch möglich, dass gewisse Männer an so etwas denken, wenn sie sich an ein Mädchen heranmachen. Für ein paar heiße Stunden kann dein Rod auch jemand anderen finden. Das ist für ihn kein Problem. Aber wenn er von Heiraten gesprochen hat.

»Hör auf damit, Florence!« Dusty drückte ihre Zigarette im Aschenbecher aus. »Ich bin nicht gekommen, um so etwas von dir zu hören. Ich war ja blöd, dir überhaupt davon zu erzählen. Rod ist nicht so.«

»Er hat dir total den Kopf verdreht, das ist es. Du kannst nicht mehr klar denken. Und jetzt willst du wirklich zu ihm zurück, obwohl er dir diese Komödie vorgespielt hat?«

Ja, sagte Dusty. »Ja, das will ich. Er wird mir schon alles erklären.«

»Natürlich wird er das. Männer sind immer schnell mit Erklärungen bei der Hand. Davon haben sie eine ganze Menge für jede Gelegenheit.«

»Ich habe gar nicht gewusst, dass du Rod nicht ausstehen kannst«, sagte Dusty aufgebracht.

Florence lachte. »Ich mag ihn. Ich mag diesen Burschen, wenn er seine Sendungen macht. Aber ich möchte um nichts in der Welt in ihn verliebt sein. Ob du ihm wirklich vertrauen kannst?«

Dusty blieb nicht lange. Florence ging ihr auf die Nerven mit ihrem Misstrauen und ihren Zweifeln. Nein, Dusty wollte sich davon nicht beeindrucken lassen. Sie glaubte an Rod. Sie wollte sich endlich mit ihm aussprechen. Natürlich hätte sie von Florence aus mit ihm telefonieren können. Aber das wiederstrebte Dusty. Florences Neugier war ja bekannt.

Dusty zog es deshalb vor, zur nächsten Telefonzelle zu fahren. Vorhin hatte sie noch Rods Nummer im Kopf gehabt, aber jetzt erinnerte sie sich plötzlich nicht mehr daran. Dusty musste wieder das Telefonbuch zu Rate ziehen. Und als sie diesmal Rods Nummer gewählt hatte, meldete er sich sofort.

»Ich muss dich sehen«, sagte Dusty. »Ich muss dich sofort sehen, Rod. Ich weiß Bescheid. Gerry hat mir alles erzählt. Treffen wir uns wieder in dem kleinen italienischen Restaurant?«

»Warum kommst du nicht einfach zu mir?« fragte Rod. »Du musst dich allerdings auf eine kleine Überraschung gefasst machen. Meine Unterkunft ist nicht so nobel wie Gerrys Haus.«

»Das interessiert mich nicht«, sagte Dusty. »Du interessierst mich, Rod. Ich liebe dich. Ich komme sofort zu dir.

Jetzt geriet Rod in Panik. Ihm blieb nicht mehr viel Zeit zum Aufräumen, und sein Apartment sah noch nicht besser aus als vor zehn Tagen.

In Windeseile machte er sich an die Arbeit. Herrgott, Dusty kam! Sie hatte also seine Sendung gehört, und offenbar wusste sie auch über Gerry Bescheid. Jetzt würde alles in Ordnung kommen, dessen war Rod sicher, und er würde endlich seine Dusty wieder in den Armen halten.

Als er zwanzig Minuten später zur Tür ging, um Dusty zu öffnen, war er sehr, gespannt darauf, was sie sagen würde. Aber zunächst sagte sie gar nichts. Sie fiel Rod um den Hals und küsste ihn, und er nutzte diese Situation weidlich aus, ehe er Dusty in den Wohnraum führte.

»Weißt du, ich muss ja nicht für immer hier leben«, meinte er. »Ich bin nicht sehr oft in diesem Apartment.«

Dusty sah sich um und lächelte. »Es gefällt mir viel besser als Gerrys Haus. Ich habe mir schon ernsthaft Gedanken gemacht, ob du nicht irgendeinen Knacks hast. Das Haus war ein Alptraum. Es war schlichtweg eine Katastrophe.«

Rod zog sie wieder an sich. »Was hat Gerry dir gesagt?«

»Er hat mir gesagt, dass du scharf darauf bist, ein reiches Mädchen zu heiraten.«

Rod war geschockt. Er hatte Gerry für einen Freund gehalten. Jetzt wusste er, dass er keiner war. Aber gleich darauf lächelte Rod wieder.

»Gerry ist ein Idiot«, sagte er. »Er weiß überhaupt nichts von mir.«

Dusty schmiegte sich an ihn. »Und ich habe immer geglaubt, du wolltest mich tatsächlich heiraten.«

»Weiß Gott, das will ich. Aber nicht wegen deiner Millionen. Ich will dich, weil ich dich über alles liebe.«

»Also dann«, sagte Dusty mit einem verlangenden, zärtlichen Ausdruck in den Augen. »Worauf warten wir noch?«

Dusty hatte sich von Rod überreden lassen, die ganze Nacht bei ihm zu bleiben. Heiß und fiebernd vor Erregung hatte sie in seinen Armen gelegen, und zum Schlafen waren sie kaum gekommen. Es kam Dusty vor, als wäre sie monatelang nicht mit Rod zusammen gewesen.

Als sie am nächsten Morgen nach Hause fuhr, hoffte sie nur, dass ihr Vater schon im Büro war, und tatsächlich sah sie seinen Wagen nicht in der Garage. Aber sie traf auf Avery, der gerade das weiße Sportcoupé ihrer Mutter polierte, das sie hier zurückgelassen hatte.

»Gut, dass ich Sie treffe, Miss Whitman. Avery kam eilfertig näher. »Ich habe da einiges in Erfahrung gebracht, was Sie bestimmt interessieren wird.«

Dusty war nur mäßig interessiert. Sie hatte eine wundervolle Nacht hinter sich, und sie war verliebter denn je. Nichts, aber auch gar nichts konnte sie an diesem Morgen erschüttern.

»Was ist los, Avery?«

»Ich will mich ja nicht in Ihre persönlichen Dinge einmischen, Miss Whitman. Aber es geht um diesen Gerry Dexter.«

Dusty war verblüfft. »Was habe ich mit Gerry Dexter zu tun?«

Avery grinste. »Na hören Sie, Miss Whitman. Ich habe Sie in seinem Haus verschwinden sehen, und da fragen Sie mich so etwas?«

Dusty lächelte. »Also, was ist mit diesem Mr. Dexter?«

»Ich weiß, dass Sie jetzt wieder böse werden, Miss Whitman, aber ich mache mir ernstliche Sorgen um Sie. Dieser Mann ist nichts für Sie. Er ist ein Weiberheld. Er hat wer weiß wie viele Freundinnen, und er wechselt sie wie seine Hemden. Er ist bekannt dafür. Er kann es auch mit Ihnen nicht ernst meinen. Sie sollten sich zu schade sein für ein Abenteuer, Miss Whitman. Eine junge Dame wie Sie aus einer erstklassigen Familie.«

Dusty lehnte an ihrem Wagen und verschränkte die Arme vor der Brust.

»Und woher haben Sie das alles, Avery?«

Der Chauffeur wischte sich seine Hände an einem Tuch ab. Er sah Dusty nicht an.

»Das wird mein Geheimnis bleiben, Miss Whitman. Aber Sie können sich darauf verlassen, dass alles hundertprozentig stimmt, was ich Ihnen gesagt habe. Dieser Mr. Dexter hat schon viele Mädchen unglücklich gemacht, und ich möchte nicht, dass Sie unglücklich werden. Deshalb musste ich Ihnen das sagen.«

Noch immer lächelte Dusty. »Sie sind wirklich rührend um mich besorgt, Avery. Ich weiß das zu schätzen. Aber machen Sie sich nur keine unnötigen Gedanken, Gerry Dexter interessiert mich nicht.«

»Aber er hat Sie doch einmal sehr interessiert, Miss Whitman. Ich hatte gleich ein komisches Gefühl, als ich das Haus sah. Ich weiß auch nicht, warum. Dieser Mann wäre wirklich nicht der Richtige für Sie gewesen. Mein Gott, bin ich froh, dass die Geschichte vorbei ist.«

»Sie hatte nie angefangen«, sagte Dusty.

Avery sah sie kopfschüttelnd an. »Aber das können Sie mir doch nicht erzählen, Miss Whitman! Dieses Wochenende, das Sie nicht bei Ihrer Freundin auf Long Island verbracht haben ...«

»Hören Sie, Avery, ich habe nicht vor, meine Privatangelegenheiten vor Ihnen auszubreiten. Ist das klar? Jedenfalls können Sie in dem einen Punkt beruhigt sein: Da war nie etwas zwischen Gerry Dexter und mir. Ob Sie das nun glauben oder nicht.«

»Es fällt mir schwer, das zu glauben, Miss Whitman.«

»Lassen wir es dabei«, sagte Dusty. »Im Übrigen weiß ich über Gerry Dexter genau Bescheid.«

»Dann habe ich mich also ganz umsonst erkundigt?« Avery war bitter enttäuscht.

»Niemand hat Sie dazu aufgefordert«, erwiderte Dusty. »Und ich meine, in Zukunft sollten Sie sich um Ihre Angelegenheiten kümmern. Ich weiß sehr gut, was ich zu tun und zu lassen habe.«

»Selbstverständlich, Miss Whitman.« Avery sah Dusty nach, als sie zum Haus ging, und Dusty war davon überzeugt, dass er längst wusste, dass sie die ganze Nacht nicht nach Hause gekommen war. Jetzt würde er sich gewaltig den Kopf zerbrechen, mit wem sie die letzte Nacht verbracht hatte.

Das amüsierte Dusty. Aber Avery Rule war nicht der Mann, über den sie sich lange Gedanken machte. Dazu war sie viel zu glücklich an diesem Morgen. Rod hatte ihr genau erklärt, warum er ihr Gerrys Haus als seines präsentiert hatte. Und sein Apartment war ja auch wirklich nicht allererste Klasse. Trotzdem hatte sich Dusty in der letzten Nacht auf Rods breitem französischen Bett ungemein wohl gefühlt.

Wenn sie dagegen an Gerrys Haus dachte ... Dusty schüttelte sich innerlich. Dieses Bild an der Wand und diese Stehlampe, diese Diele und überhaupt ... Das Haus war wirklich ein Alptraum. Aber sie würde es nie wieder betreten, und das Einzige, was Dusty bedauerte, war, dass sie Liberty nie wiedersehen würde. Sie mochte den Kater.

Dusty ließ sich von einem Hausmädchen eine Coke bringen und ging in ihr Zimmer. Sie trank ihre Cola und dachte wieder an die vergangene Nacht. Dieser Tag war dazu geschaffen, ihn mit Träumen zu verbringen.

Sie träumte von der Zukunft mit Rod. Nein, sie wollte keinen anderen Mann als ihn. Rod Bailey war genau der Richtige für sie. Jetzt gab es nur noch das Problem, wie sie das ihrem Vater beibringen sollte.

Wenn sie zu spontan damit herausrückte, dass sie Rod heiraten wollte, würde Dad ihr ein schönes Theater machen. Dusty kannte ja seine Abneigung gegen Leute, die nicht aus den ersten Kreisen stammten und seiner Meinung nach keinen absolut ehrbaren Beruf hatten. Ein Moderator beim Hörfunk, das setzte Dad doch sicherlich einem Bohemien gleich.

Aber auch da würde sich eine Lösung finden. Auf keinen Fall wollten Rod und sie sich auseinanderbringen lassen. Durch nichts und niemanden. Das, was zwischen ihnen war, war zu stark und zu fest. Es würde lange halten, vielleicht ein Leben lang.

Dusty fand, dass das ein herrlicher Gedanke war. Natürlich hatte sie irgendwann einmal heiraten wollen. Aber eigentlich hatte sie den Gedanken an eine Ehe immer ein bisschen vor sich hergeschoben. Jetzt aber erschien ihr das als die natürlichste Sache der Welt, und das lag nur an Rod, der so wundervoll war und der sie so glücklich machte. Der Gedanke, immer bei ihm zu sein, immer von ihm geliebt zu werden, dieser Gedanke machte Dusty ganz verrückt.

Dad würde einsehen müssen, dass er nichts dagegen unternehmen konnte. Dusty fühlte sich unheimlich stark an diesem Morgen. Sie würde es mit der ganzen Welt aufnehmen, wenn es um Rod ging, und sie hatte nur den einen Wunsch: Ihn zu behalten.

❁

Auch Gerry Dexter kam erst an diesem Morgen nach Hause zurück. Er hatte sich geärgert, dass Dusty Whitman ihn so ohne weiteres hatte abfahren lassen. Schließlich hatte sie für kurze Zeit mit Rod in seinem Haus gelebt. Da hätte sie ruhig ein bisschen zugänglicher sein können, fand Gerry.

Aber er hatte sich schnell getröstet. Er hatte eine alte Freundin angerufen und die Nacht mit ihr verbracht. Es war eine für beide Seiten sehr erfolgreiche Nacht gewesen, und auch Gerry war an diesem Morgen in guter Verfassung.

Als es an der Tür klingelte, dachte er an nichts Böses. Wahrscheinlich hatte der Briefträger irgendetwas für ihn, das er persönlich abgeben wollte. Ahnungslos ging Gerry, um zu öffnen. Und dann stand Eileen vor ihm. Sie machte ein Gesicht, als wäre sie nicht gekommen, um ihm etwas Erfreuliches mitzuteilen.

Gerry beeilte sich, sein strahlendstes Lächeln aufzusetzen, als er Eileen hereinbat. Er fand, dass sie süß aussah an diesem Vormittag in ihrem bunten Baumwollkleid und den flachen weißen Sandalen. Sie wirkte wie eine Sechzehnjährige. Irgendwie fühlte Gerry sich sofort wieder zu ihr hingezogen. Wieso hatte er Eileen eigentlich die ganze Zeit über vergessen gehabt?

»Schön, dass du da bist, Darling«, sagte er. »Nett, dass du mal vorbeikommst. Trinken wir eine Tasse Kaffee zusammen?«

»Mir ist jetzt nicht nach Kaffee«, erwiderte Eileen und setzte sich unaufgefordert. »Ich muss etwas mit dir besprechen, Gerry. Du hast dich in letzter Zeit ziemlich rar gemacht.«

»Tut mir schrecklich Leid, Darling. Ich hatte wahnsinnig viel zu tun.«

»In Paris?«

Gerry kratzte sich etwas verlegen am Hinterkopf. »Geschäfte«, sagte er. »Alles nur Geschäfte.«

»Ich wusste gar nicht, dass du auch mit Europa Geschäfte machst. Aber dein Unternehmen ist eben weltweit bekannt, nicht wahr?«

»So ungefähr«, sagte Gerry und warf sich auf die weiße Ledercouch. »Was kann ich für dich tun, Baby?

Ich bin zu allem bereit.« Und wie er das sagte, wusste Eileen genau, was er meinte. Kühl sah sie ihn an.

»Ich habe ein Problem, das ich nur mit dir gemeinsam lösen kann.«

Gerry beugte sich vor. »Ist es ein pikantes kleines sexuelles Problem?«

»Wie man's nimmt«, antwortete Eileen. »Mit Sex hatte es jedenfalls auch zu tun.«

Gerry nahm sich eine Zigarette und wollte Eileen eine anbieten, aber sie winkte ab.

»Was ist los? Seit wann rauchst du nicht mehr?«

»Es ist im Augenblick für mich nicht bekömmlich.«

Gerry runzelte die Stirn. »Sag mir bloß nicht, dass du krank bist.« Er hatte eine geradezu fanatische Abneigung gegen Leute, die krank waren, so als würden dauernd Bakterien irgendwelcher Art von den Kranken zu ihm hinüberfliegen.

»Ich bin nicht krank, nicht direkt.« Eileen schlug die sehr langen schlanken Beine übereinander. Dabei rutschte ihr Rock ein wenig hoch, und Gerry fühlte sich sofort angeregt.

»Also, was ist los, Eileen? Wir sollten wieder mal einen netten Abend zusammen verbringen, mit allem, was dazugehört. Du warst immer so fantastisch, Liebling. Eigentlich warst du von allen die Beste.«

»Was für ein schönes Kompliment«, spottete Eileen. »Ich bin begeistert.«

Gerry lächelte unschuldig. »Du kennst mich doch. Ich hätte wirklich nicht übel Lust, unsere Beziehung wieder zu vertiefen.«

Verdammter Kerl, dachte Eileen. Aber wenn sie Gerry ansah, wenn sie diese lebhaften braunen Augen sah, dann fühlte sie sich wieder zu ihm hingezogen. Es war verrückt, unvernünftig und nicht zu ändern, und sie ärgerte sich darüber.

»Ich schlafe nicht mehr mit dir, wenn du das meinst. Ich schlafe nur noch mit dem Mann, der mich heiratet.«

Gerry warf sich auf der Couch zurück und lachte. »Seit wann bist du so prüde geworden, so spießig? Aber Baby, wenn es sein muss, auch das. Wenn ich dich da so sitzen sehe, könnte ich sofort mit dir zum Friedensrichter laufen, um mich trauen zu lassen.«

»Das meinst du doch nicht im Ernst, Gerry«, sagte Eileen überrascht.

»Warum eigentlich nicht? Ich habe die Ehe noch nicht ausprobiert. Wäre doch mal was Neues. Immer eine Frau zur Hand zu haben, wenn man nach Hause kommt . . .«

Eileen seufzte. »Du denkst doch ewig nur an das Eine.«

»Weil es das Schönste auf der Welt ist«, meinte Gerry.

Liberty war hereingekommen. Er sprang mit einem Satz auf Gerrys Schoß und machte es sich dort bequem. Zerstreut streichelte Gerry den Kater.

»Liberty ist also auch noch da«, stellte Eileen fest.

»Wo sollte er sonst sein?«

»Ich habe eine Menge fremder Leute hier in deinem Haus angetroffen, als ich das letzte Mal hier war.«

»Das waren nur mein alter Freund Rod und seine Freundin. Ich hatte ihnen mein Haus zur Verfügung gestellt, während ich in Paris geschäftlich zu tun hatte.«

Eileen lächelte spöttisch. »Geschäftlich«, wiederholte sie.

»Genauso ist es. Aber nun sag mir, was du auf dem Herzen hast. Du bist doch nicht hergekommen, um mich zu fragen, ob ich dich heiraten will, oder?«

»Würde es dir gefallen, Vater zu werden?«

Gerry hatte gerade einen Zug aus seiner Zigarette genommen. Er verschluckte sich und hustete.

»Du solltest das Rauchen aufgeben«, meinte Eileen. »Es ist sowieso ungesund.«

»Was soll diese Frage?« fragte Gerry endlich, schwer nach Luft ringend. »Willst du etwas ganz Bestimmtes damit andeuten?«

»Ich habe dich schon immer für intelligenter gehalten, als du aussiehst«, entgegnete Eileen. »Ich bin schwanger, Gerry. Ich bekomme ein Kind von dir. Das war es, was ich dir sagen wollte.«

Gerry nahm den Kater von seinem Schoß und setzte ihn auf den Boden. Er drückte die Zigarette im Aschenbecher aus. Für Sekunden war er sprachlos.

»Ist das wirklich wahr? Ist das nicht irgendein dummer Trick, Eileen?«

»Erwartest du vielleicht eine gynäkologische Bescheinigung?« fragte sie bissig. »Es ist so, wie ich gesagt habe, und es ist dein Kind, Gerry. Unser Kind, wenn du so willst. Ich bin gekommen, um dich zu fragen, was ich tun soll. Ich bin kein Typ, der allein mit einem Kind herumzieht. Ich schaffe das nicht. Wenn du das Kind nicht willst, lasse ich einen Schwangerschaftsabbruch vornehmen. Aber dazu brauche ich deine finanzielle Unterstützung.«

Gerry starrte sie an. Er holte tief Luft. »Du willst mein Kind abtreiben? Sag mal, spinnst du, Eileen? Das kommt überhaupt nicht in Frage. Natürlich wirst du das Baby bekommen. Verdammt noch mal, dann heiraten wir eben. Wir haben ja gerade davon gesprochen. Machen wir also die Sache perfekt.«

Eileen glaubte, nicht richtig zu hören. »Meinst du das wirklich ernst?«

Gerry stand auf und setzte sich auf ihre Sessellehne. Er legte den Arm um Eileens Schulter und zog sie an sich.

»Im Grunde warst du die Einzige, die ich wirklich geliebt habe«, sagte er und glaubte in diesem Moment selbst daran. »Und du willst mich doch auch noch, oder?«

Dass dieses Gespräch so ausgehen würde, damit hatte Eileen nicht gerechnet. Sie lächelte. Und dann fühlte sie Gerrys Lippen auf ihrem Mund. Sie umklammerte ihn und erwiderte leidenschaftlich seinen Kuss.

Okay, sie hatte gedacht, er wäre ein mieser Typ, und vielleicht war er das ja auch. Aber sie war nun mal verrückt nach ihm. Und wenn sie daran dachte, dass er sie berührte, dann überlief es sie heiß.

Als Gerrys Hand über ihren Hals in ihren Ausschnitt hinunterglitt, als er ihre feste nackte Brust berührte, da empfand Eileen wieder dieses wilde Verlangen, das sie jedes Mal in Gerrys Armen empfunden hatte. Enger und fester drängte sie sich an ihn.

Gerry dachte nicht mehr an das Mädchen der letzten Nacht. Er sah nur noch Eileen und spürte nur noch sie, und er war bereit, sich aufs Neue in Eileen zu verlieben.

»Hör auf«, flüsterte Eileen und zitterte. »Hör auf, mich so zu streicheln. Du weißt, was dann passiert.«

Gerry lachte leise dicht an ihrem Ohr. »Willst du es nicht auch, Eileen? Oder dürfen wir es nicht mehr tun?«

»Natürlich dürfen wir«, flüsterte Eileen. »Es wird unserem Baby nicht schaden. Oh, mein Gott, Gerry, dass du wieder bei mir bist.«

Gerry schob seine Hand unter ihren Rock.

»Ja, ich bin wieder da, Liebling, und so schnell wirst du mich nicht mehr los«, sagte er und zog sie mit sich auf die Couch.

Eileen wollte es nicht anders. Sie fieberte danach, mit Gerry ganz zusammen zu sein. Natürlich würden sie heiraten. Sie würden es miteinander versuchen. Und wenn es ganz und gar nicht klappen sollte, konnten sie sich ja immer noch scheiden lassen. Aber daran mochte Eileen in diesem Moment nicht denken.

❁

Sie hatten sich einen Plan ausgedacht, um Dustys Vater herumzukriegen, und dieser Plan funktionierte.

In der nächsten Woche trafen sich Dusty und Rod immer wieder in Rods Apartment, und in jeder Sendung spielte Rod ein Lied für Dusty. Bis es eines Tages Norman Whitman zu viel wurde. Sogar seine Geschäftsfreunde hatten ihn schon darauf angesprochen und gefragt, was das eigentlich für eine Sache sei mit seiner Tochter und diesem Funkmoderator. Eines Tages beorderte Norman Whitman seine Tochter zu sich.

»Warum sehe ich dich so selten, Dusty?« begann er. »Wo treibst du dich herum, und warum lässt du dich nicht von Avery fahren?«

»Ich brauche Avery nicht. Ich schaffe den Weg zu Rods Apartment auch allein.« Dusty war ziemlich sicher, dass ihr Vater Bescheid wusste, und das bestätigte sich auch prompt.

»Rod Bailey, was?« fragte ihr Vater.

»Ja«, sagte Dusty. »Ich bin schrecklich in ihn verliebt. Wir wollen heiraten. Rod ist genau der richtige Mann für mich.«

»Heiraten?« Whitman machte ein Gesicht, als stünde er kurz vor einem schweren Asthmaanfall. »Bist du wahnsinnig geworden? Du kannst doch nicht irgend so einen Burschen heiraten, der noch nicht einmal einen anständigen Beruf hat?«

»Er hat alles, was ich brauche, Dad.«

»Ausgeschlossen. Ich verbiete es dir. Meine Tochter heiratet keinen Künstler, oder so was.«

»Meinst du nicht, dass du mir nichts verbieten kannst, Dad? Ich bin erwachsen, und ich weiß genau, was ich will.«

Norman Whitman war erst blass, dann puterrot geworden. »Dann sind wir geschiedene Leute, Dusty. Ich werde diesen Burschen hier nicht empfangen, darauf gebe ich dir mein Wort.«

»Aber Dad, ich liebe ihn doch. Warum regst du dich so auf? Wir werden heiraten, und ich werde sehr, sehr glücklich mit ihm sein.«

»Nichts dergleichen wirst du tun«, donnerte Norman Whitman. »Das ist ja alles noch viel schlimmer, als ich gedacht habe. Dieser Typ soll aufhören, deinen Namen in seinen zweideutigen Sendungen zu nennen, sonst bekommt er gewaltigen Ärger.«

»Aber Dad, Rod liebt mich eben auch, und er will, dass alle Welt es weiß.«

»Sag ihm, dass er damit aufhören soll, oder es passiert etwas!« drohte Whitman.

»Also Dad, sei so gut und fang an, dich mit dem Gedanken vertraut zu machen, dass ich Rod nicht aufgeben werde. Nie, verstehst du?«

Über dieses Gespräch dachte Norman Whitman lange nach.

Auf keinen Fall wollte er Dusty verlieren. Er liebte sie, und, verdammt noch mal, er wollte ja, dass sie glücklich wurde. Aber mit einem Typ wie diesem Rod Bailey? Das wollte Norman Whitman einfach nicht in den Kopf.

Er war sich darüber klar, dass er Dusty nicht vorschreiben konnte, was sie zu tun hatte. Und was ihre Mutter anbelangte, sie würde sich sicherlich auf Dustys Seite stellten. In einem solchen Fall hielten Frauen immer zusammen.

Er konnte Dusty auch nicht einsperren, konnte ihr nicht verbieten, das Haus zu verlassen. Auf jeden Fall musste er dafür sorgen, dass ihr Name nicht mehr in dieser Hörfunksendung genannt wurde.

Am kommenden Mittwoch schaltete er nachts das Radio ein und wählte den Sender, wo der ›Midnight Express‹ lief. Eine Weile passierte gar nichts, und Norman wollte schon beruhigt zu Bett gehen, als Rod nach einer lauten Rockplatte plötzlich sagte:

»Dusty Whitman, ich liebe dich, und für dich spiele ich unser Lied mit dem alten Frankie-Boy. Du weißt ja: ›I've got you under my skin‹.«

Norman war so wütend, dass er am liebsten etwas gegen die Wand geknallt hätte. Dustys vollen Namen zu nennen war wohl die größte Frechheit, die ihm je begegnet war. Norman stürmte in das Zimmer seiner Tochter, die in dieser Nacht zu Hause war, um in Ruhe Rods Sendung zu hören.

In einem süßen weißen Negligé saß Dusty auf der Bettkante und sah ihren Vater unschuldsvoll an, der wie ein Wilder hereingestürmt kam.

»Ist was, Dad?«

Norman holte tief Luft. »Stell diesen Kerl ab«, sagte er. »Sorg dafür, dass er endlich den Mund hält. Ich will nicht, dass wir lächerlich gemacht werden. Es ist eine Frechheit, was dieser Bursche sich erlaubt.«

»Aber Dad«, sagte Dusty sanft. »Er liebt mich.«

»Wenn alle Männer, die in ein Mädchen verliebt sind, ein solches Theater aufführen würden, würde es schön um unsere Medien bestellt sein. Sag ihm, dass ich das nicht will,«

»Ich hab's ihm schon gesagt, Dad. Vielleicht solltest du selbst mit ihm darüber sprechen. Weißt du, er möchte dich so schrecklich gern kennen lernen. Ihm liegt sehr viel daran, dass du mit unserer Heirat einverstanden bist.«

Norman ließ sich auf einen zierlichen Sessel fallen, dass es krachte.

»Und du willst diesen Burschen wirklich?«

Dusty nickte und lächelte. »Ausschließlich ihn, Dad.«

Norman wischte sich den Schweiß von der Stirn.

»Wenn es nicht anders geht, und wenn dieser Bursche nicht anders zum Schweigen zu bringen ist, dann heirate ihn in Gottes Namen. Aber er muss mir versprechen, in Zukunft kein Wort mehr über dich im Radio zu verlieren. Abgemacht?«

Dusty lächelte vergnügt und wippte mit dem Fuß. »Ich denke, darauf wird er sich einlassen.« Plötzlich sprang sie auf und fiel ihrem Vater um den Hals. »Du bist einfach fabelhaft, Dad, und eines Tages wirst du ein wundervoller Großvater sein.«

Norman schnappte nach Luft. »Soll das vielleicht etwas ganz Bestimmtes andeuten?«

Dusty lachte leicht. »Es war nur so ein Gedanke von mir, erwiderte sie. »Aber es liegt im Bereich des Möglichen.«

Wieder holte Norman tief Luft. »Dieser Rod Bailey soll sofort hier erscheinen. Es sieht ganz so aus, als müssten wir einiges in Ordnung bringen«, sagte er.

ENDE

Jill Brady

Von meinem Mann reden wir später

»Fünfzig Millionen Dollar.« Bruce Diamond gab Soda in seinen Bourbon, trank einen Schluck. »Fünfzig Millionen sollten es schon sein, Catherine. Bei Richards Vermögen ist diese Abfindung angemessen. Was sage ich, eigentlich ist sie ein läppisches Trinkgeld!«

Catherine Lonigan, die ihrem Freund und Anwalt beim Lunch im vornehmen »Stork Club« von New York City gegenübersaß, sah Bruce entsetzt an.

»Du bist verrückt geworden, Bruce. Fünfzig Millionen, das ist eine unglaubliche Summe. Gordon wird das nie zulassen.«

»Du bist nicht mit deinem Schwiegervater verheiratet, Darling«, erwiderte Bruce, ein mittelgroßer Mann mit kühlen hellbraunen Augen, glattem schwarzem Haar und einem südländischen Ambiente. »Du bist mit Richard verheiratet, und den kriegen wir klein.«

Catherine, eine überaus attraktive Blondine, die ihr schweres honigfarbenes Haar heute offen auf die Schultern fallen ließ, griff nervös nach einer Zigarette. Sofort klickte Bruces Feuerzeug auf. Für Sekunden beleuchtete die Flamme Catherines schmales Gesicht mit den aufregenden graugrünen Augen.

»Richard ist nicht so schnell kleinzukriegen.« Sie lehnte sich zurück und trank von dem trockenen Weißwein, den sie zum Lunch bestellt hatte. »Richard ist genauso hart wie sein Vater.« Catherine blickte zum Fenster hin; sie sah ein wenig resigniert aus. »Diese Mischung aus Brutalität und Charme hat mich damals angezogen. Heute kann ich das nicht mehr verstehen.« Ihr Blick kehrte zu Bruce zurück. »Heute ist Richard mir total gleichgültig, und darum will ich die Scheidung. Ich will keine fünfzig Millionen, Bruce. Ich will nur meine Freiheit,«

Bruce Diamond lächelte listig.

»Freiheit ist schön und gut«, meinte er. »Aber mit

fünfzig Millionen auf dem Konto wird Freiheit erst richtig interessant. Glaub mir, ich weiß, wovon ich spreche. Ich habe mich ohne finanzielle Unterstützung durchboxen müssen, und das ist verdammt hart in einer Stadt wie New York City. Nimm die fünfzig Millionen und lebe dein Leben. Du bist sechsundzwanzig. Du hast noch eine Menge Leben vor dir.«

Catherine zog an ihrer Zigarette, trank wieder von ihrem Wein, wischte ein Aschestäubchen vom engen Rock ihres weißen Cardin-Kostüms, zu dem sie eine kragenlose blassviolette Seidenbluse trug.

»Ich käme mir ziemlich mies vor, wenn ich eine solche Summe verlangen würde, ich bring' das nicht fertig, Bruce.«

»Dafür bin ich da«, entgegnete der Anwalt gelassen. »Ich werde das alles für dich regeln, Cathy. Richard erwartet, dass du hohe Forderungen stellst, und du hast auch das Recht dazu. Er hat dich schließlich verlassen, ist in diese dubiose Wohnung seiner siebzehnjährigen Freundin gezogen. Er hat dich gedemütigt und beleidigt, und dafür wird er zahlen. Was sind für Richard Lonigan schon fünfzig Millionen.«

Plötzlich musste Catherine lächeln.

»Fünfzig Millionen sind fünfzig Millionen. Und wer Richards Vater kennt, weiß, dass er bei dieser Summe explodieren wird. Okay, die Lonigans haben eine Menge Geld, aber nur, weil Gordon die Hand draufhält. Ich habe nie gesehen, dass er irgendwo ein größeres Trinkgeld gibt. Er rechnet mit jedem Cent. Er ist geizig, wenn du so willst. Und wenn er erfährt, dass Richard mir fünfzig Millionen zahlen soll, nur um mich loszuwerden, dann kommt es zu einer Katastrophe.«

»Abwarten.« Bruce schüttelte leicht unwillig den Kopf. »Warum sollen wir es nicht wenigstens versuchen? Und glaub mir, ich komme mit dieser Forderung durch. Ich habe ganz andere Sachen hingekriegt. Lass mich das machen, Catherine. Halt du dich da ganz raus. Ich vertrete dich bei deiner Scheidung, und im Grunde hast du nicht mehr damit zu tun, als mir ein paar Unterschriften zu geben. Alles andere übernehme ich. Es geht alles auf meine Kappe. Unser lieber Richard wird sich wundern.«

»Ich brauche wirklich nicht so viel Geld, Bruce. Ich habe nicht vor, meinen bisherigen Lebensstil weiterzuführen. Ich will nur weg von Richard, raus aus diesem Lonigan-Clan, will wieder ich selbst sein. Ich brauche keine Luxusvilla an der Park Avenue, kein Penthouse in Miami. Ich habe genug von den gesellschaftlichen Verpflichtungen, von diesen nutzlosen Partys, den Einladungen auf irgendeine Yacht, um irgendwo in irgendeinem Meer zu kreuzen. Das alles will ich nicht mehr, Bruce. In den letzten fünf Jahren mit Richard habe ich meine Identität verloren, und die will ich wiederfinden. Dazu brauche ich keine fünfzig Millionen. Vielleicht gehe ich in meinen früheren Beruf zurück.«

»Wer fünf Jahre lang so gelebt hat wie du, Catherine, wird es schwer haben, sich wieder ins normale Berufsleben einzufügen. Du hast es bis zur Chefsekretärin im Lonigan-Konzern geschafft, und dieser Name wird dir zweifellos helfen, wieder einen privilegierten Job zu bekommen. Trotzdem wird es nicht leicht sein, glaub mir das. Nimm das Geld, und du hast ausgesorgt. Außerdem steht es dir zu. Von Gütertrennung war nie die Rede. Jetzt kannst du Forderungen stellen.«

»Ich habe Angst davor«, gestand Catherine. »Es kann nicht gut gehen, Bruce. Lass uns die Summe kleiner ansetzen.«

»Kommt nicht in Frage. Ich habe dir eben etwas gesagt, und dabei bleibt es. Ich trage die Verantwortung für dich, und wenn der alte Gordon Lonigan Streit sucht, soll er sich an mich wenden. An mir wird er sich die Zähne ausbeißen.«

Catherine sah noch immer unglücklich aus, als sie jetzt ihre Zigarette ausdrückte. Für Sekunden legte Bruce seine Hand über Catherines schlanke Finger. Er lächelte ihr zu.

»Keine Sorge, Darling, in mir hast du einen Freund fürs Leben, das weißt du. Verlass dich auf mich und meinen Rat. Du wirst als reiche Frau aus der Geschichte herauskommen, und ich meine, das hast du verdient. Deine Ehe war von Anfang an ein Desaster ...«

»Stimmt nicht«, unterbrach ihn Catherine. »Die ersten zwei Jahre waren gut und Richard ein sehr aufmerksamer Ehemann. Damals konnte ich mich nicht über ihn beklagen, und ich war sicher, das Richtige getan zu haben. Wenn mir auch vieles gegen den Strich ging. Aber das waren nur Äußerlichkeiten. Ich wusste ja, wen ich geheiratet hatte und dass Repräsentationspflichten zu meinen Aufgaben gehörten. Ich hätte das ertragen, wenn Richard weiterhin ein liebevoller Ehemann gewesen wäre. Aber dann fing er mit diesen Geschichten an, mit diesen anderen Frauen. Zuerst habe ich versucht, darüber hinwegzusehen. Aber irgendetwas ist dabei kaputtgegangen. Unsere Beziehung ist auf der Strecke geblieben. Ich konnte doch nicht mehr mit Richard schlafen, wenn er gerade aus dem Bett einer anderen kam.«

»Für so etwas bist du auch nicht geschaffen«, erwiderte Bruce. »Dazu muss man abgebrühter sein. Aber es gibt Frauen, die denken sich nichts dabei, wenn sie nur ein schönes Leben führen können mit Partys, Pelzen und Brillanten und alle paar Monate einen neuen Sportwagen fahren. Ich weiß, dass du nicht so bist, Cathy, und darum mag ich dich so sehr.«

Catherine lächelte wieder.

»Du hast immer auf meiner Seite gestanden, nicht wahr?«

»Richtig«, erwiderte Bruce. »Weil ich von Anfang an ein bisschen in dich verliebt war. So gesehen müsste ich eigentlich sehr froh sein über die Entwicklung der Dinge. Aber ich weiß, dass du immer noch ein bisschen leidest, und das gefällt mir nicht. Deshalb muss Richard seinen Denkzettel bekommen. Wenn er klug ist, wird er auf diese Forderung eingehen.«

»Er wird es nie«, versicherte sie. »Ich kenne ihn besser, und ich kenne Gordon Lonigan besser. Mein Schwiegervater wird mit allen Mitteln versuchen, die Scheidung zu hintertreiben. Darauf möchte ich es nicht ankommen lassen, Bruce. Ich will weg von Richard. Ich will frei sein. »Du wirst frei sein, Cathy, und du wirst die fünfzig Millionen bekommen. Und jetzt reden wir nicht mehr darüber. Morgen werde ich die Sache in Gang setzen, und dann warten wir in aller Ruhe ab, was passiert.«

Als der Ober das Dessert brachte, versuchte Catherine wieder, Bruce von der Höhe der Forderung abzubringen. Aber in diesem Punkt ließ Bruce nicht mit sich reden und das aus gutem Grund. Sicher, er war in die attraktive Catherine Lonigan verliebt. Aber noch mehr würde er in sie verliebt sein, wenn sie frei und reich war. Er hatte da einen ganz bestimmten Plan. Eine schöne Frau und viel Geld, das war immer sein Traum gewesen. Aber so leicht, wie man sich das vielleicht denken mochte, war es nicht, an eine solche Frau heranzukommen. Mit Catherine würde das vielleicht anders sein.

Als Catherine an diesem Tag nach dem Lunch in die pompöse Zwanzig-Zimmer-Villa an der Park Avenue zurückkam, fühlte sie sich gar nicht wohl in ihrer Haut. Gut, sie hatte mit Richard darüber gesprochen, dass sie sich scheiden lassen wollte. Richard hatte das ziemlich gleichgültig hingenommen. Aber diese Gleichgültigkeit würde in gewaltigen Zorn umschlagen, wenn Bruces Scheidungsklage eintraf, dessen war Catherine ganz sicher. Am liebsten wäre sie weggelaufen, hätte sich irgendwo versteckt, bis die Scheidung ausgestanden war. Meine Güte, wenn die Sache an die große Glocke kam, wenn die Presse darüber berichtete ...

Bruce war ja total verrückt. Wie habgierig würde sie in den Augen der Welt dastehen, wenn herauskam, welche Abfindungssumme sie verlangte. Nein, im Grunde war Catherine ganz und gar nicht damit einverstanden. Aber Bruce hatte sich diese Summe nun mal in den Kopf gesetzt, und sie wollte es sich nicht mit Bruce verderben.

Er war der Anwalt ihres Vertrauens, und er war ihr Freund. Catherine wollte sich jetzt nicht irgendeiner anderen Anwaltskanzlei anvertrauen. Bruce würde das nicht verstehen, und sie brauchte Freunde in ihrer Situation. Außerdem war er ein ausgezeichneter Anwalt. Und dass er sich ihretwegen mit dem Lonigan-Clan anlegte, das war schon etwas, fand Catherine.

Trotzdem hatte sie Angst, wenn sie an Richards Reaktion auf Bruces Brief dachte. Richard würde das nicht einfach hinnehmen, nicht einfach so wegstecken. Er würde sich auch nicht an Bruce wenden. Catherine ahnte, dass ihr eine äußerst ungemütliche Auseinandersetzung mit Richard bevorstand. Das war es, was ihr Angst machte. Sie fand, dass sie ganz schön in der Klemme saß.

*

»Sieh dir das an, Dad. Ich glaube, ich verliere den Verstand.« Richard Lonigan stürmte in das Privatbüro seines Vaters und knallte Bruces Brief vor ihn auf den Schreibtisch. »Catherine muss total verrückt geworden sein. Ich habe gar nicht gewusst, dass sie so hinter Geld her ist.«

Richard Lonigan, ein smarter Latinlover-Typ, unverschämt gut aussehend mit seinem dunklen Haar und den hellen blauen Augen, spielte nervös mit dem Wagenschlüssel in seiner Hosentasche. Vor vierzehn Tagen hatte er das Rauchen aufgegeben und war jetzt in einem Zustand hochgradiger Nervosität.

»Ruhig bleiben, Sohn«, entgegnete Gordon Lonigan und vertiefte sich in Bruces Brief. Aber mit seiner eigenen Ruhe und Beherrschtheit war es im nächsten Augenblick vorbei. Der sechzigjährige kräftige Mann mit dem weißen struppigen Haar nahm eine erschreckend rote Gesichtsfarbe an, als stünde er kurz vor einem Schlaganfall. »Das ist doch wohl nicht möglich!« Gordon schlug mit der flachen Hand auf den Schreibtisch, dass es krachte. »Diese Frau muss wirklich nicht mehr bei Verstand sein. Fünfzig Millionen Dollar, dass ich mich nicht totlache! Ihr müssen total die Sicherungen durchgebrannt sein. Das kann doch nur ein Scherz sein, Richard.«

Richard lehnte am Schreibtisch des Vaters und atmete tief durch.

»Sieht verdammt nicht nach einem Scherz aus, Dad. Ich glaube, Catherine meint es ernst. Und diesem Bruce werde ich eines Tages den Hals umdrehen, das schwör' ich dir. Wie kann er Catherine bei diesem Plan unterstützen? Das grenzt schon an Sabotage.«

»Zumindest an den Verrat einer Freundschaft«, erwiderte Gordon Lonigan, nahm eine Pille aus der kleinen Schachtel, die immer auf seinem Schreibtisch stand, und trank ein Glas Wasser hinterher. »So viel Frechheit ist mir lange nicht begegnet. Aber ich werde mir meine liebe Schwiegertochter mal zur Brust nehmen, werde ein paar passende Worte mit ihr reden. Sie kann nicht allen Ernstes glauben, dass sie mit dieser Forderung durchkommt. Nicht bei uns, mein Lieber. Dann wird es eben keine Scheidung geben.«

»Wäre mir sowieso lieber«, meinte Richard. »Dieser ganze Wirbel und wozu? Es könnte doch alles weitergehen wie bisher. Catherine hat ein schönes Leben und jegliche Freiheit. Wenn sie sich einen Liebhaber nehmen will, bitte schön. Ich würde ihr keinen Stein in den Weg legen. Schließlich habe ich mich auch anderweitig orientiert. Aber deshalb muss man sich doch nicht gleich scheiden lassen. Meine Güte, in welchem Zeitalter leben wir denn?«

»Eben«, bestätigte Gordon. »Obwohl mir dein Lebenswandel nicht gerade besonders gefällt, wie ich zugeben muss. Ich meine, Catherine ist doch eine bildhübsche Frau. Warum musst du immer hinter den Weibern her sein?«

Richard grinste. »Weil ich Abwechslung brauche, Dad. Und in gewissen Dingen ist Catherine immer ein bisschen zurückhaltend gewesen, wenn du weißt, was ich meine. Ich brauche es hemmungsloser, leidenschaftlicher. Und Daisy liegt da genau auf meiner Linie.«

»Sex«, sagte Gordon Lonigan. »Das ist stressig. Das ist etwas, was sich überlebt. Das ist alles nur eine Frage der Zeit. Verdammt noch mal, das sollte Catherine doch wissen. Sie ist schließlich keine fünfzehn mehr. Wegen ein paar Seitensprüngen lässt man sich nicht gleich scheiden. Und man wird auch nicht so unverschämt. Aber das werden wir ihr austreiben, nicht wahr? Sie wird schon sehen, wie weit sie damit kommt.«

»Und was sollen wir jetzt tun, Dad?«

»Du nimmst dir Dr. Goodman. Er ist der beste Anwalt von New York City. Okay, es wird nicht billig sein, ihn zu bekommen, aber darauf können wir jetzt keine Rücksicht nehmen. Das hieße am falschen Ende sparen. Goodman wird das schon in Ordnung bringen.«

»Davon wird Catherine sich nicht beeindrucken lassen. Sie hat Bruce an ihrer Seite. Vielleicht sollten wir versuchen, uns gütlich mit ihr zu einigen. Die Rechtslage ist doch so, dass Catherine Anspruch auf eine entsprechende Abfindung hat.«

Wieder färbte sich Gordons Stirn gefährlich rot.

»Die Rechtslage lässt sich mit einem Haufen Dollar zurechtbiegen. Das solltest du wissen, Richard. Wir wollen doch mal sehen, wer den längeren Arm hat, Die fünfzig Millionen wird Catherine nie in ihrem Leben bekommen. Nicht, solange ich noch das Sagen habe und im Vollbesitz meiner geistigen Kräfte bin. Sie wird schon sehr bald einsehen, dass es sich nicht lohnt, sich mit uns anzulegen. Du gehst zu Dr. Goodman und lässt von ihm diesen lächerlichen Brief beantworten. Dann sehen wir weiter.«

»Ich könnte mit Catherine reden.«

»Das würde nicht viel bringen. Warten wir ab, was Dr. Goodman dazu sagt. Und im Übrigen werde ich mich um deine Frau kümmern. Ich bin autoritärer, als du es je sein kannst, und ich werde ihr schon klar machen, was es heißt, sich an unserem Vermögen bereichern zu wollen. Was glaubt sie eigentlich, wer sie ist? Ich werde sie schon auf den Boden der Tatsachen zurückbringen, verlass dich darauf. Wenn sie ihre Forderungen nicht auf ein Minimum zurückschraubt, wird sie keinen Cent von uns bekommen.

Ich habe Einfluss und Beziehungen, und dagegen kommt Catherine nicht an.«

Richard wandte sich zur Tür. »Ich werde sofort mit Dr. Goodman telefonieren.«

»Tu das, Sohn, und wenn alle Stricke reißen, versuchen wir es mit Psychoterror. ich habe da so meine Methoden. Catherine wird schon kapieren, dass sie über die Stränge geschlagen hat. Wäre ja gelacht, wenn ich mit dieser Lady nicht fertig würde. Sie wird noch ihr blaues Wunder erleben.«

*

Bruce versuchte, Catherine zu beruhigen, als wenige Tage später der Brief des Gegenanwalts Dr. Goodman eintraf. Der Brief war knallhart und scharf formuliert und ließ keinen Zweifel daran, dass die Lonigans nicht bereit waren, eine Abfindungssumme von fünfzig Millionen zu akzeptieren.

»Was hast du denn erwartet?« fragte Bruce, als Catherine am Vormittag in sein Büro kam. Natürlich war auch Bruce eine Kopie des Schreibens zugestellt worden. »Hast du erwartet, die Lonigans würden dir gleich einen Scheck schicken? Natürlich mussten sie protestieren. Aber es wird ihnen nichts nützen. Meine Antwort wird morgen diktiert. Das Recht ist auf unserer Seite. Wir wollen doch mal sehen, ob wir es nicht schaffen.«

»Ich habe mich furchtbar aufgeregt über diesen Brief«, sagte Catherine, die wie ein Häufchen Elend in dem breiten schwarzen Ledersessel saß. »Gordon Lonigan lässt in diesem Punkt nicht mit sich reden. Er wird versuchen, mich fertig zu machen.«

Bruce trat zu ihr und legte ihr die Hand auf die Schulter. »Du hast ja mich, Cathy, und ich würde sagen, jetzt versuchen wir es erst recht. Es gibt im Staat New York Gesetze, die auch ein Mann wie Gordon Lonigan einhalten muss. Und was Richard anbelangt, der tut ohnehin, was sein Vater sagt.«

»Ich möchte lieber auf diese Abfindungssumme verzichten.« Ganz klein war Catherines Stimme geworden.

»Kommt überhaupt nicht in Frage. Diese Leute sollen nicht glauben, dass sie dich behandeln können wie ihr Hausmädchen. Du hast gewisse Rechte, und die müssen sie akzeptieren. Und jetzt, Cathy, mach ein anderes Gesicht. Dies ist doch kein Weltuntergang. Eine Scheidung ist immer eine üble Geschichte, wenn man sich nicht von vornherein einig ist.«

»Ich habe mich schon gewundert, dass ich nichts von Richard gehört habe und dass Gordon nicht gleich wie ein Berserker bei mir auftauchte. Und dann dieser scheußliche Brief ...«

»Bleib ganz ruhig, Cathy. Mach dir bloß keine Gedanken. Sie mussten doch so reagieren. Aber wir werden diesen Fall durchfechten bis zum bitteren Ende. Jetzt habe ich Blut geleckt, und jetzt will ich den Sieg.«

»Ich wage mich kaum noch aus dem Haus. Ich möchte mich irgendwo verkriechen, mich unsichtbar machen.« Catherine sah regelrecht verzweifelt aus.

»Das wäre das Falscheste, was du tun könntest. Außerdem ist es nicht gut für die Psyche. Lass uns heute Abend ausgehen, Cathy. Essen wir eine Kleinigkeit im ›Club 21‹ und fahren wir dann in eine nette Bar. Du musst dich ablenken, musst nicht immer herumsitzen und grübeln. So etwas kann krank machen. Was hältst du von meinem Vorschlag?«

»Mir ist ganz und gar nicht nach Ausgehen.«

»Auch nicht mit einem Freund, der es gut mir dir meint? Bitte sag nicht Nein, Cathy. Lass uns einen netten Abend miteinander verbringen. Du musst wirklich auf andere Gedanken kommen. Ich werde dir dabei helfen, okay? Um acht hole ich dich ab.«

Schließlich willigte Catherine ein. Sie brauchte jetzt jemanden, mit dem sie reden konnte. Klar, sie hatte eine Menge Freunde. Es waren aber zum großen Teil Richards Freunde, die sie in ihrem Kreis aufgenommen hatten. Und seit sich herumgesprochen hatte, dass sie sich scheiden lassen wollte, hielten sich diese Freunde ziemlich bedeckt und waren plötzlich sehr zurückhaltend geworden.

Sie wussten wohl nicht, auf welche Seite sie sich schlagen sollten. Bei einer Scheidung war das meist so. Da gingen auch Freundschaften in die Brüche, und Catherine bekam das jetzt zu spüren.

Mit einem Anflug von schlechtem Gewissen dachte sie daran, dass sie ihre eigenen Freunde aus der Zeit vor Richard in den letzten Jahren ziemlich vernachlässigt hatte. Aber es hatte sich eben so ergeben.

Außerdem hatte Richard immer Wert darauf gelegt, dass Catherine in seinem Bekanntenkreis blieb. Er war im Grunde ein sehr konservativer Mann, wenn man von seinen leidenschaftlichen Amouren absah.

Catherine fühlte sich einsam, allein gelassen in der großen Villa mit dem zahlreichen Personal, dem arroganten Butler Bob Hopkins, den Richard aus England mitgebracht hatte und der immer so tat, als verkörpere er die europäische Kultur schlechthin und wäre etwas Besseres.

Hopkins führte die Oberaufsicht über die Hausmädchen, das Küchenpersonal und die Gärtner. Immer war sich Catherine wie eine Fremde in diesem Haus vorgekommen, und jetzt war es ganz besonders so.

Aber sie musste die Sache durchstehen, bis sie frei war, das war sicher. Es würde eine harte Zeit werden, und Catherine hoffte nur, dass sie schnell vorüberging. Vielleicht war es ganz gut, dass Bruce da war, dass er zu ihr hielt und versuchte, sie auf andere Gedanken zu bringen.

Bruce hatte immer zu ihrem engeren Freundeskreis gehört. Man hatte sich gemeinsam im Golfclub getroffen, beim Tennis und auf diversen Partys. Dass Bruce in sie verliebt war, wusste Catherine. Sie sah es an seinen Blicken, an der Art, wie er ihr begegnete. Er machte keinen Hehl aus seiner Sympathie für sie.

Manchmal sah er sie an, als wollte er auf der Stelle mit ihr ins Bett gehen, als könnte er es gar nicht erwarten, sie in seinen Armen zu halten. Dann fühlte sich Catherine eigenartig berührt und sehr verlegen. So wollte sie Bruce Diamond nicht. Ja, sie mochte ihn, aber sie war nicht in ihn verliebt, und sie würde das niemals sein. Catherine glaubte nicht daran, dass sich aus einer Freundschaft Liebe entwickeln konnte.

Liebe war ein starkes, elementares Gefühl, das ganz spontan entstehen musste und das irgendwie die Welt aus den Angeln hob. Damals bei Richard war das so gewesen. Aber dann war dieses Gefühl irgendwie verloren gegangen und das aus gutem Grund.

Wenn Richard so geblieben wäre wie am Anfang, wäre alles anders geworden. Aber Catherine konnte es nicht verkraften, dass es andere Frauen in seinem Leben gab. Das hatte sie abgestoßen und ihre Gefühle für ihn schnell erkalten lassen.

Als Catherine sich an diesem Abend mit Bruce traf, trug sie ein schulterfreies enges, schwarzes Kleid, das ihre atemberaubende Figur hervorragend zur Geltung brachte. Dieses wilde blonde Haar auf den leicht gebräunten Schultern . . .

Es war ein heißer, schwüler Sommerabend in New York City, und am liebsten wäre Catherine nach Long Island gefahren, irgendwo ans Meer. Aber sie sagte das nicht. Sie wollte nicht Stunde um Stunde mit Bruce verbringen. Nicht mit diesem Mann, der im Augenblick ihr einziger Freund war und der doch mehr von ihr wollte.

Sie aßen im alten traditionellen »Club 21«, wo schon prominente Leute wie Truman Capote, Marilyn Monroe und Charly Chaplin gespeist hatten. Catherine mochte dieses Restaurant mit den Bildern der Prominenz an den Wänden und seiner gediegenen, eleganten Atmosphäre. Aber sie liebte auch kleine verräucherte Künstlercafés in Greenwich Village. Eigentlich war sie gar nicht der Typ, der in der Highsociety glänzen wollte. Aber mit Richard hatte das eben sein müssen.

Bruce war an diesem Abend sehr um Catherine bemüht. Er verwöhnte sie mit Champagner und einem erlesenen Essen und versuchte, ihr klar zu machen, wie wundervoll es war, reich und frei zu sein. Die Freiheit brauchte er Catherine nicht erst schmackhaft zu machen. Das war es, was sie sich im Moment mehr wünschte als alles andere. Aber noch immer konnte sie nicht verstehen, warum sie dazu fünfzig Millionen brauchte.

»Glaub mir, Catherine, wer einmal den Geschmack von Luxus auf der Zunge gespürt hat, ist nicht mehr mit Hamburgern und Coke zufrieden zu stellen. Du sollst das Leben in seiner ganzen Fülle haben, und dafür setze ich mich ein. Eines Tages wirst du mir dankbar sein, dass ich diese Sache für dich durchgeboxt habe. Ich denke auch an später.«

»Ich denke nur an heute«, sagte Catherine und trank von ihrem Champagner. »Heute will ich mein eigenes Leben gestalten, will mich wieder daran erinnern, wer ich eigentlich bin. Ich war fünf Jahre lang Richards Schatten, und damit ist es jetzt vorbei.«

»Und Liebe?« fragte Bruce und lächelte ihr zu. »Wie ist es mit der Liebe, Cathy?«

Sie sah an Bruce vorbei zum Nachbartisch hin, wo sechs Leute saßen, die fröhlich irgendetwas feierten.

»Liebe spielt im Augenblick für mich keine Rolle«, erwiderte sie dann. »Ich muss erst meine kaputte Ehe verkraften.« Ihr Lächeln verrutschte.

»Ich werde immer für dich da sein, Cathy, in jedem Fall.« Bruce streichelte ihre Hand. »Wenn du frei bist von deinen trüben Erinnerungen, dann denk mal an mich. Du hast ja meine Telefonnummer.«

Abermals musste Catherine lächeln. »Du tust, als wollten wir uns heute für eine lange Zeit verabschieden.«

»Bloß das nicht!« antwortete Bruce. »Ich weiß nicht, ob ich das überleben würde. Ich muss dich gelegentlich sehen. Das ist so wie bei den leidenschaftlichen Sammlern, die eine kostbare Antiquität ersteigert haben und nicht aufhören können, sie anzusehen.«

Jetzt musste Catherine lachen. »Vielen Dank für dieses zweifelhafte Kompliment. Als Kostbarkeit habe ich mich nie gesehen, besonders nicht als Antiquität.«

Auch Bruce lachte. »Du weißt, wie ich es meine, Darling. Dich zu sehen, bedeutet mir sehr viel.«

»Du verstehst es, Komplimente zu machen und Liebenswürdigkeiten zu sagen. Warum hast du eigentlich nicht geheiratet, Bruce?«

»Du tust, als wäre ich fünfundachtzig und hätte den Zug verpasst. Aber ich bin erst fünfunddreißig, und die Chance ist noch nicht vertan.« Bruce grinste. »Vielleicht lag es daran, dass die Frau schon verheiratet war, die ich gern gehabt hätte.« Bedeutungsvoll sah er Catherine an. Sie schüttelte leicht unwillig den Kopf.

»Lass das, Bruce. Ich meine es ernst. Du bist ein netter Typ, du siehst nicht schlecht aus. Und wer möchte nicht einen Anwalt in der Familie haben? Also warum bist du immer noch solo?«

Bruce lächelte nicht mehr. »Ich wollte zunächst eine solide finanzielle Grundlage für meine Familie schaffen«, erklärte er. »Ich wollte in meinem Beruf ganz sicher dastehen, und das habe ich jetzt erreicht. Nun kann ich an die anderen Annehmlichkeiten des Lebens denken: Heiraten, Kinder haben und so weiter.« Er sagte das etwas salopp, aber Catherine spürte, dass mehr dahinter steckte, und sie wusste auch, was Bruce ihr durch die Blume sagen wollte. Es machte sie etwas verlegen.

»Im Grunde bist du sehr schlau«, meinte sie. »Du siehst ja, wie weit man mit dem Heiraten kommen kann. Am Anfang mit Richard dachte ich, es wäre für immer.

Ich glaube, jeder denkt das, wenn er zum anderen ja sagt. Und jetzt stehe ich vor den Scherben dieses kurzen Glücks. Ich verstehe jetzt, warum es in den Staaten so viele Singles gibt.«

»Und nicht nur bei uns«, meinte Bruce. »Aber die vollkommene Glückseligkeit ist es nicht, allein zu leben und die Partner zu wechseln, um in gewisser Weise auf seine Kosten zu kommen. Du weißt, wovon ich spreche.«

»Sex«, sagte Catherine und lächelte wieder.

»Ja, Sex. Wir brauchen ihn alle, wenn es auch ein paar Leute gibt, die das energisch bestreiten. Sex ist die Grundlage unseres Lebens, der Ausgangspunkt.«

Catherine lachte auf. »Sex ohne Liebe ist gar nichts«, erwiderte sie dann. »Es ist wie ein Swimming-Pool ohne Wasser.«

Der Vergleich brachte auch Bruce zum Lachen. »Okay, ich gebe dir ja Recht. Aber Richard scheint etwas anderes darunter zu verstehen. Ich kann mir einfach nicht denken, dass er nicht noch immer in dich verliebt ist.«

Catherine seufzte. »Das ist sein Problem. Damit habe ich nichts mehr zu tun. Mit Richard bin ich fertig, endgültig und für immer.« Hart klang das und abweisend, und Bruce berührte wieder leicht Catherines Hand.

»Schön, das zu hören.«

»Das heißt aber nicht, dass ich mich jetzt in die Arme des erstbesten Mannes stürzen möchte. Ich will auf meine Weise versuchen zu vergessen, dass meine Ehe in die Brüche ging, und irgendwie werde ich es schaffen. Irgendwann werde ich ganz frei sein von dieser Erinnerung.«

»Wenn ich dir dabei helfen kann . . .«

Catherine schüttelte leicht den Kopf. »Nein, Bruce, das muss ich allein durchstehen. Aber vor allem will ich erst diese verflixte Scheidungsgeschichte hinter mich bringen.«

»Wobei ich dich tatkräftig unterstützen werde. Ich kämpfe die Sache für dich durch. Du musst dir um nichts Gedanken machen.«

»Ich mache mir aber Gedanken«, sagte sie. »Der Brief dieses Dr. Goodman hat mich ziemlich erschüttert.«

»Es sind nur die üblichen juristischen Formulierungen«, entgegnete Bruce. »Und ich weiß darauf zu parieren.« Er legte die Serviette auf den Tisch. »Lass uns ins ›Casablanca‹ fahren, diese kleine Bar in der 38. Straße. Hören wir ein bisschen Musik, trinken wir noch etwas, und wenn du Lust hast, tanzen wir. So fängt das Vergessen an.«

Catherine ließ sich überreden. Die Bar war sehr romantisch, mit antiken Möbeln ausgestattet und in dunkelblau-violettes Licht getaucht. Es gab Live-Musik. Eine Band spielte, vorwiegend Blues. Catherine mochte das.

Es erinnerte sie an die erste Zeit mit Richard, als sie öfter abends ausgegangen waren, als sie es noch toll gefunden hatten, die Abende bei Schmusemusik zu verbringen. Das war doch erst vor ein paar Jahren gewesen. Aber jetzt kam es Catherine vor, als lägen Ewigkeiten dazwischen.

Irgendwann tanzte sie mit Bruce. Er nahm sie in die Arme, hielt sie fest, und sie spurte seine Hände auf ihren nackten Schultern, sanfte und doch starke Männerhände, die sie fast unbeabsichtigt streichelten.

Diese Hände, die Musik, die Stimmung, der Wein, das alles erzeugte in Catherine eine gewisse prickelnde Erregung. Sie empfand einen erotischen Reiz, der sie nicht unberührt ließ. Aber das hatte nichts mit Bruce zu tun. Dieses Gefühl gehörte ihr ganz allein.

Nein, Bruce war nicht der Mann, der ihre Sehnsucht stillen konnte. Dazu brauchte es mehr. Catherines Körper reagierte ganz spontan, aber es war eben nur ihr Körper, es waren ihre Sinne, die ihr plötzlich klar machten, dass sie eine Frau war. Aber ihr Herz blieb kühl und unbelastet. Sie konnte sich einfach nicht vorstellen, nur mit einem Mann zu schlafen, weil ihr gerade danach war. Das war nur eine halbe Sache, und Catherine wollte alles.

»Weißt du, dass du die aufregendste und schönste Frau bist, die ich kenne?« flüsterte Bruce ihr heiser zu. »Du machst mich ganz verrückt. Wenn ich dich so in meinen Armen halte, könnte ich auf der Stelle mit dir durchbrennen – bis nach Alaska oder bis zum Mond.«

»Ich liebe es aber, mit beiden Beinen auf der Erde zu sein«, entgegnete Catherine und schüttelte das blonde Haar zurück, was sehr erotisierend wirkte. Bruce seufzte.

»Irgendwann wirst du einsehen, dass ich der Mann bin, der alles daransetzen wird, dich glücklich zu machen. Irgendwann wirst du darauf kommen, Catherine.«

Sie lächelte nur. Nie, das wusste sie, würde sie sich an Bruce verlieren können. Da musste ein anderer Mann kommen, wenn es überhaupt noch einen anderen, diesen einzigen Richtigen, für sie auf der Welt gab. Aber das wollte sie Bruce nicht sagen, nicht jetzt. Sie wollte ihn nicht verletzen. Sie wollte ihn als Freund behalten. Wen hatte sie denn im Augenblick noch, der wirklich zu ihr stand?

Als Bruce sie in dieser Nacht zur Park Avenue brachte, wäre er für sein Leben gern noch auf einen Kaffee zu ihr gekommen. Aber Catherine wollte das nicht. Sie wusste, was diese obligatorische Tasse Kaffee in einer solchen Situation und in einer solchen Nacht bedeutete. Und ihr war nun einmal nicht danach. Dabei sah Bruce sie mit so hungrigen Augen an, als wollte er auf der Stelle die verrücktesten Dinge mit ihr tun.

Aber er versuchte nicht, Catherine zu küssen, versuchte nicht, ihr gewaltsam seine Leidenschaft aufzudrängen. Seine Zeit würde kommen, davon war er überzeugt. Er würde nicht aufhören, um Catherine zu werben. Einerseits begehrte er sie verzweifelt heftig, und andererseits waren da die fünfzig Millionen, die er für sie herausholen würde. Catherine, so fand Bruce Diamond, war genau die richtige Frau für ihn, und eines Tages würde auch sie das einsehen.

*

Catherine saß in ihrem Morgenzimmer, das zum Garten hinausging, am Schreibtisch und schrieb einen Brief an ihre Freundin Susan Childman. Sie hatte schon immer gern Briefe geschrieben, und sie hatte das Gefühl, dass sie sich von allerhand befreien musste. Da stürmte Gordon Lonigan herein.

Der Butler hatte sich nicht die Mühe gemacht, Catherines Schwiegervater anzukündigen, was sie wahnsinnig ärgerte. Dadurch stand sie der Situation und Gordon überrascht und hilflos gegenüber.

Vier Tage waren seit dem Abend mit Bruce vergangen, und Catherine hatte eine Kopie seines Briefes an Dr. Goodman erhalten. Dass Gordon jetzt plötzlich bei ihr auftauchte, bedeutete nichts Gutes, darüber war sich Catherine klar.

»Ich muss mit dir sprechen, Catherine.« Gordon ließ sich unaufgefordert in einen Sessel fallen, fixierte Catherine, die wie festgewachsen auf ihrem Sessel am Schreibtisch saß. »Was denkst du dir eigentlich dabei, eine solche Forderung an uns zu stellen? Du glaubst doch nicht im Ernst, dass du damit durchkommst. Besser, wir reden in Ruhe darüber.«

Catherine wünschte sich verzweifelt, dass Bruce jetzt da wäre. Er war redegewandt und wusste, wie man sich zu verteidigen hatte. Sie war in diesem Punkt nie besonders gut gewesen. »Ich glaube, diese Sache sollte mein Anwalt klären, Gordon«, erwiderte sie jetzt so ruhig, wie es ihr möglich war.

Gordon Lonigan lächelte maliziös. »Ich bin hergekommen, um die Sache mit dir zu bereden. Wir haben uns immer gut verstanden, Catherine, und deshalb meine ich, du solltest jetzt nicht durchdrehen. Wenn du die Scheidung von Richard willst, gut. Aber eigentlich finde ich, dass das nicht unbedingt sein muss. Was dir im Moment passiert, passiert vielen Frauen auf der Welt. Deshalb wirft man nicht gleich das Handtuch. Irgendwann kommt Richard zu dir zurück, und dann könnt ihr wieder neu anfangen. Du hast doch alles, was du brauchst, und mehr als das. Also lass es dabei. Du wirst die fünfzig Millionen nie bekommen, das schwöre ich dir. Wo kämen wir denn da hin, wenn wir uns auf diese Weise erpressen ließen.«

Jetzt hatte Catherine wirklich Mühe, ruhig zu bleiben, und plötzlich war sie ganz sicher, dass Bruce das Richtige getan hatte. Wenn ihr Schwiegervater so mit ihr sprach, würde sie sich auf gar nichts einlassen, und sie würde ihm auch in keiner Weise entgegenkommen.

»Ich erpresse dich nicht«, sagte sie kühl. »Bei einer Scheidung steht mir eine gewisse Abfindung zu. Das richtet sich nach der Vermögenslage. So ist das nun einmal.«

Gordon Lonigan atmete tief durch. »Komm mir jetzt nicht damit, Mädchen. Wenn ich dir sage, du bekommst das Geld nicht, dann hast du das zu akzeptieren. Wir sitzen am längeren Hebel, verlass dich darauf. Fünf Millionen bieten wir dir, und damit solltest du zufrieden sein, wenn du diese verdammte Scheidung unbedingt willst.«

»Ich überlasse das alles meinem Anwalt.«

Gordon schlug mit der flachen Hand auf die Sessellehne. »War er es, der dir diese Idee in den Kopf gesetzt hat? Steckt Bruce hinter der ganzen Geschichte?«

Catherine schwieg, und Gordon musterte sie.

»Also war es nicht nur Bruce. Du willst die Millionen. Du willst uns die Pistole auf die Brust setzen. Aber damit wirst du nicht weit kommen, das verspreche ich dir. Wir lassen uns von niemandem nötigen und schon gar nicht von einer kleinen hergelaufenen Sekretärin, die es geschafft hat, sich einen Multimillionär zu angeln.«

Catherine stand auf. »Ich habe es nicht nötig, mich von dir beleidigen zu lassen.«

Gordon lief rot an. »Du wirst noch ganz andere Dinge nötig haben, mein Kind, wenn ich erst meine Beziehungen spielen lasse. Was du auch vorhast, du wirst keinen Fuß mehr auf den Boden bekommen, wenn ich es nicht will. Und das ist keine leere Drohung. Ich mache dich fertig, Catherine. Wenn du das verhindern willst, geh auf meinen Vorschlag ein. Nimm die fünf Millionen und verschwinde aus unserem Leben. Das ist mein letztes Wort.«

Catherine hatte das Gefühl, im nächsten Augenblick zu explodieren. Sie hatte ja erwartet, dass Gordon so reagieren würde. Aber dass er so unverschämt, so beleidigend wurde, das hatte sie nicht gedacht. Du liebes bisschen, was musste der Mann in sein Geld verliebt sein! Aber weil er sie so behandelte, weil er sie so demütigte, darum schwor sich Catherine in diesem Moment, keinen Fingerbreit nachzugeben.

»Ich lasse mir nicht drohen«, sagte sie entschlossen. »Ich weiß, dass du gute Beziehungen hast, Gordon, und ich weiß, dass du mich fertig machen kannst. Aber ich lasse es darauf ankommen.«

Gordon lachte kalt auf.

»Jetzt erst recht, was? So bist du eben, kleinbürgerlich und primitiv. Aber du wirst es noch bereuen. Ich gebe dir eine Woche Zeit, über mein Angebot nachzudenken. Dann will ich deine Antwort auf meinem Schreibtisch haben, und ich möchte wetten, du wirst dich richtig entscheiden. Ich warne dich, Catherine, und ich warne dich nur einmal.«

Catherine fühlte, dass sie zitterte. »Ich denke, es wird Zeit, mich zum Lunch umzuziehen«, erwiderte sie, und wieder sprach sie so kühl, als wäre dieses Gespräch etwas, was sie im Grunde gar nichts anging. »Du wolltest doch jetzt sicherlich gehen, Gordon.«

Ihr Schwiegervater lächelte breit und stand auf. »Ich gehe«, sagte er. »Aber irgendwann sehen wir uns wieder, und ich hoffe, unter besseren Voraussetzungen. Wenn nicht . . .«

Catherine sah ihn nur an, musterte ihn kühl aus ihren graugrünen Augen, und Gordon machte ein Gesicht, als wolle er sie ohrfeigen. Aber dann überlegte er es sich, stapfte aus dem Zimmer und knallte die Tür hinter sich zu. Catherine stand da und spürte wieder, wie sie zitterte und wie Angst in ihr aufstieg.

Sie musste mit Bruce sprechen, sofort und auf der Stelle! Sie musste wiederholen, was Gordon ihr gesagt hatte. Sie konnte sich doch nicht so beleidigen lassen. Jetzt würde sie die Sache durchkämpfen bis zur letzten Instanz. Bruce hatte von Anfang an recht gehabt. Es wurde Zeit, dass dieser Gordon Lonigan in seine Schranken gewiesen wurde.

Bruce hatte den ganzen Tag über am Gericht zu tun, und Catherine erreichte ihn erst telefonisch am späten Nachmittag. Noch immer aufgeregt und wütend erzählte sie von Gordons Auftritt, und eine halbe Stunde später war Bruce bei ihr.

»Lass dir keine Angst einjagen«, sagte er sofort. »Gordon kann dir gar nichts tun. Es gibt schließlich Gesetze, und nicht jedes ist von Gordon Lonigan nach seinem Geschmack zu beugen. Wir werden selbstverständlich von unserer Forderung nicht abgehen. Jetzt soll Richard zahlen, und zwar gründlich, egal, was sein Vater dazu sagt.«

»Er ist ein widerlicher alter Mann«, schimpfte Catherine. »Er ist einfach unerträglich. Aber ich habe Angst vor ihm. Am liebsten würde ich sein Angebot annehmen.«

»Das fehlte gerade noch«, entrüstete sich Bruce. »Nein, Catherine, jetzt kannst du nicht klein beigeben. Jetzt wird die Sache durchgefochten. Er wird dich nicht gleich umbringen.«

»Er ist zu allem fähig.«

Bruce lachte. »Dramatisiere es nicht, Cathy. Er wird nicht gleich einen Killer bestellen, um dich umlegen zulassen. So weit geht auch ein Typ wie Gordon Lonigan nicht, und alles andere lässt sich regeln. Du darfst jetzt nur nicht die Nerven verlieren. Du musst durchhalten, Irgendwann wird das alles hier vorüber sein. Ich verspreche dir, dass du als Siegerin aus der Sache herausgehen wirst. Verlass dich auf mich und meine langjährige Praxiserfahrung. Wollen doch mal sehen, ob wir diesen Typ nicht kleinkriegen.«

Catherine presste die Handflächen gegeneinander. »Ich weiß nicht, ob ich die Kraft habe, das durchzustehen. Wenn er nun wiederkommt, wenn er mir wieder droht?«

»Das wird er nicht wagen. Außerdem ist es nicht seine Angelegenheit. Warum, zum Teufel, schaltet sich Richard nicht ein? Warum schiebt er seinen Vater vor? Er ist ein jämmerlicher Feigling. Dabei ist es schließlich seine Scheidung, um die es hier geht, und Gordon Lonigan soll sich da gefälligst heraushalten.«

»Aber es ist Gordons Geld«, entgegnete Catherine.

»Nicht ausschließlich. Du weißt, dass er Richard schon einen großen Teil seines Vermögens überschrieben hat. Andernfalls würden wir diese Forderung wohl kaum aufrecht erhalten können. Schließlich bist du nicht mit Gordon Lonigan verheiratet. Das kann ich nur immer wieder betonen. Du kannst dich doch von diesem Mann nicht demütigen lassen. Das kannst du nicht einfach so hinnehmen, Catherine.«

Sie ließ die Hände sinken. Plötzlich wurde sie ganz ruhig. »Du hast ja Recht«, entgegnete sie. »Du hast vollkommen Recht, Bruce. Ich darf mir das nicht gefallen lassen. Wirklich, mir liegt nichts an diesen fünfzig Millionen. Und wenn Gordon sich hier nicht so aufgeführt hätte, vielleicht hätte ich doch noch einen Rückzieher gemacht. Aber ich hatte eine solche Wut auf ihn, dass ich irgendetwas tun musste, um mich abzureagieren.«

»Das Beste, was du tun kannst, ist, bei deiner Forderung zu bleiben«, erklärte Bruce und lächelte.

»Aber ich fühle mich hier nicht mehr sicher. Ich werde immer nervöser, immer depressiver. Ich weiß nicht, ob ich das alles wirklich durchhalte, Bruce.«

»Du hast ja mich, Cathy, und ich werde immer da sein, wenn du mich brauchst. Du bist nicht allein, vergiss das nicht. Und jetzt gehen wir zum Dinner aus, in Ordnung?«

Sie nickte und lächelte ihm dankbar zu.

*

In der kommenden Woche fragte Catherine sich immer wieder, ob es richtig war, was sie vorhatte. Okay, sie wollte Gordon eins auswischen, das hatte sie sich vorgenommen. Aber ob das eine gute Idee war? Und dass Richard sich nicht bei ihr meldete, dass er absolut nichts von sich hören ließ, das machte die Sache auch nicht besser.

Gordon würde fürchterlich zurückschlagen, wenn sie nach Ablauf der Frist nicht einlenkte, darüber war sich

Catherine klar. Aber was hatte er vor? Was konnte er ihr antun? Irgendetwas würde passieren, daran bestand kein Zweifel.

Eine Woche hatte Gordon ihr gegeben, und als die Woche vorbei war, hatte Catherine das Gefühl, auf einer Tellermine zu stehen, die jeden Augenblick hochgehen konnte. Sie hatte schlaflose Nächte verbracht, sich immer wieder gesagt, dass es besser wäre, die angebotenen fünf Millionen zu nehmen und alles andere zu vergessen. Aber dann stieg wieder die Wut in ihr auf, und sie erinnerte sich an das, was Gordon ihr an den Kopf geworfen hatte. Und dann wusste sie, dass sie durchhalten musste, dass sie nicht nachgeben durfte.

Zwei Tage nach dem verstrichenen Termin passierte es dann. Mit einem hinterhältigen Lächeln legte ihr der Butler morgens die Zeitung auf den Frühstückstisch. Catherine war eigentlich nicht an den News aus aller Welt interessiert, nicht an internationalen Problemen. Probleme hatte sie schließlich selbst. Aber als sie dann doch zu den Blättern griff und ihre Fotos groß auf den Lokalseiten von New York City sah, da wurde ihr ganz schlecht. Gordon hatte zum ersten Mal zurückgeschlagen, und es war sicher, dass er die Presse auf seiner Seite hatte.

Als Catherine die groß aufgemachten Berichte las, hätte sie sich am liebsten in ein Mauseloch verkrochen. Es war einfach entwürdigend, was die Zeitungen über sie schrieben. Sie war die habgierige Person, die den armen Richard Lonigan ausnehmen wollte. Kein Wort davon, was Richard ihr angetan hatte. Die Zeitungsmeldungen klangen ganz so, als hätte sie von Anfang an auf die Scheidung hingearbeitet, nur um an die LoniganMillionen zu kommen. Catherine hatte das Gefühl, dass sie sich nirgendwo in New York City mehr sehen lassen konnte.

Natürlich rief Bruce gleich am Vormittag an, denn auch er hatte die Zeitungen gelesen, und wieder versuchte er, Catherine zu beruhigen. Aber sie war nicht mehr zu beruhigen. Ihre Nervosität hatte einen Punkt erreicht, wo sie einfach nicht mehr weiterkonnte.

Catherine war am Ende. Sie wollte weg. Sie wollte fliehen und das alles vergessen. Am liebsten hatte sie sich unsichtbar gemacht. Aber sie war auch empört und voller Zorn, und Bruce wusste diese Stimmung geschickt auszunutzen, indem er Catherine anstachelte, ihr sagte, dass sie jetzt nicht nachgeben durfte. Jetzt auf keinen Fall.

Catherine war verzweifelt und unglücklich und wusste nicht mehr, was sie tun sollte.

Am Nachmittag dieses Tages läutete das Telefon, und Catherines Freundin Susan meldete sich. Auch sie hatte durch die Zeitung von Catherines spektakulärer Scheidung erfahren, und Susan stellte sich sofort auf ihre Seite.

»Wir müssen uns sehen, Catherine. Wir müssen darüber sprechen«, sagte Susan. »Treffen wir uns heute Abend im ›Colonel‹. Ich habe jede Menge Zeit für dich.«

»Nicht im ›Colonel‹«, erwiderte Catherine. »Ich kann mich heute nirgendwo in New York City sehen lassen. Komm einfach zu mir, Susan. Ich brauche dich. Ich brauche dich sehr.«

»Ich wollte schon immer deine Luxusvilla in der Park Avenue sehen«, erwiderte Susan. »Aber wir haben uns in den letzten Jahren ein bisschen aus den Augen verloren. Ich bin gegen halb neun bei dir.«

Seit der großartigen Hochzeitsfeier, die im »Hilton-Tower« stattgefunden hatte, hatte Catherine die Freundin nur zweimal gesehen. Mehr zufällig waren sie sich begegnet, und jetzt hatte Catherine deswegen ein schlechtes Gewissen. Sie hatte Susan vernachlässigt.

Aber ein bisschen Schuld musste sie auch auf Richard schieben, der sie immer wieder nur mit seinen Freunden zusammengebracht hatte. Und sie war zu lethargisch gewesen, um aus diesem Kreis auszubrechen. Doch jetzt tauchte Susan wie ein rettender Engel in letzter Minute auf.

Susan kam pünktlich und umarmte die Freundin herzlich, nachdem der Butler sie hereingeführt hatte. Catherine hätte fast losgeheult, so erleichtert war sie, Susan zu sehen.

»Du siehst einfach fantastisch aus, Susan«, sagte sie. »Fast hätte ich dich nicht wiedererkannt. Aber dieses Tizianrot steht dir gut.«

Susan schüttelte die rote Lockenmähne und lachte leicht. »Abwechslung verschönt das Leben. Ist es nicht so? Ich war so lange einfach nur braunhaarig. Jetzt fühle ich mich wesentlich besser. Und ich kann dir versichern, seit ich diese Haarfarbe habe, betrachten mich die Männer mit ganz anderen Augen.«

»Sehr sexy«, sagte Catherine.

Sie zog die Freundin neben sich auf die Couch in diesem gewaltigen Living-room, den Catherine eigentlich nie gemocht hatte, weil er mit den schwarzen Möbeln und den weißen Polstergarnituren wie eine Bahnhofshalle aussah. Eine sehr vornehme, sehr elegante Bahnhofshalle allerdings. Gemütlichkeit strahlte dieser Raum allerdings ganz und gar nicht aus. Aber das war eben Richards Geschmack gewesen, und auch in diesem Punkt hatte Catherine sich gefügt.

»Was ist das für eine schreckliche Geschichte, die da in den Zeitungen steht«, begann Susan. »Warum versucht die Presse, dich herunterzumachen? Was hat das zu bedeuten, Catherine?«

Catherine nahm sich nervös eine Zigarette, und Susan sah sie leicht unwillig an.

»Hast du dir dieses verdammte Zeug noch immer nicht abgewöhnt?«

»Nein«, antwortete Catherine. »Und in dieser Situation kann ich es auch ganz bestimmt nicht. Ich brauche die verdammten Zigaretten. Ich bin so fertig, Susan.«

»Das kann ich mir denken«, meinte Susan. »Das kann ich mir sehr gut vorstellen, Catherine. Aber warum um alles in der Welt willst du dich scheiden lassen? Ihr wart doch damals so glücklich, du und Richard.«

»Ja, damals«, antwortete Catherine. »Aber dann sind verschiedene Dinge passiert, die ich nicht hinnehmen kann, die ich auch nicht verkraften werde.« Und sie erzählte.

Ruhig und interessiert hörte Susan ihr zu. Endlich konnte Catherine sich einmal alles von der Seele reden. Den neulich angefangenen Brief an die Freundin hatte sie nie abgeschickt. Sie hatte ihn nicht zu Ende gebracht. Aber jetzt war Susan da, und ihr jetzt alles zu erzählen, war noch viel besser.

»Und Richard?« erkundigte sich Susan, als Catherine fertig war. »Was ist mit ihm? Warum schaltet er sich nicht ein? Er tut ja gerade so, als ginge ihn die ganze Sache nichts an. Oder glaubst du, er hat seinen Vater aufgehetzt, zu dir zu kommen?«

»Nein, das glaube ich nicht«, antwortete Catherine. »So ist Richard nicht. Er hat seine Schwächen, und er hat seine Fehler. Aber ich glaube nicht, dass er mir ernstlich Schaden zufügen will. Dazu bin ich ihm wohl auch viel zu gleichgültig geworden. Nein, was hier passiert ist, das ist allein Gordons Werk.«

»Du nimmst Richard noch in Schutz?« fragte Susan belustigt.

»Wir hatten auch unsere gute Zeit«, entgegnete Catherine. »Nein, ich glaube nicht, dass Richard etwas Schlechtes gegen mich im Schilde führt. Gordon Lonigan ist die treibende Kraft. Du hättest ihn nur sehen sollen. Er hat mich behandelt wie ein Drei-Dollar-Mädchen für eine Nacht, und das ist es, was ich ihm übel nehme.«

»Und jetzt wird Bruce die Sache durchziehen, nicht wahr?« fragte Susan. »Jetzt wird er von dieser Forderung nicht abgehen, und das ist gut so. Du hättest eigentlich noch viel mehr verlangen können. Was sind für Richard Lonigan schon fünfzig Millionen?«

Jetzt musste Catherine lächeln. »Es ist doch eine ganze Menge Geld«, erklärte sie. »Und wohl ist mir noch immer nicht bei der Sache. Aber wenn Gordon es nicht so auf die Spitze getrieben hätte ... Und diese Berichte in den Zeitungen – ich habe gedacht, ich drehe durch. Heute haben schon fortwährend Reporter angerufen, die eine Stellungnahme von mir wollten. Aber ich habe natürlich überhaupt nicht darauf reagiert, habe den Hörer einfach zurückgelegt. Ich bin wirklich total am Ende, Susan. Wenn Bruce nicht wäre ...«

»Ich bin ja auch noch da«, meinte Susan.

»Das werde ich dir nie vergessen«, entgegnete Catherine. »Dass du angerufen hast!«

»Ich musste es einfach tun. Ich war so empört. Ich fühlte, dass du Hilfe brauchst. Wie stehst du eigentlich zu Bruce Diamond?«

Catherine schob sich mit beiden Händen das Haar zurück.

»Er ist ein netter Bursche, ein wirklich guter Freund, der mich auch jetzt nicht im Stich lässt. Die neuen Freunde, die ich durch Richard gefunden habe, ziehen sich zurück und verhalten sich abwartend, wie das eben so ist. Aber Bruce war sofort bereit, mir zu helfen.«

»Na ja, das ist sein Job«, bemerkte Susan. »Davon lebt er schließlich.«

»Aber es ist nicht nur das«, erwiderte Catherine. »Er ist nicht nur ein guter Freund. Ich weiß, dass er in mich verliebt ist, und das macht mich nervös. Er sieht mich immer so an, als wollte er etwas ganz Bestimmtes von mir, und ich bin nicht bereit, ihm das zu geben.«

»Na ja«, sagte Susan. »Das ist ein bisschen viel auf einmal für dich. Da ist dein Anwalt, der hinter dir her ist, dein Schwiegervater, der dich fertig machen will, und jetzt steht diese dumme Geschichte auch noch in den Zeitungen. Und das alles nur, weil du dich scheiden lassen willst.«

»Ich weiß nicht, wie lange ich das noch durchhalte.« Ganz klein, ganz leise war Catherines Stimme geworden. »Manchmal möchte ich mich einfach irgendwo verkriechen, seit heute ganz besonders. Was soll ich nur tun, Susan? Ich glaube, in diesem Fall kannst auch du mir nicht helfen.«

»Wie wär's, wenn du uns einen Drink spendieren würdest?« fragte Susan, und Catherine sprang auf.

»Was bin ich nur für eine Gastgeberin! Da haben wir uns wer weiß wie lange nicht gesehen, und ich biete dir nicht einmal etwas an. Daran kannst du sehen, wie durcheinander ich bin. Die Bar ist gefüllt. Es ist alles da. Was willst du, Susan?«

»Ein Champagnercocktail würde mir jetzt gut bekommen. Aber nur, wenn du mir dabei Gesellschaft leistest.«

Catherine nickte zerstreut. »Warum nicht? Ich habe nach diesem Tag auch etwas Alkoholisches nötig.« Sie ging zu dem schwarzen lang gestreckten Schrank, der der weißen Sitzgruppe gegenüberstand. Auf einen Knopfdruck öffnete sich der Schrank und gab eine Hausbar frei.

Susan stand auf und kam zu Catherine. »Lass mich das machen«, bat sie. »Ich bin Klasse im Mixen von Drinks. Mir macht so was Spaß. Du bist viel zu aufgeregt dazu, Cathy.«

Catherine war schnell überredet und überließ es der

Freundin, die Cocktails zuzubereiten, die Susan dann zum Tisch trug. Als sie sich zugetrunken hatten, meinte sie:

»Hier kannst du nicht bleiben, Catherine, so viel steht fest. Deinen Wunsch, dich zu verkriechen, kann ich gut verstehen, und mir ist da auch schon etwas eingefallen.«

Verwundert sah Catherine sie an. »Ich müsste Zeit haben, wieder zu mir selbst zu finden. Das ist es, Susan.«

»Ja, genau das«, bestätigte die Freundin. »Lass das alles hier hinter dir, deinen ganzen Luxus, deine Verpflichtungen und auch all deine Sorgen. Bis Bruce Diamond die Sache für dich durchgekämpft hat, wird es ohnehin Wochen dauern, wenn nicht länger, so wie dieser Gordon Lonigan sich sperrt. Nutz die Zeit und versuch, mit dir selbst ins Reine zu kommen.«

»Aber wo, aber wie?« fragte Catherine. »Meine Eltern leben jetzt in Europa, in der Toskana. Zu ihnen möchte ich nicht, auf keinen Fall. Ich will weder ihr Mitleid noch ihre Vorwürfe. Und dort wäre ich auch nicht allein.«

»Ich sagte dir doch, ich habe eine Idee. Ein Onkel von mir besitzt ein einsames Haus in den Bergen über Colorado Springs. Es ist kein Luxusschuppen, aber es ist sehr gemütlich. Ich habe mal vierzehn Tage dort Urlaub gemacht, und ich habe mich wundervoll erholt. Da gibt es nichts als Wälder und einen Wildbach, der ins Tal fließt. Ein paar Hasen und Rehe siehst du, Eichhörnchen und so. Niemand wird dich dort finden. Niemand wird dich stören. Du bist total auf dich gestellt. Würde dir das gefallen, Cathy?«

Catherines Gesicht erhellte sich. »Ist solch ein Paradies wirklich zu haben?«

»Es ist zu haben«, bestätigte Susan. »Ich habe die Schlüssel für das Haus. Mein Onkel ist für ein halbes Jahr nach Brasilien geflogen, um dort eine Filiale aufzubauen. Er wird dich auf gar keinen Fall überraschen, und ich brauche im Augenblick keinen Zufluchtsort. Du hättest ein Versteck, wie du es nicht besser finden könntest.«

Jetzt lächelte Catherine sogar. »Dass du mir so etwas anbietest, ist einfach die Rettung. O Susan, ich weiß gar nicht, wie ich dir danken soll.«

»Hör bloß damit auf«, entgegnete sie. »Wenn ich dir helfen kann, ist das schon in Ordnung. Du musst dich natürlich mit genügend Lebensmitteln eindecken. Der nächste Ort mit Einkaufsmöglichkeiten ist gut achtzig Meilen entfernt, und der Weg zum Haus ist nicht gerade eine gepflasterte Straße. Ich muss dich auf diese Schwierigkeiten aufmerksam machen.«

Catherine lachte kurz auf. »Das sind doch keine Schwierigkeiten. Wenn ich nur von hier wegkomme! Wenn ich nur irgendwo unterkriechen kann, wo mich niemand erreicht.«

»Da oben in den Bergen bestimmt nicht«, versicherte Susan. »Da hast du nur Natur und Einsamkeit. Und nimm genug Lesestoff mit. Radio und TV gibt es natürlich. Aber du wirst ohne Telefon auskommen müssen. Ich sagte dir ja, es ist alles ein bisschen einfach. Aber ich fand's damals wundervoll.«

»Und ich werd's auch wundervoll finden«, erklärte Catherine. »Das ist die Lösung überhaupt. Am liebsten würde ich gleich packen.«

»Für den Fall, dass etwas Wichtiges passiert, solltest du mit deinem Anwalt sprechen. Er muss wissen, wo er dich finden kann.«

Entsetzt sah Catherine sie an. »Auf keinen Fall. Der bringt es fertig und taucht bei mir auf mit einem Arm voll roter Rosen und französischem Champagner. Nein, lieber nicht, Susan.«

Susan trank einen Schluck von ihrem Drink. »Dann

gib ihm meine Adresse, für alle Fälle. Ich werde schon eine Möglichkeit finden, dich zu erreichen. Und gegen meinen Besuch wirst du ja nichts einzuwenden haben.«

»Ganz sicher nicht.« Catherine lächelte wieder. »Du wirst mir immer willkommen sein.«

»Na ja, es ist nicht gerade ein Katzensprung bis Colorado Springs«, meinte Susan. »Ich würde wirklich nur im äußersten Notfall aufkreuzen. Aber vielleicht gibt es diesen Notfall ja auch gar nicht. Und wenn du von der Einsamkeit genug hast, dann kommst du einfach zurück und nimmst das Leben wieder mit allen Problemen an. Die Scheidung willst du ja auf jeden Fall hinter dich bringen.«

»Auf jeden Fall«, sagte Catherine. »Hier hält mich wirklich nichts mehr. Du siehst ja, was mir hier passiert.«

»Bereust du es, Richard geheiratet zu haben?«

Catherine dachte nach. »Nein, eigentlich nicht«, erwiderte sie dann. »Es war eine Erfahrung, eine glückliche und eine bittere. So etwas gehört zum Leben, wenn ich auch momentan gut auf diese Erfahrung verzichten könnte. Ich habe das Gefühl, dass mir der Boden unter den Füßen brennt und als ob alle Menschen gegen mich wären. Und dabei ließe sich dieses Problem so schnell aus der Welt schaffen. Ich brauchte nur Bruce bitten, einen Brief zu schreiben, dass ich mit fünf Millionen Abfindung einverstanden bin.«

»Und genau das wirst du nicht tun«, sagte Susan bestimmt. »Nicht, nachdem sich Gordon Lonigan so aufgeführt hat. Und was deinen Richard anbelangt, so war sein Benehmen dir gegenüber ja auch nicht gerade nobel. Du hast ein Recht auf dieses Geld, und dieses Recht würde ich mir nicht nehmen lassen.«

»Wann kann ich wegfahren?« fragte Catherine.

»Morgen, wenn du willst. Ich bringe dir die Schlüssel

und erkläre dir den Weg. Wenn du bis dahin gepackt hast . . .«

»Oh, ich brauche nicht viel«, versetzte Catherine. »Meine Kleider von Gucci und Dior kann ich vergessen. So wie du mir das Haus beschrieben hast, findet dort das einfache Leben statt, und ich liebe das einfache Leben.«

»Bravo, so gefällst du mir«, sagte Susan. »Du wirst die Sache in den Griff bekommen, Cathy, das spüre ich. Versorg dich gut mit allem, was du brauchst, und von mir aus kannst du dich morgen auf den Weg machen. Je eher du hier wegkommst, desto besser. Wer weiß, was die Presseleute sich jetzt noch alles ausdenken.

So eine Scheidung ist doch etwas für die Boulevard-Zeitungen.«

»Erinnere mich bloß nicht daran«, sagte Catherine. »Ich packe sofort.«

»Aber vergiss nicht, diesen Bruce Diamond zu informieren. Er muss sich an mich wenden können, wenn irgendetwas Entscheidendes passiert.«

»Okay, ich werde mit ihm telefonieren«, versprach Catherine.

*

Das tat sie auch sofort, nachdem Susan sie verlassen hatte. Bruce war entsetzt, er fiel förmlich aus allen Wolken.

»Aber Catherine, warum dieser plötzliche Aufbruch? Du weißt doch, dass ich dich beschütze. Du musst doch nicht einfach davonlaufen.«

»Ich will wieder zu mir selbst kommen, Bruce. Wir haben lang und breit darüber geredet, und morgen früh fahre ich los.«

»Sag mir wenigstens, wo ich dich finden kann.«

»Im Staat Colorado«, erwiderte Catherine. »Und nur

im äußersten Notfall möchte ich benachrichtigt werden. Das wird dann meine Freundin Susan übernehmen. Ich gebe dir ihre Adresse.«

»So wenig Vertrauen hast du zu mir, Cathy?«

»Du musst versuchen, das zu verstehen, Bruce. Ich vertraue dir, ganz bestimmt. Aber was ich jetzt brauche, ist nichts als Einsamkeit und Ruhe. Wenn ich zurückkomme, sieht vielleicht alles anders aus.«

Lange Zeit war es still am anderen Ende der Leitung. Dann sagte Bruce gedehnt: »Das hoffe ich sehr, Cathy, und ich hoffe, du weißt, was du tust.«

»Soll ich mich vielleicht hier dem Presserummel aussetzen? Soll ich überhaupt nicht mehr zur Ruhe kommen? Nein, Bruce! Dies war der erste Schlag, zu dem Gordon ausgeholt hat, und ich wette, er plant noch ganz andere Dinge. Auch davor habe ich Angst. Besser, ich bringe mich in Sicherheit, wenigstens für eine gewisse Zeit. Möglich, dass mir eines Tages die Decke auf den Kopf fällt und ich eher zurückkomme, als ich gedacht habe. Aber vielleicht kommt doch alles ganz anders.«

Bruce seufzte. »Also gut, Cathy, es ist deine Entscheidung. Gib mir die Adresse deiner Freundin, und du kannst sicher sein, dass ich nur im äußersten Notfall von mir hören lasse.«

Noch an diesem Abend begann Catherine zu packen. Lange Hosen legte sie in den Koffer, Pullover, ein paar T-Shirts, Blusen, flache, feste Schuhe. Sie nahm einfach das mit, was ihr einfiel, wenn sie ans Landleben dachte. Und irgendwie verspürte sie eine große Erleichterung.

Wie sehr hatte sie sich gewünscht, von hier auszureißen, und Susan hatte ihr den Weg dazu gezeigt. Gordon Lonigan würde vor Wut platzen, wenn er sie nicht mehr hier vorfand, wenn all seine bösen Tricks nichts brachten. Und Bruce würde nicht damit herausrücken, wo sie war. Er würde Susan nicht ins Spiel bringen, dessen war Catherine sicher.

Plötzlich regte sich so etwas wie eine schüchterne Freude in ihr. Ja, sie wollte die Einsamkeit, das totale Alleinsein. Sie würde lange Wanderungen machen, würde wieder zurückfinden zur Natur und abends müde ins Bett fallen. Und sie würde all ihre Probleme, auch ihre Ehe mit Richard, aus einer gewissen Distanz sehen. Was sich hier in New York City abspielte, war Bruces Sache. Er würde schon das Beste daraus machen.

Am nächsten Morgen war Catherine früh auf, fuhr zum nächsten Supermarkt, packte den Wagen mit Lebensmitteln und Konserven voll. Sie würde schon nicht verhungern da draußen in der Wildnis, und Nachschub würde sie einmal pro Woche holen.

Ein bisschen Herzklopfen hatte Catherine doch, wenn sie an dieses Haus in den Bergen dachte. Sie war noch nie vollkommen allein gewesen, hatte immer Menschen um sich gehabt. Aber sie würde schon lernen, mit der Einsamkeit fertig zu werden. Und vielleicht würde sie sie sogar genießen. Im Augenblick jedenfalls erschien Catherine dieses Haus bei Colorado Springs wie eine einsame Insel, auf der sie frei sein konnte.

Sie holte den Schlüssel für das Haus bei Susan ab, und Susan umarmte die Freundin herzlich zum Abschied.

»Vergiss nicht den kleinen Zettel, auf dem ich dir den Weg beschrieben habe«, meinte sie noch. »Das Haus ist nicht leicht zu finden.«

Catherine lachte. »Umso besser.«

»Aber du musst wenigstens heil ankommen«, erwiderte Susan. »Wenn ich nichts von dir höre, weiß ich, dass alles geklappt hat. Du wirst Bettzeug und Handtücher vorfinden. Es ist für alles gesorgt. Wenn du irgendwann in den nächsten Wochen zum Einkaufen fahren solltest, dann versuch, mich anzurufen. Im Ort gibt es Telefon. Ich möchte doch wissen, wie es dir geht.«

»Ich verspreche es«, sagte Catherine. »Und lass dich von Bruce nicht einwickeln. Sag ihm nur, wo ich bin, wenn du wirklich davon überzeugt bist, dass es sich um einen Notfall handelt.«

»Darauf kannst du dich verlassen«, versprach Susan. »Von mir erfährt niemand etwas. Du bist einfach verschwunden, und das ist gut so. Soll Gordon Lonigan doch seine Privatdetektive in Bewegung setzen. Da oben finden selbst die dich nicht.«

»Privatdetektive kosten Geld«, antwortete Catherine. »Und mein Schweigervater ist ein sparsamer Mann. Er wird sich sagen, dass ich irgendwann ohnehin zurückkomme, und so lange wird er sich gedulden müssen. Bis dahin wird Bruce die Sache hoffentlich durchgezogen haben.«

»Es gibt immer wieder einen neuen Anfang«, meinte Susan. »Vergiss das nicht, Cathy. Das Leben liegt noch vor dir. Du kannst eine ganze Menge daraus machen. Aber wenn du anfangen solltest, depressiv zu werden, komm lieber nach New York City zurück.«

»Ich werde an deine Worte denken«, antwortete Catherine. »Aber im Augenblick bin ich froh, wenn ich New York City weit hinter mir lassen kann.«

Susan stand in der Tür und sah der Freundin nach, wie sie in ihrem weißen Chevy davonfuhr. Catherine hatte diesen Wagen gewählt, weil sie darin mehr Gepäck unterbringen konnte als in ihrem Sportwagen. Sie sah sich nicht um, als sie zum Highway fuhr. Mochte New York City hinter ihr in Schutt und Asche fallen, es war ihr vollkommen gleichgültig. Nur weg wollte sie, nur endlich frei sein und unerreichbar für Gordon Lonigan.

Ganz sicher würde er den nächsten Coup schon gegen sie geplant haben. Aber was er auch vorhatte, es würde im Sand verlaufen. Sie hatte es tatsächlich geschafft, sich in gewisser Weise unsichtbar zu machen. Sie war einfach nicht mehr da. Und zum ersten Mal seit vielen Tagen konnte Catherine wieder freier durchatmen.

Gewiss, es war ein Abenteuer, auf das sie sich einließ. Aber sie würde dieses Abenteuer überstehen, wie sie schon so vieles überstanden hatte, und sie würde das Beste daraus machen. Endlich allein sein, unbeobachtet, unbelästigt. Das genau war es, was Catherine wollte. Mit einem Mal war sie ganz sicher, dass es wundervolle Wochen werden würden in diesem einsamen Haus in den Bergen.

Sie würde die Menschen nicht vermissen, nicht die Partys in Connecticut und Long Island oder im »Waldorf-Tower«. Sie würde einfach leben und nur für sich selbst da sein. Und sie würde in Ruhe abwarten können, was Bruce inzwischen für sie in New York City erreichte.

*

Wenn Catherine gedacht hatte, dass sie unerkannt blieb, sobald sie New York City verlassen hatte, dann musste sie eine herbe Enttäuschung hinnehmen. In dem kleinen Ort Salina im Staat Kansas war sie ausgestiegen, um Zigaretten aus einem Supermarkt zu holen. Plötzlich tauchten diese drei in schwarzes Leder gekleideten Burschen auf. Sie hatten Catherine intensiv fixiert, und einer hatte gesagt:

»Mensch, das ist doch die Puppe mit den fünfzig Millionen. Die müssen wir uns mal näher ansehen. Lohnt sich doch, ihre Bekanntschaft zu machen.« Und einer hatte einladend sein Klappmesser aufschnappen lassen.

Etwas überstürzt hatte Catherine den Supermarkt verlassen, war in ihren Wagen gestiegen und losgefahren, die Angst im Nacken.

Plötzlich kam es ihr ziemlich gewagt vor, was sie vorhatte. So ganz allein da oben in diesem Haus in den Bergen, würde das gut gehen? Ja, sagte sich Catherine, es würde gut gehen, wenn sie nur erst da war.

Wieder hatte sie nur den einen Wunsch, so schnell wie möglich nach Colorado Springs zu kommen. Sie hatte Angst vor den Menschen. Dass man sie sogar hier in Kansas erkannt hatte, beunruhigte sie. Was war, wenn sie irgendwo auf dem Highway eine Panne hatte? Da gab es meilenweit nichts als Steppenlandschaft und Berge. Wenn ihr da jemand beistehen wollte, der sie erkannte ... Catherine schluckte.

Dieser verdammte Gordon Lonigan! Die Angst, die Panik, das alles hatte sie ihm zu verdanken. Aber sie saß schon zu tief in der Sache drin, um jetzt noch einen Rückzieher zu machen. Irgendwann würde sich die große Aufregung schon legen, das hoffte Catherine jedenfalls.

Am Abend dieses Tages saß sie in einem Rasthaus am Highway nach Colorado Springs, um eine Kleinigkeit zu essen. Seit dem Frühstück hatte sie sich nur mit Obst beköstigt, und ihr war jetzt ganz schlecht vor Hunger.

Catherine saß an einem Fenstertisch des eher bescheidenen Gasthauses und sah die Speisekarte durch. Das Angebot war nicht eben reichlich, und Catherine entschloss sich schnell für ein Steak mit Pommesfrites und Salat. Die Kellnerin notierte und verschwand, brachte Catherine gleich darauf das Mineralwasser, das sie ebenfalls geordert hatte. Catherine zündete sich eine Zigarette an und sah in die Dämmerung hinaus.

Wolken waren von Westen her aufgezogen. Es würde früher als sonst dunkel werden. Catherine beschloss, beim nächsten Motel anzuhalten, um dort die Nacht zu verbringen. Am kommenden Abend würde sie dann, wenn nicht etwas Unvorhergesehenes passierte, in dem einsamen Haus bei Colorado Springs sein.

Gerade hatte die Kellnerin ihr das Essen gebracht, als plötzlich eine junge Frau mit wildem rotem Haar neben Catherines Tisch auftauchte.

»Entschuldigen Sie, dass ich Sie störe, Mrs. Lonigan. Mein Name ist Tracy Black. Ich bin die Vorsitzende des Vereins scheidungsgeschädigter Frauen von Wichita. Darf ich Sie einen Augenblick sprechen?«

Catherine spürte, wie es ihr kalt den Rücken hinunterlief. Das konnte doch nicht wahr sein! Auch hier kannte man sie schon?

Sie wollte die junge Frau abweisen, wollte sich beim Essen nicht stören lassen. Aber sie brachte kein Wort heraus, und Tracy setzte sich ungefragt und lächelte Catherine aufmunternd zu.

»Ich finde es toll, was Sie da durchsetzen wollen. Man darf sich von den Männern nicht alles gefallen lassen, und ich bin sicher, dass der Mann, von dem Sie sich scheiden lassen wollen, sich nicht gerade anständig verhalten hat. Ich glaube immer nur die Hälfte von dem, was in den Zeitungen steht. Sie sind sehr mutig, und das gefällt mir.«

Catherine aß schweigend weiter, aber sie fühlte ihre Nervosität bis in die Fingerspitzen. Und Tracy Black fuhr fort:

»Tut mir wirklich Leid, Madam, dass ich Sie beim Essen störe, aber ich muss das einfach loswerden. Ich möchte Sie gern einladen, in unserem Club zu sprechen. Ich meine, das wäre eine tolle Sache. Wir wären Ihnen alle sehr dankbar. Wir scheidungsgeschädigten Frauen von Wichita hatten auch eine ganze Menge durchzukämpfen, und vielleicht können wir auch Ihnen den Rücken stärken, wenn Sie uns von Ihren Erfahrungen berichten, wenn Sie uns sagen, wie alles wirklich war.«

Catherine atmete tief durch. Sie hatte plötzlich gar

keinen Appetit mehr, aber sie zwang sich dazu, ihr Steak aufzuessen.

Tracy beugte sich über den Tisch. »Ich meine, wir Frauen müssen heutzutage zusammenhalten. Es läuft nicht mehr so wie früher, dass die Männer das absolute Sagen haben. Wir haben auch ein Wörtchen mitzureden, und wir können unsere Rechte sehr gut selbst verteidigen. Ich meine, fünfzig Millionen Abfindung, das ist natürlich ein schöner Happen. Aber Sie bringen Mr. Lonigan damit ja nicht ins Armenhaus, und ich finde Ihre Forderung gerechtfertigt.«

Catherine legte Messer und Gabel auf den Teller, tupfte sich mit der Serviette die Lippen ab und sah Tracy Black aufmerksam an.

»Ich möchte nicht über meine Erfahrungen sprechen«, sagte sie dann. »Außerdem habe ich noch einen weiten Weg vor mir. Ich muss gleich weiter.«

»Darf man erfahren, wo Sie hinfahren?«

Catherine fand diese Frage reichlich unverschämt und erwiderte:

»An die Westküste. Ich besuche eine Freundin.«

»Und Sie können nicht ein paar Stunden am Abend für uns erübrigen?«

Jetzt lächelte Catherine unverbindlich freundlich. »Nein«, antwortete sie, »Ich habe wirklich keine Zeit, tut mir Leid. Ich wünsche Ihnen für Ihre weiteren Vorhaben viel Glück. Aber ich muss jetzt los.« Sie winkte der Kellnerin und zahlte mit ihrer Kreditkarte.

»Sind Sie *die* Mrs. Lonigan?« fragte die Kellnerin, als sie den Namen las.

Catherine legte ein Trinkgeld auf den Tisch und griff nach ihrer Handtasche. Tracy schob ihr eine Visitenkarte zu.

»Vielleicht rufen Sie uns mal an. Wenn Sie irgendwelche Probleme haben, vielleicht können wir Ihnen helfen.

Oder vielleicht können Sie etwas für uns tun, wenn Ihnen danach ist.«

Catherine steckte die Karte ein, nahm auch ihre Kreditkarte wieder an sich und stand auf.

»Alles Gute, Mrs. Black«, meinte sie und ging zur Tür. Sie hatte das Gefühl, dass alle ihr nachsahen, dass sie Aufmerksamkeit erregte, wo immer sie auftauchte. Das machte sie ganz fertig.

Und plötzlich hatte Catherine eine Idee. Sie musste sich irgendwie verändern, musste irgendetwas tun, damit niemand sie mehr mit jener Catherine Lonigan in Verbindung brachte, die so spektakulär an die Öffentlichkeit getreten war.

Catherine überlegte, während sie auf dem Highway weiterfuhr. Sie würde sich die Haare schneiden lassen, würde ihren Typ verändern. Und sie würde nie mehr vergessen, ihre große Sonnenbrille aufzusetzen.

Bei der nächsten Abfahrt verließ sie den Highway und fuhr in den nächsten kleinen Ort zu einem Friseur. Sekundenlang zögerte sie, ehe sie ausstieg. Ihr schönes langes Haar abschneiden lassen?

Aber es musste sein. So konnte sie wenigstens sicher sein, nicht überall erkannt zu werden. Die Angst davor war stärker als Catherines Eitelkeit.

Der Friseur in dem kleinen Laden verstand sein Handwerk, und er schien keine Zeitungen gelesen zu haben. Jedenfalls gab er nicht zu erkennen, dass er Catherine erkannte. Er seufzte zwar leicht, als sie ihm sagte, dass sie ihr Haar schneiden lassen wollte.

Spielerisch griffen seine Finger in die volle honigblonde Mähne. Fast mitleidig sah er Catherine an.

»Sind Sie ganz sicher, dass Sie das wirklich wollen, Madam? Sie haben wundervolles Haar.«

»Ich habe diese Frisur schon so lange«, antwortete Catherine ungeduldig. »Ich möchte mal etwas anderes versuchen. Eine neue Frisur verändert doch auch ein bisschen den Menschen. Was schlagen Sie mir vor?«

Der Friseur beeilte sich, ihr eine Fotomappe zu bringen, und eine Weile diskutierten sie über die Kurzhaarfrisur, die Catherine sich zulegen wollte. Schließlich entschloss sie sich zu einem flotten Stufenschnitt mit Fransenpony. Der Friseur überlegte. Dann lächelte er.

»Ja, ich glaube, das wird Ihnen gut stehen. Es wird Sie ein bisschen pfiffiger machen, frecher.«

»Genau das möchte ich«, sagte Catherine. Aber dann hatte sie doch ein merkwürdiges Gefühl in der Magengegend, als die schönen langen Haare nach dem Waschen der Schere des Friseurs zum Opfer fielen. Sie war immer so stolz gewesen auf ihre Haarpracht, und sie wusste auch, dass lange Haare sehr erotisch wirken.

Eigentlich hatte Catherine auch mit dem Gedanken gespielt, sich das Haar färben zulassen. Aber davon war sie schnell wieder abgekommen. Dieses Honigblond stand ihr so gut. Sie mochte davon nicht abgehen. Eine neue Frisur würde ihren Typ ohnehin verändern.

Und so war es dann auch. Als der Friseur ihr Haar geföhnt hatte, das jetzt zwar kurz, aber dennoch voll und weich ihr schmales Gesicht betonte, da war Catherine eigentlich recht zufrieden.

Deutlich erinnerte sie sich an die Fotos, die von ihr in den Zeitungen erschienen waren. Mit der jungen Frau auf den Bildern hatte sie kaum noch Ähnlichkeit.

Klar, sie konnte ihr Gesicht nicht verändern, aber eine Sonnenbrille würde viel ausmachen. Diese neue Frisur stand ihr gut. Catherine hatte Glück gehabt, dass sie in diesem kleinen Ort an keinen Stümper geraten war. Der Friseur war allererste Klasse. Catherine bedankte sich mit einem großen Trinkgeld, ehe sie den Salon verließ.

Mit einem Mal fühlte sie sich wieder sicherer und bereute nicht, was sie getan hatte. Außerdem wuchs das Haar ja wieder. Es war alles nur eine Frage der Zeit.

Catherine sah noch einmal in den Spiegel, ehe sie losfuhr. Plötzlich hatte sich die Angst in ihr gelegt, die schon langsam zum Verfolgungswahn geworden war. Catherine hatte plötzlich das Gefühl, dass sie endlich ein neues Leben beginnen konnte.

*

In der Nacht hatten sich die Wolken verdichtet, und es regnete den ganzen folgenden Tag, auch als Catherine in Colorado Springs ankam. Ein heftiges Gewitter ging nieder, als sie endlich den Weg gefunden hatte, den Susan ihr aufgezeichnet hatte. Hier waren zwar die Straßen noch gepflastert, aber je höher Catherine in die Berge kam, desto unwegsamer wurde die Straße. Nichts als Lehmboden und Geröll, und der Regen trommelte noch immer auf das Wagendach und schien den Weg unter ihr wegzuschwemmen.

Bald sah Catherine nichts mehr als den Wildbach, der ins Tal strömte. Sie fuhr durch ein dunkles Waldgebiet, wo die Aste der Bäume sich im Sturm bogen. Die Scheibenwischer tanzten auf der Windschutzscheibe, und Catherine hatte Mühe, vorwärts zu kommen.

Das hatte ihr gerade noch gefehlt, ein solches Unwetter! Aber sie musste weiter, musste dieses verdammte Haus erreichen, um in Sicherheit zu sein. Und dann sah sie es endlich im Licht der Scheinwerfer. Catherine parkte den Wagen neben dem Haus vor einer aus rohen Holzstämmen gezimmerten Garage. Noch immer strömte der Regen vom Himmel, als wolle er gar nicht mehr aufhören. Noch immer zuckten die Blitze, und der Donner grollte hier in den Bergen besonders gefährlich. Einen Augenblick lang zögerte Catherine und überlegte, ob sie überhaupt aussteigen sollte.

Schließlich tat sie es doch, nahm ihre Handtasche, suchte den Schlüssel und rannte auf das Haus zu.

Der Wind riss an ihrem blassgelben Kleid. Regen schlug ihr ins Gesicht. Catherine war froh, als sie endlich den Schlüssel im Schloss hatte und die Tür sich öffnete. Fest drückte sie sie hinter sich zu und atmete erleichtert auf, als sie in dem kleinen Wohnraum stand. Stockdunkel war es hier. Die Fensterläden waren geschlossen. Catherine suchte nach dem Lichtschalter.

Eine rustikale Hängelampe beleuchtete eine hübsche geblümte Sitzgruppe um einen runden Holztisch. Ein Eichenschrank stand an der Wand. Ein schwerer, etwas abgetretener Teppich lag auf den Holzdielen. Ein bisschen muffig roch es in dem Raum, eben ungelüftet. Aber dies war nicht der Zeitpunkt, die Fenster aufzureißen.

Catherine strich sich das feuchte Haar aus der Stirn, öffnete die Tür zum Badezimmer, sah die Dusche, das Waschbecken, die Toilette, alles in Beigetönen gehalten, und fand auch gleich darauf das Schlafzimmer mit dem breiten französischen Bett, einem Sessel neben einer Stehlampe und der Frisierkommode. Auch eine kleine handliche Küche gab es. Catherine war zufrieden. Mehr als das hier brauchte sie nicht.

Sie kehrte in den Wohnraum zurück, hörte, wie der Wind an den Fensterläden riss, und ließ sich in einen Sessel fallen. Ja, sie würde es hier ein paar Wochen lang aushalten, dessen war sie sicher. Und das Wetter würde ja nicht immer so sein wie heute. So ein Gewitter ging vorüber. Trotzdem zuckte Catherine zusammen, als wieder ein Donnerschlag krachte. Hier in den Bergen hörte sich das gespenstisch an, geradezu unheildrohend.

Morgen würde sie sich weiter umsehen, würde als Erstes die Gegend erkunden, falls das Wetter es zuließ. Catherine zündete sich eine Zigarette an, erinnerte sich plötzlich an die Lebensmittel, die sie im Wagen hatte, und sprang auf. Sie ging in die Küche und schaltete den Kühlschrank an. Sobald der Regen etwas nachließ, wollte sie die Vorräte ins Haus bringen, und dann würde sie sich einen kleinen Schlummertrunk gönnen. Nach der langen Reise war ihr jetzt danach zumute.

Noch immer krachte der Donner und strömte der Regen vom Himmel. Catherine musste sich in Geduld fassen. Sie vertrieb sich die Zeit, indem sie aus dem Schrank im Schlafzimmer frische Bettwäsche herausnahm und das Bett bezog. Sie würde gut hier draußen schlafen in der frischen Luft und der Ruhe, das fühlte sie.

Aber im Augenblick war von Ruhe noch nichts zu merken. Das Gewitter wollte einfach nicht aufhören, und allmählich wurde Catherine ungeduldig. Gerade überlegte sie, ob sie nicht wenigstens ihre Reisetasche mit den Toilette-Sachen hereinholen sollte, als es plötzlich einen furchtbaren Donnerschlag gab, und im nächsten Moment ging das Licht aus. Erschrocken versuchte Catherine, sich in der Finsternis zurechtzufinden, ließ schließlich ihr Feuerzeug aufklicken.

Der Blitz musste die Stromleitung getroffen haben. Plötzlich hatte Catherine doch wieder Angst. Ob es in diesem Haus Kerzen gab, eine Öllampe oder etwas Ähnliches? Hier oben musste man doch auf Zwischenfälle dieser Art vorbereitet sein. Sicherlich passierte es nicht zum ersten Mal, dass der Strom ausfiel.

Im Schein ihres Feuerzeugs öffnete Catherine den Schrank, zog die Schubladen heraus und fand schließlich eine Taschenlampe. Aber als Catherine sie anknipste, kam kein Licht. Die Batterien hatten wohl schon zu lange gelegen. Also suchte Catherine weiter, ging schließlich in die Küche, und hier wurde sie fündig.

In einer Schublade fand sie eine Packung Kerzen. Catherine stellte eine Kerze auf eine Untertasse, ging in den Wohnraum zurück und entzündete den Docht. Ein kleines blassgelbes Licht erleuchtete jetzt den Raum, und Catherine atmete auf. Wenn sie das erste Mal in den Ort fuhr, um neue Vorräte einzukaufen, würde sie daran denken müssen, sich mit Kerzen zu versorgen. Man konnte ja nie wissen.

Gegen zehn Uhr hörte es plötzlich auf zu regnen, so als wäre oben in den Wolken ein Hahn abgestellt worden. Catherine öffnete die Haustür und ging nach draußen. Der Wind war noch immer stürmisch, und es war stockfinster. Catherine schaltete die Scheinwerfer ihres Wagens ein und begann, ihre Sachen ins Haus zu tragen. Als sie vom Beifahrersitz ihre Reisetasche nahm, riss ihr der Wind den Rock so hoch, dass Catherines weißer spitzenbesetzter Tanga sichtbar wurde.

Das war der Moment, wo Jeff Grant sie zum ersten Mal sah. Er machte einen Spaziergang mit seinem Hund und hatte die Scheinwerfer bemerkt. Das, was er von Catherine zu sehen bekam, beeindruckte ihn sehr. Diese langen wundervollen Beine – und dann die sanfte Rundung ihres Pos, der von dem Tanga kaum bedeckt wurde. Der Anblick versetzte Jeff regelrecht einen Schlag. Er stand am Waldrand, hielt den Hund kurz an der Leine und sah, wie Catherine mit dem Wind und dem Rock kämpfte. Sekundenlang beobachtete Jeff sie. Dann ging er mit seinem Hund tiefer in den Wald hinein.

Catherine war richtig erledigt, als sie die Vorräte und ihre Sachen, den Koffer und die Reisetasche, ins Haus gebracht hatte. Sie hatte die Scheinwerfer wieder abgedreht und den Wagen verschlossen. Jetzt verschloss sie auch die Haustür hinter sich und atmete erleichtert auf. Als nächstes wollte sie duschen und sich dann ins Bett legen, nachdem sie sich einen kleinen Bourbon gegönnt hatte. Gegessen hatte sie schon unterwegs, und Appetit hatte sie überhaupt nicht. Alles war so neu und aufregend für sie . . .

Catherine verstaute die Lebensmittel. Dass der Kühlschrank im Augenblick außer Gefecht gesetzt war, war ihr klar. Aber sicherlich würde das mit der Stromleitung wieder in Ordnung gebracht werden. Morgen würde sie herausfinden, ob es hier oben nicht noch andere menschliche Wesen gab. Das Haus stand sicherlich nicht ganz allein im Wald.

Auch in der Küche hatte Catherine inzwischen eine Kerze aufgestellt, und sie nahm noch eine mit ins Bad. Doch als sie dann den Wasserhahn aufdrehte, kam zunächst nur bräunliches Wasser heraus, das bald versiegte, und bei der Dusche war es ähnlich. Catherine verstand das nicht.

Susan hatte ihr doch gesagt, dass es im Haus fließendes Wasser gab und dass der Boiler auch für heißes Wasser sorgte. Catherine war irritiert. Das fing ja gut an!

Okay, dann würde sie heute Abend eben nicht duschen, sondern so zu Bett gehen. Und morgen musste sie dafür sorgen, dass alles in Ordnung kam, Sie brauchte doch Wasser. Das war wichtiger als Strom. Aber an wen um alles in der Welt sollte sie sich wenden? Mit einem Mal war Catherine nicht mehr ganz so sicher, dass es eine gute Idee gewesen war, hierher zu kommen, Die Einsamkeit hier schien total zu sein. War es wirklich das, was sie gewollt hatte?

Ja, sagte sich Catherine, genau das hatte sie gewollt, und sie würde mit den Unannehmlichkeiten fertig werden müssen. Ein bisschen Pioniergeist steckte schließlich auch in ihr. Sie musste eben improvisieren. Irgendwie würde es schon gehen.

Catherine zog das feuchte Kleid aus, hängte es auf einen Bügel und schlüpfte in ihren kurzen weißen Frotteemantel und die flachen Lederpantoffeln, die sie mitgebracht hatte. Sie musste lächeln, als sie sich ihren Bourbon einschenkte und dann im Kerzenlicht dasaß.

Eigentlich war doch alles sehr romantisch. Schade nur, dass sie diese Stimmung mit niemandem teilen konnte. Aber sie hatte ja die Einsamkeit gesucht, um allein zu sein mit sich und ihren Gedanken.

Der Bourbon wärmte sie und ließ die Situation erträglicher erscheinen. Morgen war ein anderer Tag. Morgen würde sich alles finden. Mit diesem Gedanken ging Catherine schließlich zu Bett, nachdem sie das Schlafzimmergründlich gelüftet hatte. Vorsichtshalber schloss sie dann aber doch die Fensterläden wieder. Man konnte ja nie wissen. Als sie dann im Bett lag, fühlte sie sich eigentlich sehr zufrieden, und in dieser Stimmung schlief sie ein.

*

Catherine schlief lange und tief. Als sie erwachte, fiel die Sonne durch einen Spalt der Fensterläden. Catherine war sofort hellwach, sprang aus dem Bett und stieß die Fensterläden auf. Sie ließ die Sonne herein, sah in das Blätterdach der Bäume vor dem Haus und empfand so etwas wie Urlaubsstimmung.

Sie würde sich Frühstück machen und den Tag in aller Ruhe beginnen. Aber als sie ins Bad kam, war die Situation wie am gestrigen Abend. Nichts rührte sich, als sie den Wasserhahn aufdrehte, und Catherine seufzte.

Also, jetzt wurde es wirklich Zeit, dass sie sich wusch! Sie brauchte das einfach, um frisch zu werden und richtig aufzuwachen. Aber woher um alles in der Welt sollte sie Wasser bekommen?

Der Strom war auch noch weg, wie Catherine gleich darauf feststellte. In ihrem Bademantel öffnete sie die Haustür, sah sich um, hörte den Bach rauschen und den Wind in den Wipfeln der Bäume. Es kam ihr vor, als wäre sie der einzige Mensch auf der Welt.

Mit einem Mal hatte Catherine eine Idee. Warum

sollte sie sich nicht im Bach waschen? Das Wasser war sicherlich klar und sauber, ein bisschen kalt vielleicht. Aber das störte Catherine nicht.

Sie nahm Seife und Handtuch und lief in ihrem Bademantel über den Waldweg zum Bach hin. Die Sonne schien, die Vögel zwitscherten, und Catherine fand plötzlich, dass dies ein grandioses Abenteuer war.

Sie hängte den Bademantel an einen Ast, war mit nichts bekleidet außer ihrem winzigen Tanga und begann, sich in dem fließenden Wasser zu waschen. Es war gar nicht so einfach, wie Catherine sich das vorgestellt hatte. Aber irgendwie klappte es doch. Sie war plötzlich in einer übermütigen Stimmung, fast so, als hätte sie Champagner getrunken.

Gerade war sie dabei, sich abzutrocknen, als sie plötzlich mitten in der Bewegung erstarrte. In etwa fünfzig Metern Entfernung stand ein riesiger Hund. Solch einen Hund hatte Catherine noch nie in ihrem Leben gesehen. Er kam ihr so groß wie ein Kalb vor, ein graues struppiges Ungetüm mit einem gewaltigen Maul, aus dem die rosa Zunge heraushechelte. Der Hund beobachtete sie, und Catherine hatte das Gefühl, dass er im nächsten Augenblick zum Sprung auf sie ansetzen würde.

Da war plötzlich keine Champagnerstimmung mehr in ihr. Da war nichts als blankes Entsetzen. Mit fröhlichen Sprüngen rannte der Hund plötzlich los, direkt auf Catherine zu. Sie ließ das Handtuch fallen und schrie auf.

Sie wusste, dass es absolut falsch war, was sie jetzt tat. Aber sie drehte sich um und wollte auf das Haus zulaufen. Dabei stolperte sie und wäre hingefallen, wenn nicht zwei starke Männerarme sie plötzlich aufgefangen hätten.

»Sitz, Monster«, rief eine Männerstimme, und der große Hund gehorchte sofort.

Vorsichtig sah Catherine an dem Mann hoch, der sie festhielt, sah direkt in lächelnde braune Augen, in ein kantiges, männliches Gesicht. Volles dunkles Haar fiel dem Unbekannten in die Stirn. Kraftvoll waren die Arme, die sie hielten.

»Das nenne ich eine schöne Überraschung«, sagte Jeff Grant, »Ich hoffe, Monster hat Sie nicht allzu sehr erschreckt.«

Verwirrt löste sich Catherine von ihm, wurde sich plötzlich darüber klar, dass sie fast nackt war, und versuchte hilflos, sich zu bedecken, was Jeffs Lächeln verstärkte.

»Keine Sorge, Miss, ich habe schon mal ein nacktes Mädchen gesehen. Es bringt mich nicht gleich um den Verstand.« Er nahm den Bademantel und legte ihn um Catherines Schultern. Sie zog den weißen Frotteemantel fest über der Brust zusammen. Sie war noch immer sprachlos und sah vorsichtig zu dem Hund hin, der unbeweglich dasaß, den Blick auf seinen Herrn gerichtet.

»Ist das ... ist das Ihr Hund?« brachte Catherine schließlich hervor.

»Erraten, und Sie brauchen sich vor ihm nicht zu fürchten. Er ist sanft wie ein Osterlamm.«

Wieder sah sie zögernd zu dem Untier hin. »Aber er sieht gar nicht so aus.«

»Das ist richtig«, bestätigte Jeff. »Er ist ein Irischer Wolfshund. Ich glaube, das ist die größte Hunderasse der Welt. Komm her, Monster. Sag der Lady Guten Morgen.«

»Nein«, schrie Catherine und flüchtete sich wieder in Jeffs Arme. Der lachte, als der Hund herankam und Catherine beschnupperte. Dann leckte er zärtlich ihre nackten Füße.

»Sie sehen, er ist wirklich sehr brav. Und er scheint Sie zu mögen.«

Catherine zitterte plötzlich in Jeffs Armen – vor Aufregung und überhaupt ...

»Er könnte mich auf der Stelle zerreißen, richtig?«

»Er könnte, aber er tut es nicht«, sagte Jeff besänftigend. »So einer ist Monster nicht.«

»Jedenfalls hat er den richtigen Namen«, meinte Catherine, und irgendwie fühlte sie sich plötzlich in diesen kraftvollen Männerarmen sehr sicher, auch wenn die Situation mehr als merkwürdig war.

Und Jeff? Auch ihm war klar geworden, dass dies nicht die normale Art war, ein Mädchen kennen zu lernen. Aber es erregte ihn, wenn er daran dachte, dass diese blonde Unbekannte unter dem Bademantel nackt war. Jeff erinnerte sich an ihre festen, straffen Brüste und wie sich ihre Spitzen aufgerichtet hatten, als sie sich mit dem kalten Wasser wusch. Er erinnerte sich an ihre schmale Taille, den Schwung ihrer Hüften. Und dann diese Beine, diese Beine ... Sie hatten Jeff glatt den Atem verschlagen.

Monster sah seinen Herrn an, öffnete sein gewaltiges Maul und gähnte. Offenbar fand er die Situation nicht so pikant, und Catherine musste lächeln. Verwirrt löste sie sich aus Jeffs Armen.

»Ich denke, ich gehe jetzt ins Haus. Für die Begegnung mit einem Fremden bin ich absolut nicht passend angezogen.«

Auch Jeff lächelte. »Ich fand es zumindest sehr originell«, sagte er mit seiner tiefen, warmen Stimme, und sein Blick verriet Catherine noch viel mehr: Dass er sie sympathisch fand und dass es ihm gefiel, sie zu betrachten.

»Ich heiße übrigens Grant. Für Sie Jeff, wenn Sie wollen.«

»Ich bin Catherine«, meinte sie einfach. Dieser Mann schien sie nicht erkannt zu haben, und sie wollte ihn auch keinesfalls darauf stoßen, wer sie war.

»Nur Catherine?« fragte er.

»Ja. Und jetzt entschuldigen Sie mich, Jeff. Es wird Zeit, dass ich mich anziehe.«

»Ich bin davon überzeugt, dass wir uns noch öfter über den Weg laufen. Außer uns beiden wohnt hier zurzeit niemand, und wenn Sie irgendwelche Probleme haben, lassen Sie es mich wissen. Mein Haus liegt zweihundert Meter über dem Haus der Childmans, das Sie zurzeit bewohnen.« Jeff deutete nach oben zum Wald.

»Ich werde daran denken«, versprach Catherine. Sie beugte sich zu Monster hinunter, der es sich zu den Füßen seines Herrn bequem gemacht hatte, und streichelte den Hund vorsichtig. Monster ließ es sich gefallen. Dann nickte Catherine Jeff noch einmal zu und lief auf das Haus zu.

»Komm, Monster«, sagte er. »Wird Zeit, dass wir den Rest unseres Spaziergangs absolvieren.« Er machte sich mit seinem Hund auf den Weg. Während er am Bach entlang den Berg hinaufstieg, dachte er unausgesetzt an Catherine, an dieses schöne nackte Mädchen, das er beobachtet und das einen Funken in ihm entzündet hatte. Irgendetwas war da übergesprungen, das Jeff nervös machte.

Es war verdammt lange her, seit er zuletzt ein Mädchen in den Armen gehalten hatte, zumal ein fast unbekleidetes Mädchen. Und plötzlich verspürte er etwas, was er lange nicht gefühlt hatte. Catherines Anblick hatte ihn erotisiert. Mit einem Mal waren da Wünsche in ihm wach geworden, heiß und brennend. Und wie dieses schöne Mädchen lächeln konnte . . .

Verdammt noch mal, er war auf dem besten Weg, sich in Catherine zu verlieben, und Jeff hoffte nur, dass sie lange hier oben blieb, lange genug jedenfalls, um auch ein Gefühl für ihn zu entwickeln.

Seit zwei Jahren lebte Jeff Grant jetzt hier oben in der

selbstgewählten Einsamkeit. Er hatte sich von allem zurückgezogen, was vorher sein turbulentes Leben ausgemacht hatte. Gelegentlich fuhr er nach Colorado Springs, machte einen Bummel durch die Kneipen oder tätigte die notwendigen Einkäufe. Aber dann war Jeff immer froh gewesen, wieder in sein Haus in den Bergen zurückzukommen. Bisher hatte er auch nichts vermisst. Doch jetzt war das anders geworden. Jetzt war Catherine ihm begegnet.

*

Noch immer war Catherine ein bisschen durcheinander, als sie im Haus ankam. Dieser Jeff hatte sie verwirrt, hatte in ihr Gefühle geweckt, die sie irgendwie verstörten.

Sie versuchte, die Erinnerung abzuschütteln und einfach nicht mehr an die Begegnung zu denken. Sie ging ins Bad, um sich die Zähne zu putzen und bemerkte plötzlich wieder, dass sie ja kein fließendes Wasser hatte. Verdammt noch mal, warum war ihr das nicht früher eingefallen? Dieser Jeff hätte ihr vielleicht helfen können.

Sie würde sich wohl oder übel auf den Weg zu ihm machen müssen. Ohne Wasser konnte sie hier oben nicht leben, soviel war sicher. Und ihre Zähne mussten geputzt werden. Catherine spürte den bitteren Nachgeschmack der gerauchten Zigaretten im Mund, und das mochte sie ganz und gar nicht.

Plötzlich fiel ihr ein, dass sie Mineralwasser im Haus hatte, und damit war dieses Problem gelöst. Man konnte sich schließlich auch mit diesem Wasser nach dem Zähneputzen den Mund ausspülen.

Catherine zog sich an. Sie bürstete ihr hübsches kurz geschnittenes Haar. Während sie sich dabei im Spiegel betrachtete, sah sie wieder Jeffs braune Augen vor sich und dieses Lächeln darin. Sie spürte wieder seine starken Arme, die sie gehalten hatten. Es ging etwas unheimlich Sympathisches und sehr Maskulines von diesem Mann aus.

Und sie hatte gedacht, sie würde allein hier oben in den Bergen sein, um sich über Verschiedenes klar zu werden. Aber mit einem Mal hatte Catherine gar nicht mehr den Wunsch nach Einsamkeit, und irgendwie war sie sogar froh darüber, dass sie einen Grund hatte, Jeff zu besuchen. Monster war für sie kein Problem mehr. Er schien wirklich ein friedlicher Hund zu sein, wenn er auch aussah wie ein blutrünstiges Ungeheuer.

In ihren Jeans, einem leichten roten Pulli und flachen weißen Sandalen machte sich Catherine wenig später auf den Weg. Flüchtig erinnerte sie sich daran, dass sie noch nicht gefrühstückt hatte. Aber wie sollte sie sich Kaffee kochen, wenn es keinen Strom gab? Und ein Sandwich mit Mineralwasser dazu, das war nicht das richtige Frühstück, fand Catherine.

Ihr Herz klopfte doch ein bisschen schneller, als sie bald darauf Jeffs Haus vor sich auftauchen sah. Es ähnelte dem Haus der Childmans, und Catherine war neugierig darauf, wie Jeff lebte. Was machte ein solcher Mann hier oben in den Bergen? Vielleicht war er Jäger und nur ein paar Tage hierher gekommen?

Monster bellte laut, als Catherine auf das Haus zuging. Gleich darauf stand Jeff in der Tür und rief den Hund zurück, der Catherine entgegenlaufen wollte.

»Ich hoffe, ich störe Sie nicht«, sagte sie, als sie herangekommen war. Aber ich habe wirklich ein Problem. Und da Sie so freundlich waren, mir Ihre Hilfe anzubieten . . .«

»Setzen wir uns doch hier draußen auf die Terrasse«, meinte Jeff und deutete auf die gepolsterte Holzbank, auf der ein paar bunte Kissen lagen. Auch zwei Sessel dieser Art gab es, die um einen länglichen Tisch gruppiert waren. »Ich wollte gerade frühstücken. Wollen Sie mir dabei Gesellschaft leisten?«

»Gern«, erwiderte Catherine unbefangen. »Ich konnte nämlich nicht frühstücken. Ich kann mir keinen Kaffee kochen, und das hängt mit meinem Problem zusammen.«

»Sie können keinen Kaffee kochen?« fragte Jeff. »Also das bringt doch fast jeder zustande.«

Catherine musste lachen. »Normalerweise bringe auch ich das fertig«, gestand sie. »Aber im Haus gibt es keinen Strom, und Wasser habe ich auch nicht. Deshalb habe ich mich ja auch im Bach gewaschen.« Sie setzte sich auf die Holzbank. Sie fand es hier urgemütlich, vom ersten Moment an.

»Das Unwetter gestern Nacht«, meinte Jeff. »Ich verstehe. Auch ich hätte Probleme dieser Art, wenn ich nicht ein Notstromaggregat im Haus hätte. Ich lebe nämlich ständig hier, müssen Sie wissen.«

»Sie ... wohnen hier?«

»Genauso ist es. Und jetzt mache ich uns Frühstück. Ich bin gleich wieder da. Freunden Sie sich ein bisschen mit Monster an.«

Monster hatte sich zu Catherines Füßen gelegt. Er sah sie prüfend aus seinen dunklen Augen an und leckte schließlich wieder ihre nackten Füße in den Slippern.

Catherine hatte allerhand, worüber sie nachdenken konnte, bis Jeff zurückkam. Wie konnte ein Mann mit seinem Hund hier allein in den Bergen leben? Das wollte einfach nicht in ihren Kopf. Wie ein Einsiedler sah dieser Jeff Grant schließlich nicht aus.

Jeff kam bald darauf mit einem Tablett zurück, auf dem sich alles Notwendige für ein ausgiebiges Frühstück befand. Er hatte sogar Rühreier mit Speck gebraten, und es gab Toast, Butter, starken Kaffee und Schafskäse.

Auch ein Glas Honig stellte Jeff auf den Tisch, und plötzlich verspürte Catherine großen Appetit.

Jeff füllte die Kaffeetassen und setzte sich Catherine gegenüber an den Tisch. Monster war aufgestanden und schnupperte. Aber Jeff befahl ihm, sich wieder hinzulegen.

»Monster ist natürlich immer sofort da, wenn etwas zu essen auf den Tisch kommt. Aber er soll das fressen, was für ihn bekömmlich ist, und Rühreier mit Schinken sind es gewiss nicht.« Jeff lächelte wieder. »Bitte bedienen Sie sich, Catherine. Lassen Sie es sich schmecken.«

Sie bedankte sich, nahm Toast und Rührei und fühlte sich plötzlich ganz wundervoll hier draußen im Sonnenlicht. Ja, es war wirklich wie ein Urlaubstag. Und dass sie diesen Mann kennen gelernt hatte, machte alles noch schöner.

»Was mache ich, wenn der Strom wegbleibt?« fragte Catherine nach einer Weile.

»Das wird unten von der Zentralstelle erledigt«, versicherte Jeff. »Weiter unten im Tal hin gibt es noch mehrere Häuser. Die werden auch von dem Stromausfall betroffen sein.«

»Und wie ist es mit dem Wasser?«

»Der Brunnen wird ebenfalls elektrisch betrieben«, erklärte Jeff. »Ich kenne mich da aus. Sobald der Strom wieder da ist, werden Sie auch Wasser haben. Es wird bestimmt nicht lange dauern. Aber bis dahin stelle ich Ihnen gern meine Hütte zur Verfügung, ich meine, wenn Sie duschen wollen oder so.«

Catherine trank von ihrem Kaffee. »Ich werde Ihr Angebot wohl annehmen müssen, wenn es wider Erwarten doch länger mit der Reparatur dauern sollte«, meinte sie. Sie sah Jeff an. »Wie halten Sie das nur aus, ständig ganz allein hier oben zu leben?«

»Warum sind Sie denn in diese Einsamkeit geflüchtet?« erwiderte Jeff.

»Ich wollte ausspannen, ein bisschen Ruhe haben«, antwortete Catherine schnell. »Da hat mir eine Freundin das Haus ihres Onkels angeboten. Ich war von der Idee sofort begeistert, und ich muss sagen, es gefällt mir hier sehr gut.«

»Bis auf diesen kleinen Defekt.«

»Ja«, sagte sie. »Aber mit so etwas muss man wohl rechnen, wenn man sich von der Zivilisation verabschiedet. Doch Sie haben meine erste Frage nicht beantwortet.«

»Wenn Sie so wollen, bin ich ein Aussteiger«, erklärte Jeff. »Zum Glück habe ich genug Geld, um mir das Leben hier oben leisten zu können, ohne einer geregelten Arbeit nachzugehen. Ich hab' als Manager einer Computerfirma nicht schlecht verdient. Aber irgendwann hatte ich den ständigen Stress satt, hatte keine Lust mehr, mich auf Partys herumzutreiben oder in irgendwelchen Bars mit Leuten, die mir nichts sagten. Immer dieselben Gesichter, immer dieselben dummen Sprüche und ständig der viele Bourbon. Ich lebe schon eine ganze Weile hier oben. Vielleicht werde ich irgendwann ein Buch darüber schreiben. Ich hab' schon mit diesem Gedanken gespielt.«

»Und ... Frauen?« fragte Catherine.

Jeff lachte. »Natürlich hat es auch Frauen in meinem Leben gegeben. Eine ganze Menge, muss ich gestehen. Aber zum Heiraten hat es nicht gereicht. Dazu waren meine Gefühle nicht stark genug.« Er betrachtete Catherine nachdenklich.

»Sie erinnern mich an irgendjemanden. Haben Sie vielleicht etwas mit dem Filmgeschäft zu tun oder mit dem Fernsehen?«

»Nein, absolut nicht. Ich bin Sekretärin. Das heißt,

ich war es, bis ich heiratete. Aber die Ehe ging in die Brüche. Auch deshalb bin ich hergekommen, um das alles zu vergessen.«

»Jetzt weiß ich, an wen Sie mich erinnern! Ich habe erst vor ein paar Tagen einen Haufen Zeitungen mit heraufgebracht. Da war irgend so eine Geschichte, die hatte auch mit einer Scheidung zu tun. Irgend so ein habgieriges Frauenzimmer verlangt von ihrem Mann hundert Millionen bei der Scheidung. Oder waren es fünfzig? Sie haben eine gewisse Ähnlichkeit mit dieser Frau.«

»O nein«, sagte Catherine.

Wieder lächelte Jeff. »War nicht so gemeint. Es ist eben nur eine gewisse Ähnlichkeit. Das Foto in der Zeitung war auch nicht sehr gut. Und mit dieser schrecklichen Frau haben Sie gewiss nichts gemeinsam, davon bin ich überzeugt.«

»Warum urteilen Sie so über sie? Sie kennen doch sicherlich die Hintergründe nicht.«

»Sie haben auch von der Geschichte gehört?«

»Ja«, sagte Catherine.

»Ich brauche die Hintergründe nicht zu kennen, um zu wissen, was für ein Typ Frau das ist. Und die Zeitungen schreiben das ja auch ganz deutlich. Von Anfang an hat sie es darauf angelegt, an das Geld ihres Mannes heranzukommen. Sie hat ihn wohl nur deshalb geheiratet. Aber das ist das Problem, mit dem alle reichen Männer sich herumschlagen müssen. Man weiß nie, ob man selbst gemeint ist, wenn man so viele Millionen besitzt. Glücklicherweise betrifft mich dieses Problem nicht. Ich habe einiges auf der hohen Kante, aber das brauche ich zum Leben. Außerdem steht mir auch irgendwann eine größere Erbschaft ins Haus. Ich kann also dieses Leben hier oben noch eine ganze Weile weiterführen, wenn ich will.«

»Und wollen Sie es?«

»Das kann ich jetzt noch nicht entscheiden. Im Augenblick fühle ich mich hier oben sehr wohl in der Einsamkeit der Berge und heute ganz besonders.« Sein Lächeln war jetzt ausgesprochen herzlich, und es berührte Catherine ganz unmittelbar.

»Ich hätte nicht gedacht, hier jemanden kennen zu lernen«, gestand sie, und sie fragte sich insgeheim, ob sie ihr Geheimnis vor Jeff wohl bewahren konnte. Auf keinen Fall durfte er erfahren, dass sie Catherine Lonigan war. Aber offenbar war dieser Fall bereits für ihn abgehakt, und dabei sollte es noch eine Weile bleiben.

Wieder lächelte Jeff ihr zu. »Unverhofft kommt oft«, sagte meine Großmutter immer. Haben Sie wirklich gedacht, Sie wären hier in den Bergen mutterseelenallein?«

»Eigentlich ja. Susan hat mir nichts davon erzählt, dass in der Nachbarschaft noch andere Häuser sind.«

»Susan Childman, nicht wahr? Ich glaube, ich bin ihr hier schon einmal begegnet.«

»Ja, sie hat hier Urlaub gemacht«, erzählte Catherine. »Und sie fand's ganz toll. Schmeckt übrigens ausgezeichnet, das Rührei.«

»Vielen Dank. Ich habe inzwischen gelernt, mich selbst zu versorgen, und ich muss sagen, es macht mir sogar Spaß. Früher habe ich nie gekocht, natürlich nicht. Man ging einfach essen. Zum Lunch manchmal in irgendeinen Schnellimbiss, und abends fand dann irgendeine Dinnerparty oder so was statt, oder man führte ein Mädchen schick aus. Aber zum Glück habe ich mich mit Kochbüchern eingedeckt und mir selbst einiges beigebracht. Wenn Sie wollen, lade ich Sie einmal zum Essen ein. Meine Spezialität ist Lammkeule in Rieslingsauce. Dazu mache ich gern grüne Bohnen oder geschmorte Paprikaschoten. Würde Ihnen das gefallen?«

»Klingt sehr verlockend«, sagte Catherine. »Sie scheinen ein ausgesprochener Gourmet zu sein.«

»Es macht sogar Spaß, sich selbst mit Speisen zu verwöhnen«, meinte Jeff. »Und was Monster anbelangt, der freut sich immer über einen schönen Lammknochen.«

Catherine musste lächeln. »Das glaube ich. Er ist wirklich ein sehr braver, gut erzogener Hund.«

»Ich habe ihn aus dem Tierheim in Boston geholt«, erzählte Jeff. »Ich wollte nicht, dass er eingeschläfert wird. Damals war er erst ein halbes Jahr alt. Man hatte den kleinen Streuner irgendwo eingefangen.«

»Waren Sie sich darüber klar, dass er einmal so groß werden würde?«

»Ja, so etwas sieht man an den Pfoten«, antwortete Jeff. »Doch, ich wusste, was mich erwartete. Aber da ich vorhatte, dieses Haus hier zu beziehen, war das für mich kein Problem. Ich wollte immer einen großen Hund. Nur bei meinem damaligen Leben hätte das gewisse Schwierigkeiten mit sich gebracht. Heute fühlen wir beide uns hier richtig wohl.« Er streichelte flüchtig den Rücken seines Hundes. »Für ihn ist es hier natürlich das Paradies, und ich kann ihn frei herumlaufen lassen.«

»Was in Boston sicherlich nicht der Fall war.«

»Nein, gewiss nicht. Ein großer Hund verbreitet eine Aura von Schrecken und Angst, und man ist schnell isoliert, wenn man mit ihm durch die Straßen geht.«

Catherine lachte wieder. »Das kann ich mir gut vorstellen.« Sie sah unter den Tisch und betrachtete den Hund, der seinen großen Kopf auf die Pfoten gelegt hatte und vor sich hin döste.

*

Nach dem Frühstück rauchte Jeff eine Pfeife. Der Tabak roch würzig und angenehm, und Catherine mochte das. Die Pfeife passte zu Jeff, zu seinem Typ, zu seinem ganzen Lebensstil. Er wirkte so in sich ruhend und ausgeglichen, und Catherine spürte wieder, wie sympathisch sie ihn fand.

»Wie lange wollen Sie eigentlich hier bleiben?« erkundigte sich Jeff.

»Ein paar Wochen bestimmt«, entgegnete sie. »Ich habe ein bisschen Erholung nötig, möchte lange Spaziergänge machen, viel lesen, mich gründlich ausruhen und über Verschiedenes nachdenken.«

Jeff nickte. »So einfach, wie Sie sich das vorstellen, ist das aber nicht. Man kann nicht sein bisheriges Leben einfach abstreifen, als hätte es nie stattgefunden. Irgendwie schleppen wir alle unsere Probleme mit uns herum, und die kann man nicht wie einen Sack Kartoffeln in den Keller stellen und vergessen. In den ersten Tagen werden Sie sich hier fantastisch fühlen. Aber dann wird die Nervosität kommen, der Gedanke, dass Sie vielleicht etwas versäumen, und plötzlich kann die Einsamkeit sehr bedrückend sein.«

»War das bei Ihnen auch so?«

»Nein, eigentlich nicht. Ich wusste ja, was ich wollte, und ich wusste, was mich erwartete. Ich hatte Schluss gemacht mit meinem alten Leben, wollte neu anfangen, und bis jetzt habe ich diesen Entschluss nicht bereut. Wenn mir die Decke auf den Kopf fällt, fahre ich nach Colorado Springs. Aber wenn ich eine solche Tour hinter mir habe, bin ich jedes Mal froh, wieder hier zu sein.«

»Sie brauchen also die anderen Menschen nicht?«

Wieder betrachtete Jeff sie mit diesem nachdenklichen Blick.

»Ich brauche nicht die Masse Mensch«, erklärte er dann. »Aber der einzelne Mensch als Individuum ist mir immer willkommen.«

Catherine verstand, was er ihr sagen wollte, und es versetzte sie in eine süße, verwirrende Unruhe. Wenn Jeff sie so ansah, dann stieg etwas in ihr auf, was sie ganz verrückt machte: Der Wunsch, ihm nahe zu sein und vertrauter mit ihm zu werden.

»Dann störe ich Sie also wirklich nicht?« fragte Catherine.

»Im Gegenteil. Ich bin froh, einmal mit einem interessanten Menschen sprechen zu können, und Sie scheinen mir sehr bemerkenswert zu sein, Catherine.«

Sie fuhr sich nervös durch das kurz geschnittene Haar. »Ich bin in gar keiner Weise bemerkenswert«, sagte sie. »Ich bin nur . . . ich selbst.«

»Das genügt vollkommen«, erwiderte Jeff, und wieder lag da etwas in seinem Blick, das Catherine verwirrte. »Möchten Sie mein Haus sehen? Interessiert es Sie zu erfahren, wie ich lebe?«

Sie atmete langsam und tief durch. »Es interessiert mich sehr«, entgegnete sie dann. »Aber ich möchte Ihnen nicht auf die Nerven gehen, und neugierige Frauen sind für einen Mann wie Sie sicherlich nur schwer zu ertragen.«

Jeff lachte. »Sind wir nicht alle neugierig auf den anderen? Es wäre doch schlimm, wenn wir uns ausschließlich mit uns selbst beschäftigen würden, und es wäre verdammt egoistisch, richtig?«

»Ich helfe Ihnen, das Frühstücksgeschirr in die Küche zu bringen«, sagte Catherine. »Okay?«

Jeff war einverstanden, und sie stellte das Geschirr auf das Tablett, folgte dann Jeff in die Küche, die sie sich gar nicht so aufgeräumt vorgestellt hatte. Der Wohnraum jedenfalls sah anders aus mit den vielen Zeitungen und Büchern, die überall herumlagen, den halb gerauchten Pfeifen im Aschenbecher und den Kleidungsstücken, die auf den Sesseln verstreut waren.

Trotzdem wirkte dieser Raum mit den abgeschabten Ledermöbeln, dem rustikalen Tisch und dem Teakholzschrank sehr männlich, aber auch sehr gemütlich, fand Catherine.

»Nicht gerade eine Luxusherberge«, stellte Jeff fest, nachdem Catherine das Haus besichtigt hatte.

»Ich denke, dass man hier sehr gut und ruhig leben kann«, versetzte sie. »Unbelastet von allen Problemen der übrigen Welt, ein Platz zur totalen Entspannung und auch für einen friedlichen Lebensabend.«

Jeff zog eine Augenbraue hoch. »Na, erlauben Sie mal, Catherine, so alt bin ich ja nun auch noch nicht.«

Catherine lachte leicht. »War auch nicht so gemeint, Jeff. Es ging mir nur so durch den Kopf. Zwischen heute und einem friedlichen Lebensabend liegen noch eine ganze Menge Abenteuer und Erlebnisse, möchte ich meinen.«

»Beruhigend und gleichzeitig beunruhigend, das zu wissen.« Jeff hielt ihren Blick fest, und Catherine spürte, wie ihr dieser Blick unter die Haut ging, wie er sie erregte und eine heiße, jähe Sehnsucht in ihr hervorrief.

»Ich muss jetzt gehen«, meinte sie schnell. »Ich habe noch eine Menge zu tun. Eigentlich bin ich ja nur gekommen, um wegen des Stroms mit Ihnen zu sprechen.«

»Nur deswegen?« fragte Jeff leise.

»Aber ja«, versicherte Catherine, vermied es aber, ihn dabei anzusehen.

»In Ihrer Hütte erwartet Sie doch niemand. Warum bleiben Sie nicht noch ein bisschen?« Werbend klang seine Stimme, weich ...

Mit einer unbewussten und jahrelang geübten Bewegung warf Catherine den Kopf zurück, wollte das Haar in den Nacken schleudern und stellte fest, dass da ja kein langes Haar mehr war.

»Ich habe meinen Koffer noch nicht ausgepackt. Sie wissen ja, der Stromausfall gestern Abend. Ich muss wirklich noch einiges tun, um mich einzurichten.«

»Das verstehe ich.« Jeff lenkte sofort ein. »Ich hoffe, das mit dem Strom wird bald in Ordnung gebracht, und ich hoffe auch, dass Sie mich trotzdem wieder einmal besuchen. Manchmal fehlt mir das Gespräch mit einem Menschen. Und Sie sind ein sehr netter Mensch, Catherine.«

»Ich nehme das als Kompliment.«

»So war es auch gemeint.«

Catherine bedankte sich für das Frühstück, streichelte Monster noch einmal, der ein paar Schritte hinter ihr herlief, als Jeff sie bis zum Weg begleitete. Sie reichten sich die Hand, sahen sich noch einmal an, und dann ging Catherine. Immer noch fühlte sie sich verwirrt, und sie fragte sich, was aus dieser Bekanntschaft werden würde, die so merkwürdig begonnen hatte.

Im Haus angekommen, machte sich Catherine an die Arbeit. Sie packte Koffer aus, räumte die Sachen in die Schränke, lüftete, wischte den Staub von den Möbeln. Noch immer gab es keinen Strom und auch kein Wasser. Gegen Mittag wurde Catherine langsam unruhig. Wenn sie am Abend noch immer im Dunkeln saß . . .

Sollte sie vielleicht in den Ort hinunterfahren, von dem Susan gesprochen hatte? Aber an wen sollte sie sich dort wenden? Sie kannte ja niemanden hier. Und Jeff wollte sie deswegen auch nicht noch einmal aufsuchen.

Catherine machte einen langen Spaziergang durch den Wald, legte sich dann zu Hause eine Stunde hin, konnte aber nicht schlafen, weil sie noch immer zu aufgeregt war. Sie ging in dem kleinen Haus umher, versuchte, sich irgendwie zu beschäftigen, stellte das Radio an, das sie mitgebracht hatte und das auf Batterien lief. Aber die Musik machte sie nur nervös, und die Nachrichten interessierten sie nicht.

Schließlich setzte Catherine sich auf die Couch und vertiefte sich in ein Buch. Sie bemerkte gar nicht, dass die Sonne hinter dicken Wolken verschwand, und erst als es dämmrig wurde und sie das Licht anknipsen wollte, wurde sie sich wieder ihrer Situation bewusst.

Noch immer gab es keinen Strom, und das beunruhigte Catherine. Gerade überlegte sie, ob sie nicht doch noch einmal zu Jeff gehen sollte, als es an die Tür klopfte. Gleich darauf hörte sie Monster laut bellen. Erleichtert öffnete Catherine und stand Jeff gegenüber, der verlegen grinste.

»Ich habe mit Monster einen Spaziergang gemacht und wollte mich nur erkundigen, wie es Ihnen geht und ob inzwischen alles wieder in Ordnung ist.«

»Nichts ist in Ordnung«, antwortete Catherine kleinlaut. »Der Zustand ist unverändert. Ich fühle mich nicht besonders wohl in meiner Haut, und gleich wird es dunkel werden.«

»Wenn Sie ein Bad nehmen möchten ...« Jeff lächelte ihr zu, ganz freundschaftlich. »Mein Haus ist Ihr Haus.«

»Ein Bad wäre wundervoll«, erwiderte sie.

»Dann packen Sie Ihre Sachen. Kommen Sie einfach mit. Ich bringe Sie später wieder zurück, okay?«

Catherine war schnell überredet. Sie warf die nötigen Utensilien in ihre Kulturtasche, schnappte sich auch ihren Bademantel und folgte Jeff, nachdem sie das Haus abgeschlossen hatte. Ein bisschen Herzklopfen hatte sie schon, aber sie sagte sich, dass Jeff ein guter Freund war und dass überhaupt keine Gefahr bestand.

*

Monster schien es ganz in Ordnung zu finden, dass Catherine sie begleitete. Er schien sich schon an sie gewöhnt zu haben, was Catherine erleichterte. Einen so großen Hund zum Freund zu haben, war keine schlechte Sache.

»Wollen wir einen Drink nehmen?« fragte Jeff, als sie in seinem Haus angekommen waren. »Oder möchten Sie lieber zuerst baden?«

»Ja«, sagte Catherine, »wenn es möglich ist.«

»Selbstverständlich ist es möglich.« Er verschwand im Bad, ließ Wasser in die Wanne laufen, und Catherine folgte ihm.

»Schätze, Sie haben jetzt alles, was Sie brauchen«, meinte Jeff, als die Wanne halb voll war. »Ich verdrücke mich in den Wohnraum, und wenn Sie fertig sind, nehmen wir einen gemütlichen Begrüßungstrunk.« Er ging hinaus und schloss die Tür hinter sich.

Catherine zog die Jeans aus, den roten Pulli und auch den Tangaslip. Sie gab duftendes Schaumbad in die Wanne, und sofort verbreitete sich ein angenehmer süßherber Duft in dem kleinen Raum. Catherine liebte das.

Als die Wanne voll war, stellte sie das Wasser ab und war schon mit einem Bein in der Wanne, als sie eine große dicke Spinne bemerkte, die regungslos an der Wand saß. Nun gab es etwas, was Catherine mehr fürchtete als alles andere, und das waren Spinnen. Sekundenlang stand sie da, total erstarrt, den einen Fuß in der Wanne, den anderen noch auf dem Boden des Badezimmers. Und genau in diesem Moment setzte sich die Spinne in Bewegung, als wolle sie in die Warme krabbeln. Catherine schrie laut auf und war mit einem Satz an der Tür.

Jeff, durch ihren Schrei aufgeschreckt, riss die Badezimmertür auf, und Catherine fiel ihm förmlich in die Arme.

»Was ist denn passiert? Was haben Sie, Catherine?«

»Da!« Sie deutete mit der Hand auf die Wand, und Jeff sah die Spinne. Er lachte.

»Angst?«

»Ich kann Spinnen nicht ausstehen. Die Nackenhaare stellen sich mir auf. Ich finde sie widerlich.«

»Sie haben ja Ihren Retter in der Nähe.« Jeff ließ Catherine los, nahm ein Papiertaschentuch, fasste die

Spinne vorsichtig damit an und setzte sie aus dem Badezimmerfenster. Dann schloss er das Fenster wieder.

»So, das wäre erledigt. Die Bestie kann Ihnen nichts mehr tun.« Jeff drehte sich um und sah die nackte Catherine, die immer noch hilflos und verstört wirkte. »Catherine, Sie sind ein bezauberndes Mädchen«, sagte er leise. »Ich möchte Sie in die Arme nehmen, möchte sehr, sehr nett zu Ihnen sein . . .«

»Warum . . . warum tust du es nicht?« Catherine konnte sich gegen das Gefühl nicht wehren, das sie förmlich überschwemmte.

Da fragte Jeff nicht mehr lange. Er riss Catherine an sich. Hart pressten sich seine Lippen auf ihren Mund. Sie spürte seine Zunge, die ihre Zunge berührte, liebevoll zärtlich erst, dann wild saugend und leidenschaftlich. Catherine erzitterte in Jeffs Armen, »Ich mag dich sehr. Ich mag dich viel zu sehr, Catherine«, flüsterte Jeff rau. »Aber ich finde es nicht richtig, diese Situation auszunutzen.«

Catherine schmiegte ihre Lippen an seinen Mund. »Ich will es auch, Jeff. Ich mag dich doch auch so sehr.«

»Meine süße Catherine!« Wieder küsste Jeff sie, und Catherine spürte seine Hände auf ihrer Haut, auf ihren Schultern, auf ihren Brüsten. Ihre Brustspitzen reagierten sofort, wurden hart und steif unter diesen streichelnden, zärtlichen Berührungen.

Dann fühlte sie Jeffs Hand auf ihrem Po, der Innenseite ihrer Schenkel, und als er ihren Schoß streichelte, als seine Finger verlangender und leidenschaftlicher wurden, als er sie da berührte, wo sie so erregbar war, so feucht und verlangend, da stöhnte Catherine auf.

»Zieh dich aus, Jeff. Ich will dich ganz haben«, flüsterte sie. »O Jeff, du machst mich total verrückt.«

Er lachte dieses leise tiefe Lachen und war im Nu ausgezogen. Kraftvoll war sein Körper und männlich, und es war nicht zu übersehen, wie dieses leidenschaftliche Vorspiel ihn erregt hatte. Ein heißer Schauer lief durch Catherines Körper, als sie begann, ihn zu streicheln, als sie seine Erregung, sein Verlangen immer mehr entfachte.

Sie drängte sich fest an Jeff, wollte ihn Haut auf Haut, spürte seine Männlichkeit hart und steif zwischen ihren Schenkeln, rieb sich daran, wollte ihre Erregung bis ins Grenzenlose steigern.

»O Catherine, Catherine«, stöhnte Jeff. »Ich will dich so sehr.«

Mit einem leisen Seufzer löste sie sich von ihm und ließ sich auf die große, flauschige Badematte vor der Wanne sinken. Schon war Jeff über ihr, küsste Catherines Gesicht, ihren Hals, die malvenfarbenen Spitzen ihrer Brüste, bis sie glaubte, es nicht mehr auszuhalten. Sie zog ihn ganz über sich, öffnete ihre Schenkel für ihn, und Jeff drang hart und wild in diesen feuchten, sehnsüchtigen, verlangenden Schoß ein.

Catherine grub die Fingernagel in seinen Rücken, als er sich in ihr bewegte, als sie spürte, wie er sich zurückhielt, damit auch sie dieses wundervolle Gefühl der Zweisamkeit ganz genießen konnte. Und Catherine genoss es. Sie war so ausgehungert nach Zärtlichkeit und Liebe.

Und dann plötzlich schwebte sie mit Jeff auf einer wundervollen rosafarbenen Wolke ins Universum, während sie mit einem wilden Aufschrei zum Höhepunkt kam und sie sich Jeff ganz ergab.

Fast im gleichen Augenblick erlebte auch Jeff dieses Gefühl, das mit keinem anderen auf der Welt vergleichbar war. Das Köstlichste, Süßeste und Elementarste war es, was sie jetzt miteinander verband.

»Hör nicht auf. O Jeff, hör nicht auf«, stöhnte Catherine, und ihre spitzen Nägel zogen lange rosige Streifen auf seinen Rücken.

Als es vorbei war, küsste Jeff sie, streichelte sie, sagte

ihr liebevolle, zärtliche Worte, und Catherine hatte das Empfinden, dass es noch nie so gewesen war, so einmalig, so wundervoll.

»Ich liebe dich, Catherine, ich liebe dich«, sagte Jeff. »Und ich möchte, dass du sehr, sehr lange hier bleibst.«

»Ich bleibe«, versprach sie. »O Jeff ...«

Wieder küssten sie sich. Wieder hielten sie sich umschlungen, spürten die Haut, die Nähe, den Duft des anderen, bis Monster plötzlich an die Badezimmertür kratzte und sich die beiden aufrichteten.

»Ist ja gut, Monster, ist ja alles gut«, sagte Jeff besänftigend, und Catherine fiel erst jetzt wieder ein, dass sie ja eigentlich ein Bad hatte nehmen wollen.

»Warum tun wir's nicht gemeinsam?«, fragte Jeff. »Ich hab' noch nie mit jemandem zusammen gebadet. Es wäre eine neue wundervolle Erfahrung.«

»Und Monster?« fragte sie.

»Ach, der wird schon Ruhe geben. Er wird schon kapieren, dass hier drinnen nichts passiert, was ihn interessieren könnte.«

Sie alberten herum wie die Kinder, als sie in der Wanne saßen, die eigentlich für zwei viel zu klein war. Ganz nahe waren sie sich wieder, und Catherine mochte es, Jeff zu streicheln, seine nasse glatte Haut zu berühren, und sie mochte es, dass er ihr das Duschgel auf dem Körper verrieb, bis sie glaubte, in Flammen zu stehen. Noch nie, nie hatte sie so etwas empfunden.

Als Jeff sie über sich zog, da konnte Catherine nicht widerstehen. Da wollte sie es noch einmal erleben, dieses atemberaubende Gefühl, das sie fast bis an den Rand der Ohnmacht trieb.

Jeff glitt in sie hinein, und Catherine bewegte sich auf ihm. Sie konnte nicht genug davon bekommen, nicht von dieser Lust und nicht von dieser Zärtlichkeit, die bei allem dabei war.

»Ich war so lange allein«, sagte Jeff, als es vorüber war und Catherine heftig atmete, noch den süssen Schauder des Entzückens in den Augen. »Ich habe nie gedacht, dass ich es so sehr brauchte. Aber es hat auch in all der Zeit keine Frau gegeben, die diesen Wunsch in mir geweckt hätte.«

Catherine strich sich das nasse Haar zurück. »Es gibt hier oben doch gar keine Frauen.«

»Manchmal war ich in Colorado Springs. Das habe ich dir erzählt. Und es wimmelt dort von hübschen Mädchen. Ich hätte es bestimmt fertig gebracht, eines der Mädchen mit hierher zu nehmen. Aber ich habe nie den Wunsch empfunden.«

Catherine beugte sich über ihn und küsste ihn auf den Mund. »Und jetzt ist dieser Wunsch da?«

Jeffs starke Arme hielten sie umschlungen. »Ganz, ganz stark ist dieser Wunsch, weil ich mich in dich verliebt habe.«

»Und ich hab' mich in dich verliebt«, sagte Catherine.

Als sie später wieder im Wohnraum saßen, klatschte der Regen gegen die Scheiben. Sie hatten gar nicht bemerkt, dass es zu regnen begonnen hatte. Aber war das wichtig an diesem Abend?

Sie einigten sich darauf, eine Flasche Rotwein zu trinken, und als sie nebeneinander auf der Couch saßen, in ihre Bademäntel gehüllt, und den süffigen roten Wein tranken, fühlte sich Catherine so entspannt, so sorgenfrei wie noch nie. Was bedeuteten ihr jetzt noch die Lonigans? Alles war so weit weg. Sie war allein mit Jeff auf der Welt, in diesem kleinen Haus oben in den Bergen in ihrem selbstgeschaffenen Paradies.

»Was hältst du davon, heute Nacht hier zu schlafen?« fragte Jeff und küsste zärtlich Catherines Hals. »Das Bett ist groß genug für zwei. Ich möchte heute Nacht nicht allein sein.«

»Ich auch nicht«, sagte Catherine. »Außerdem habe ich zu Hause keinen Strom, und es regnet.«

»Gründe genug, die Nacht mit mir zu verbringen.« Jeff lächelte.

»Ja«, sagte sie und griff wieder nach ihrem Weinglas. »Aber was ist mit Monster?«

»Monster schläft dort drüben in dem alten Sessel. Das ist sein Platz. Und wie du siehst, hat er sich schon an dich gewöhnt. Er akzeptiert dich und scheint nicht einmal besonders eifersüchtig zu sein. Ein ganz erstaunlicher Bursche, dieser Hund.«

»Ich mag Monster«, sagte Catherine.

Der Hund, der vor ihnen auf dem Boden lag, hob den Kopf und sah sie an, als hätte er jedes Wort verstanden. Er wedelte einmal kurz mit dem Schwanz und ließ dann den großen Kopf wieder auf die Pfoten sinken.

»Sieht ganz so aus, als würden wir eine herrliche Zeit miteinander verbringen«, meinte Jeff und stieß mit Catherine an. »Nur du und ich und Monster. Gibt es etwas Schöneres auf der Welt?«

»Und ich bin hierher gekommen, um zu mir selbst zu finden und gründlich über mich nachzudenken.« Catherine schüttelte leicht den Kopf. »Aber nun habe ich dich gefunden, und ich finde, das ist zehnmal besser.«

»Nur zehnmal?« fragte Jeff.

»Millionen Mal besser«, versicherte sie. »Ich glaube, ich bin nicht dazu geschaffen, allein zu sein.«

»Kein Mensch ist das wirklich«, erklärte Jeff. »Aber ich frage mich doch, ob du es lange hier aushalten kannst in dieser Einsamkeit. Du siehst aus wie ein Mädchen, das ein anderes Leben gewöhnt ist.«

»Das täuscht«, entgegnete Catherine. »Ich mag das alles hier.«

»Ja, im Moment. Aber nach ein paar Wochen wirst du den Wunsch haben, zu fliehen.«

Sie schmiegte sich an ihn.

»Diesen Wunsch werde ich niemals haben«, versicherte sie, und ihre Hand glitt unter seinen Bademantel, spürte die Muskeln unter seiner Haut, und Catherine hatte wieder das Gefühl, dass Jeff sie vor allen Schwierigkeiten des Lebens beschützen konnte.

*

»Wenn ich diese Catherine erwische, drehe ich ihr den Hals um! Was denkt sie sich eigentlich dabei, plötzlich zu verschwinden?« Gordon Lonigan saß mit seinem Sohn im »Sardi's« beim Dinner zusammen. Sie waren gemeinsam im Golfclub gewesen und hatten dann beschlossen, hier zu Abend zu essen. »Und du hast keine Ahnung, wo sie sich aufhält?«

Richard schüttelte den Kopf. »Ich weiß absolut nicht, wo sie ist. Sie scheint sich in Luft aufgelöst zu haben.«

»Das wohl kaum«, bemerkte Gordon und kippte seinen Martini hinunter. »Sie hat irgendetwas vor, das spüre ich.«

»Was soll sie vorhaben, Dad? Wir wissen doch, was sie will, und davon wird sie nicht abgehen, so wie es aussieht.«

»Und dieser verdammte Goodman hat mir wenig Hoffnung gelassen. Wenn es hart auf hart geht, sagt er, wird sie das Geld bekommen. Aber das darf nicht geschehen. Ich lasse es nicht zu, dass sie mit fünfzig Millionen verschwindet. Wir müssen uns etwas einfallen lassen, Sohn.«

»Ich würde ja mit ihr reden, wenn sie erreichbar wäre. Aber wahrscheinlich weiß Catherine, dass ich versuchen würde, sie zu beeinflussen, und hat sich deshalb verdrückt.«

»Aber da ist doch immer noch Bruce. Den kannst du dir zur Brust nehmen. Schließlich ist er dein Freund.«

»Und Catherines Anwalt. Ich glaube, er ist jetzt mehr ihr Freund als meiner. Er war schon immer hinter Catherine her.«

Gordon lehnte sich zurück und musterte Richard. »Er ist hinter ihr her, sagst du?«

»Ich habe doch Augen im Kopf, Dad.«

»Dann stecken die beiden womöglich unter einer Decke. Dann wollen sie sich mit unseren Millionen ein schönes Leben machen. Könnte das sein, Richard?«

Richard dachte nach. »Nein«, meinte er dann. »Ich glaube nicht, dass Catherine sich für Bruce erwärmt. Irgendwie hätte ich das gespürt. Bestenfalls nimmt sie ihn als Freund, weil sie sich jetzt ein bisschen vernachlässigt vorkommt. Aber dass aus den beiden mal ein Paar wird, glaube ich nie.«

Nachdenklich strich sich Gordon über das Kinn. »Sprich mit Bruce. Klopf auf den Busch. Versuch, herauszubekommen, was er vorhat. Möglicherweise ist er ja der Antreiber, der Catherine diesen dummen Gedanken in den Kopf gesetzt hat. Mit Bruce Diamond wirst du doch wohl fertig werden.«

»Reden kann ich auf jeden Fall mit ihm«, meinte Richard. »Vielleicht weiß er ja, wo Catherine steckt.«

»Wenn es einer weiß, dann ist es Bruce. Ihrem Anwalt wird sie wohl doch vertrauen. Wir können die Sache nicht einfach so laufen lassen. Aber wenn es wirklich zum Scheidungstermin kommt und wir diesen Richter Hutchinson kriegen, dann sieht es für uns gar nicht gut aus, meint Goodman.«

»Bis dahin ist es noch ein langer Weg, Dad. Du weißt doch, wie sich Scheidungen hinziehen.«

»Catherine soll von ihrer Forderung abgehen, das will ich. Sonst müssen wir zu irgendeinem Trick greifen.«

»Hast du nicht schon genug angestellt mit diesen Zeitungsberichten? Vielleicht hat sie sich deshalb irgendwo versteckt. Ausgesprochen positiv steht Catherine ja jetzt nicht da in den Augen der Öffentlichkeit.«

»Diesen kleinen Denkzettel hat sie verdient. Und eigentlich bin ich immer noch viel zu sanft mit ihr umgesprungen.«

»Catherine hat ihren eigenen Kopf, und ich glaube, es bringt nichts, wenn du sie weiterhin reizt, Dad. Dann stellt sie sich erst recht auf die Hinterbeine.«

»Warum muss diese verdammte Scheidung sein? Ich begreife das nicht. Catherine könnte ein Leben führen wie selten eine Frau in den Staaten. Sie könnte sich jeden erdenklichen Luxus leisten, könnte sich sogar einen Liebhaber nehmen. Was um alles in der Welt will sie mit diesen fünfzig Millionen? Da muss dieser Bruce Diamond die Finger im Spiel haben, und ich wette mit dir, dass er an dem Geld partizipieren will.«

»Eigentlich war Bruce bisher immer sehr fair.«

Gordon lachte auf. »Er ist ein kleiner mieser Emporkömmling. Zugegeben, er ist ein guter Anwalt, ein exzellenter Strafverteidiger. Aber er will mehr vom Kuchen, und jetzt sieht er seine Chance. Verlass dich darauf, ich liege richtig damit. Es wäre ja auch alles so einfach für Bruce. Wenn er Catherine bekommt, hätte er eine hübsche Frau und einen Haufen Dollars dazu, vorausgesetzt, dass seine Rechnung aufgeht.«

»Catherine wird nicht so dumm sein, sich wirklich mit ihm einzulassen. Sie wird erkennen, was dahinter steckt. Schließlich ist sie intelligent.«

»Nicht intelligent genug, wenn sie sich mit mir anlegt. Sie muss doch wissen, dass sie dabei den Kürzeren zieht.«

»Aber sie kennt die Rechtslage.«

Gordon musste sich zusammennehmen, um nicht auf den Tisch zu hauen. »Verhandle mit Bruce. Sag ihm, dass er Catherine beeinflussen soll. Nur so kann ich die fünfzig Millionen retten.«

»Eine gewisse Summe steht Catherine aber zu.«

»Das klingt ja gerade so, als würdest du dich jetzt auf ihre Seite schlagen! Nun mach aber mal einen Punkt, Richard. Sie will an unser Vermögen, und ich sage dir, das schafft sie nicht. Wenn Bruce nicht mitspielt, wird mir schon etwas anderes einfallen. Die fünfzig Millionen jedenfalls bekommt sie nie. Nicht, solange ich lebe.«

»Ich rede mit Bruce«, versprach Richard. »Du kannst dich darauf verlassen, Dad. Aber reg dich bitte nicht so auf. Denk an deinen Bluthochdruck.«

»Ich pfeife darauf«, donnerte Gordon. »Ich denke nur an mein schwer erarbeitetes Geld, und ich schwöre dir, dass Catherine die fünfzig Millionen nicht bekommt.«

»Möchten Sie jetzt das Dessert wählen?« fragte der Ober, der leise an ihren Tisch gekommen war, und legte die Speisekarten auf den Tisch.

»Vielleicht erreiche ich ja etwas bei Bruce Diamond«, bemerkte Richard, als der Ober gegangen war. »Ich rufe dich dann sofort an, Dad.«

»Darauf bin ich gespannt«, knurrte Gordon.

*

Die Nacht wurde nicht so schön und romantisch, wie Catherine es sich gedacht hatte. Gegen zwölf, sie war gerade neben Jeff eingeschlafen, brach erneut ein Gewitter los. Blitze zuckten auf, der Donner krachte, Regen prasselte, und der Sturm tobte ums Haus, als wollte er es zum Einsturz bringen!

Doch davon wäre Catherine nicht erwacht. Sie hatte immer einen tiefen, gesunden Schlaf gehabt. Sie schrak erst aus ihren Träumen auf, als sie etwas Schweres auf ihrem Bett fühlte. Eine Zentnerlast schien es zu sein. Sie öffnete die Augen und wäre vor Schreck fast aus dem Bett gefallen. Monster stand über ihr im Bett, sein gewaltiges Maul mit den scharfen, spitzen Zähnen in unmittelbarer Nähe. Die rosa Zunge hing heraus. Der Hund zitterte wie Espenlaub. Aber Catherine zitterte genauso.

Sekundenlang lag sie wie erstarrt. Dann tastete sie mit der Hand zu Jeff hinüber und berührte ihn an der Schulter.

»Wir haben Besuch, Jeff. Hilf mir«, sagte Catherine so ruhig, wie es ihr möglich war. »Monster ist im Bett.«

Wieder zerriss ein Blitz die Dunkelheit, der Donner grollte, und Monster zuckte zusammen. Jetzt war auch Jeff hellwach.

»Komm sofort hierher, Monster! Aus dem Bett raus, aber ein bisschen Tempo!« rief er, setzte sich auf und fasste nach dem Halsband des Hundes. Aber es kostete ihn eine ganze Menge Mühe, das große Tier aus dem Bett zu zerren. Schließlich hockte Monster an Jeffs Seite auf dem Boden und legte seinen Kopf auf Jeffs Kopfkissen. Er zitterte noch immer am ganzen Körper.

»Offenbar hat er Angst«, meinte Catherine, die sich gefasst hatte. »Und ich hab' auch Angst, Jeff. Dieses schreckliche Gewitter.«

»Komm, mein Liebling, komm her zu mir«, bat Jeff und zog sie an sich.

Monster knurrte, und Jeff musste ihn streicheln, musste ihn unentwegt streicheln, weil der Hund seine Angst einfach nicht loswurde.

»Das wird ja eine schöne Nacht«, sagte Jeff, der Catherine im rechten Arm hielt und mit der linken Hand Monsters Fell kraulte.

Catherine schmiegte sich enger an ihn, als wieder ein Blitz aufzuckte. Ein gewaltiger Donnerschlag ließ die Fensterscheiben klirren.

»Ist das hier ständig so?« flüsterte Catherine.

»Im Sommer gibt es diese Gewitter hier oben«, bestätigte Jeff. »Aber sie gehen auch wieder vorüber. Du musst keine Angst haben, Liebling. Ich bin ja bei dir.«

»Wenn das so weitergeht, werde ich nie wieder Strom bekommen«, sagte sie. »Und Wasser habe ich dann auch nicht.«

»Für all deine Bedürfnisse bin ich zuständig«, erklärte Jeff. »Weißt du das denn nicht?« Er wollte sich auf die Seite legen und Catherine küssen. Aber Monster ließ das nicht zu. Er legte seine große Pfote auf die Bettdecke, hob den Kopf und hechelte. Noch immer war er ganz aufgeregt, und wieder musste Jeff ihn beruhigen.

Rund anderthalb Stunden dauerte das Gewitter, und Jeff glaubte, allmählich kein Gefühl mehr im rechten Arm zu haben. Monster wich nicht von seiner Bettkante, und als es schließlich draußen ruhiger wurde, war Catherine längst in Jeffs Arm eingeschlafen.

Erst jetzt ließ Monster es zu, dass Jeff die Hand von seinem Fell nahm, und legte sich bequem neben dem Bett zurecht. Endlich gelang es Jeff, eine andere Lage einzunehmen. Aber es dauerte eine ganze Weile, bis er einschlief.

Am nächsten Morgen war Catherine als Erste wach. Sie hörte den Regen rauschen, sah, dass Jeff tief schlief, und stand leise auf. Jeff brauchte seinen Schlaf, denn Monster hatte ihn lange wachgehalten in der Nacht.

Catherine ging ins Bad, wusch sich, putzte die Zähne und bürstete ihr kurzes Haar. Dann zog sie ihre Jeans und den Pulli an und rief leise nach Monster. Sie wusste ja, dass der Hund morgens seinen Spaziergang brauchte, um sein Geschäft zu erledigen. Es regnete zwar noch immer in Strömen, aber sie würde schon irgendetwas finden, das sie vor dem Regen schützte. Jeff sollte sich gründlich ausschlafen.

Lange brauchte Catherine nicht zu suchen. An der Garderobe in der kleinen Diele fand sie einen dunkelblauen Plastikregenmantel mit Kapuze. Als Catherine den Mantel überzog, musste sie lächeln. Er schien riesig zu sein, reichte ihr fast bis zu den Füßen. Catherine stülpte die Kapuze über, krempelte die Ärmel hoch und zog den Reißverschluss zu. Erwartungsvoll saß Monster da, und als Catherine jetzt zur Leine griff, jaulte er vergnügt. Er liebte seinen Morgenspaziergang.

Als Catherine aus dem Haus trat, sah sie, dass das Unwetter den Weg fast unpassierbar gemacht hatte. Schlamm und Geröll waren vom Berg heruntergekommen, und überall gab es tiefe Pfützen. Aber trotz des Regens war die Luft warm. Catherine kümmerte sich nicht darum, dass sie in ihren Sandalen nasse Füße bekam. Sie wusste, dass Jeff sich freuen würde, wenn sie den Morgenspaziergang mit Monster erledigt hatte.

Leicht war es nicht, durch den nassen, verschlammten Wald zu gehen. Aber Catherine nahm es hin. Sie ließ Monster frei laufen, und er erledigte auch prompt das, was es zu erledigen gab. Etwa vierzig Minuten später war Catherine wieder im Haus, hängte den nassen Mantel ins Bad, zog die Jeans aus, die unten klitschnass geworden war, danach den Pulli und schlüpfte in ihren weißen Bademantel, den sie mitgebracht hatte. Sie fand ein paar ausgetretene Hausschuhe von Jeff, die ihr natürlich viel zu groß waren, und schlurfte damit in die Küche. Catherine wollte Frühstück machen, um Jeff zu überraschen.

Monster bekam frisches Wasser in seinen Napf und begann sofort, heftig zu schlabbern. Dann machte sich Catherine daran, Kaffee zu kochen. Sie stellte Frühstücksgeschirr für zwei Personen auf das Tablett und war eben im Begriff, Eier aufzuschlagen, als sie hinter sich leise Schritte hörte.

Gleich darauf wurde sie von zwei kraftvollen Männerarmen umschlungen, und Jeff küsste sie auf den Nacken.

»Ich habe dich so vermisst«, flüsterte er. »Warum bist du weggelaufen, Liebling?«

»Ich habe mit Monster einen Spaziergang gemacht«, berichtete Catherine. »Und wie du siehst, bin ich jetzt dabei, das Frühstück zuzubereiten.«

Jeff küsste wieder ihren Hals. »Kann das Frühstück nicht noch ein bisschen warten?« fragte er. »Ich habe so große Sehnsucht nach dir.«

Es machte Catherine ganz unruhig, wenn er so etwas sagte, und es erregte sie, als seine Hand jetzt unter ihren Bademantel glitt. Catherine drehte sich zu Jeff um, der nackt war und voller Verlangen, wie sie gleich bemerkte.

Sie sah das Lächeln in seinen Augen, sah seine beginnende Erregung und spürte die gleiche Erregung in sich selbst. Jeff öffnete ihren Bademantel, streifte ihn von ihren Schultern und zog sie an sich. Heiß und leidenschaftlich küsste er sie, und immer wilder, immer hemmungsloser umspielten sich ihre Zungen. Catherine spürte wieder die süße Wärme seines Mundes.

Sie streichelte Jeffs nackten Körper, seine Hüften, seine Erregung, und sie spürte Jeffs Hände überall auf ihrer Haut.

»Oh, meine süße wilde Catherine«, flüsterte Jeff und hob sie auf die Arme. »Liebe vor dem Frühstück ist viel schöner als Liebe am Abend.«

»Zeig's mir«, hauchte Catherine. »O ja, Jeff, lass es mich wissen.«

Monster lag müde auf dem Fliesenboden in der Küche und rührte sich nicht, als Jeff Catherine ins Schlafzimmer trug und die Tür hinter sich zustieß. Er legte Catherine aufs Bett, war gleich darauf neben ihr, begann wieder, sie zu streicheln und ihre straffen, festen Brüste zu küssen, bis sie aufstöhnte.

Aber Jeff ließ sich Zeit, als wollte er jeden Zentimeter ihres Körpers neu entdecken. Seine heißen zärtlichen Lippen wanderten über ihren Bauch zu ihrem Schoß. Catherine spürte seine Zunge, die sie so erregte, dass sie fast zum Höhepunkt gekommen wäre, bis sie Jeff zu sich heraufzog, dass sie ihn ganz wollte, tief, tief in sich ...

Jeff kam zu ihr, zärtlich und behutsam erst, dann jedoch stark und heftig in seinen Bewegungen. Catherine schlang die Beine um seine Hüften, wollte ihn noch enger, noch fester in sich spüren, wollte alles von ihm ...

Wie es sie erregte, wie es sie bis an den Rand des Wahnsinns trieb, wenn er sich in ihr bewegte! Und wie es sie verrückt machte, wenn er sich zurückzog, um sie dann neu und kraftvoll zu nehmen, bis sie beide gleichzeitig zu einem überwältigenden Orgasmus kamen, der sie wieder weit forttrug in eine andere Dimension.

»O Jeff, Jeff«, schrie Catherine auf, Ihre Lippen saugten sich an seiner Schulter fest. Sie war vollkommen hemmungslos und gab sich ganz diesem wahnsinnig schönen Gefühl hin, das sie so nur bei Jeff empfinden konnte.

»Ist das nicht viel, viel schöner als Frühstück?« flüsterte Jeff, als er Catherine das feuchte Haar aus der Stirn strich und sie liebevoll küsste.

»Es ist das Schönste auf der Welt«, gab sie zu und hielt ihn immer noch in ihren Armen, als wolle sie ihn nicht mehr loslassen.

Natürlich frühstückten sie dann im Bett, nachdem Catherine aus dem Bad gekommen war. Jeff war es, der das Frühstück zubereitete und ins Schlafzimmer trug. Sie saßen im Bett, hörten das Rauschen des Regens, und manchmal umarmten sie sich mit ihren Blicken.

»Und was machen wir nach dem Frühstück?« fragte Catherine.

»Oh, ich wüsste da etwas«, meinte Jeff. Aber sie protestierte heftig.

»Ich weiß ja, dass du einen mächtigen Nachholbedarf hast, Liebling. Aber doch nicht alles auf einmal. Heben wir uns doch noch ein bisschen für später auf. Der Tag hat doch gerade erst begonnen.«

»Okay«, sagte Jeff. »Aber ich komme darauf zurück, du kleine verführerische Hexe.«

»Irgendwann muss ich mal sehen, wie es um mein Haus steht.« Catherine seufzte leicht. »Obwohl ich hier schon heimisch bin und mich so wohlfühle.«

»Wir sehen später nach, ob die Hütte noch steht«, erklärte Jeff. »Eigentlich bin ich jetzt ein bisschen müde. Wir sollten noch ein Stündchen schlafen. Was meinst du?«

Catherine sah zum Fenster hin. »Verlockend ist das Wetter ja nicht gerade«, bemerkte sie. »Und Monster wird sicherlich auch noch eine Weile schlafen wollen.«

»Ganz sicher«, bestätigte Jeff. »Regen ist nicht seine Sache. Er ist ein Hund für schönes Wetter. Da er sein Morgengeschäft erledigt hat, wird er sich für eine Weile zufrieden geben. Später, wenn der Regen vielleicht aufgehört hat, könnten wir noch einen Gang mit ihm machen.«

»Ich bin dabei«, sagte Catherine, stellte das Tablett auf dem kleinen Tisch neben dem Bett ab und kuschelte sich in Jeffs Arme. »Und jetzt versuchen wir, noch eine Mütze voll Schlaf zu nehmen.«

»Komm ganz dicht zu mir, mein Herz«, sagte er. »Wenn du in meinen Armen bist, habe ich die schönsten Träume.«

*

»Wo ist Catherine? Ich wette, du weißt ganz genau, wo sie sich aufhält.« Richard war in Bruces Büro gestürmt, ehe die Sekretärin ihn daran hindern konnte. »Los, heraus damit. Verrat mir, wo sie ist.«

»He, nicht so wild, Mann«, antwortete Bruce. »Du

bist bei mir auf der falschen Party. Ich hab' keine Ahnung, wo deine Frau ist.«

»Erzähl mir doch so was nicht. Das nehme ich dir nicht ab, Bruce. Du bist Catherines Anwalt. Du vertrittst sie bei dieser verdammten Scheidung. Und du willst mir weismachen, dass du nicht weißt, wo sie steckt? Das kannst du deiner Großmutter erzählen.«

»Sie hat sich mit irgendeiner Freundin zusammengetan, und ich weiß wirklich nicht, wohin sie sich geflüchtet hat«, log Bruce. »Sie wollte Abstand gewinnen, wollte zu sich selbst finden. Irgendso etwas hat sie mir erzählt. Du kennst doch Catherine. Sie hat ihren eigenen Kopf.«

Richard setzte sich auf die Schreibtischkante und sah Bruce drohend an. »Und wie ist das mit den fünfzig Millionen? Wer hat das ausgekocht? Gib zu, dass es deine Idee war.«

Bruce lehnte sich in seinem Drehsessel zurück. »Wie kommst du darauf, dass es meine Idee war? Traust du mir so etwas zu?«

»Ja«, sagte Richard. »Genau das tue ich, mein Lieber. Ich kenne dich. Du gehst immer aufs Ganze.«

»Catherine ist meine Klientin. Ich vertrete sie, das ist alles.«

»Du willst also damit sagen, dass sie von sich aus auf diese idiotische Summe gekommen ist, richtig?«

»Genauso ist es«, bestätigte Bruce. »Sie meint, dass ihr dieses Geld zusteht, und irgendwie muss ich ihr Recht geben. Schließlich lebst du nicht gerade von der Sozialhilfe.«

»Aber fünfzig Millionen!« fuhr Richard auf. »Das ist ein zu großer Happen vom Kuchen. Du weißt, wie wir darüber denken, Dad und ich. Lass uns in Ruhe darüber sprechen, Bruce. Versuch, Catherine diese Forderung auszureden. Du als ihr Anwalt hast doch Einfluss auf sie.«

Bruce begann, mit dem Kugelschreiber zu spielen, der auf dem Schreibtisch lag.

»Ich kann sie nur bis zu einem gewissen Grad beeinflussen«, entgegnete er. »Alles andere ist Catherines Sache. Ich glaube, du wirst zahlen müssen. Sie geht von ihrer Forderung nicht ab. Lass es doch nicht zu einem öffentlichen Streit kommen, Richard. Gib ihr die Summe, und du bist frei.«

»Kommt überhaupt nicht in Frage«, beharrte Richard. »Und im Übrigen will ich gar nicht frei sein. Catherine will die Scheidung, nicht ich.«

»Und deine Freundin, dieses andere Mädchen? Willst du sie nicht heiraten?«

Richard grinste. »Bisher läuft auch so alles ganz prima. Wozu also soll ich mich scheiden lassen? Umso viel Geld zu verlieren? Catherine muss nicht bei Verstand sein.«

»Ich finde, sie hat ihre fünf Sinne absolut beisammen«, bemerkte Bruce. »Welcher Frau gefällt es schon, wenn ein Mann sie ständig betrügt? Wer steckt so etwas glatt ein? Catherine jedenfalls gehört nicht zu diesen Frauen. Sie will eine klare Linie, und deshalb will sie die Scheidung.«

»Meinetwegen, sie soll ihre Scheidung haben, aber nicht um den Preis. Fünf Millionen sind schließlich auch nicht zu verachten.«

»Fünf Millionen!« Bruce lachte auf. »Das ist ein besseres Trinkgeld. Damit kannst du sie nicht abspeisen. Und ich als ihr Anwalt muss ihr dabei Recht geben.«

»Leg dich nicht mit mir an«, sagte Richard. »Ich mache dich fertig, darauf kannst du dich verlassen.«

»Droh mir nicht und komm mir nicht mit deinen Beziehungen. Auf so etwas reagiere ich sehr empfindlich«, entgegnete Bruce. »Das gleiche Spiel hat dein Vater bei Catherine versucht, und das hat sie erst Recht in ihrer

Meinung bestärkt, die fünfzig Millionen zu verlangen. So kommt ihr bei Catherine nicht weiter. Es war eine schöne Schweinerei, was dein Vater mit diesen Presseberichten angerichtet hat. Wie steht Catherine jetzt in den Augen der Öffentlichkeit da! Ich muss sagen, das war ziemlich schäbig, Richard.«

»Es war nicht meine Idee.«

»Gut, ich glaube, dass dein Vater allein dahinter steckt. Aber mies ist es trotzdem. Kein Wunder, dass Catherine abgehauen ist. Sie glaubte wohl, sich in New York City nicht mehr sehen lassen zu können, und in gewisser Weise muss ich ihr Recht geben. Ich hätte mich auch verdrückt.«

»Wenn du nicht willst, dass ein Unglück passiert, überzeug sie davon, dass sie das Geld nicht bekommt. Treib sie irgendwo auf. Sprich mit ihr. Ich sage dir, es kommt sonst zu einem gewaltigen Eklat.«

»Schon wieder eine Drohung«, sagte Bruce. »Du, das gefällt mir ganz und gar nicht, Richard. Mensch, wir waren doch mal Freunde. Können wir denn nicht vernünftig miteinander reden?«

»Nicht in diesem Fall«, konterte Richard. »Nicht, wenn es um so viel Geld geht. Mein Vater ist in diesem Punkt eisern. Catherine kommt nicht damit durch, das versichere ich dir. Wenn sie auf ihrer Forderung besteht, passiert etwas.«

»Versuch, die Sache logisch zu sehen. Du weißt, dass Catherine im Recht ist, und wie ich dir schon sagte, ist mein Einfluss bei ihr sehr gering. Sie will das Geld, und sie wird es bekommen.«

»Fünf Millionen und nicht mehr«, beharrte Richard. »Das ist unser letztes Angebot.«

»Das Angebot besteht schon seit einer ganzen Weile, und du hast ja gesehen, wie Catherine darauf reagiert. Sie wird von ihrem Standpunkt nicht abgehen. Es tut mir Leid, dir das sagen zu müssen, aber ich unterstütze sie darin.«

»Ein feiner Freund bist du!«

»Was soll ich denn machen? Catherine bezahlt mich dafür, dass ich für sie arbeite.«

»Ich könnte Goodman ausschalten und dich als meinen Anwalt einsetzen«, sagte Richard listig. »Du müsstest uns beide vor Gericht vertreten. So etwas hat es schon oft gegeben, wenn die Partner sich einig sind.«

Bruce grinste. »*Wenn* die Partner sich einig sind. Aber das ist ja wohl bei euch nicht der Fall.«

»Also werde ich mit Catherine reden, werde sie selbst zur Vernunft bringen müssen. Wenn du das willst ...«

»Erst einmal musst du sie finden.«

»Freundchen, komm mir nicht so. Du wirst mir jetzt auf der Stelle sagen, wo Catherine steckt. Und keine Ausflüchte.« Richard sah aus, als wolle er Bruce im nächsten Moment an die Kehle springen.

»Ich kann versuchen, ihre Freundin ausfindig zu machen. Aber versprechen kann ich dir nichts. Catherine will nicht, dass man weiß, wo sie ist. Das hat sie mir gesagt.«

»Du wirst diese Freundin finden, und du wirst auch Catherine ausfindig machen. Sag ihr, dass ich sie sprechen möchte, und zwar bald. Ich will nicht, dass sich die ganze Geschichte noch endlos hinzieht. Ich will das vom Tisch haben, so oder so. Vielleicht kommt Catherine ja doch noch zur Besinnung und sieht ein, dass eine Scheidung absolut überflüssig ist.«

»Darauf verlass dich nur nicht«, sagte Bruce. »Catherine will frei sein. Das auf jeden Fall. Und du musst zugeben, dass sie ein bisschen Geld braucht, um leben zu können.«

»Aber sie braucht dazu keine fünfzig Millionen«, erklärte Richard. »Ich komme in zwei Tagen wieder, und dann will ich wissen, wo ich Catherine treffen kann. Ich verlasse mich auf dich, Bruce.«

»Ich versuche mein Bestes«, meinte der Anwalt und war froh, als Richard sich gleich darauf verabschiedete.

Bruce war ziemlich verärgert. Natürlich hatte er längst damit gerechnet, dass Richard bei ihm auftauchte. Aber dass er so wütend war, das passte Bruce nicht. Was sollte es schon bringen, wenn Richard mit Catherine sprach? Er war nicht der Mann, der sie umstimmen konnte, das hoffte Bruce jedenfalls sehr. Was sollte sonst aus seinem schönen Plan werden?

*

»Ein komisches Wetter ist das.« Catherine stieß die Fensterläden auf. Sonnenlicht fiel in den Raum. Die Luft war warm, schon jetzt am Morgen. Um die Mittagszeit würde es zweifellos sehr heiß werden. Catherine reckte sich. »Gestern hat es den ganzen Tag geregnet.« Sie lachte und breitete die Arme aus, als wolle sie die Sonne umarmen. »Jetzt sieht es nach einem wunderschönen Sommertag aus.«

»Komm ins Bett«, sagte Jeff schmeichelnd.

Sie drehte sich zu ihm um und lächelte. »Nein«, sagte sie. »Heute möchte ich nach draußen, das schöne Wetter genießen. Gestern waren wir den ganzen Tag über im Bett, und es war wundervoll. Aber heute muss ich einfach mal raus. Ich muss auch nach dem Haus sehen.«

Jeff setzte sich im Bett auf und strich sich mit beiden Händen das Haar zurück.

»Aber heute Abend kommst du wieder zu mir, okay? Du willst doch wohl in Zukunft nicht allein in deinem kalten leeren Haus schlafen!«

»Ich werd's mir überlegen«, meinte Catherine und fischte ihren Bademantel vom Boden. Dann warf sie Jeff eine Kusshand zu und verschwand im Bad.

Nach dem Frühstück machten sich die beiden mit Monster auf den Weg. Jeff hatte darauf bestanden, Catherine zu begleiten, und der große, graue struppige Wolfshund sprang vergnügt vor ihnen her. Noch sah man die Spuren des Regens. Das Gras am Wegrand war feucht. Aber die Sonne brannte heiß und würde es bald trocknen.

Catherine schwitzte in ihrem Pulli und den Jeans, weil es plötzlich so warm geworden war. Sie hatte es eilig, endlich andere Sachen anzuziehen. Während Monster draußen herumschnüffelte, ging Jeff mit Catherine ins Haus. In der Küche brannte Licht, weil Catherine vergessen hatte, den Schalter auszuknipsen, als es keinen Strom gegeben hatte. Jeff sah sich um.

»Sieht alles ziemlich unbewohnt aus«, meinte er. »Aber sonst recht nett. Trotzdem musst du zugeben, dass es bei mir wesentlich gemütlicher ist, Darling.«

Catherine lächelte ihm zu. »Ich geb's ja zu«, meinte sie. »Aber gelegentlich brauche ich auch ein bisschen Freiraum, und den musst du mir zugestehen.«

»Soviel du willst«, erwiderte Jeff. »Ich bin kein Typ, der jemanden einengt. Aber verdammt noch mal, bei dir fällt es mir sehr schwer, es nicht zu tun.«

Er musterte ihren Koffer, die elegante Handtasche, ihren Brillantring und die Cartieruhr, die Catherine auf den Tisch gelegt hatte. Alles war vom Feinsten, und Jeff hatte einen Blick dafür.

»Ich bin sofort wieder da«, rief Catherine vom Schlafzimmer aus. »Ich bin im Nu umgezogen. Und dann machen wir unseren Spaziergang mit Monster.«

»Gut, Liebling«, sagte Jeff, nahm sich eine von ihren Zigaretten, die auf dem Tisch lagen, und zündete sie an. Was wusste er eigentlich über Catherine? Was wusste er über ihr bisheriges Leben, über ihre gescheiterte Ehe?

Gestern waren sie so mit sich beschäftigt gewesen,

dass sie darüber gar nicht gesprochen hatten. Aber jetzt plötzlich, als Jeff in einem der geblümten Sessel saß und den Brillantring auf dem Tisch musterte, jetzt begann er, sich für Catherines Vergangenheit zu interessieren.

Catherine kam in weißen Shorts und einer dunkelblauen Hemdbluse zurück. Sie trug Tennisschuhe und weiße Söckchen, und sie sah süß wie eine Siebzehnjährige aus. Jeff musste sofort lächeln, als er sie sah.

»Wenn ich nicht schon in dich verliebt wäre, würde ich es jetzt auf der Stelle tun«, sagte er. »Du siehst aus ...«

»Ach, lass doch«, sagte Catherine. Sie ging zu Jeff und küsste ihn auf die Wange. »Wir wissen doch, was wir voneinander zu halten haben. Ich bin auch rasend in dich verliebt, und ich finde, du bist der bestaussehende Mann der Welt und sehr charmant.«

Jeff lachte. »Also von meinem Charme ist bestimmt nicht viel übrig geblieben. Wette, den habe ich hier oben in der Einsamkeit verloren.«

»Für mich reicht's«, entgegnete Catherine und legte ihre Uhr um. Sie fühlte, dass Jeff sie aufmerksam dabei beobachtete. »Ist etwas?« fragte sie.

»Du musst in guten finanziellen Verhältnissen leben«, bemerkte er. »Erzähl ein bisschen von deinem Ex-Mann.«

Catherine erinnerte sich wieder deutlich an das Gespräch, das sie mit Jeff über den Zeitungsartikel geführt hatte, und fühlte Unbehagen in sich aufsteigen. Andererseits sagte sie sich, dass sie irgendwann ja doch mit der Wahrheit herausrücken musste. Warum also nicht jetzt und hier?

»Wollten wir nicht mit Monster spazieren gehen? Wir können uns auch dabei unterhalten«, meinte sie zögernd.

Jeff stand auf und drückte die Zigarette im Aschenbecher aus. »In Ordnung«, sagte er und legte den Arm um Catherines Schultern, als sie das Haus verließen. »Drehen wir unsere Runde.«

Monster kam sofort herangesprungen, als er die beiden sah, und lief vor ihnen her in den Wald. Jeff und Catherine folgten langsamer. Sie war tief in Gedanken versunken. Wie sollte sie beginnen? Sollte sie Jeff wirklich alles von Richard erzählen?

Catherine hatte plötzlich Angst, wie Jeff auf die Wahrheit reagierte. Er würde bestimmt nicht erfreut sein, zu erfahren, mit wem er sich da eingelassen, in wen er sich verliebt hatte. Catherine sah ihn an, begegnete seinem Blick.

»Du bist sehr schweigsam, Cathy. Wolltest du mir nicht irgendetwas erzählen? Oder möchtest du nicht darüber sprechen? Ich meine, wir sind doch jetzt so miteinander vertraut, dass ich eigentlich erfahren sollte, wie du bisher gelebt hast, und ein bisschen wüsste ich auch schon gern über deinen Ex-Mann. Du weißt doch, wie das mit der Neugierde ist.«

»Klar, das weiß ich«, bestätigte Catherine. »Aber was ich dir zu sagen habe, ist nicht so einfach. Mach dich auf einiges gefasst.«

»Hast du vielleicht etwas auf dem Kerbholz?« Jeff grinste. »Hast du die Kronjuwelen von England irgendwo vergraben? Ist es das, was du nicht herausbringst, Cathy?«

Sie musste lachen. »Die Dinge liegen anders, aber nicht viel besser«, bemerkte sie dann mutlos. »Im Übrigen . . . Ach, Jeff, ich weiß nicht, wie ich anfangen soll.«

»Mit dem Anfang«, schlug er vor. »Ich bin ein Mann, der vieles versteht, und ich liebe dich, Cathy.«

Catherine atmete auf. »Also gut. Ich trag' das schließlich schon ein paar Tage mit mir herum. Zuerst muss ich dir gestehen, dass ich noch gar nicht geschieden bin.«

Jeff blieb stehen und sah sie entsetzt an.

»Ja, ich weiß, was du jetzt von mir denkst.« Catherine blickte zu Boden. »Dies ist ein Sündenfall besonderer Art. Aber wenn du die ganze Geschichte kennst, wirst du mich verstehen. Außerdem ist die Scheidung eingeleitet, und mein Anwalt sagt, dass sie ziemlich problemlos über die Bühne gehen wird.«

Sie gingen weiter. Jeff schwieg immer noch.

»Es ist so, wie ich sage«, beteuerte Catherine. »Ich bin keine Frau, die ihren Ehemann so mir nichts, dir nichts betrügt und sich auf der Stelle in einen anderen verliebt. So ist das nicht, Jeff.«

Er fasste nach ihrer Hand. »Das glaube ich auch nicht, Cathy. Wenn du sagst, dass die Scheidung läuft, dann stimmt das. Was hätte es für einen Sinn, mich zu belügen? Aber warum willst du dich scheiden lassen?«

»Weil Richard mich in den letzten Jahren andauernd betrogen hat und weil er zu guter Letzt zu einer Freundin gezogen ist«, berichtete Catherine. »Und da habe ich nicht mehr mitgemacht. So kann ich nicht leben. Entweder alles oder gar nichts, wenn du verstehst, was ich meine.«

Jeff drückte ihre Hand. »Ich weiß ganz genau, was du meinst, Darling, und ich verstehe dich. Du liebst deinen Mann nicht mehr.«

»Ganz gewiss nicht«, erwiderte Catherine. »Das ist längst vorbei. Richard hat alles kaputt gemacht mit seinen Affären. Uns verbindet nichts mehr. Nicht, dass ich ihn jetzt hassen würde oder so. Ich kann nur nichts mehr für ihn empfinden. Es ist aus.«

»Für deine Gefühle bin jetzt ich zuständig.« Jeff lächelte ihr endlich wieder zu. »Wir werden das gemeinsam durchstehen, Cathy. Deshalb hast du dich also hierher in die Einsamkeit geflüchtet.«

»Ja, so ungefähr«, gab sie zu. »Aber das ist noch nicht

alles, was ich dir zu sagen habe, Jeff. Ich denke, du solltest jetzt erfahren, wer ich bin.«

»Stimmt«, sagte er. »Ich kenne ja immer noch nicht deinen Nachnamen. Also heraus damit, Cathy.«

»Ich heiße Catherine Lonigan.« Vorsichtig sah sie Jeff an. Aber der Name schien ihm zunächst nichts zu sagen.

»Ja und?« fragte er.

»Ich bin *die* Catherine Lonigan, von der die Zeitungen schreiben, dass sie fünfzig Millionen Abfindung verlangt.«

Wieder blieb Jeff stehen. Er ließ Catherines Hand los.

»Du bist ...« Er starrte sie an. »Das darf doch nicht wahr sein! Das ist ein Scherz. Catherine, sag, dass es ein Scherz ist.«

»Nein, es ist keiner«, entgegnete sie. »Es ist die pure Wahrheit. Ich konnte es dir nicht von Anfang an sagen, als du meine Ähnlichkeit mit dem Foto festgestellt hast. Vielleicht wären wir dann nie zusammengekommen. Jetzt aber musst du mich besser kennen, musst wissen, dass ich keine Frau bin, die so wild hinter dem Geld her ist.«

Jeff schluckte. »Aber immerhin verlangst du fünfzig Millionen.«

»Es war nicht meine Idee. Es war der Einfall meines Anwalts. Bruce Diamond will das Geld für mich. Er meint, dass es mir zusteht. Ich hätte mich auch mit den fünf Millionen zufrieden gegeben, die mein Schwiegervater mir anbot. Aber er hat mich beleidigt und gedemütigt, und nur deshalb bin ich auf Bruces Vorschlag eingegangen. Aus Wut und aus Trotz. So liegen die Dinge.«

»Das musst du mir alles ganz genau erzählen«, bat Jeff nach einem kurzen Schweigen.

»Ja«, sagte Catherine, »das tue ich, und du kannst versichert sein, dass es die Wahrheit ist. Mein Schwiegervater war es auch, der diese Hetzkampagne gegen mich in der Presse angezettelt hat. Ich hatte plötzlich das Gefühl, dass alle Leute mit dem Finger auf mich zeigten. Da musste ich mich einfach verstecken. Und dann kam Susan mit ihrem Angebot, mir dieses Haus hier in den Bergen zu überlassen. Ich konnte einfach nicht Nein sagen. Es war der Rettungsanker für mich.«

Jeff war weitergegangen, und Catherine blieb an seiner Seite. Monster trieb sich irgendwo im Wald herum. Er kam manchmal angewetzt, um sich zu vergewissern, dass die beiden noch da waren, und rannte wieder los. Catherine und Jeff achteten kaum auf ihn. Sie erzählte von dem Auftritt ihres Schwiegervaters und wie er sie gedemütigt hatte.

Jeff hörte ihr aufmerksam zu, meinte dann: »Arme Cathy, du hast einiges durchgemacht, und dein Mann muss ein ziemlich mieser Typ sein, genau wie dein Schwiegervater.«

»Ach, weißt du, so mies ist Richard eigentlich nicht«, entgegnete sie. »Er ist nur leichtsinnig und oberflächlich. Aber er ist nicht wirklich schlecht. Sonst hätte ich mich vor Jahren nicht in ihn verliebt. Eins ist sicher, Richard würde mir nicht das Leben dermaßen schwer machen. Es ist sein Vater, der dahinter steckt, der sich diese schlimme Geschichte mit den Zeitungsmeldungen ausgedacht hat. Mit ihm muss ich rechnen.«

»Aber warum bestehst du unbedingt auf den fünfzig Millionen, wenn du doch weißt, was du dir damit einhandelst? Hat dein Anwalt denn einen solchen Einfluss auf dich?«

»Ich nehme an, dass er mich für die Zukunft absichern will.«

»Fünf Millionen sind auch nicht schlecht«, meinte Jeff. »Davon kann man schon eine Weile leben.«

Catherine runzelte die Stirn. »Manchmal denke ich,

dass Bruce etwas ganz anderes im Hinterkopf hat. Aber vielleicht bilde ich mir das auch nur ein.«

»Nämlich?« fragte Jeff.

»Ohne überheblich zu sein und ohne übersteigertes Selbstwertgefühl muss ich zugeben, dass Bruce in mich verliebt ist. Er hat mir das auch schon zu verstehen gegeben. Aber vielleicht gehört auch das nur zu seinem Spiel.«

»Dein Anwalt ist in dich verliebt?« fuhr Jeff zornig auf. »Das wird ja immer schöner. Was ist das für ein Bursche? Magst du ihn?«

Catherine berührte seinen Arm. »Eifersüchtig? Du hast keinen Grund dazu. Wirklich nicht, Jeff. Okay, Bruce ist ein ganz netter Typ. Aber auf der Fahrt hierher habe ich über ihn nachgedacht. Es könnte sein, dass er etwas ganz Bestimmtes vorhat.

»Du meinst, er will sich an dich heranmachen, um dich und die fünfzig Millionen zu bekommen, richtig?«

Sie nickte. »Genau das. Aber vielleicht tue ich ihm auch Unrecht, und er denkt wirklich nur an mich, wenn er diese Forderung stellt.«

»Andererseits klingt es logisch, dass er etwas mit dir vorhat, so, wie du ihn mir geschildert hast. Mit einem Schlag hätte er ausgesorgt und hätte noch eine schöne Frau dazu. Was kann einem Mann Besseres passieren?«

Jetzt war es Catherine, die stehen blieb. »Sag nur, du willst mich auch mit den fünfzig Millionen?«

Jeff grinste. »Ich meine, eine solche Summe wirft man nicht in den Abfalleimer, wenn sie einem angeboten wird, oder?« Er zog Catherine an sich und küsste sie. »Aber ohne fünfzig Millionen bist du mir lieber, glaub mir das. Ich will dich, Catherine, so wie du bist. Ich will dich pur, und Geld interessiert mich nicht mehr. Die Zeiten sind vorbei.«

»Es ist schon gut, gewisse Rücklagen zu haben«, antwortete Catherine, als sie sich von ihm löste. »Aber es müssen wirklich keine fünfzig Millionen sein. Jetzt bin ich weitaus mehr daran interessiert, frei zu sein. Freiheit ist auf einmal für mich das Wichtigste auf der Welt. Es kommt gleich nach dir, Jeff.«

Er legte wieder den Arm um ihre Schultern. »Lass uns noch ein paar Tage Ruhe«, bat er. »Und dann solltest du dich mit deinem Anwalt in Verbindung setzen, solltest ihm sagen, dass er von dieser unerhörten Geldforderung abgehen soll. Schließlich kannst du bestimmen, was er unternimmt. Vergiss das nicht, Cathy.«

»Ich weiß, ich hätte mich nicht von Bruce so weit bringen lassen sollen. Andererseits könnte es meinem Schwiegervater nicht schaden, einmal tief in die Tasche greifen zu müssen, so wie er mich behandelt hat.« Wenn Catherine daran dachte, kam wieder der Zorn in ihr hoch.

»Rache ist etwas für kleine Geister«, bemerkte Jeff. »Es ist ein primitives Gefühl, und du solltest dich damit nicht abgeben.«

»Möglich, dass Rache primitiv ist«, gab sie zu. »Aber manchmal brennt's mir unter den Fingernägeln, Gordon eins auszuwischen. Da, wo andere ein Herz haben, hat Gordon Lonigan ein Bankkonto, und dort ist er am empfindlichsten zu treffen. Aber okay, lassen wir das. Ich werde mit Bruce telefonieren, werde die ganze Geschichte abblasen und mich mit den lausigen fünf Millionen zufrieden geben.« Sie lachte und küsste Jeff. »Ich habe jetzt etwas gefunden, was mir mehr wert ist als fünfzig Millionen, und das möchte ich gern festhalten.«

»Genauso denke ich auch«, sagte er. »Es ist verrückt, aber wahr. Vor ein paar Tagen kannte ich dich noch gar nicht und dachte, meine Welt wäre in Ordnung. Und plötzlich muss ich erkennen, dass sie fehlerhaft war. Ich hatte mich eingebuddelt wie ein Igel im Winter und nicht damit gerechnet, dass meine Gefühle noch so explosiv, so stark sein können. Ich hab' noch eine ganze Menge davon für dich, Catherine.«

»Umso besser«, sagte sie. »Ich kann's brauchen.«

Eine Weile gingen sie schweigend nebeneinander her, und plötzlich schüttelte Jeff wieder aus seinen Gedanken heraus den Kopf.

»Dass du diese Catherine Lonigan bist . . . Verdammt noch mal, damit muss ich erst fertig werden.«

Sie lächelte ihm zu. »Ich helfe dir dabei«, sagte sie.

*

»Was ist mit Catherine? Schon irgendwas gehört?« Gordon Lonigan schloss gerade die Tür seines Jaguars auf, der in der Tiefgarage des gewaltigen Lonigan-Hochhauses stand, als Richard herankam. Am Wagen des Vaters blieb er stehen.

»Seit einer Woche habe ich nichts von Bruce gehört. Eigentlich ist das unverschämt«, erklärte Richard.

»Wette, der Bursche weiß ganz genau, wo Catherine steckt«, sagte Gordon. »Ehe die Scheidung den Weg durch die Instanzen nimmt, sollten wir wirklich etwas tun. Auf Bruce kannst du dich offenbar nicht mehr verlassen. Er hat sich auf Catherines Seite geschlagen.«

»Soll ich vielleicht einen Privatdetektiv auf ihre Spur setzen?«

»Komm, steig ein. Fahren wir zu dir nach Hause. Sehen wir die Post durch. Vielleicht finden wir irgendeinen Hinweis.«

»Du willst Catherines Post durchsehen?«

Gordon Lonigan grinste. »Ich will keinen Brief öffnen. Aber man kann ja nie wissen. Also los, steig ein. Allmählich wird mir die Geschichte ungemütlich, und das ist ein Gefühl, das ich nicht besonders mag.«

Richard ließ sich neben den Vater auf den Beifahrersitz fallen, und Gordon fuhr los. Es dauerte eine ganze Weile, ehe sie durch die City bis zur Park Avenue kamen. Der Butler, der ihnen dann die Tür öffnete, machte ein ziemlich erschrockenes Gesicht, als er die beiden Lonigans erkannte.

»Schon etwas von meiner Frau gehört?« fragte Richard sofort.

»Nichts, Mr. Lonigan«, erwiderte Hopkins. »Wir wissen jetzt gar nicht, wie wir disponieren sollen.«

Gordon Lonigan machte eine abwehrende Handbewegung. »Kümmern Sie sich um das Haus und das Personal. Irgendwann wird alles wieder seinen geregelten Gang gehen. Komm, Richard.« Damit ging er an dem Butler vorbei durch die Halle auf die Bibliothek zu. Sie war gleichzeitig Richards Arbeitszimmer, und hier hatte er morgens immer seine Post in Empfang genommen, selbstverständlich auch die von Catherine.

Richard folgte dem Vater und sah den kleinen Stapel Briefe sorgfältig auf einem Silbertablett auf dem Schreibtisch aufgeschichtet. Ehe Richard seinen Vater daran hindern konnte, hatte der sich bereits der Post bemächtigt.

»Nichts«, sagte er dann. »Nichts, was uns irgendeinen Hinweis darauf geben könnte, wo Catherine steckt.«

»Was hattest du erwartet?« Richard wickelte ein Bonbon aus und steckte es in den Mund. Seit er nicht mehr rauchte, brauchte er ein Alternativmittel. Er wusste allerdings, dass er seinen Bonbonkonsum stoppen musste, wenn er nicht mächtig an Gewicht zulegen wollte. Aber daran dachte er in diesem Moment nicht.

»Ich weiß nicht, was ich erwartet habe: Ein Telegramm, eine Karte oder irgendwas«, meinte Gordon jetzt, steckte die Hände in die Taschen seiner grauen Hose, die er zu einem dunkelblauen Blazer trug und sah durch die Glasfront der Terrassentür in den Garten hinaus.

Es hatte zu regnen begonnen, und Gordon hasste Regen. Er hasste auch New York City, wenn die Stadt so grau verhangen war, Er war überhaupt ekelhaft gelaunt an diesem Tag.

»Komisches Gefühl, mal wieder hier zu sein«, sagte Richard und ließ sich in einen Sessel fallen. »Wir hatten hier damals eine schöne Zeit, Catherine und ich.«

Der Vater sah ihn kurz und spöttisch an. »Das hast du aber sehr schnell vergessen. Überwältigen dich jetzt die Erinnerungen? Das passt gar nicht zu dir.«

Richard kaute auf dem Bonbon herum und grinste. »Überwältigen ist vielleicht nicht das richtige Wort«, entgegnete er. »Aber man denkt doch schon mal an die Vergangenheit. Dass Catherine mich jetzt so aufs Kreuz legen will ...«

Unwillig schüttelte Gordon den Kopf. »Wer sagt, dass sie dich aufs Kreuz legen wird? Mir ist plötzlich etwas eingefallen. Es könnte sogar eine großartige Idee sein.«

Nur mäßig interessiert sah Richard seinen Vater an. »Du hast wieder etwas gegen Catherine vor, was?«

»Aber diesmal machen wir Nägel mit Köpfen«, erklärte Gordon Lonigan. »Und ich werde dir jetzt erzählen, was wir tun werden.«

Wenn Bruce an Richard dachte, empfand er Unbehagen, und dieses Gefühl schätzte er gar nicht. Natürlich hatte sich der Anwalt in der vergangenen Woche nicht darum gekümmert, wo Catherine war. Er wusste, dass im Notfall Susan da war, die ihm Auskunft geben konnte. Aber dies, fand Bruce, war kein Notfall. Richard sollte doch zusehen, wie er seine Frau fand.

Nur der Gedanke, dass Richard wieder auftauchen würde oder möglicherweise sogar Gordon Lonigan, dieser Gedanke gefiel Bruce gar nicht. Am liebsten hätte auch er sich für eine Weile abgesetzt. Aber unter den gegebenen Umständen war das nicht möglich. Er musste die Sache mit der Scheidung durchziehen, musste es für Catherine tun, für sie und für sich selbst.

Am anderen Morgen erwachte Bruce gegen fünf Uhr, hörte den Regen rauschen und zog die Bettdecke sofort wieder bis an die Nasenspitze, nachdem er einen Blick auf den Radiowecker geworfen hatte. Himmel, es war erst fünf, und es regnete. Bruce warf sich auf die andere Seite und schloss die Augen.

Erst um zehn hatte er einen Termin bei Gericht. Er würde sich also gründlich ausschlafen können, und bei Regenwetter hatte er ohnehin kein großes Verlangen danach, aufzustehen. Manchmal joggte er morgens durch den Central Park, weil er etwas für seine Gesundheit tun musste. Doch bei Regen war das keine sehr verheißungsvolle Vorstellung.

Gerade war Bruce wieder im Begriff, einzuschlafen, als das Telefon schrillte. Bruce schloss den Apparat regelmäßig abends im Schlafzimmer an – für alle Fälle. Man konnte ja nie wissen, ob irgendeiner seiner Klienten ihn plötzlich brauchte. Das würde sich Bruce natürlich gut bezahlen lassen. Jetzt fluchte er, streckte die Hand aus und nahm den Hörer ab.

»Machen Sie sich auf die Beine, Bruce«, hörte er Gordon Lonigans Stimme. »Benachrichtigen Sie Catherine. Es ist etwas Schlimmes passiert, und sie muss sofort nach New York City zurückkommen.«

Mit einem Schlag war Bruce hellwach und setzte sich im Bett auf.

»Und keine Ausflüchte!« donnerte Gordon in den Apparat. »Erzählen Sie mir nur nicht, dass Sie nicht wüssten, wo Catherine steckt. Sie muss herkommen, auf der Stelle. Richard liegt im Krankenhaus. Er ist heute Nacht mit seiner Privatmaschine abgestürzt. Noch kann niemand sagen, ob er überlebt. Aber er hat nach Catherine verlangt. Also schaffen Sie sie her, wie auch immer.«

»Oh, mein Gott«, sagte Bruce. »Das ist ja entsetzlich.«

»Schaffen Sie sie her, so schnell es geht. Mehr kann ich dazu nicht sagen. Ich hoffe, wir haben uns verstanden.« Und Gordon knallte den Hörer auf, ehe Bruce noch weitere Fragen stellen konnte.

Noch einmal fluchte Bruce, als er aus dem Bett sprang. Immer Ärger mit den Lonigans, dachte er. Aber er dachte auch: armer Richard. Das war ja eine schlimme Sache, die da passiert war. Aber Richard hatte ja unbedingt seinen Flugschein machen wollen. Er liebte das Risiko, und das hatte er nun davon. Bruce verschwand im Bad.

Kein Gedanke mehr an ein friedliches Schlummerstündchen. Jetzt hatte er es verdammt eilig. Er musste diese Susan Childman erreichen, ehe sie zur Arbeit ging. Jetzt konnte er sich nicht drücken. Dies war ein Notfall, und auch Catherine würde das einsehen.

Susan hatte noch fest geschlafen, als es an der Tür ihres Apartments in der 33. Straße läutete. Es läutete Sturm, und Susan war wütend. Wer wagte es, morgens um sieben derart zu klingeln? Sie zog ihren rosafarbenen seidenen Morgenmantel über, schob sich nachlässig das rote Haar aus dem Gesicht und ging zur Tür. Aber ehe sie öffnete, fragte sie vorsichtshalber, wer da war. Bruce nannte seinen Namen und fügte hinzu, dass er der Anwalt von Catherine wäre.

Vorsichtig öffnete Susan und musterte den dunkelhaarigen mittelgroßen Mann, der draußen stand und sichtlich nervös wirkte.

Trotzdem lächelte Bruce. »Bitte lassen Sie mich herein, Miss Childman«, bat er. »Es ist außerordentlich wichtig. Sonst würde ich Sie nicht um diese Stunde stören.«

Zögernd öffnete Susan die Tür, ließ Bruce eintreten und führte ihn in den Living-room.

»Sie sind also Bruce Diamond«, stellte sie überflüssigerweise fest und betrachtete Bruce wieder.

»So ist es. Soll ich mich ausweisen?«

»Schon gut«, sagte sie. »Was ist los?«

Bruce erzählte von Gordons Anruf und was geschehen war. Susan war sehr bestürzt. Mit so etwas hatte sie nicht gerechnet. Okay, sie mochte Richard nicht besonders, weil er Catherine so gedemütigt hatte. Aber dass ihm so etwas passiert war.

»Verstehen Sie, ich muss Catherine finden«, schloss Bruce. »Ich muss zu ihr, muss sie hierher bringen. Wenn Richard wirklich in Lebensgefahr schwebt und es sein letzter Wunsch ist, seine Frau zu sehen, dann müssen wir alles tun, um diesen Wunsch zu erfüllen.«

Susan ließ sich in einen Sessel sinken und zog den Morgenmantel über den Knien zusammen.

»Steht es wirklich so schlimm um Richard Lonigan?«

»Sieht ganz so aus. Also wo kann ich sie finden? Wo ist Catherine? Kann ich sie telefonisch erreichen?«

»Nein«, sagte Susan, »das ist ausgeschlossen. Wo Catherine ist, gibt es kein Telefon.«

Überrascht sah Bruce sie an. »Das klingt, als wäre sie auf einer einsamen Insel oder in irgendeinem Atombunker.«

Susan lächelte flüchtig. »Ich weiß, wo sie ist, und ich werde ihr die Nachricht bringen. Allerdings wird das nicht in ein paar Stunden zu erledigen sein.«

»Und wieso nicht?« fragte Bruce und stellte sich vor Susan hin, »Kann man kein Telegramm schicken oder so was?«

Susan schüttelte den Kopf. »Wenn ich mit dem Wagen fahre, dauert es ein paar Tage. Ich könnte natürlich auch fliegen. Aber wer kommt für die Kosten auf?«

»Die übernehme ich«, erklärte Bruce. »Das lässt sich später alles mit Catherine regeln, oder die Lonigans werden zahlen.«

Abermals musste Susan lächeln. »Damit sind die nicht so schnell bei der Hand.«

»Richtig«, bestätigte er. »Aber in diesem Fall sieht das anders aus. Warum sagen Sie mir nicht einfach, wo ich Catherine finden kann? Ich würde ihr gern die Schreckensnachricht selbst überbringen.«

Susan sah in diese merkwürdigen beigefarbenen Männeraugen, die sehr konzentriert und ein bisschen ungeduldig dreinblickten.

»Ich fliege«, sagte sie. »Ich spreche mit Catherine. Ich glaube, es ist ihr so lieber. Ich werde sofort mit dem Airport telefonieren. Vielleicht bekomme ich heute noch eine Maschine nach Colorado Springs.«

»Da ist sie also! Aber was um alles in der Welt macht sie in Colorado Springs? Sie hat mir nie erzählt, dass sie dort jemanden kennt.«

»Sie kennt auch niemanden dort, und sie ist auch nicht in Colorado Springs«, antwortete Susan. »Ich werde mir am Flughafen einen Leihwagen nehmen und zu ihr fahren. Sie ist in einem sehr sicheren Versteck, Mr. Diamond.«

Bruce rieb sich das Kinn. »Das will ich gern glauben. Ich möchte bloß wissen, was Sie mit Catherine ausgeheckt haben. Verdammt noch mal, ich würde wirklich gern zu ihr fahren. Andererseits kann ich das auch mit meinen Terminen nicht vereinbaren. Also muss ich wohl Ihnen diese Aufgabe überlassen.«

»Und es ist sicher, dass die Geschichte stimmt?« fragte Susan misstrauisch. »Ist Richard wirklich mit seiner Maschine abgestürzt?«

»Ich glaube kaum, dass Gordon Lonigan mit so etwas Witze macht. Ich kann es mir einfach nicht vorstellen.

Also wird es schon seine Richtigkeit haben, und Catherine muss her, wie auch immer.«

»Okay, ich regele das. Ich mache mich sofort auf den Weg«, versprach Susan. »Ich hoffe, ich komme heute noch nach Colorado Springs. Dann bringe ich Catherine mit, so schnell es geht.«

»Hoffentlich ist es dann nicht zu spät«, meinte Bruce. »Aber lieber nicht daran denken. Auch der gute Richard hat vielleicht einen Schutzengel.«

Susan war nicht gerade erbaut von der Aufgabe, die Bruce ihr da übertragen hatte. Aber sie sah die Notwendigkeit dieser Reise ein. Wenn es Richard wirklich schlecht ging und er nach Catherine verlangte, dann musste sie zu ihm, soviel war sicher. Okay, Richard und Catherine hatten sich auseinander gelebt. Aber wenn Richard nun tatsächlich starb?

*

Es dämmerte schon, als Susan in Colorado Springs aus der Maschine stieg. Am Flughafen nahm sie sich einen Leihwagen und machte sich sofort auf den Weg. Zum Glück war hier das Wetter besser als in New York City. Es regnete jedenfalls nicht. Aber als Susan den Weg zum Wald hinauffuhr, erkannte sie, dass hier ein ziemliches Unwetter getobt haben musste. Ein paar Bäume waren umgestürzt, und die Waldwege sahen aus, als hätte eine Sintflut stattgefunden.

Ein paarmal fluchte Susan kräftig, während sie zu dem einsam gelegenen Haus hinauffuhr, und sie fragte sich, warum sie Catherine überhaupt davon erzählt hatte. Aber sie hatte es einfach tun müssen damals, als die Freundin so verzweifelt gewesen war. Meine Güte, so lange lag das noch gar nicht zurück.

Vor dem Haus parkte Susan den Wagen und stieg aus. Ein frischer Wind fegte durch die Baumwipfel, aber die

Luft war warm. Susan registrierte das im Unterbewusstsein, als sie auf das Haus zuging und klopfte. Alles war dunkel und still. Susan wunderte sich.

Wieder klopfte sie, diesmal energischer. Sie ging um das Haus herum, sah, dass die Fensterläden geschlossen waren. Laut rief sie Catherines Namen. Aber Susan hörte nur den Wind in den Baumwipfeln orgeln, sonst nichts.

Susan konnte es nicht fassen. Das war ja eine schöne Bescherung! Damit hatte sie nun wirklich nicht gerechnet. Wo um alles in der Welt war Catherine? Susan öffnete die Garage und sah Catherines Wagen darin stehen. Das erleichterte sie.

Also konnte Catherine nicht weit sein. Vielleicht machte sie nur einen Spaziergang. Aber jetzt im Dunkeln? Dazu hatte sie doch schließlich den ganzen Tag über Zeit.

Plötzlich erinnerte sich Susan an den Ersatzschlüssel, den ihr Onkel in der Garage versteckt hatte. Ob er immer noch an seinem alten Platz lag? Stockfinster war es hier. Susan kehrte zu ihrem Wagen zurück, schaltete die Scheinwerfer ein, und tatsächlich fand sie wenig später den Schlüssel. Ihr Onkel war immer ein bisschen übervorsichtig. Und seit er einmal den Schlüssel von innen im Haus hatte stecken lassen und er dadurch ausgesperrt gewesen war, seit diesem Moment hatte er hier einen Ersatzschlüssel versteckt.

Susan nahm den Schlüssel und öffnete die Haustür. Sie machte Licht, rief wieder nach Catherine, aber natürlich antwortete niemand.

Susan sah sich um. Komisch, alles sah aus, als wäre das Haus unbewohnt. Zwar lagen ein paar von Catherines Sachen herum, aber die Küche schien unbenutzt zu sein, und im Bett im Schlafzimmer hatte Catherine offenbar auch nicht oft geschlafen. Susan bekam plötzlich Angst. Wenn Catherine nun etwas passiert war?

Verdammt, es war wohl doch nicht ganz ungefährlich, hier oben allein zu leben. Aber da gab es doch diesen verrückten Typ, der sich in der Nähe niedergelassen hatte. Susan war ihm einmal flüchtig begegnet, und ihr Onkel hatte ihr irgendetwas von ihm erzählt. Aber sie hatte gar nicht richtig zugehört. Der Mann hatte sie nicht interessiert. Doch jetzt dachte Susan an ihn.

Ober er noch immer hier oben lebte? Ob er Catherine gesehen hatte? Vielleicht wusste er, wo man sie finden konnte. Susan zögerte. Konnte sie einfach hinaufgehen und den Mann in seiner Einsamkeit stören? Er hatte sich bestimmt nicht um Catherine gekümmert, wusste vielleicht nicht einmal, dass sie hierher gekommen war.

Susan beschloss, zunächst einmal abzuwarten. Irgendwann musste Catherine ja auftauchen. Susan ging zum Kühlschrank, nahm eine Flasche Orangensaft heraus, holte ein Glas aus dem Schrank und machte es sich im Sessel vor dem Fernseher bequem.

Nur nicht aufregen, sagte sie sich. Catherines Sachen waren hier, also konnte sie nicht weit sein. Und wenn sie Lust auf einen Abendspaziergang hatte, warum denn nicht? Susan sah sich im Fernsehen die NBC-News an und trank ihren Saft. Aber als Catherine nach den Nachrichten noch immer nicht auftauchte, wurde Susan doch wieder nervös.

Wo trieb sich Catherine herum? Andererseits konnte sie ja nicht wissen, dass sie Besuch hatte. Sie würde sich wundern, wenn sie nach Hause kam!

*

Catherine dachte allerdings gar nicht daran, sich zu wundern. Sie stand in Jeffs Bad und putzte sich die Zähne, nachdem sie ausgiebig geduscht hatte. Ihr kurzes Haar war frisch geföhnt. Als Catherine jetzt in den Spiegel sah, war sie eigentlich mit sich sehr zufrieden und auch überzeugt davon, dass es richtig gewesen war, sich die Haare abschneiden zu lassen. Jeff mochte zum Glück Kurzhaarfrisuren.

Der lag bereits im Bett und blätterte in einem Buch. Die beiden hatten einen langen Spaziergang mit Monster gemacht und beschlossen, an diesem Abend früh zu Bett zu gehen. Erst gestern hatten sie bis zum Morgengrauen zusammengesessen, Wein getrunken, und Catherine hatte erzählt: Von ihrer Ehe, ihrer Vergangenheit, und danach hatten sie und Jeff eine gemeinsame Zukunft beschlossen.

Als Catherine sich den Mund ausgespült hatte, zog sie ein süßes weißes Spitzennachthemd über. Sie hatte es in einer kleinen Wäscheboutique an der Fifth Avenue gekauft. Das Nachthemd war schulterfrei, wurde nur von zwei hauchdünnen Spitzenträgerchen gehalten, und es war so kurz, dass es nur halb den Flaum ihrer Scham bedeckte. Dunkel und verheißungsvoll zeichneten sich Catherines Brustspitzen unter dem hauchdünnen Stoff ab. Eigentlich gehörte noch ein Slip zu diesem Nachthemd. Aber an diesem Abend verzichtete sie darauf.

Als Catherine ins Schlafzimmer kam, blieb Jeff der Atem weg. Er klappte das Buch zu und warf es neben das Bett. Normalerweise ging er nicht so mit Büchern um. Aber in diesem Moment dachte er nicht darüber nach. Er sah nur Catherine, sah ihre langen Beine, die Brüste, ihren süßen Schoß, und er hatte eine sehr maskuline Reaktion bei ihrem Anblick.

»Was ist?« fragte Catherine unschuldsvoll. »Warum siehst du mich so an?«

Jeff atmete schwer und schlug die Bettdecke zurück.

»Komm«, sagte er, »komm zu mir. Aber zieh dieses verdammte Ding aus. Das brauchen wir doch nicht.«

»Findest du es nicht hübsch?« Catherine drehte sich kokett um, damit Jeff auch ihre reizvolle Rückseite begutachten konnte. Über die Schulter lächelte sie ihm zu.

»Komm sofort ins Bett«, knurrte er. »Oder ich hole dich.«

Catherine legte sich ins Bett an die äußerste Kante und behielt natürlich das Nachthemd an. Sofort rückte Jeff näher. Aber Catherine machte ein gespielt abweisendes Gesicht.

»Nein, ich will heute nicht«, sagte sie. »Mir ist heute nicht nach Liebe.«

Jeff lachte nur und begann behutsam, ihr linkes Bein zu streicheln. »Aber mir ist sehr danach, Liebling.«

Catherine machte sich ganz steif. Sie lag regungslos da, sah durch die geöffnete Tür zum Wohnraum hinüber, wo Monster friedlich in seinem Ledersessel lag.

»Monster könnte hereinkommen.«

»Quatsch, Monster schläft. Der kümmert sich nicht um uns«, erwiderte Jeff mit einer Stimme, die ganz heiser war vor Erregung.

»Das Fenster ist geöffnet.«

»Dann machen wir eben das Licht aus«, sagte Jeff. »Hier kommt sowieso niemand vorbei, und im Mondlicht ist es besonders schön. Wir haben Vollmond, das weißt du doch.«

»Bei Vollmond kann ich schon gar nicht«, sagte Catherine, während Jeff das Licht ausknipste.

»Ich werde dich schon überzeugen, dass du es willst«, sagte er. Nackt drückte er sich an sie, und seine drängenden, verlangenden Finger strichen an der Innenseite ihrer Schenkel empor mit jener aufreizenden Bedächtigkeit, die Catherine ganz verrückt machte.

Und dann küsste Jeff sie, drängte seine Zunge in ihren Mund, küsste sie heiß und zärtlich, und Catherine spürte, wie ein heißer Strom in ihren Leib schoss, als wäre sie plötzlich elektrisiert. Aber noch immer bemühte sie sich, das zu verbergen, obwohl das Verlangen sie überschwemmte und sie ganz willenlos machte.

Als Jeff jetzt begann, ihren Schoß zu streicheln, als er sie sanft massierte, da spürte er, wie feucht sie war, wie sehr sie es auch wollte.

»O komm, Catherine, gib es auf. Tu nicht so, als wärst du eiskalt. Ich fühle doch, dass du auch Sehnsucht nach mir hast. Und wie sehr ich es fühle.«

Liebevoll streifte er ihr das Nachthemd von den Schultern, und seine Zunge umspielte die erigierten Spitzen ihrer Brüste. Und da waren noch immer Jeffs Finger, die sie streichelten und erregten, bis Catherine leise aufstöhnte.

»Du bist schrecklich, Jeff«, flüsterte sie. »Du bringst mich immer wieder dazu.«

»Ich tue nichts, was du nicht auch willst«, erwiderte Jeff und zog ihr das Nachthemd ganz aus, ließ es einfach zu Boden fallen. »Du bist so weich, so warm, und wie gut du riechst ... Ich habe einfach das Bedürfnis, dich sehr, sehr lange zu lieben.«

Da ergab sich Catherine, schlang die Arme um seinen Rücken und zog ihn zu sich. Sie öffnete ihre Schenkel für ihn und wollte, dass er ganz zu ihr kam. Und als sie ihn dann in sich spürte, da glaubte sie innerlich zu zerspringen vor Lust, als sie gleichzeitig mit Jeff zum Höhepunkt kam. Eigentlich ging alles viel zu schnell, aber sie waren beide zu aufgeheizt und erregt gewesen, und auch so war es wundervoll.

Diese unvergleichlichen Sekunden der höchsten Lust ... Catherine wusste, dass sie sie nie vergessen würde und dass nur Jeff ihr diese totale Befriedigung geben konnte, dieses Gefühl, losgelöst zu sein von der Erde. Sie küssten und streichelten sich, und sie waren wie immer danach sehr zärtlich zueinander. Und erst viel später, als Catherine ins Bad ging, bemerkte sie, dass

Monster nicht mehr in seinem Sessel lag. Sie schaltete das Licht im Wohnraum an. Der Hund war nirgends zu sehen.

Catherine kehrte ins Schlafzimmer zurück, wo Jeff entspannt im Bett lag und durch das geöffnete Fenster in die mondhelle Nacht hinaussah.

»Monster ist weg.«

»Was sagst du?« Jeff richtete sich auf. »Das kann doch gar nicht sein.«

Auch Catherine sah zum Fenster hin. »Es kann sehr gut sein. Er hat sich selbständig gemacht, ist aus dem Fenster gesprungen, ohne dass wir's gemerkt haben. O Jeff . . .«

Jeff sprang aus dem Bett, zog seine Jeans an und schlüpfte in seine Sandalen. »Weit kann er nicht sein«, meinte er. »Ich sehe nach.«

»Hoffentlich findest du den Ausreißer bald«, meinte Catherine, während sie endgültig im Bad verschwand.

Susan befand sich allmählich in einem Stadium höchster Nervosität. Sie hatte sich durch sämtliche TV-Sendungen geschaltet und war vorübergehend bei einem alten Spielfilm hängen geblieben. Aber immer wieder hatte sie zur Uhr gesehen. Was war nur mit Catherine los? Sie konnte sich doch nicht die ganze Nacht draußen herumtreiben?

Gerade wollte Susan das Haus verlassen, um sich draußen nach Catherine umzusehen, es war ja möglich, dass sie sich im Wald verlaufen hatte, als sie plötzlich Hundegebell hörte. Es klang drohend und furchterregend. Ein Hund musste hier ganz in der Nähe sein.

Susan ging zur Tür und öffnete sie vorsichtig. Entsetzt warf sie sie im nächsten Moment wieder zu. Vor dem Haus sprang ein Hund herum von einer Größe, wie Susan ihn noch nie gesehen hatte. Im Mondschein hatte sie seine gewaltigen Zähne gesehen, und dieser Anblick war ihr durch Mark und Bein gegangen.

Wo um alles in der Welt kam dieser Hund her? Susan spürte, wie ihr Herz klopfte. Vielleicht war er ein Streuner, gehörte zu niemandem, und vielleicht ... Susan wagte den Gedanken nicht zu Ende zu denken. Aber schließlich tat sie es doch. Wenn Catherine diesem Urvieh im Wald begegnet war ...

Susan hatte plötzlich schreckliche Angst. Sie wusste nicht, was sie jetzt tun sollte. Nicht einmal ein Telefon gab es in diesem verdammten Haus, und nach draußen wagte sie sich jetzt auf keinen Fall. Aber andererseits konnte sie auch nicht untätig hier herumsitzen mit diesen furchtbaren Sorgen um Catherine. Wenn diese Bestie doch bloß aufhören würde, zu bellen! Aber Monster dachte gar nicht daran. Er machte ein Theater, als ginge es ihm ans Leben, und Susan saß zitternd im Sessel und fragte sich, was als Nächstes passieren würde.

Jeff, der nach draußen gegangen war, hatte aus der Ferne das Hundebellen gehört. Er kehrte zu Catherine ins Haus zurück, die gerade aus dem Bad kam.

»Monster scheint in der Nähe deines Hauses zu sein«, berichtete er. »Vielleicht stimmt da irgendetwas nicht. Er führt sich doch sonst nicht so auf. Komm, lass uns nachsehen.«

»Du meinst, dass vielleicht ein Einbrecher ...«

»Wäre doch möglich. Ich meine, so etwas kommt hier oben selten vor. Aber wer weiß ... Besser, wir sehen nach.«

»Gut«, sagte Catherine. »Ich ziehe mir nur schnell etwas an.« Sie zog das leichte geblümte Baumwollkleid über, das sie tagsüber getragen hatte, schlüpfte in ihre Korksandalen und verließ mit Jeff das Haus.

Jeff hatte sich schnell sein dunkelblaues Polohemd von einem Hocker geangelt und übergestreift. Jetzt machten sich die beiden auf den Weg. Monster bellte noch immer, und Catherine fragte sich beklommen, was sich wohl jetzt in ihrem Haus abspielte. So mir nichts, dir nichts machte Monster doch nicht einen solchen Aufstand. Irgendetwas musste passiert sein.

Beim Näherkommen sahen sie Susans Wagen. Catherine glaubte ihren Augen nicht zu trauen. Verwundert sah Jeff sie an, als sie nach seinem Arm fasste.

»Ruf Monster zurück«, sagte sie aufgeregt. »Meine Freundin ist vermutlich gekommen.«

»Du meinst Susan Childman?«

»Genau«, erwiderte Catherine. »Und sie kommt bestimmt nicht nur, um mir einen Besuch zu machen. Es muss etwas passiert sein. So ohne Grund taucht sie nicht hier auf.«

Jeff rief scharf nach Monster, aber der Hund bellte noch immer die Haustür an, bis Jeff ihn schließlich am Halsband von der Tür zurückzog.

»Benimm dich anständig, du Bluthund«, sagte er. »Du hast es hier nicht mit einem Einbrecher zu tun, verstanden?«

Monster hörte auf zu bellen, knurrte aber noch bedrohlich, und während Jeff den Hund streichelte, um ihn zu beruhigen, ging Catherine ins Haus.

Susan fuhr aus dem Sessel hoch, als sich die Tür öffnete, und dann erkannte sie zu ihrer großen Erleichterung die Freundin und fiel ihr spontan um den Hals.

»Dass du endlich da bist! Ich dachte schon, der Hund hätte dich zerfleischt. Wie um alles in der Welt ist es dir gelungen, an ihm vorbeizukommen?«

»Ach, das ist nur Monster«, sagte Catherine. »Kein Grund zur Aufregung.«

»Monster?« wiederholte Susan. »So sieht er auch aus. Ich hätte keinen Schritt aus der Tür gemacht. Vermutlich hast du mir eine Menge zu erzählen, Catherine. Aber eigentlich haben wir gar keine Zeit dazu. Ich habe nämlich eine schlechte Nachricht für dich. Deshalb habe ich dich hier gestört.«

»Draußen ist noch jemand, den ich dir eigentlich vorstellen möchte«, erwiderte Catherine. »Aber erzähl mir erst, was passiert ist.«

Susan rückte von der Freundin ab und musterte sie. »Du hast hier also eine Bekanntschaft gemacht. Das nenne ich Tempo.« Sie lächelte, aber das Lächeln verschwand schnell wieder aus ihrem Gesicht. »Tut mir wirklich Leid, dass ich deine Romanze unterbrechen muss. Aber du musst sofort mit mir nach New York City fliegen. Richard ist verunglückt. Er ist mit seinem Privatflugzeug abgeschmiert. Es geht um Leben und Tod. Er verlangt nach dir.«

Catherine setzte sich und starrte die Freundin an. »Das ist ja furchtbar«, flüsterte sie.

»Ich wollte, ich wäre aus einem besseren Grund gekommen«, erwiderte Susan. »Aber die Dinge liegen nun einmal so. Bruce hat mich aufgesucht. Er wollte dich persönlich holen, aber das habe ich nicht zugelassen. Ich dachte, es ist besser, wenn ich es dir sage.«

Catherine hatte plötzlich einen ganz trockenen Mund. Sie sollte zurück nach New York, zurück zu diesen verdammten Lonigans? Ihre Gedanken überschlugen sich. Aber andererseits, wenn es Richard wirklich so schlecht ging ... Wenn er womöglich ... Sie konnte ihm doch seinen letzten Wunsch nicht abschlagen.

Die Tür öffnete sich. Monster noch immer am Halsband festhaltend, kam Jeff herein und grinste verlegen. »Darf man stören?«

»Komm her, Jeff«, sagte Catherine zerstreut und machte ihn mit Susan bekannt. Monster knurrte sie an, wurde aber sofort von Jeff beruhigt.

»Er sieht wirklich nur schlimm aus«, erklärte er lächelnd. »In Wirklichkeit ist er ein Lamm.«

»Na, ich weiß nicht«, bemerkte Susan mit einem schiefen Blick auf den großen Hund. »Darauf würde ich mich nicht so fest verlassen.«

»Ich muss nach New York City«, erklärte Catherine. »Ich muss mit Susan zurück.« Und sie erzählte, was Richard passiert war.

Jeff war fassungslos. »Du willst wirklich zurück? Du willst zu deinem Mann zurück, Catherine?«

»Mach jetzt kein Drama daraus, Jeff, ich bitte dich«, sagte sie nervös und griff nach einer Zigarette. »Es steht nicht gut um Richard. Wer weiß, was passiert? Ich muss hin.«

»Tut mir Leid, dass ich diese Botschaft überbracht habe«, meinte Susan. »Aber ich hatte keine andere Wahl.«

»Verstehe«, sagte Jeff und musterte Catherine wieder. »Du willst doch nicht gleich heute Nacht . . .«

»Wir könnten noch ein paar Stunden schlafen«, erklärte Susan. »Die erste Maschine geht morgen früh um neun Uhr dreißig von Colorado Springs. Ich denke, wir sollten sie nehmen.«

Catherine sagte gar nichts darauf. Sie sah Jeff an, und der machte ein Gesicht, als stünde der Weltuntergang vor der Tür.

»Musst du wirklich, Liebling?«

»Ja, Jeff. Ich möchte mich später nicht schuldig fühlen, wenn Richard wirklich etwas passiert. Ich denke, wir bringen Monster nach Hause und sprechen in Ruhe darüber.«

»Du kommst doch bald zurück?« fragte Susan.

»Ja«, versprach Catherine und drückte die Zigarette im Aschenbecher aus. »Ja, ich werde bald wieder hier sein, Susan.«

Jeff verabschiedete sich von Susan und verließ mit Catherine das Haus. Noch immer war die Nachtluft weich und warm. Noch immer stand der helle, runde Mond am Himmel, und doch war plötzlich alles verändert. Eine Weile gingen die beiden schweigend nebeneinander her. Monster trottete an ihrer Seite.

»Das ist ja eine schöne Bescherung«, sagte Jeff schließlich. »Tut mir Leid um Richard. Aber dass er dich mir einfach wegholt ...«

»Ich komme ja wieder«, versprach Catherine. »Ich komme ganz bestimmt wieder, Jeff. Aber jetzt muss ich zu Richard, schon um des lieben Friedens willen. Mein Schwiegervater würde es mir nie verzeihen, wenn ich Richards Wunsch nicht erfüllte. Ich will nicht noch Öl ins Feuer gießen. Ich muss so oder so mit den Lonigans auseinanderkommen.«

Jeff blieb stehen und zog sie in die Arme.

»O Catherine, wenn nur nichts passiert. Wenn du nur wirklich zu mir zurückkommst ...«

Sie legte ihr Gesicht an seine Wange, spürte die Wärme seiner Umarmung. »Ich komme ganz bestimmt wieder, Jeff«, versprach sie. »So schnell es geht. Aber jetzt ... jetzt kann ich einfach nicht anders. Du siehst das ein, nicht wahr?«

Jeff lächelte schief. »Ich versuche es zumindest«, sagte er. »Aber vergiss nicht, wie sehr ich dich liebe und dass ich total verrückt bin nach dir.«

Catherine küsste ihn auf den Mund, »Wie könnte ich das vergessen?« sagte sie.

*

»Die Sache hat funktioniert. Wenn sie vom Airport aus gut durchkommt, ist Catherine in einer Stunde hier.« Gordon Lonigan kam vom Telefon zurück und rieb sich die Hände.

Missmutig lag Richard in einem Sessel, das rechte eingegipste Bein auf einen Lederhocker gelegt, der eingegipste Arm hing halb über der Sessellehne. Ein weißer Verband, fachgerecht angelegt, verdeckte sein Haar. Wer es nicht besser wusste, konnte Richard für reichlich lädiert halten.

»Du hast gut reden, Dad«, meinte er jetzt mürrisch. »Mir kommt dein Plan plötzlich gar nicht mehr so großartig vor. Schließlich bin ich der Leidtragende. Ich muss die ganze Sache ausbaden.«

Gordon grinste. »Du hast sie dir auch eingebrockt. Wenn du nicht diese verdammten Weibergeschichten angefangen hättest, wäre eure Ehe heute noch intakt. Aber nein, du musstest ja hinter jedem Rock her sein.«

»Na und? Das sind doch die meisten Männer. Komm mir jetzt nicht mit Vorwürfen, Dad.«

»Okay, okay, sprechen wir nicht mehr davon. Jedenfalls hat Catherine angerufen und wird gleich hier sein. Nur das zählt. Und dann, das rate ich dir, mach die Sache richtig. Ich hoffe, du kennst deinen Text. Du hast einen Auftrag, mein Sohn. Entweder du bringst Catherine dazu, dass sie bleibt und die Scheidung zurückzieht, oder du bearbeitest sie dahingehend, dass sie mit fünf Millionen zufrieden ist, Wie du das machst und was du für besser hältst, ist deine Sache.«

»Dieses verdammte Zeug juckt«, knurrte Richard. »Musste ich mich wirklich so verunstalten lassen, Dad?«

»Es ging nicht anders. Die Geschichte muss doch perfekt aussehen, oder?«

Jetzt war es Richard, der grinste. »Dann möchte ich bitte eine Krankenschwester. So etwas gehört doch dazu. Ich hatte gern etwas in Blond mit blaugrünen Augen und solch einer Figur.« Er deutete mit der linken Hand an, was er meinte.

»Das schlag dir aus dem Kopf«, entgegnete Gordon gelassen. »Eine blonde Krankenschwester mit solchen Kurven, die hätte gerade noch gefehlt. Da würde sich Catherine auf dem Absatz umdrehen und abhauen, und das könnte ich sogar verstehen. Schluss jetzt mit diesen Allüren. Du weißt, was du zu tun hast.«

Als Catherine wenig später in der Park Avenue ankam, war sie noch immer ziemlich durcheinander. Sie war in Sorge um Richard, aber als sie ihn dann im Living-room sah, verflog ihre Befürchtung. Gordon begrüßte seine Schwiegertochter fast herzlich und meinte dann, dass es wohl besser wäre, wenn er sich jetzt wieder um seinen Job kümmerte. Er verdrückte sich. Catherine blieb mit Richard allein, der ihr hilflos zulächelte.

»Richard, es tut mir wirklich Leid«, sagte sie, als sie nun auch ihren Mann begrüßt hatte. »Aber ich bin doch erstaunt, dich schon wieder hier zu sehen. Nach dem, was ich durch Bruce erfuhr, sah es aus, als ginge es um Leben und Tod.«

»Stört es dich, dass ich noch lebe?« erkundigte er sich wehleidig.

»Rede nicht so dummes Zeug!« Catherine musterte die Gipsverbände. »Du scheinst wirklich Glück gehabt zu haben. Aber dass man dich aus dem Krankenhaus schon wieder entlassen hat . . .«

»Ja, ich hatte Glück«, antwortete Richard, »Aber natürlich wollten sie mich nicht entlassen. Ich habe ihnen mit meinem Anwalt gedroht. Ich halte es im Krankenhaus nicht aus. O Catherine, ich bin so froh, dass du wieder da bist.«

»Ich bin nicht wieder da«, entgegnete sie spröde. »Ich bin gekommen, weil ich dachte, dass du mich dringend brauchst. Aber so dringend scheint es gar nicht zu sein.«

»Wie kannst du so mit einem schwer verletzten Mann reden? Catherine, du bist grausam.«

Sie seufzte. »Ich sehe die Dinge, wie sie sind, Richard. Warum hast du mich so dringend kommen lassen?«

Er fasste nach ihrer Hand und hielt sie fest.

»Weil ich dich brauche, Catherine. Weil du mir noch immer sehr viel bedeutest. Ich dachte wirklich, es ginge mit mir zu Ende, aber die Ärzte hier sind ganz schön auf Draht.«

Catherine entzog ihm ihre Finger. »Du brauchst mich nicht, Richard. Das bildest du dir jetzt nur ein. Was ist mit deiner Freundin? Wie hieß sie noch ...«

»Das spielt doch keine Rolle mehr, Catherine. Das ist vorbei.«

»Oh, das will nichts heißen.« Sie lächelte bitter. »Du wirst sehr schnell Ersatz finden, wie ich dich kenne. Erzähl mir, wie es zu diesem Unglück gekommen ist. Warst du ganz allein in der Maschine?«

»Ja«, sagte Richard. »Aber lass mich jetzt nicht darüber sprechen, Catherine. Es war zu furchtbar. Ich spüre den Schock immer noch in allen Gliedern.«

Sie nickte. »Das kann ich verstehen. Aber was kann ich nun wirklich für dich tun, Richard?«

»Bleib bei mir. Ich will über die nächste Zeit hinweg. Ich meine, eigentlich haben wir uns doch immer gut verstanden. Es ist doch nicht so, als wären wir Feinde, nicht wahr, Catherine?«

»Hast du starke Schmerzen?«

»Was glaubst du wohl? So etwas steckt man nicht einfach weg. Aber natürlich stehe ich unter Medikamenten und dadurch ist es auszuhalten. Bleib, Catherine. Bleib wenigstens ein paar Tage. Mir geht es tatsächlich nicht gut.«

»Armer Richard«, sagte sie. »Es tut mir wirklich Leid, was passiert ist. Und da ich schon einmal hier bin, werde ich dir ein paar Tage Gesellschaft leisten. Wir haben dann Zeit, in Ruhe über alles zu sprechen.«

»Aber noch nicht jetzt, nicht heute«, bat er. »Ich fühle mich zu elend.«

»Möchtest du dich nicht lieber hinlegen?«

»Vielleicht später auf die Couch da. Aber es ging einfach gegen meine männliche Ehre, dich so kaputt zu empfangen.« Er grinste.

»Du und deine Ehre«, sagte Catherine. »Wer hilft dir? Du kannst dich doch kaum bewegen.«

»Ich habe die Krücke«, meinte er und deutete auf die Holzkrücke, die neben dem Sessel lehnte. »Und außerdem ist Hopkins da.«

»Du solltest vielleicht einen Pfleger anstellen.«

»Nein, nein, wir schaffen das schon. Nicht noch mehr fremde Leute im Haus. Das würde mich nur nervös machen. Wenn du nur bei mir bist, Cathy.«

Wieder seufzte Catherine. »Also ich gehe jetzt erst mal nach oben, um mich frisch zu machen«, erklärte sie. »Und dann werde ich sehen, was ich für dich tun kann.«

»Ich bin so glücklich, dass du da bist«, wiederholte Richard. Aber sie erwiderte nichts darauf, sondern ging hinaus. Irgendwie kam ihr die ganze Sache merkwürdig vor. Richard war mit seinem Privatflugzeug abgestürzt, und man hatte ihn schon wieder aus dem Krankenhaus entlassen. Das wollte Catherine einfach nicht in den Kopf. Andererseits kannte sie Richard. Sie wusste, dass er immer erreichte, was er wollte.

Aber wenn er jetzt glaubte, dass sie mit fliegenden Fahnen zu ihm zurückkam – aus Mitleid oder was für einem Gefühl auch immer –, dann hatte er sich gewaltig geirrt. Sie würde die Scheidungsangelegenheit mit ihm ins Reine bringen, mit ihm und ihrem Schwiegervater. Und dann wollte sie zu Jeff zurück. Catherine sehnte sich schon jetzt nach dem Haus in den Bergen, nach der Einsamkeit und nach der Liebe, die Jeff ihr gab.

*

Bruce telefonierte mit Catherine, kaum dass sie sich umgezogen hatte. Er hatte von Susan erfahren, dass sie zurück war, und wollte Genaueres über Richard wissen. Catherine gab ihm einen kurzen Lagebericht.

»Lass dich bloß nicht einwickeln«, warnte Bruce am

Telefon. »Sei vorsichtig, Catherine. Wie ich den alten Lonigan kenne, hat er bestimmt wieder etwas im Hinterhalt. Irgendein Trick ist dabei.«

»Richard tut mir Leid«, erwiderte Catherine. »Ich werde mich ein paar Tage um ihn kümmern. Aber dann werde ich wieder nach Colorado Springs fliegen.«

»Was zum Teufel hast du da verloren? Was willst du in Colorado Springs, Cathy? Lass uns zusammen ausgehen. Lass uns irgendetwas gemeinsam unternehmen und die Sache durchsprechen.«

»Da gibt es nichts mehr durchzusprechen, Bruce. Ich hab' mir alles genau überlegt. Ich will die fünfzig Millionen nicht. Ich habe es satt, mich mit meinem Schwiegervater herumzuschlagen. Ich will meine Freiheit. Und fünf Millionen sind auch eine ganze Menge.«

»Bist du total verrückt geworden?« schimpfte Bruce. »Haben sie dich schon so weit herumgekriegt? Da hat sich Richard ja etwas Schönes einfallen lassen.«

»Wie kannst du so etwas behaupten? Es geht ihm wirklich schlecht«, widersprach Catherine.

Bruce überlegte. »Wenn es ihm so schlecht geht, wäre er noch im Krankenhaus.«

»Du kennst doch Richard. Er verabscheut Krankenhäuser. Zuhause schafft er es eher, gesund zu werden.«

»Und du kommst als hilfreiche Krankenschwester gleich angeflogen. Wirklich rührend, Catherine! Ich sehe schon die große Versöhnung, die zweiten Flitterwochen. Wie kannst du nur so dumm sein?«

Catherine lächelte, was Bruce nicht sehen konnte. »Es wird keine Versöhnung geben«, versicherte sie. »Ich weiß ganz genau, was ich will. Es gibt die Scheidung – und zwar zu den Bedingungen, die Gordon Lonigan vorschlägt. Gegen ihn komme ich nicht an, und ich will es auch nicht mehr. Ich will nur weg von hier, will das alles vergessen.«

»Das hatten wir doch alles schon einmal«, sagte Bruce seufzend. »Sei doch ein bisschen gescheit, Catherine. Wir kommen mit unserer Forderung durch, keine Frage. Denk doch mal, was du mit fünfzig Millionen alles machen kannst!«

»Ich weiß schon ganz genau, was ich machen will«, versetzte sie. »Und vielleicht . . . vielleicht heirate ich wieder, wenn ich geschieden bin.«

Das warf Bruce glatt um. »Das klingt ja . . ., als wäre da ein anderer Mann aufgetaucht.«

»Erraten«, antwortete Catherine. »Aber mehr möchte ich jetzt nicht dazu sagen. Ich habe hier noch einiges zu erledigen. Auf jeden Fall sollst du als mein Anwalt wissen, dass ich meine Forderung zurückziehe. Du kannst das ja entsprechend schriftlich formulieren.«

Bruce holte tief Luft. »Ich gebe dir noch ein bisschen Zeit, darüber nachzudenken, Cathy.«

»Wie du willst«, erwiderte sie kühl. »Aber an meiner Entscheidung wird sich nichts ändern.«

*

Tatsächlich versuchte Richard, Catherine mit seinem Charme einzuwickeln. Er war so liebenswürdig und wirkte so hilflos, dass sie unter anderen Umständen vielleicht wieder auf ihn hereingefallen wäre. Aber so, wie die Dinge jetzt lagen, verfing Richards Charme nicht mehr bei ihr.

Catherine spürte erst jetzt so richtig, wie sehr sie Jeff liebte und brauchte. Für Richard empfand sie wirklich nur Mitleid. Für einen Mann wie ihn musste es ein scheußlicher Zustand sein, sich in so hilfloser Lage zu befinden. Wenn sie ihn mühsam, auf seine Krücke und Hopkins gestützt, zum Bad oder zum Bett gehen sah, dann tat er Catherine Leid. Aber das war auch alles.

Trotzdem wollte sie nicht gleich damit herausrücken, dass sie mit fünf Millionen Abfindung bei einer Scheidung zufrieden war. Sie wollte sehen, was die Lonigans sich noch einfallen ließen. Und abends, wenn sie Richard vor seiner Schlafzimmertür verabschiedete, natürlich schliefen sie in getrennten Zimmern, dann fragte sich Catherine misstrauisch, ob Richard wirklich so krank war, wie er tat.

Auch Susan, die Catherine eines Nachmittags besuchte, war keineswegs davon überzeugt, dass die Sache so ernst war, wie Gordon Lonigan sie zunächst hingestellt hatte. Die beiden Frauen saßen beim Tee in der Bibliothek zusammen.

»Ich hab' das Gefühl, sie wollen dich weich klopfen«, erklärte Susan. »Sie haben irgendetwas vor, Catherine. Sei bloß vorsichtig.«

Catherine lächelte nur und verrührte den Zucker in ihrem Tee. »Auch Bruce hat mich schon gewarnt. Aber was soll schon sein? Ich werde ohnehin die fünfzig Millionen nicht mehr verlangen. Und irgendwann werde ich mit Richard darüber sprechen.«

»Wie ist er denn so?« fragte Susan.

»Nett«, antwortete Catherine. »Er ist fast wieder so wie früher, aber das verfängt nicht mehr bei mir. Dazu kenne ich ihn zu gut. Er wird nie aufhören, hinter anderen Frauen her zu sein.«

»Was hat er zu deiner Frisur gesagt?« fragte Susan. »Ich meine, du hast dich doch sehr verändert.«

»Im ersten Moment hat er es gar nicht bemerkt. Erst später ist er darauf gekommen, und natürlich fand er mein langes Haar schöner. Aber das ist so uninteresant wie sonst etwas. Die Hauptsache ist, dass Jeff mich mag.«

Susan trank von ihrem Tee. »Mir kommt dieser Flugzeugabsturz irgendwie spanisch vor«, erklärte sie. »Irgendetwas ist faul an der Sache. Vielleicht ist Richard gar nicht wirklich verletzt.«

Kopfschüttelnd sah Catherine sie an. »Mit so etwas scherzt man nicht, Susan. Ich sehe doch, wie hilflos er ist. Er muss starke Schmerzen haben.«

Susan lächelte in sich hinein. »Du solltest ihn mal herausfordern«, meinte sie. »Dann würdest du sehr schnell die Wahrheit herausfinden.«

»Und wie soll ich das machen?«

»Ich habe da eine Idee«, sagte Susan. »Ich glaube nämlich, und ich lasse mir das nicht ausreden, dass man dich an der Nase herumführt, dass diese beiden Lonigans alles versuchen, um die fünfzig Millionen zu behalten.«

»Aber sie würden doch nicht eine solche Geschichte erfinden«, widersprach Catherine.

»Die beiden sind zu allem fähig«, behauptete Susan. »Lass es doch mal drauf ankommen.«

*

Catherine fühlte sich nicht wohl bei der Geschichte. Aber was Susan ihr gesagt hatte, ging ihr im Kopf herum. Der Gedanke, dass sie hereingelegt werden sollte, gefiel ihr gar nicht. Sie begann, Richard misstrauisch zu beobachten. Aber er hatte sich gut in der Gewalt, spielte perfekt den schwer verletzten Mann. Trotzdem war Catherine nicht ganz davon überzeugt. Und schließlich tat sie das, was Susan ihr geraten hatte.

Es war am dritten Tag nach ihrer Rückkehr, als Catherine nachmittags mit Richard im Herrenzimmer saß und er von vergangenen Zeiten sprach.

Das ging Catherine allmählich auf die Nerven. Sie wollte diese Erinnerungen nicht. Da war keine Glut mehr unter der Asche, und wenn Richard sich auch noch so große Mühe gab, die alten Zeiten wieder aufleben zu lassen. Plötzlich stand Catherine auf, ging zum Fenster und sah scheinbar nachdenklich hinaus.

»Weißt du noch, als wir damals in Florida bei den Kendals waren?« erzählte Richard. »Dieses tolle Haus direkt am Strand. Erinnerst du dich?«

Catherine drehte sich entsetzt zu Richard um. »Was machen diese Jungs da mit deinem neuen Porsche? Wir müssen sofort die Polizei rufen.«

»Was ist mit meinem Wagen? Was erzählst du da, Catherine?« Richard sprang auf, stürzte, so schnell es ihm mit dem Gipsbein möglich war, zum Fenster und wurde sich im nächsten Augenblick darüber klar, was geschehen war.

»Für einen schwer verletzten Mann kannst du verdammt gut laufen«, sagte Catherine kalt.

Richard sah zum Fenster. Nirgends war sein neuer Porsche zu sehen. Er erinnerte sich ja auch, dass er ihn in die Garage gefahren hatte. Und da wurde ihm klar, dass Catherine ihn ausgetrickst hatte. Wütend sah er sie an.

»Ja«, sagte sie, »es war ein Trick. Ich wollte wissen, was wirklich mit dir los ist, du armer, schwer leidender Mann. Hoffentlich kommt deine Kopfverletzung wieder in Ordnung.«

»Verdammter Mist«, schimpfte Richard. »Ich war von Anfang an gegen dieses blöde Spiel. Aber wie hätten wir sonst an dich herankommen können, Catherine? Natürlich war es Dads Idee.«

Sie verzog spöttisch den Mund. »Es hat also nie einen Flugzeugabsturz gegeben, richtig?«

Richard grinste verlegen. »Wie gesagt, Dad ist auf den Gedanken gekommen. Er wollte an dein Mitleid appellieren. Du weißt doch, wie er ist. Aber jetzt kann ich mir endlich dieses verdammte Zeug wieder abnehmen lassen, jetzt, wo du ohnehin alles weißt.«

»Ich gehe«, sagte Catherine. »Und du kannst deinem

Vater sagen, dass er sein Geld behalten kann. Ich werde mich mit fünf Millionen zufrieden geben. Die Hauptsache ist, dass ich endlich von euch loskomme. Ich wünsche mir nämlich nichts sehnlicher als das auf der Welt, Richard Lonigan.«

»Kann ich ihm das definitiv sagen?« rief er ihr nach, als sie schon bei der Tür war.

»Ja«, sagte Catherine, ging hinaus und schlug die Tür hinter sich zu. Sie war so wütend, dass sie am liebsten etwas gegen die Wand geknallt hätte. Also hatte Susan doch recht gehabt mit ihrer Vermutung! Da war sie, Catherine, ganz schön wieder auf die Lonigans hereingefallen. Aber diesmal würde es das letzte Mal sein. Catherine rannte in ihr Zimmer hinauf und begann zu packen. Sie würde die nächste Maschine nach Colorado Springs nehmen, und mit ein bisschen Glück konnte sie heute am späten Abend bei Jeff sein.

Richard gab sich keine Mühe mehr, noch einmal mit Catherine zu sprechen. Er wusste, dass die Sache ausgestanden war. Aber immerhin hatte er erreicht, was er wollte, und sein Vater würde zufrieden sein.

Catherine rief Susan an. Sie telefonierte anschließend auch mit Bruce, erzählte die ganze Geschichte, und auch er musste einsehen, dass sein schöner Plan ins Wasser gefallen war. Okay, Catherine war auch mit fünf Millionen noch attraktiv. Aber sie wollte ihn nicht, das kapierte er jetzt.

Susan war froh, dass Catherine aus der ganzen Sache heraus war, und sie bestärkte die Freundin in ihrem Entschluss, zu Jeff zurückzukehren.

»Wenn ihr es da oben in eurer Einsamkeit in den Bergen nicht mehr aushaltet, könntet ihr euch ja irgendwo niederlassen«, meinte sie, »irgendwo, wo es euch gefällt und wo auch ein paar Menschen in der Nähe sind. Ihr habt die Wahl.«